PENNY JORDAN

UNA BODA MUY ESPECIAL

UNA NOCHE EN SUS BRAZOS

UNA NOCHE ESPECIAL

Editado por Harlequin Ibérica.
Una división de HarperCollins Ibérica, S.A.
Núñez de Balboa, 56
28001 Madrid

© 2017 Harlequin Ibérica, una división de HarperCollins Ibérica, S.A.
N.º 7 - 22.11.17

© 1998 Penny Jordan
Una boda muy especial
Título original: Marriage Make-Up

© 1998 Penny Jordan
Una noche en sus brazos
Título original: One Night in His Arms

© 1999 Penny Jordan
Una noche especial
Título original: One Intimate Night
Publicadas originalmente por Mills & Boon®, Ltd., Londres
Estos títulos fueron publicados originalmente en español en 1999, 1999 y 2000

Todos los derechos están reservados incluidos los de reproducción, total o parcial. Esta edición ha sido publicada con autorización de Harlequin Books S.A.
Esta es una obra de ficción. Nombres, caracteres, lugares, y situaciones son producto de la imaginación del autor o son utilizados ficticiamente, y cualquier parecido con personas, vivas o muertas, establecimientos de negocios (comerciales), hechos o situaciones son pura coincidencia.
® Harlequin, HQN y logotipo Harlequin son marcas registradas por Harlequin Enterprises Limited.
® y ™ son marcas registradas por Harlequin Enterprises Limited y sus filiales, utilizadas con licencia. Las marcas que lleven ® están registradas en la Oficina Española de Patentes y Marcas y en otros países.
Imagen de cubierta utilizada con permiso de Dreamstime.com.

I.S.B.N.: 978-84-687-9993-3
Depósito legal: M-24328-2017

ÍNDICE

Una boda muy especial 7

Una noche en sus brazos 133

Una noche especial 259

UNA BODA MUY ESPECIAL

PENNY JORDAN

Capítulo 1

–Mamá...

Abbie Howard se volvió al oír la voz de su hija.

Trataba de concentrarse en las cuentas que debía presentar a sus asesores al día siguiente. Pero desde el día del compromiso de su hija habían ocurrido tantas cosas que no había tenido ocasión de centrarse.

No le importaba que Cathy la interrumpiera. Tenían una estrecha relación y todo el mundo sabía cuánto le importaba su hija. Según algunas opiniones, tal vez demasiado, si es que eso era posible cuando se habla de una relación madre-hija.

–No te vas a creer lo que te voy a contar –dijo Cathy. Se sentó al borde del escritorio de su madre.

Todo el mundo decía que eran muy parecidas.

Abbie era pequeña, no más de un metro sesenta. Tenía un aspecto frágil y un aire de delicada vulnerabilidad que encantaba a los hombres. Pero Abbie siempre y de inmediato dejaba muy claro que no estaba dispuesta a jugar el papel de mujer indefensa, pues era una persona fuerte y de espíritu firme.

Tenía el pelo rubio, liso y unos fascinantes ojos azules verdosos. A sus cuarenta y tres años no aparentaba más de treinta y tres.

Cathy, su hija, tenía los mismos ojos que su madre, pero era alta y tenía una espesa melena de rizos morenos.

De pequeña, solía renegar de su estatura y decía querer ser como su madre. Pero Abbie no estaba dispuesta a que su hija rechazara su aspecto físico.

–Es que me parezco a papá... Tú misma lo dijiste cuando me enseñaste la foto –era cierto. Abbie recordó la rabia que había sentido cuando su hija le solicitó ver la foto de su padre. Tenía dudas de tener un progenitor conocido, pues jamás había visto una imagen suya. Aquel comentario había obligado a Abbie a rebuscar en lo más profundo de su dolor y a encontrar la fotografía–. Me dijiste que era horroroso y que lo odiabas.

–Pero a ti te adoro y no eres horrorosa. El que te parezcas a tu padre no varía eso en absoluto. Tú eres tú, independientemente de la estructura ósea que hayas heredado.

–En la escuela me llaman palo de escoba –balbuceó Cathy entre pucheros.

–A mí me llamaban pulga –respondió Abbie–. Pero no importa lo que digan los demás, lo importante es lo que tú sientes. Te aseguro que, cuando seas mayor, te vas a alegrar de ser tan alta y tan elegante.

Su madre había tenido toda la razón y Cathy lo reconocía. Casi siempre era así, aunque había ciertas cosas en las que... ¿Cómo se tomaría lo que estaba a punto de decirle?

El anuncio de la boda había sido un motivo de alegría y lo único que ella había pedido era que lo celebraran por todo lo alto.

Stuart había aceptado más que gustoso la propuesta. Procedía de una familia numerosa y la idea de una boda a lo grande lo satisfacía plenamente.

A pesar de su fracaso sentimental, su madre jamás había tratado de convencerla de que no se casara. De todas formas, no habría servido de nada. Se había enamorado de Stuart prácticamente desde el instante mismo en que se habían conocido, y la conclusión lógica a la que ambos habían llegado era que querían ser marido y mujer.

–¿Qué ocurre? –le preguntó a su hija.
–Sé que no te vas a poder creer lo que te voy a decir –respondió Cathy con nerviosismo–. Creo…, bueno, creo…
–¿Qué? Continúa.
–Creo que he visto a papá hoy.

Nada más acabar la frase levantó la mirada y se encontró con los ojos de su madre.

Estaba desconcertada, impactada. Se sentía como si un camión acabara de atropellarla en mitad de la autopista.

–Tienes toda la razón, no te creo, Cathy. Es imposible que tu padre esté aquí –añadió con toda la calma de la que era capaz dadas las circunstancias–. Tu padre vive en Australia. Se marchó poco después de que tú nacieras y no hay ningún motivo…

–¿No hay ningún motivo para qué? ¿No debería ser yo razón suficiente para que volviera?

Abbie sintió un nudo en la garganta. Había hecho todo lo que había estado en su mano por proporcionarle a su hija una vida segura. Había sido fuerte e independiente por ella y para ella, y le había dado todo el amor del mundo. Pero, por algún motivo, en aquel momento sentía que le había fallado en algo.

El matrimonio entre Cathy y Stuart, la perspectiva de tener hijos y la referencia de los padres de él, felizmente casados hasta entonces, había despertado en su hija la curiosidad por su progenitor. Quería saber quién era. Y, aquel sentimiento, le hacía creer que él debía sentir lo mismo por ella.

Cuando Cathy era un bebé, Abbie se había prometido que sería siempre completamente sincera con su hija y que jamás le mentiría sobre lo ocurrido. Pero, al mismo tiempo, se había propuesto evitarle, en la medida de lo posible, todo el daño que pudiera causarle la verdad, al menos hasta que tuviera edad de comprenderla.

Y había cumplido su palabra, a pesar de que, en ocasiones, había sido realmente difícil.

Había logrado hacer de Cathy una niña feliz. Mucha gente lo decía. Pero, tal vez, había cantado victoria demasiado pronto.

–Olvídate de tu padre, Cathy. No tiene ningún lugar en tu vida, nunca lo ha tenido. Entiendo cómo te sientes, pero...

–No, no lo entiendes. ¿Cómo podrías entenderlo? –le contestó con los ojos llenos de lágrimas–. El abuelo y la abuela siempre te quisieron. Tu padre nunca te rechazó. Nunca has ido al colegio y has tenido que escuchar a otros niños hablando de sus padres...

Cathy miró a su madre durante unos segundos. La tristeza inundaba su mirada, una tristeza profunda y conmovedora

–Lo siento, mamá –se disculpó Cathy–. Sé que no es culpa tuya, no era mi intención...

Abbie se levantó de la silla y se acercó a su hija. La abrazó con fuerza con el único objetivo de reconfortarla. Había hecho aquel mismo gesto millones de veces e inevitablemente culpaba a un hombre de ser la causa de semejante tristeza.

¿Que Sam había vuelto? ¿Cómo iba a atreverse a semejante cosa? No, no podía, después de lo que le había hecho.

La había acusado de tener relaciones sexuales con otro hombre. Incluso se había atrevido a nombrar al pobre Lloyd. ¡Qué injusto!

Había tratado de decir algo más, pero ella se había negado a seguir escuchando.

Le había dicho que se quedara con su apellido, su casa, su dinero y todo lo que tuviera. Ella solo quería la hija que él se había negado a aceptar como suya.

Desde aquel día, nunca más lo había vuelto a ver.

Abbie sonrió complacida al cerrar el libro de cuentas y dejarlo sobre la pila de papeles que debía llevar a la gestoría.

Años atrás, cuando ella había decidido abrir su propia empresa de contratación de personal, la mayoría de sus amigos habían dudado de que fuera una buena idea.

Pero, después de quince años de experiencia en hoteles y catering, y habiendo hecho de todo, desde trabajar de camarera hasta puestos de responsabilidad, tenía posibilidades que no quería desperdiciar.

Y había demostrado que tenía razón. Muchos de los empleados trabajaban todavía para ella. Se había labrado una buena reputación.

Era honesta con los que empleaba y pagaba bien.

Tenía además una capacidad increíble para proporcionar lo que le pedían, lo mismo un chef francés para una fiesta privada que un buffet para una convención en el último minuto.

Cathy había trabajado para ganarse su dinero sirviendo mesas y detrás de la barra, tal y como lo había hecho su madre también. Daba igual que estuviera en la universidad y que Abbie tuviera poder económico suficiente para darle lo mejor. Quería que Cathy fuera independiente y estuviera orgullosa de ser capaz de ganarse la vida.

Los padres de Abbie le habían ofrecido su ayuda cuando su matrimonio se rompió, le habían rogado que se fuera a vivir con ellos. Pero no había querido. Se había propuesto ser una mujer independiente y libre y lo había conseguido.

Sam y ella habían decidido instalarse en aquella pequeña ciudad inglesa. Él trabajaba en la universidad, con la idea de llegar a convertirse en escritor algún día. Ella trabajaría en el archivo de la universidad. Planes dolorosamente fallidos.

Miró al reloj. Le había prometido a un amigo pasarse por su casa antes de la reunión con el director de un nuevo hotel.

Hacía tan solo dos semanas, le habían ofrecido dicho puesto a ella. Pero lo había rechazado. Prefería ser su propio jefe.

A veces se sentía sola, pero a salvo. Era mejor no tener que confiar en nadie.

Incluso con sus amigos, Abbie imponía distancias.

En cuanto a los hombres, no es que los odiara. Sin embargo, le habían hecho mucho daño una vez, la habían llamado mentirosa. No estaba dispuesta a darle a ningún hombre una segunda oportunidad. ¿Por qué debía hacerlo?

En más de una ocasión, se había sentido tentada por algunos hombres, pero el recuerdo de lo sucedido con Sam había sido más que suficiente para no seguir adelante.

Él le había dicho que la amaba, que siempre la amaría. Y había mentido. ¿Cómo podía darse a otro hombre después de aquello?

Y no solo por ella, sino también por la hija que, tan celosamente, quería proteger. Al fin y al cabo, ella era una adulta, pero Cathy no era más que una niña vulnerable a todo que necesitaba amor y seguridad.

Abbie abrió la puerta del desván e inhaló el olor a viejo y a polvo. No había estado ahí arriba desde que Cathy se había marchado a la universidad.

Allí había conocido a Stuart, mientras este hacía un curso de posgraduado.

Al principio, Abbie había estado aterrada por la idea de que su historia se repitiera con su hija.

–Stuart no es como Sam –le había dicho Fran–. Y, aunque lo fuera, es Cathy la que debe averiguarlo. Tu hija debe cometer sus propios errores y tomar sus propias decisiones. La mayoría de las veces la parte más dura de ser padres es dejar marchar a los hijos. Sé cómo te sientes, pero Cathy ya es una adulta y está enamorada...

–Piensa que está enamorada. Solo hace unos meses que conoce a ese chico y ya está pensando en vivir con él.

–Dale una oportunidad.

–Claro, es fácil para ti. Tus dos hijas son todavía adolescentes...

–¿Y piensas que eso es fácil? –preguntó Fran sorprendida–. Lloyd y Susie llevan sin hablarse toda la semana. Su padre la pilló en brazos de un chico en el portal la otra noche y, de repente, se ha convertido en un padre protector. Encima ella, para empeorar las cosas, le ha dicho que fue ella la que incitó a Luke y no a la inversa.

–¡Vaya!

Susie era la hija mayor de Lloyd y Fran. Al igual que su hermana, Michelle, ambas habían heredado el pelo pelirrojo de su padre.

Sin duda, no tenían ningún parecido con Cathy y Abbie no podía evitar el pensar en la cara que habría puesto Sam al verlas. Cualquier duda que tuviera se habría esfumado.

Pobre Lloyd. Todavía no había conocido a Fran cuando ella dejó a Sam.

Después de que su matrimonio fracasara, había estado allí a su lado. Incluso le había propuesto matrimonio. Pero ella no había aceptado pues, verdaderamente, no se querían. Eran grandes amigos, y mucha gente los había tenido por pareja antes de que Sam apareciera.

Abbie se abrió camino entre las cajas que reposaban sobre el suelo. Pensaba llevarle algunas cosas a su amigo, quien se había aficionado a vender objetos de segunda mano.

Se topó con una pila de libros infantiles y agarró uno de ellos. Una lágrima fugaz recorrió su mejilla. Aquel había sido el primer libro de lectura de Cathy. Recordó el orgullo que había sentido el día en que su hija había leído por primera vez una frase completa. Su niña era para ella la más lista y la más guapa del mundo, esa misma niña que, solo unas horas antes, había tenido una rabieta en el supermercado y que, algo después, se había negado a cenar.

Abbie sonrió y recordó cómo se sentía cuando su hija era pequeña.

Se limpió las lágrimas y se negó a darle rienda suelta a la nostalgia. Era una profesional con una agitada vida, y no tenía tiempo para lloriqueos. Hacía mucho que había aprendido a controlar su parte más emocional para poder sobrevivir a las circunstancias que la vida le había impuesto.

Había construido una Abbie a la medida de las exigencias que el mundo le había impuesto. Y algunos la consideraban incluso formidable.

Y todo aquello había sido gracias a su hija. Habría luchado como una tigresa por ella.

Había borrado todo sentimiento de apego al pasado y había podido prescindir de la presencia de un hombre en su vida.

Inevitablemente, se acordó de Sam, de aquel día en que descubrió que no era un compañero de estudios, sino un profesor adjunto de la universidad que acababa de terminar el doctorado.

Su primer encuentro había sido, más bien, un altercado. Abbie había entrado con la bicicleta en una zona prohibida y Sam, como profesor, la había regañado enérgicamente.

Abbie pensó que ya no volvería a ver a aquel muchacho que tanto le gustaba.

No obstante, dos días después, Sam había aparecido de nuevo. Tenía un libro que se le había caído a Abbie de la cesta de la bicicleta.

Ella estaba absorta en una foto de niños del Tercer Mundo. Tenía los ojos llenos de lágrimas, pues la imagen era francamente terrible.

–Lo siento –se disculpó ella al verlo aparecer–. Cuando veo imágenes como esta pienso que jamás seré capaz de tener un hijo propio, cuando hay tantos pequeños viviendo en estas condiciones. Supongo que pensarás que soy una ñoña...

–No, claro que no –le dijo él con un tono sombrío–. La verdad es que ...

Nunca terminó aquella frase, pues uno de los compañeros de Abbie entró en la sala y le pidió ayuda para buscar un libro.

Sam rechazó su invitación de tomar un café juntos, pero dos semanas después se presentó en casa de sus padres, mientras ella tomaba el sol tranquilamente en el jardín, y la invitó a salir.

Más tarde, le explicó que no había creído oportuno hasta entonces pedirle que saliera con él, pues él era un profesor y ella una estudiante. Cuando le contó que no le gustaba que nadie pensara que quería aprovecharse de su posición para incitar a sus alumnas a una relación sexual, Abbie tuvo que reconocerse a sí misma que estaba enamorada.

Era un hombre de moral correcta, quizás demasiado, pues se negó a llevarla a su habitación y a hacer el amor con ella.

−No me encuentras atractiva −lo acusó ella con los ojos llenos de lágrimas.

En respuesta, él había tomado su mano y la había conducido hasta su miembro viril. Estaba erecto y firme. Aquello la sorprendió y la excitó al mismo tiempo. Al ver el rubor en sus mejillas, Sam no había podido evitar la risa.

−¿Lo ves?, es demasiado pronto y tú eres demasiado...

−No te atrevas a decirme que es demasiado pronto −lo interrumpió ella−. Tengo veinte años... casi...

−Y yo tengo veintiséis −le respondió.

−Solo hay una diferencia de seis años −protestó ella.

−Pero tú eres virgen y yo no.

−Puedes enseñarme...

Él la tomó en sus brazos.

−Por favor, no me tientes de ese modo −le susurró con la voz temblorosa con una mezcla de dolor, precaución y excitación.

Pero entre ellos no solo había deseo... sino mucho más.

La primera vez que la había besado había sido en su segunda cita. Le había comentado que quería ir a ver *El sueño de una noche de verano* en Stratford, sin intención alguna de que él se ofreciera a ir con ella.

Cuando la llamó y le dijo que tenía dos entradas se quedó casi sin habla. Sin embargo, ningún impacto fue mayor que el verlo aparecer vestido con un impecable traje de chaqueta.

Al abrir la puerta, se quedó maravillada y perpleja.

—Pensé que tal vez podíamos ir a cenar algo después de la obra.

Su padre y su madre parecían complacidos y convencidos de que aquel caballero andante les devolvería a su hija a una hora razonable.

Abbie había elegido un vaporoso vestido de algodón, sin mangas y de corte de sisa alto. Era uno de esos trajes que lo mismo se podía vestir en una ocasión especial como en una salida más cotidiana.

Su madre subió rápidamente a por un chal de seda y el toque elegante quedó completado.

Sam la miró de arriba abajo y ella sintió que las mejillas le ardían de rubor. Su mirada la acababa de desnudar. Sabía que él se estaba imaginando su cuerpo, sus curvas, sus pechos turgentes.

La primera media hora de trayecto hasta Stratford, Abbie permaneció en silencio, perturbada por la presencia varonil de aquel hombre.

Después, se relajó. Habló del tiempo y él le contestó con el mismo tono. Él le preguntó si había estado tomando el sol en el jardín y ella respondió que sí.

—Pero tengo que tener mucho cuidado. Mi piel es muy sensible. La verdad es que nunca he conseguido ponerme morena como otras chicas.

En ese instante, él había reducido la velocidad, le había tomado la muñeca entre las manos y se la había besado suavemente.

—Tu piel es perfecta, igual que tú —le había dicho y una mirada furtiva se había posado sobre sus pechos. Ella se había imaginado, de inmediato, la sensación que le provocaría su boca, sus labios, su lengua, al saborear sus pezones.

Había apartado rápidamente la mirada, temerosa de que él pudiera leerle el pensamiento.

La intensidad del deseo que sentía era algo que la sobrecogía.

En cuanto a su relación con Lloyd, ambos habían decidido que, puesto que solo eran amigos y no querían llegar más lejos, podían salir con otros amigos sin ningún problema. Eso no quitaba que salieran juntos con frecuencia.

Lo que sentía por Sam era la confirmación de que Lloyd y ella habían hecho lo que debían, pues haber confundido la amistad con amor habría sido un grave error.

Las sensaciones que experimentaba con Sam eran algo desconcertante para ella. ¿Sería amor? De lo que no le cabía duda era de que, si no lo era, poco le faltaba para serlo.

Sam, con la ayuda de los elementos, había conseguido que fuera una velada perfecta.

La suave brisa de aquella noche de verano llenaba el aire de aromas balsámicos. Sam la había agarrado del brazo y la había guiado desde el coche hasta el teatro.

Aquel hombre era el hombre de sus sueños y estaba con ella. Era muy atractivo, sin duda, musculoso en la medida justa, con una espesa mata de pelo oscuro y unos ojos azules, profundos y seductores.

Sam había reservado un palco. Abbie se quedó atónita al ver a dónde la llevaba.

–He pedido champán –le susurró Sam–. Espero que te guste...

–Sí, por supuesto –afirmó ella, temerosa de confesar que muy pocas veces había tenido ocasión de tomarlo, solo en bodas y media copa.

Sus padres, especialmente su padre, no habían asimilado bien el que ella se pusiera a trabajar nada más cumplir los dieciocho. Pero Abbie necesitaba tener cierta independencia económica y había aceptado un puesto de camarera en un hotel.

Después, al marcharse de casa para ir a la universidad, había empezado a trabajar en un pub.

Por suerte, sus padres sabían que Abbie no tomaba alcohol, ni siquiera trabajando en lugares así. Por un lado era muy caro y, por otro, no le gustaba.

Poco habituada como estaba al sabor del champán, le pareció excesivamente seco y, muy pronto, comenzó a provocar efectos en su cabeza.

Durante el intervalo de la obra, Sam le agarró la mano y le preguntó si se estaba divirtiendo. Después de obtener un «sí», añadió algo que la dejó perpleja.

—No debería estar ocurriendo esto, ¿te das cuenta?

Ella no sabía a qué se refería.

—No deberías haber llegado a mi vida así... Es demasiado pronto y no estoy preparado. Aunque, ¿acaso alguien está preparado para...? Eres una niña aún —protestó él—. Y lo último que necesito ahora es enamorarme. ¿Tú sabes el descalabro que puede causar eso en mi vida? Tenía todo cuidadosamente planeado.

Sus labios se posaron suavemente sobre los de ella y dibujó mil caricias en su boca. Ella se estremeció de arriba abajo.

—Lo siento, lo siento —le susurró, agarró su muñeca y la besó—. Pero es todo culpa tuya. Eres como un encantamiento. Siempre pensé que era una persona cerebral y calculadora. Me has hecho darme cuenta de lo poco que me conocía a mí mismo.

—No puedes estar enamorado de mí —protestó ella, sin poder evitar que sus ojos desdijeran sus palabras.

—Claro que no puedo, ¿verdad? —dijo él—. Después de todo, apenas si nos conocemos y ni siquiera nos hemos acostado juntos...

Al mirarlo se dio cuenta de que todas sus inhibiciones habían desaparecido. Era el champán...

—Nunca me he acostado con nadie, pero sí sé que me quiero acostar contigo. Quiero que tú seas el que... Quiero que seas tú —terminó la frase con la voz temblorosa y él selló sus labios con el primer beso real.

Sus cuerpos se unieron en un abrazo apasionado. Ella quería dárselo absolutamente todo.

A partir de ahí, pasó la noche sin que supiera qué había sucedido. Olvidó la obra y no se enteró de la cena. Solo había habido un pensamiento en su cabeza: quería estar a solas con él.

La había llevado directamente a casa al terminar la cena. Lo mismo había ocurrido las noches siguientes.

Pero, finalmente, un jueves, le preguntó si quería irse con él el fin de semana.

—¿Cuándo? —había preguntado ella.

—Te recogeré mañana por la mañana.

El teléfono comenzó a sonar y Abbie volvió al presente. No quería recordar todo aquello. Ni siquiera la distancia de años era lo suficientemente segura como para garantizar la ausencia de dolor.

Pero ya era muy tarde. Los recuerdos habían llegado a borbotones y se habían hecho un sitio en el presente. ¡No quería que el pasado regresara en modo alguno!

Con el cuerpo tembloroso y el alma dolida, cerró los ojos y se dejó llevar.

Capítulo 2

—Es genial. Hace un tiempo estupendo. Según la información meteorológica, este calor va a durar otra semana más.

Sam volvió la cabeza y miró a Abbie con una media sonrisa en los labios. Ella se dio cuenta, entonces, de que se estaba riendo de ella.

La había recogido de casa de sus padres hacía media hora y se había negado rotundamente a decirle a dónde la iba a llevar.

Había metido su bolsa de viaje en el maletero del coche y la visión de ambos equipajes, el de él y el de ella, juntos, le había provocado un cosquilleo en el estómago.

—¿Por qué estás tan nerviosa? —le preguntó él.

—No estoy nerviosa —respondió ella.

—Sí, sí lo estás. Siempre hablas del tiempo cuando estás nerviosa.

—Eso no es verdad —respondió ella.

—Me temo que sí —insistió él con una sonrisa complacida—. No tengas miedo. Nadie te va a pedir que hagas nada que no quieras hacer.

—Pero quiero —respondió Abbie e inmediatamente se ruborizó. Solo le habría faltado que él le hubiera preguntado qué era exactamente lo que quería.

Ella aún no se podía creer que la deseara tanto, que se estuviera enamorando.

Durante el trayecto, ella se volvió en varias ocasiones a mirarlo, hasta que se dio cuenta de que él agarraba con fuerza el volante, como si temiera perder el control.

–Si sigues mirándome de ese modo, no voy a poder resistirlo más. Voy a tener que parar y empezar a besarte. Y una vez que empiece, no sé si voy a poder contenerme.

Abbie sintió que todo su cuerpo se inflamaba. Se encendió una hoguera que la abrasaba, al mismo tiempo que no podía evitar cierto temor.

–La primera vez que haga el amor contigo quiero que sea perfecto. Me gustaría tumbarte sobre un lecho lleno de almohadones mullidos. El dormitorio estará inundado de rosas y el sol alumbrará tu cuerpo desnudo, tendido sobre la cama. Quiero que sea un lugar en el que podamos estar completamente solos, una torre de un castillo, y que los sonidos de la naturaleza nos envuelvan. Habrá un río de agua clara que susurrará a su paso un sonido cristalino. Después de haber hecho el amor, nos bañaremos desnudos y volveremos a amarnos en la ribera del río. La luna le dará a tu cuerpo el color del nácar. Y sé que no podré resistir la tentación de recorrer tu cuerpo con mis labios, con mis manos...

–¡Por favor, para ya! –susurró Abbie. Todo su cuerpo era una llama y lo único en lo que podía pensar era en sentir el calor de aquel hombre sobre la piel desnuda.

Después de un rato, empezó a preguntarse con impaciencia dónde estaría el hotel.

–¿Tienes hambre? ¿Quieres que paremos?

Lo banal de aquella pregunta fue un choque inesperado para ella. Se limitó a decir que no con la cabeza, incapaz de pronunciar palabra. Él debía saber que lo único que satisfaría su paladar en aquellos momentos sería el sabor de su piel.

El paisaje comenzó a cambiar. Estaban entrando en Gales y el entorno era casi salvaje.

Miró de un lado a otro y se imaginó las huestes guerreras

de un pasado lejano cabalgando por las sendas desdibujadas de aquellos bosques. Todavía le parecía escuchar el sonido de los cascos de los caballos al golpear con fuerza. Se imaginaba a los caballeros andantes en busca de algún castillo donde reposar sus huesos doloridos por el viaje.

De pronto, él le dio voz a sus pensamientos.

–Este es uno de esos lugares en los que el pasado parece muy próximo, ¿verdad?

Aquel comentario fue la guinda suculenta del pastel más ansiado, pues además del deseo exacerbado, había una compenetración inusual entre ellos.

Abbie se sentía demasiado joven para enamorarse de aquel modo. No era todavía el momento de comprometerse con ningún hombre de aquel modo. Pero algo le decía que era inevitable.

Todavía podía poner freno a los acontecimientos. Al menos eso era lo que necesitaba pensar para sentirse más tranquila.

–Ya casi hemos llegado –anunció Sam.

El hotel parecía enteramente un pequeño castillo sacado de un cuento de hadas. Era una mansión que se alzaba majestuosa en mitad de un valle, rodeada de un bosque frondoso. La fachada tenía a cada lado sendas torres puntiagudas de teja esmaltada en variados colores, que daban a la construcción un aire irreal.

De fondo, un tapiz de pequeñas montañas verdes medio escondidas tras enormes árboles.

Los jardines delicadamente diseñados y cuidados eran el toque perfecto y final de un cuadro de ensueño.

–¡Es... es increíble! –miró a Sam, completamente perpleja.

Él detuvo el coche en el aparcamiento situado en la parte trasera del hotel.

Estaba claro que aquel lugar había sido tiempo atrás una casa privada.

Abbie alzó la vista hacia el punto más alto de las torres. Entonces recordó la descripción que había hecho él de lo que quería que fuese su encuentro amoroso. Hasta aquel instante lo había considerado solo una fantasía, pero tal vez acabaría siendo realidad.

–Uno de los adjuntos de la facultad me contó que había estado aquí con su mujer para celebrar sus bodas de plata. El edificio fue construido por una rica heredera, con el único propósito de encontrarse con su amante, quien procedía de una clase social inferior a la suya. Ella estaba obligada a casarse con alguien de su condición y así lo hizo. Pero cada verano, hasta el día en que él murió, se encontraban en este lugar maravilloso. Tras su muerte, ella cerró la casa, incapaz de volver a un lugar tan plagado de recuerdos. Les cedió la casa a sus familiares.

–¡Qué horror! –dijo Abbie–. Me parece espantoso amar a alguien y que no te permitan compartir tu vida con esa persona, que te obliguen a mantener tu amor en secreto.

Abbie sintió un escalofrío.

–¿Qué pasa? ¿Qué te ocurre? –preguntó Sam alarmado.

–Nada –respondió ella. ¿Cómo podía decirle que la historia que acababa de contarle proyectaba una oscura sombra sobre su felicidad? De pronto, tuvo la sensación de que en aquel hermoso lugar aún pervivía la tristeza de aquella mujer que se había visto forzada a ocultar su amor de por vida. Y esa tristeza se sentía como una amenaza, como si el poder de un sufrimiento tan profundo pudiera trastocar su incipiente amor.

Sin duda aquellos pensamientos eran ridículos, al menos eso era lo que debía decirse a sí misma. Él la había llevado allí como un gran regalo, para hacer de aquel primer encuentro algo especial e inolvidable.

–¿Me equivocaría si pensara que has alquilado una de las habitaciones de las torres? –le preguntó ella, tratando de liberarse de aquella inexplicable sensación que la había sobrecogido.

—¡Cómo se te ocurre pensar algo así! —bromeó él con una sonrisa satisfecha.

Pero no había sido una habitación lo que había alquilado, sino una suite con dos dormitorios.

Ella lo miró interrogante al comprobar que eran dos y no una las habitaciones.

—No quería que te sintieras presionada —respondió él.

—No me siento presionada —dijo ella, que se sentía a salvo en aquel lugar sagrado. Su amor estaría protegido entre las paredes de su espacio privado y nada podría perturbarlo. La proximidad de Sam era, además, el mejor remedio para el desconcierto—. Quiero que seamos amantes, Sam. Te deseo... te deseo más de lo que nunca pensé que se podría desear a nadie. Te deseo tanto que me duele aquí.

Posó la mano sobre su bajo vientre y Sam no pudo más.

La tomó en sus brazos y la besó con furia.

Abbie comenzó a temblar pero, instantes después, el placer tomó las riendas. Alzó los brazos y le rodeó el cuello.

Sus ojos se encontraron. El deseo era mutuo y de idéntica intensidad.

Abbie podía sentir los latidos del corazón de Sam y un calor que le abrasaba las entrañas. El olor de aquel cuerpo masculino era tan excitante que, por un momento, tuvo la sensación de no poder contenerse.

¿Le estaba ocurriendo lo mismo a él? ¿Acaso el calor de la pasión emanaba de sus poros con la misma intensidad?

Abbie no pudo contener un ligero sonido mitad protesta, mitad excitación, que hizo que Sam le acariciara suavemente la mejilla.

—No te preocupes —le dijo—. Te aseguro que no tienes nada que temer. Iré despacio.

—No tengo miedo —dijo ella con la voz tan temblorosa como su cuerpo–. Al menos, no tengo miedo de ti. Lo que me asusta es la intensidad de lo que siento. Me aterra perder el control... desearte tanto...

–Lo sé, lo sé –dijo él, y la abrazó cariñosamente–. Yo siento lo mismo. Me da miedo no poderte dar todo el placer que te quisiera dar, no ser capaz de contenerme para que disfrutes. Me gustas tanto...

–¿Preferirías que no fuera virgen? –le preguntó Abbie francamente preocupada.

Él agarró su rostro entre las manos.

–¿Qué te hace pensar eso? –le preguntó–. Me encanta que me hayas elegido como tu primer amante. Lo único es que me aterra la idea de decepcionarte. Abbie, soy un hombre y, por tanto, soy posesivo e, incluso, celoso. Sé que una vez que te haya hecho mía no aceptaré que ningún otro hombre te toque. Yo tengo veintiséis años y he tenido otras relaciones sexuales. Pero en lo que se refiere al amor soy tan virgen como tú. ¿Preferirías que no fuera así?

La mirada de ella le dio la respuesta esperada.

–No me mires de ese modo, no me puedo resistir... Todavía no. Había previsto un paseo por el bosque, tomar el té, cenar con champán...

Abbie se lanzó a su cuello y lo besó con pasión.

–Te deseo, Sam, te deseo desesperadamente.

Diez minutos después, estaban en la cama, sus ropas esparcidas por el suelo.

Sam estudiaba con detenimiento su cuerpo desnudo y se deleitaba en la suavidad de su piel.

Él también estaba desnudo y su cuerpo la excitaba más de lo que jamás habría esperado. Tenía los hombros anchos, el torso musculoso...

Abbie sentía unas tentaciones inmensas de hundir los dedos en la pequeña mata de pelo negro que cubría su virilidad, de hundir el rostro allí y absorber el aroma de su sexualidad, de atrapar su miembro pujante entre los labios y saborearlo. Pero no sabía cómo podría recibir él un acto así.

Sam la miraba, la observaba detenidamente y el pulso se le aceleraba por momentos.

Pronto se dio cuenta de que sus pezones estaban duros, de que sus pequeños pechos parecían haberse inflamado. ¿Qué pensaría Sam de ellos? ¿Le gustarían o le parecerían demasiado pequeños?

Se tensó al sentir el roce de su mano sobre los senos.

–Tienen un tacto perfecto –dijo él, como respuesta a una pregunta no formulada–. Son perfectos.

Bajó la cabeza y atrapó uno de los pezones entre los labios, suavemente. Abbie enardeció de deseo y se arrimó a él.

Necesitaba lo mismo que acababa de hacer una y otra vez, necesitaba más también. Quería sentir sus manos y sus labios sobre su estómago, sobre sus muslos calientes.

Instintivamente, agarró la cabeza de Sam y la atrajo hacia sus pechos. Él hundió el rostro en la deliciosa turgencia de sus senos y le acarició el vientre.

De nuevo, una ola de sensaciones intensas recorrió el cuerpo de Abbie.

Cuando, accidentalmente, Sam rozó su vello púbico, la excitación llegó a un punto álgido.

–¿Ya... me quieres ya?

Ella no tuvo que responder. Sus dedos ya estaban atormentando su sexo. Estaba húmeda y, secretamente, le imploraba que la tomara al fin, que cesara aquella deliciosa tortura.

Él cubrió su sexo con toda la mano. Pero no era eso lo que ella quería.

Sam, entonces, se apartó y ella gimió en protesta.

–Verás como esto lo hace más fácil –le dijo. Su miembro estaba erecto y aquella visión la incitó a rogar. Pero no lo hizo–. Dobla las piernas.

Ella se dejó llevar y él se inclinó sobre su pubis y comenzó a saborear su sexo. La sensación que provocaba su lengua era más de lo que podía soportar.

Ya cercana al éxtasis, optó por suplicar que la poseyera.

–Sam, por favor, no puedo más, quiero tenerte dentro. Quiero que estés ahí ahora y siempre.

Abbie sintió la presión de los labios de Sam sobre los suyos y la deseada invasión se materializó.

Fue tal y como lo había deseado: lenta, suave y deliciosa.

Instintivamente, siguió el ritmo que él marcaba hasta que, finalmente, llegó al clímax antes que él. Gritó de placer y, acto seguido, llegó el.

Cuando aún sus cuerpos no se habían detenido del todo, rompió a llorar, sobrecogida por la intensidad de lo que acababa de sentir.

Se pasaron casi todo el fin de semana haciendo el amor.

Y, tal y como él le había dicho, yacieron en la ribera del río y se amaron con el susurro incesante del agua como fondo.

El domingo por la tarde, ya sabían que no había camino de vuelta, que el amor que sentían el uno por el otro era más poderoso que nada en el mundo.

–No quería que esto ocurriera –dijo Sam–. Eres demasiado joven.

–Podemos ser solo amantes... –comenzó a decir Abbie, pero él la interrumpió.

–No. No se trata de eso. No estoy hablando de sexo, Abbie. De lo que hablo es de haber encontrado a la mujer con la que me gustaría compartir el resto de mi vida. Se trata de amar tan intensamente que la idea de perderte de vista un solo segundo es una tortura. Puede que no tuviéramos planeado enamorarnos así, pero...

–Llévame a la cama –le susurró ella insinuantemente–. Todavía nos queda algo de tiempo antes de marcharnos.

***

Tres meses después, ya estaban casados, a pesar de lo que sus padres opinaban al respecto.

Lloyd tampoco parecía muy de acuerdo con la decisión y consideraba que Abbie estaba cometiendo un error por casarse tan joven.

Lloyd y Sam no se gustaban.

Lloyd tenía la sensación de que Sam estaba forzando a su amiga a un matrimonio precipitado.

Sam estaba celoso, tremendamente celoso, pues no podía creer que no hubiera nada entre Abbie y Lloyd.

—Eso es lo que tú dices. Pero él está enamorado de ti. Y, no me puedo creer que tú no hayas sentido nada por él y, sin embargo, hayáis salido juntos tanto tiempo.

—Éramos muy buenos amigos, eso es todo.

Dos meses después de la boda, Abbie descubrió que estaba embarazada.

Unos pocos meses de felicidad, una felicidad tan inmensa que hacía difícil creer que nada pudiera estropearla.

Pero había estado muy equivocada.

El dolor que aquella felicidad depararía iba a ser mucho más intenso, tanto que jamás llegaría a compensar.

Se quedó malherida y acobardada, incapaz de volver a asumir otro riesgo igual, de volver a confiar en ningún otro hombre.

Y todo había empezado aquella mañana. Él la había mirado incrédulo desde el otro extremo de la cocina.

—¿Que estás embarazada? No puede ser. Es imposible.

Capítulo 3

–¿Imposible? ¿Qué quieres decir con que es imposible? –Abbie lo miraba atónita, repentinamente pálida por el desconcierto.

Cuando el doctor le había confirmado lo que secretamente había sospechado, su gozo había sido infinito.

No habían hablado nada sobre tener descendencia, pero ella había dado por hecho que tarde o temprano serían padres.

Había sido un momento perfecto, pues le daría tiempo de hacer los exámenes finales antes de dar a luz.

Al salir de la consulta había soltado una sonora carcajada. Estaba feliz y enamorada, e impaciente por contárselo a Sam.

Sin duda, sería un estupendo padre. Podía imaginarse sus grandes manos acogiendo el pequeño cuerpo de un recién nacido.

Decorarían una de las cuatro habitaciones de modo adecuado para el pequeño.

Su idea de comenzar una carrera profesional tendría que retrasarse un poco, pero valía la pena.

Estaba feliz, radiante. Habría deseado ir a buscar a Sam y contárselo. Pero no podía, estaba en mitad de una clase.

¡Embarazada y del hijo de Sam! ¿Podía haber algo mejor?

De pronto, sintió hambre, mucha hambre. Quería sardinas en aceite y una chocolatina.

A partir de ahí tendría que cuidar su alimentación, pero por una vez se iba a dar el gusto de comer lo que le apetecía.

Cuando el doctor le había preguntado si tenía idea de cuándo había sido la concepción, ella se había encogido de hombros.

Le rogó que le dijera cuándo había sido la última vez que habían hecho el amor.

–Esta mañana –había respondido ella con una gran sonrisa–. Pero hace tres semanas que me debería haber venido el periodo.

Había estado tomando la píldora, pero había olvidado dos de ellas en noches sucesivas. Ese debía de ser el motivo.

Sin duda, aquel bebé estaba destinado a nacer en aquel momento, del mismo modo que Sam y ella habían estado destinados a encontrarse.

¡Estaba tan contenta!

–¡Es imposible que estés embarazada, al menos de un hijo mío! –le dijo Sam.

Ella lo miró incrédula. La felicidad se transformó en un dolor agudo.

Sam estaba furioso.

–¿Qué quieres decir con eso de que no de un hijo tuyo? ¿Es una broma? –susurró ella completamente confusa.

No entendía en absoluto lo que Sam quería decir con todo aquello. ¿Cómo podía aquel bebé no ser de ambos?

Trató de encontrar en su gesto algún retazo de humor, pero no lo encontró.

–¿Una broma? ¡Ojalá lo fuera! –dijo él–. No puedes estar embarazada de mí. Me he hecho la vasectomía.

–¿Que tú qué? ¿Cómo has podido hacértela sin decírmelo?

–Me la hice hace años, cuando estuve en la India como voluntario. Trabajaba en un pequeño pueblo. Allí conocí a un hombre de mi edad, era el jefe de grupo. Me contó que quería hacerse la vasectomía. Aquello me impresionó mucho al principio. No entendía cómo podía pensar en eso. Pero, cuando me llevó a Bombay y me mostró la cantidad de niños abandonados que había porque sus padres no podían alimentarlos, lo comprendí. Me contó que la economía mundial no podía soportar tantas bocas. Aquello me hizo darme cuenta de que traer al mundo un niño cuando hay tantos que necesitan un padre era un acto de egoísmo, que no haría sino empeorar la situación de los más desfavorecidos. Eso me hizo decidirme a hacerme la vasectomía.

Abbie lo miraba anonadada.

–Me estás mintiendo.

–No –dijo Sam–. Eres tú la que miente al decir que estás embarazada de mí.

Abbie se mojó los labios nerviosamente. No podía creerse que aquello estuviera sucediendo. ¿Cómo podía llevar al hijo de Sam en su vientre si él...? Los ojos se le llenaron de lágrimas con una mezcla de angustia, rabia y pánico.

–Debiste de suponer que tarde o temprano yo querría tener un hijo y, a pesar de todo, te casaste conmigo sin contarme nada. ¿Por qué?

–Te lo creas o no, estaba tan enamorado que en ningún momento me lo planteé. Y, quizás, di por hecho que compartirías mi punto de vista de que sería mejor apoyar a los niños que ya han nacido. Nunca hemos hablado de nada de esto.

–Porque no hemos tenido tiempo... ni necesidad de hacerlo. Pero deberías haber pensado que yo...

–¿Por qué? –preguntó él con impertinencia–. ¿Porque todo el mundo hace las cosas así?

–Me has mentido... me has engañado –dijo ella.

Él la miró lleno de amargura.

–¿Y tú no? Dime, Abbie, ¿cuánto tiempo después de tenerte por primera vez en mis brazos decidiste saltar en brazos de otro? ¿Una semana, dos días?

–¿Qué quieres decir? –preguntó ella con rabia.

¿Como se atrevía a acusarla de haberse acostado con otro?

—¡Venga! No te hagas la inocente conmigo. Creo que el papel ya no te va, acabas de probarlo. Has intentado achacarme la responsabilidad de un bastardo, de un niño de otro. Pero, mala suerte, no te ha funcionado. ¿El bebé es de Lloyd? Lo vi salir de esta casa hace unas cuantas noches. ¿Estabas ya embarazada de él?

—No estoy embarazada de Lloyd —dijo Abbie con desesperación. ¿Qué demonios estaba tratando de hacer Sam? Lloyd y ella jamás habían sido amantes. La sola idea de tener algún tipo de relación sexual con su amigo la horrorizaba tanto como pensar en mantenerla con un hermano. Su relación no era en absoluto sexual. Lloyd había ido a visitarla para charlar un rato, eso era todo.

Se había quedado más tiempo del previsto, pero no había podido esperar a Sam para saludarlo.

La idea de que Sam o cualquier otro pudiera pensar que Lloyd y ella tenían una aventura era algo increíble.

Una vez más, se preguntó si era una broma de mal gusto.

A Sam le gustaba ponerla en situaciones comprometidas y ver el rubor de su rostro. Pero no se podía creer que fuera capaz de llegar tan lejos, no parecía tener nada que ver con su carácter. Aunque, después de todo, hacía tan poco que lo conocía que no sabía realmente cómo era. Ya había dado por hecho que tendrían hijos juntos...

Sin embargo, él no se había molestado en decirle que le habían hecho la vasectomía. Y, si no había considerado oportuno contarle algo tan vital, ¿qué otras cosas igual de importantes se había callado?

—No puedes pensar de verdad que Lloyd y yo hemos tenido ningún tipo de relación, más allá de una profunda amistad —afirmó ella—. Ya te he dicho...

—¿Por qué no? Alguien tiene que ser el padre de esa criatura. Tú pensaste que podría pasar por ser mío.

—Pero tú eres el único con el que me he acostado —y el único hombre al que había amado. Eso le habría gustado añadir. Pero, por algún motivo, se contuvo. De pronto, confesar su amor le resultaba demasiado doloroso.

—Ya sé lo caliente que eres en la cama —dijo él con crueldad—. He tenido pruebas fehacientes de ello. Pero si no estabas satisfecha podrías habérmelo dicho.

—Por favor, Sam, no hagas esto —le suplicó ella. Pero en respuesta, solo obtuvo una mirada desdeñosa.

—Pensé que eras perfecta, maravillosa, un sueño hecho realidad. No hacía más que decirme a mí mismo que era un hombre realmente afortunado. Me preguntaba, incluso, qué había hecho para merecer semejante regalo. Pero no eras más que un espejismo, ¿verdad?

De pronto, el hombre que estaba frente a ella no era más que un extraño. No era la persona con la que creía haberse casado.

Había creído que era gentil, amoroso y compasivo. De pronto, se presentaba como alguien terriblemente cruel y despiadado. La acusaba de estar mintiendo, cuando era él el que la había engañado.

¿Cómo se atrevía a hablarle de aquel modo? Como si fuera una viciosa descontrolada, sin ninguna capacidad de amar o de sentir algo especial y diferente por él. Y lo había amado con todas sus fuerzas.

Lo miró desafiante desde el otro extremo de la habitación.

—Me da igual lo que pienses. Jamás te he sido infiel.

—No, claro, por supuesto que no —dijo él—. No hay duda de que ese niño es mío...

—No, Sam, este niño o niña no es ni será nunca tuyo. Es exclusivamente mío.

Ella se dio media vuelta.

—¿Qué haces? ¿A dónde vas?

—Voy a hacer la maleta —le respondió—. Me marcho.

–Abbie...

–¿Qué? –preguntó ella–. ¿Lo sientes? ¿Te arrepientes de todo lo que has dicho? Ya es muy tarde, Sam. Aunque me aseguraras que no has querido decir lo que has dicho, aunque me juraras que me amas con pasión, aunque me dijeras que me quieres a mí y a nuestro... a mi hijo, no podría volver a creerte jamás. Me has mentido, me has engañado al no decirme que te habías hecho la vasectomía. No se trata solo de haberle negado a nuestro hijo tu amor y tu apoyo, se trata también de mi fe en ti, de mi amor. Pero ¿sabes lo que más me duele de todo? Lo que más me duele son las cosas que has dicho sobre mí, las mentiras. No te has parado ni un segundo a recapacitar si lo que ha ocurrido podría tener una explicación, si es posible que, a pesar de todo, este niño sea tuyo...

–Sé que es imposible –la interrumpió él–. No puedes estar embarazada de mi hijo.

–Pues no es eso lo que mi cuerpo dice –le aseguró ella–. Pero no te preocupes, Sam. Desde este momento, te agradecería que desaparecieras de mi vida, tal y como yo pienso desaparecer de la tuya. En lo que a mí respecta, simplemente no existes. Es lo más adecuado, ¿no crees? Cuando mi hijo me pregunte sobre su padre, le diré que no existe.

–Abbie...

Había cierta desesperación en su voz. Pero ya no importaba. Todo había acabado, aquel era el final de una historia que, tal vez, jamás había sido real.

Se puso la mano sobre el vientre y le susurró unas palabras al niño que se estaba gestando allí.

–No te preocupes. Te amaré con todas mis fuerzas toda la vida.

No quería saber nada de Sam y así se lo comunicó a sus familiares y amigos.

A partir de aquel momento, lo único importante sería su bebé, proporcionarle un futuro digno. Con un frío desapego que sorprendió a todos, inició su nueva vida. Su carácter, antes jovial y amable, se transformó de la noche a la mañana en frío y distante. Se preparó así para asumir la nueva situación en que se encontraba.

Sam la llamó en varias ocasiones para tratar de aclarar la situación. Pero siempre se negaba a hablar con él.

No quería nada, ni la casa, ni los muebles, ni los regalos de boda... nada.

Pero ¿cómo se las iba a arreglar? Esa era la tormentosa pregunta que la asaltaba cada vez que se despertaba en mitad de la noche.

Daba igual, encontraría el modo de salir adelante.

Sam quería darle una pensión, pero ella se negó.

–No quiero su caridad –le dijo al abogado–. No quiero nada de él.

–Pero es su hijo y tiene la obligación...

–No –insistió Abbie vehementemente–. El bebé es mío, no suyo.

Nada ni nadie podía hacer que cambiara de opinión. Sus padres estaban anonadados ante la cabezonería de Abbie, hasta entonces tremendamente maleable.

Durante aquella horrorosa discusión en la que Sam hizo las más espantosas acusaciones, Abbie había sentido que algo se rompía dentro de ella.

Nunca más volvería a pasar por una situación parecida. Nunca más volvería a confiar en nadie.

Al principio fue muy duro. Sus padres estaban horrorizados de que ella insistiera en seguir trabajando en el pub hasta el último mes de embarazo.

Vivía con ellos, pues no tenía a dónde ir.

Sam tenía una prohibición oficial de acercarse a ella o de intentar verla, así es que optó por marcharse a Australia.

Abbie no sintió absolutamente nada al recibir la noticia. Frialdad y distancia.

Cuando ya se aproximaba el final de su embarazo una gran sensación de calma comenzó a llenarla. Todo cobraba sentido, y ese sentido lo daba la llegada del bebé.

No quería depender de sus padres en ningún sentido y su intención era alquilar un apartamento en cuanto tuviera oportunidad.

Ya había hablado con la dueña del pub para volver a trabajar allí en cuanto pudiera. Trabajaría, además, más horas.

Sabía que nada de aquello iba a resultar fácil, pero lo iba a conseguir. Tenía que conseguirlo por el bebé que iba a traer al mundo.

No había posibilidad alguna de que no fuera así.

–¿Mamá? ¿Dónde estás?

Abbie dio un respingo al escuchar la voz de Cathy. Se dio cuenta de que llevaba mucho tiempo sentada en el suelo polvoriento. Se había quedado fría y triste.

Metió todos los objetos en una caja y se levantó, sin escuchar la protesta de sus músculos entumecidos.

–Ya voy, Cathy. Pon la tetera al fuego, por favor.

Capítulo 4

–¿Dónde te habías metido? He llamado dos veces por teléfono y, al final, he optado por venir hasta aquí –dijo Cathy al entrar en la cocina.

–Estaba en el desván –explicó Abbie–. Por eso no he oído el teléfono.

–¿En el desván...? ¿Qué hacías allí? ¿Estás bien, mamá? –preguntó Cathy con cierta ansiedad.

–Sí, claro que estoy bien –le dijo Abbie–. ¿Por qué?

–Bueno, espero que no estés enfadada por lo que dije antes. Sé que no te gusta hablar de mi padre...

–¡Cathy, hija, claro que no estoy enfadada! –dijo Abbie no sin cierto remordimiento. Abrazó a su hija amorosamente–. Sé muy bien lo duro que ha debido de ser para ti crecer sin un padre y, especialmente, ahora que Stuart y tú os vais a casar. Si me comporté de un modo un poco cortante cuando lo mencionaste, te pido disculpas. De cualquier forma, seguramente has visto a alguien que se le parece. Es imposible que vuelva aquí. Sabe de sobra que no lo perdonaré jamás y que no tiene ningún lugar en nuestras vidas. Perdió todos los derechos que tenía cuando se negó a reconocer que eras su hija.

–Sé cuánto daño te hizo, mamá –dijo Cathy–. Pero también es verdad que debió de ser muy impactante para él enterarse de que estabas embarazada cuando él pensaba que era imposible. Stuart dice que cualquier hombre podría haber reaccionado así.

—¿Stuart dice? —preguntó Abbie, soltó a su hija y dio un paso para atrás. El corazón se le hundió muy dentro del pecho, con un pesar desconocido, al oír las palabras de su hija.

—Mamá, no quiero hacerte daño, pero...

—Será mejor que olvidemos todo esto —la interrumpió Abbie suavemente—. El hecho de que tu padre no tenga un lugar en nuestras vidas es algo que ha elegido él. Por cierto, ¿qué estás haciendo aquí? ¿No se supone que Stuart y tú habíais ido a buscar casa?

Cathy se había trasladado al apartamento de Stuart hacía unos meses, pero los dos querían empezar su vida matrimonial en una casa que hubieran elegido juntos. La situación económica de Stuart era buena, pues tenía un trabajo fijo en una gran asesoría financiera. Sus padres ya habían anunciado que el regalo de boda sería una sustanciosa suma para la casa.

Abbie suponía que la familia de Stuart debía de haberse quedado algo sorprendida de su reacción ante el anuncio de boda, pues les había recomendado no precipitar las cosas. Stuart era, sin duda, el novio que muchas madres querrían para sus hijas. Procedía de una buena familia y tenía una sólida estabilidad económica.

—Sí, nos vamos ahora. Pero quería venir antes a verte. Mamá... —empezó a decir Cathy, pero Abbie la interrumpió.

—Me parece que acabo de oír el coche de Stuart, Cathy. Yo también tengo prisa. No me había dado cuenta de la cantidad de tiempo que he pasado en el desván. He quedado con Dennis Parker dentro de una hora.

—¿En el hotel? —preguntó Cathy ansiosa.

—¿Qué ocurre, Cathy?

En ese momento, sonó el teléfono. Stuart ya estaba llamando a la puerta.

—Llámame luego y cuéntame cómo ha ido todo —le dijo su

madre y la besó amorosamente, antes de dirigirse a contestar el teléfono.

Después de una breve conversación telefónica, se metió en el baño y se dio una reconfortante ducha, sin dejar de pensar en su hija. Cathy era una muchacha encantadora, todo el mundo lo decía. Era normal en ella que se preocupara por lo que sentía su madre cuando sacaba el tema de su padre.

Esperaba que la familia de Stuart supiera apreciar lo afortunado que era su hijo de haber dado con una mujer como ella. Pero, sobre todo, esperaba que nunca se atreviera a hacerle daño.

La sonrisa que la imagen de su hija había dibujado en su cara se borró de repente. Las palabras de Stuart que Cathy había repetido la golpearon como un látigo. Seguramente era normal que Stuart considerara el punto de vista masculino, pero...

¿Pero qué? ¿No le había gustado el comentario? Su hija tenía que crecer y acabar alejándose de ella. No podía ser una niña durante toda su vida. Stuart y Cathy estaban muy enamorados y era lógico que, al menos durante un tiempo, Cathy apuntara el típico «Stuart dice...».

Ella terminaría aprendiendo a apretar los dientes y hacer uso del sentido del humor, que era siempre el mejor aliado en esos casos.

Mucho tiempo atrás ya había superado la fase de «La señora Johnson dice», cuando Cathy había empezado a ir al colegio.

Era normal, y Abbie no tendría más remedio que admitir que ciertas cosas eran como eran, especialmente en los casos de madres solteras con un solo hijo. La relación entre madre e hija había sido muy estrecha.

«¿Había sido?».

Abbie suspiró, salió del baño y entró en su habitación.

Abrió el cajón y buscó ropa interior limpia.

Cathy siempre bromeaba cuando la veía caminando desnuda por la casa. Esa era una de las ventajas de vivir en una casa donde solo había mujeres, se dijo Abbie, mientras se vestía.

No estaba habituada a pensar en su cuerpo. En tanto en cuanto se sintiera sana y estuviera en forma, no tenía de qué preocuparse.

El hecho de resultar sexualmente atractiva había sido algo que la había repugnado en los primeros años después del matrimonio.

Sin embargo, a aquellas alturas, todo le parecía menos importante y mucho más digno de tomárselo a la ligera que de otra cosa.

Y, desde luego, el vivir sin hombres le había dado una serenidad.

No le importaba en absoluto tener más de cuarenta años. Cuando la gente comentaba lo bien que estaba y que no aparentaba la edad que tenía, ella respondía que eso no era en absoluto cierto. Decía aparentar exactamente la edad que tenía, como todas las mujeres de cuarenta que la rodeaban. No eran más que personas plenamente maduras y con una experiencia vital y una capacidad de disfrutar de la vida mucho mayor que cuando eran jóvenes. Y si los hombres eran incapaces de apreciar eso, era su problema.

A pesar de todo, tenía que admitir que los hombres empezaban a apreciar a las mujeres de su edad, todavía sexualmente muy atractivas y con una activa vida profesional.

Había tenido más admiradores desde que había cumplido los cuarenta que en las décadas anteriores. Incluso algunos que creía bastante más jóvenes que ella.

Pero a ella no le había interesado ninguno.

Miró al reloj mientras se lo ponía. No quería llegar tarde a la cita con Dennis. Habían establecido una buena relación laboral cuando él estaba a cargo del mejor hotel de la ciudad y los dos eran muy perfeccionistas en lo que al trabajo se refería.

Abbie no veía en aquello nada más que una relación estrictamente profesional. Pero, según Fran, Dennis no desaprovechaba ninguna ocasión para sugerir que deberían establecer unos lazos más estrechos.

–Pues ni hablar de eso.

–No puedes seguir teniendo miedo toda tu vida, Abbie –le había dicho Fran.

–No tengo miedo. Simplemente no sé por qué voy a empezar una relación que sé positivamente que no quiero.

–Pero estoy segura de que debe de haber momentos en los que... –empezó a decir Fran.

–¿En los que qué? –la interrumpió–. ¿En los que necesito un hombro sobre el que llorar? ¿Un hombre en quien apoyarme? ¿Sexo? No, Fran, no lo necesito. Y no sientas lástima por mí. Yo no la siento. Y lo último que necesito es complicarme la vida.

–Debió de hacerte muchísimo daño... –dijo Fran.

–No, el daño me lo hice yo al creer que realmente me amaba.

Abbie se miró al espejo. Un ligero toque de maquillaje era todo lo que necesitaba.

Al observarse detenidamente notó el parecido con su hija.

Se dio cuenta de que Cathy había sacado el nombre de Sam bastante a menudo en los últimos meses. Sería la influencia de Stuart.

Abbie jamás había tenido secretos con Cathy y había respondido a todas sus preguntas, eso sí, adaptando las respuestas al momento y la edad en que su hija la interrogaba.

Cathy sabía, por tanto, lo que había ocurrido.

La perturbaba el hecho de que le hubiera dicho que lo había visto. Era imposible, por supuesto.

Pero lo que más la perturbaba era el modo en que su hija había dado a entender que querría verlo.

Abbie creía haber hecho una buena labor como madre y

como padre. Pero, de pronto, la mirada de Cathy al hablar de su padre le había hecho darse cuenta de que su hija necesitaba algo que ella nunca le podría dar. Cathy reclamaba un padre que jamás había querido aceptarla como hija.

—Abbie...

Abbie sonrió y se apartó ligeramente de Dennis que, sin duda, estaba dispuesto a darle un beso de bienvenida. Ella le tendió la mano.

—Dijiste que querías hablar conmigo. Según parece vas a necesitar personal para Nochebuena y Nochevieja.

—¿Cómo? ¡Ah, sí! —la miró unos segundos—. Eres la mujer más atractiva que he...

—Seguro que no la más —se apresuró a interrumpirlo Abbie mientras le lanzaba un cauto mensaje de zona de peligro.

—Está bien —Dennis se dio por vencido—. Hablemos de negocios. Si no te parece mal, podemos cenar mientras hablamos. He contratado un gran chef.

—Lo sé —dijo Abbie—. Según mis informes se ha formado en la mejor escuela. Una buena adquisición...

—Y muy cara —le aseguró Dennis—. Esta zona está llena de buenos restaurantes y lo último que queremos es que nuestros huéspedes tengan que irse a otro sitio a comer.

—La gente generalmente cree que los restaurantes de los hoteles carecen de la atmósfera que dan sitios más pequeños.

—Lo sé —dijo Dennis mientras la guiaba del vestíbulo al restaurante—. Pero vamos a ofrecer un precio especial para los sábados por la noche y vamos a incorporar una orquesta. Tal vez así, una vez que hayan probado la comida de David, querrán volver. Tienes que darme tu opinión.

Abbie se rio.

—No te preocupes, lo haré.

El restaurante no estaba lleno, pero había bastantes clientes.

—¿Qué tal está funcionando el centro de recreo?

—No va mal —respondió Dennis.

—Tienes mucha competencia y los precios tal vez sean demasiado altos.

—Sí, pero damos cosas a cambio: un servicio extraordinario, últimas novedades, aparcamiento gratuito y la certeza de que es un ambiente exclusivo.

—Ten cuidado, sin embargo. Puedes llegar a no ser competitivo —le advirtió Abbie—. ¿Cuánto personal crees que vas a necesitar? Y recuerda que, puesto que tendrán que trabajar en Nochebuena y Nochevieja y la mayoría serán mujeres jóvenes, tienes que garantizarles un transporte seguro de ida y vuelta.

—Tendrán acceso al servicio de autobuses gratuito del que disfruta el resto del personal.

—No es suficiente, Dennis. No quiero que ninguna de mis chicas tenga que andar sola hasta una parada. Tendrás que hacer algo o no hay trato.

—Pero ¿tienes idea de lo que me puede costar contratar un servicio de transporte puerta a puerta para cada uno de ellos?

—¿Y tú tienes idea del precio que hay que pagar en la vida cuando a una mujer la atacan sexualmente? —respondió Abbie—. Lo siento, Dennis. Insisto en ese punto. No voy a comprometer a ningún empleado si no hay garantías de transporte seguro.

—Solo puedo hacer eso pagándoles menos —dijo Dennis.

—¡No digas bobadas! —Abbie probó la comida—. ¡Está riquísimo! Me alegro de que tu chef haya optado por darle sabor a las comidas. Estoy realmente harta de comer basura colocada artísticamente. Además, está muy bien que haya incluido platos vegetarianos.

—Cada vez nos los solicitan más y David es un especialista en comida sana —hubo un breve silencio—. ¿Qué planes tienes para estas Navidades?

Abbie se encogió de hombros.

—¿Qué tal van los preparativos de la boda? —preguntó Dennis después de que les hubieran servido el segundo plato.

—Están en ello —respondió Abbie.

—Bueno, si decides hacer la celebración aquí, te haré un buen precio.

—De acuerdo —dijo Abbie.

La madre de Stuart prefería que la boda se celebrara en una carpa instalada en el jardín. Abbie, secretamente, tuvo que admitir que era una bonita idea. Pero sospechaba que cualquier confirmación de que sus planes podían ser adecuados, implicaría que la mujer tomaría por completo las riendas de la organización del evento. Las dos hermanas de Stuart ya estaban casadas y, sin duda, su futura consuegra debía de tener gran experiencia en preparativos. Pero Cathy era su hija y...

«¿Y qué?», se preguntó a sí misma. La respuesta no le gustó. Estaba celosa... sentía que le estaban usurpando algo.

Sabía que tenía mucho que agradecer a los padres de Stuart.

A pesar de que su negocio iba viento en popa, ella jamás habría podido permitirse una boda como aquella.

Cathy, además, no había parecido muy satisfecha cuando su madre había sugerido que la celebración se llevara a cabo en un hotel.

—¿No te parece muy frío? —fue el comentario de la joven.

—Quizás sí —admitió Abbie, sin poder evitar cierta decepción—. De todos modos, tienes mucho tiempo para pensarlo. Todavía no habéis decidido cuál será la fecha de la ceremonia.

—Lo sé. Pero la madre de Stuart dice que los mejores sitios hay que reservarlos con muchísima antelación. La boda de Gina tuvo que retrasarse dos veces por eso y la florista la atendió solo porque ya había hecho los arreglos para la boda de su prima. Lo celebraron en un hotel maravilloso. Es un sitio pequeño y acogedor, una mansión que, en tiempos, perteneció a una aristócrata. La mandó construir para poder verse con su amante.

Abbie sintió que se le encogía el estómago y tuvo náuseas. Sabía demasiado bien a qué lugar se refería Cathy.

—Ese sitio está demasiado lejos, Cathy, a más de una hora de viaje.

—No, ya no. Se tarda solo media hora porque la autovía pasa muy cerca. Pero tienes razón, es impensable. Es demasiado caro.

—No te preocupes, Cathy —le dijo Abbie—. Tu boda será muy especial, te lo prometo.

—Lo sé, mamá —admitió ella y abrazó a su madre—. Después de todo, lo verdaderamente importante es el hombre con el que te casas. Pero, a veces, tengo la sensación de que la madre de Stuart no me considera suficiente para su hijo. Nunca ha dicho nada, pero...

—Eso son tonterías. Stuart tiene muchísima suerte de haberte encontrado —le aseguró Abbie.

—Dices eso solo porque eres mi madre —se rio Cathy.

—Y la madre de Stuart piensa eso solo porque es su madre. Todas las madres queremos lo mejor para nuestros hijos —le dijo Abbie—. Pero nunca olvides que eres la mejor y que, si Stuart no lo cree así, entonces no te merece.

—¡Mamá! —había dicho Cathy con los ojos llorosos.

—¿Recuerdas lo que te dije antes sobre lo atractiva que eras? —la voz de Dennis la llevó de vuelta a la realidad—. Pues, no mires, pero hay un hombre ahí que piensa exactamente lo mismo que yo. No te ha quitado los ojos de encima en toda la noche.

—Creo que estás exagerando —dijo Abbie y, desobedeciendo la orden de no mirar, giró ligeramente la cabeza con mucho disimulo.

El hombre al que Dennis se refería estaba observándola, pero no había en su expresión curiosidad alguna.

De pronto, la habitación comenzó a dar vueltas, sudores fríos le recorrieron el cuerpo y una extraña sensación de estar a punto de desmayarse la invadió. Aquel hombre no era ningún admirador desconocido. Era su exmarido. Era el mismo que le había roto el corazón y le había robado la juventud, la vida.

Abbie lo miró fijamente. Su rostro, su cuerpo, sus pensamientos parecían haberse quedado petrificados para siempre. En la distancia oyó un ligero pitido e, inmediatamente, Dennis se levantó.

—Lo siento, Abbie, me acaban de llamar. Será mejor que vaya a ver qué ocurre. Enseguida vuelvo...

Abbie fue completamente incapaz de responder. Se había quedado paralizada, como si una lengua de hielo la hubiera atrapado. No sabía dónde estaba ni qué hacía allí, a pesar de todas las veces que había estado en aquel lugar y en semejantes circunstancias. El espacio había sido invadido por aquella presencia amenazante.

—No... —susurró ella y se tapó instintivamente la boca.

En ese mismo instante, Sam se puso en pie y se aproximó a ella lentamente.

Ella quería huir, correr antes de que la atrapara. Pero algo le impedía moverse.

—Abbie... —su voz sonó grave y profunda, dolorosamente familiar.

Ella empezó a temblar de pies a cabeza, como si todo su cuerpo estuviera reaccionando a las vibraciones de su voz.

¿Cómo se atrevía a hacerle eso, a volver allí? ¿Cómo se atrevía a aparecer en mitad de su vida como un fantasma malévolo del pasado? ¿Y cómo se atrevía a acercarse a ella?

—Abbie...

No había cambiado. Seguía teniendo una espesa mata de pelo negra, a la que los ligeros toques plateados solo añadían atractivo. Tenía la piel bronceada y vestía un traje caro que parecía hecho para destacar impúdicamente su atractivo.

Sus ojos seguían siendo tan brillantes como siempre, con un azul cristalino e intenso, su boca...

«¡Dios Santo! No permitas que me desmaye», rogó en silencio.

Cada vez estaba más cerca y Abbie sentía pánico, un pánico devastador.

Estaba cerca, muy cerca. No debía permitir que la perturbara de aquel modo.

Él alzó la mano como si tuviera intenciones de tocarla. Entonces, sin pensar en lo que estaba haciendo, Abbie se puso en pie y protestó enérgicamente.

–No te acerques ni un milímetro más. No me toques.

Se dio cuenta de que la gente los miraba y que un silencio pesado había sustituido al ligero bullicio precedente. Pero no le importaba.

Le daba exactamente igual lo que el resto del mundo pudiera pensar. Lo único importante era detener a Sam.

Sintió un golpe en la cadera al retroceder para que no la rozara. Sonó un tintineo de vasos al chocar.

–No tienes ningún derecho a estar aquí –dijo ella–. Ningún derecho...

–Abbie, tenemos que hablar...

Parecía calmado y totalmente en control.

Ella se daba cuenta de todo, pero era como si su cerebro fuera incapaz de registrar nada.

Ser el foco de atención en un lugar concurrido le habría resultado insoportable. Sin embargo, en aquellas circunstancias le daba completamente igual.

Había oído muchas veces que la gente podía tener ataques de pánico, pero nunca había entendido en qué consistían hasta entonces. De pronto, lo comprendía a la perfección.

Aunque su cabeza reconocía que estaba reaccionando exageradamente y que había perdido el control, le resultaba imposible hacer nada al respecto u ocultar lo que sentía.

–No te acerques. Te odio –le susurró con toda frialdad.

Pero no era odio lo que sentía, ni lo que hacía que todo su cuerpo temblara. Lo que sentía era miedo, pánico.

Corrió hacia la recepción, con el rostro lleno de ansiedad.

–Abbie, ¿qué ocurre? –le preguntó Dennis al verla ir hacia él.

Ella ignoró la mano que trataba de contenerla, agitó la cabeza y continuó.

–No me encuentro bien.

–¿Te llevo en coche? Espera. Voy por las llaves.

–No –dijo ella–. No. Me encontraré bien en cuanto llegue a casa. Solo necesito estar sola y poner mi cabeza en orden.

Incapaz de decir nada más, salió del hotel.

Su coche estaba en el aparcamiento, pero no podía irse conduciendo en aquellas condiciones.

Por suerte, todavía no había anochecido, así que optó por caminar por el sendero que atravesaba el campo hasta su pequeña casa.

La casa había sido en tiempos una pequeña granja. Cuando la compró, todos sus amigos la consideraron una loca, pues estaba a las afueras de la ciudad y casi en ruinas. Pero, con su esfuerzo, había logrado hacer de ella un lugar envidiado por todos.

Tenía un enorme jardín que ella sola se había esforzado en crear, cultivar y cuidar. La casa también había sufrido muchos cambios desde su adquisición y, recientemente, había construido un hermoso invernadero.

Abbie caminaba a toda prisa. De vez en cuando se daba la vuelta para comprobar que no la seguían.

¿Qué demonios estaba haciendo Sam allí? ¿Qué quería? ¿Cuánto tiempo había estado allí sentado observándola? No había nada que pudiera importarle en aquella pequeña ciudad. Ni nada, ni nadie.

Excepto...

Se detuvo en seco.

«Creo que he visto a papá hoy».

Las palabras de Cathy resonaron en su cabeza. Casi podía oírlas y ver la expresión del rostro de su hija.

—No —susurró Abbie casi con desesperación y miró hacia el cielo—. Es mía. Tú no la quisiste... Es mía.

Al abrir la puerta de su casa, lo primero que oyó fue el teléfono. ¿Y si era Sam? Pero no tenía sentido que la llamara. No podía haber vuelto por nada relacionado con Cathy. Simplemente era una terrible coincidencia, eso era todo. Seguramente se había quedado tan sorprendido de verla en el restaurante como ella.

Pero no parecía sorprendido, parecía...

Abbie cerró los ojos. No quería pensar en el modo en que la había observado, en que se había detenido en su boca, en su cuerpo...

¿Qué habría pensado de ella al verla? Era una mujer y no la muchacha inmadura con la que se casó. ¿Se habría preguntado cómo habría podido desearla alguna vez?

Quizás había habido tantas mujeres en su vida desde entonces que ya no se acordaba de lo que habían sentido juntos.

—¡No! —protestó Abbie con un tono angustiado que llenó toda la habitación.

Hacía años que no se planteaba lo que había sentido con Sam. De pronto, en el corto espacio de unas horas, todos los recuerdos volvían a asaltarla. Y eran devastadores y crueles.

¿Por qué le ocurriría aquello si no había pensado en él durante años? Se había negado explícitamente a mantener vivas aquellas imágenes de placer y de dolor.

Su boca, su olor, su tacto, el gusto de sus labios cálidos, todo había sido un espejismo, una ficción creada por el mayor de los farsantes.

Pero, de pronto, le dolía el pecho, un dolor que le cortaba la respiración, que la dejaba sin aliento.

¿Qué le sucedía? ¿Por qué reaccionaba de aquel modo?

Al oír el sonido de un motor, se sobresaltó.

¿Sería él? ¿Y si la había seguido?

Pero fueron los pasos de Cathy los que oyó, la voz de Cathy que la llamaba con ansiedad.

Agarró un paño de cocina limpio y se limpió la cara. Pero ya era tarde. Cathy estaba entrando en la cocina.

–Lo has visto, ¿verdad? –le preguntó a su madre–. Has visto a papá en el hotel.

Abbie miró fijamente a su hija. Tenía una expresión culpable.

–Tú sabías que estaba allí –susurró Abbie incrédula, con la esperanza de que Cathy desmintiera su afirmación.

Las lágrimas corrían perezosas por sus mejillas.

–Mamá, lo siento. No quería... yo nunca... –respondió Cathy.

Stuart estaba en la puerta de la cocina. Se aproximó a su prometida y la rodeó con el brazo.

–No ha sido culpa de Cathy, Abbie. Al menos, no directamente. Ella no tiene nada que ver con el regreso de tu exmarido. He sido yo.

–¿Tú? –Abbie lo miró confusa.

–Stuart me contó lo que había hecho hoy, cuando le mencioné que había visto a papá –dijo finalmente Cathy–. Quería darme una sorpresa.

–Sé que Cathy jamás te diría lo que te voy a decir. Te quiere demasiado y teme hacerte daño, Abbie. Pero siempre quiso conocer a su padre, lo que, como mis padres dicen, es perfectamente natural. Cathy me dijo que ella jamás se atrevería a llamarlo por temor a hacerte daño. Pero hace ya veinte años que os divorciasteis y yo sabía cuánto significaría para Cathy conocer a su padre... incluso tenerlo aquí para la boda. Así es que me puse manos a la obra y di con él.

Abbie lo miraba atónita, incapaz de mediar palabra.

—Tenía pensado viajar a Australia para conocerlo, para hablar con él. Pero... —Stuart se encogió de hombros—. Según parece, él prefirió venir. Te aseguro que no era mi intención que se presentara así.

—¿Quieres decir que eres el responsable de que haya regresado? —preguntó Abbie con indignación.

—Sí —afirmó él.

—Y me imagino que primero hablaste de tus planes con tus padres —dijo Abbie cortantemente.

Cathy estaba junto a él y sus ojos protestaban en silencio por la forma en que estaba hablando a Stuart. De pronto, parecía que madre e hija estaban en bandos opuestos. Eran, por primera vez en su vida, dos mujeres enfrentadas.

—Pues sí —admitió Stuart con firmeza.

—Y no me cabe duda de que les pareció una excelente idea. Siempre tienes el apoyo de tu madre, ¿verdad, Stuart? —dijo ella con cierto sarcasmo.

Él estaba conteniendo la rabia, pero Abbie sabía que, si continuaba, iba a hacerle mucho daño a su hija. Sin embargo, algo la impulsaba a seguir.

—Yo soy la madre de Cathy y, si hubiera considerado beneficioso para ella que conociera a su padre, lo habría hecho.

—¿De verdad? —la retó Stuart—. Has estado tan obsesionada con el odio que sentías por él, que no has sido capaz de ver más allá de tus narices. Lo que tú sientes ha sido siempre tan importante que jamás te has planteado lo que tu hija sentía al respecto, o si podía necesitar conocer a su padre. ¿No te das cuenta de que Cathy teme tanto hacerte daño que jamás te habría confesado que ansiaba conocerlo?

Abbie se volvió hacia su hija.

—Cathy, ¿es eso verdad?

La expresión de su rostro le dio la respuesta.

—¿Por qué no me has dicho nunca nada?

—No quería hacerte daño...

–Sabía que no lo podrías comprender –le dijo Stuart con crudeza–. Y sabía que jamás le permitirías tener determinados sentimientos, que no le permitirías sentirse curiosa respecto a su padre o hacer algo que no fuera compartir tu amargura. Lo único que le has contado a Cathy sobre su padre ha sido cómo os abandonó. Le has dicho una y mil veces que no era adecuado para hacer el papel de padre. ¿Cómo crees que le hacía sentirse eso? Ha sido muy duro saber que odiabas a alguien de quien ella era al fin y al cabo parte.

–Solo quería protegerla. Nunca quise hacerle daño. ¡Oh, Cathy! –abrió los brazos con la intención de abrazarla, pero ella se refugió en los brazos de Stuart.

–Lo siento, mamá –le susurró–. Stuart dice la verdad. Siempre quise conocer a mi padre, saber quién era. Stuart no es responsable de nada. Solamente quería hacerme feliz.

La muchacha miró a su prometido con los ojos llenos de lágrimas.

–Acaba de contarme ahora mismo que ha estado intentando que nos conociéramos.

–No tienes ningún derecho a interferir en nuestras vidas –le dijo Abbie a Stuart.

–Tengo todo el derecho del mundo –la contradijo él–. Amo a Cathy con toda mi alma y quiero que sea feliz. Si quería conocer a su padre...

–Puede que quisiera conocer a su padre. Pero eso no significa que vaya a hacerla feliz.

–Sé muy bien que se negó a aceptarme, que se negó a considerarme su hija –le dijo Cathy suavemente–. Pero las cosas cambian... la gente cambia.

–Puede que algunos cambien... yo no –añadió Abbie con amargura.

–Lo amaste mucho una vez –le recordó Cathy.

–Pensé que lo amaba y él pensó que me amaba a mí. Pero los dos estábamos equivocados.

Capítulo 5

–Cuéntame de nuevo qué ocurrió –le pidió Fran–. ¡En momentos como este desearía no haber dejado de fumar!

Abbie la miró de reojo.

–Ya te lo he contado dos veces.

–Lo sé, pero aún no me lo puedo creer.

Estaban sentadas en la cocina de Fran, ante una larga mesa de pino.

–Así es que Stuart se dedicó a investigar sobre Sam, finalmente, se puso en contacto con él y, de la noche a la mañana, va y se presenta aquí. ¡Increíble!

–Esa es la versión de Stuart –le dijo Abbie con cierta malicia–. ¡Fran, todavía no lo puedo asimilar! ¿Por qué Cathy jamás me ha dicho que quería conocerlo?

Respiró profundamente, como buscando un modo de calmar la ansiedad que la carcomía por dentro.

Miró a su amiga y sintió que no obtenía la respuesta que quería.

–Piensas lo mismo que Stuart y su madre, ¿verdad? –la acusó–. Piensas que Cathy tenía miedo de decirme... que yo estaba tan obsesionada con mis necesidades que jamás presté atención a las suyas.

–No, yo no pienso que las cosas sean así de simples –le respondió Fran–. Entiendo que te sientas mal, Abbie. Cualquier madre en tus circunstancias se sentiría así. Espera a que Cathy tenga hijos y lo comprenderá. Pero entiendo que Cathy sintiera curiosidad. Es natural e instintivo que una chica quiera conocer a sus progenitores. Entiendo perfectamente cómo te sientes, Abbie –la agarró de las manos–. No olvides que yo estaba allí cuando todo ocurrió. Vi cómo se rompía tu matrimonio, pero...

–¿Pero qué? –la retó Abbie.

–Sam trató de contactar contigo varias veces, incluso te ofreció una pensión para la niña –le recordó su amiga–. Eso me lo contaste tú misma en su momento.

–¿Para qué iba a hablar con él? –preguntó ella retóricamente–. ¿Para que me recordara una y otra vez que era completamente imposible que estuviera embarazada, para que me reprochara que había estado con otro hombre?

–Sé lo duro que fue, Abbie, y ni siquiera me atrevería a sugerir que trataras de comprenderlo a él también. Pero debió de ser bastante impactante saber que estabas embarazada cuando él tenía el firme convencimiento de que eso era completamente imposible. Hoy en día sabemos más sobre ese tipo de operaciones, y tenemos constancia de que existe un pequeño riesgo de embarazo. Pero en aquel entonces todo era mucho más complicado y oscuro. Tú misma me dijiste que jamás habíais hablado sobre si tener o no tener familia.

–¿Piensas que cometí un error no dándole una oportunidad? ¿Cómo iba a dársela cuando él fue el primero que nunca me la dio a mí? No se paró ni un segundo a pensar qué podía haber ocurrido. Me acusó de entrada sin dar tiempo a nada. Para él solo podía haber una explicación: mi infidelidad. Fran, jamás me había acostado con nadie más que con Sam –apartó los ojos de su amiga–. Ni tampoco lo he hecho después.

Cuando volvió a mirar a Fran, vio que aquella confesión la había sorprendido.

–¿Qué pensabas? –le dijo a su amiga–. ¿Que había llevado una vida sexual secreta? El sexo no me ha importado nunca si no había algo más fuerte debajo. Eso no ha ocurrido desde lo de Sam.

Bajó los ojos y se quedó unos segundos en silencio.

–La vida no es demasiado justa con el sexo femenino. Puede que la técnica haya logrado que podamos hacer el amor siempre que queramos sin quedarnos embarazadas, ha hecho que, en teoría, podamos sentirnos libres. Pero la realidad es que nueve de cada diez veces nuestros sentimientos nos traicionan y nos atan.

–Trata de no ser muy dura con Stuart y con Cathy –le advirtió Fran–. Estoy segura de que él solo trataba de hacer lo mejor para tu hija. Es joven y está muy enamorado. Probablemente es incapaz de ver más allá. Lo único que desea es hacerla feliz.

–¿Hacerla feliz? –preguntó Abbie no sin cierta ironía–. Como si su madre hubiera querido durante todos estos años martirizarla... Lo siento, no debería haber dicho eso... La verdad es que no sé lo que me está ocurriendo. Desde que Stuart y Cathy se comprometieron, siento...

–¿Que la estás perdiendo? –sugirió Fran suavemente.

Abbie se ruborizó ligeramente.

–Es ridículo, lo sé. Es completamente absurdo que sienta celos de que mi hija se haya enamorado. Pero me resulta muy difícil aceptar que haya en su vida alguien más importante que yo. No dejo de decirme una y otra vez que mi reacción es exagerada. Después de todo, Cathy ya se había marchado de casa cuando conoció a Stuart y es normal que la madre del muchacho quiera ayudar a organizar la boda. Pero, por algún motivo, me siento herida, innecesaria.

Su amiga le apretó la mano.

–Tengo la sensación de que mi hija ya no me necesita para nada –continuó Abbie apesadumbrada–. Es como si de pronto solo fuera una molestia para todo el mundo. Cada vez que me encuentro con la madre de Stuart me parece que me mira por encima del hombro, como si ella fuera superior. Y como Stuart piensa que es una mujer maravillosa, Cathy lo piensa también.

–Cathy te quiere mucho –dijo Fran–. Y si quieres que te dé mi opinión te diré que, posiblemente, la madre de Stuart se siente intimidada por ti, por lo que has llegado a ser por ti misma sin la ayuda de nadie. No es ningún secreto que la familia de Stuart son, por tradición, gente de dinero. Ella jamás ha tenido que hacer nada para sobrevivir, se lo han dado todo en bandeja de plata.

Fran se aproximó ligeramente, como si fuera a contar un gran secreto.

–Somos miembros del mismo comité, aunque en puestos diferentes. Pero una se entera de cosas, ¿sabes? Según parece, la hija mayor pasó una etapa de rebeldía contra ella y contra el modo en que la había educado. Ya ves, doña madre perfecta no lo es en absoluto. Y, cotilleos aparte, lo que sí me parece es que ha tenido muy poco tacto al sugerir que se podría encargar totalmente de la boda. Sin embargo, sospecho que no es realmente la madre de Stuart la que te preocupa.

–No –admitió Abbie–. Es Cathy. Ha cambiado mucho desde que se enamoró de Stuart.

–Se está haciendo mayor y necesita ser independiente. A veces me parece que se te olvida qué modelo le has dado. Mírate a ti misma y entenderás muchas cosas. Eres un ejemplo difícil de igualar, pues has conseguido luchar sola contra muchas cosas y salir triunfante.

–Hice lo que hice porque tenía que hacerlo, no porque quisiera –protestó Abbie–. Si alguien me hubiera dado la opción, habría optado por una vida de familia, le habría dado a Cathy hermanos y hermanas, un padre...

–¿Y qué? Aparte de lo que tú hubieras elegido, lo que has hecho lo has hecho muy bien. Has trabajado para darle a Cathy todo lo que necesitaba. Recuerdo las épocas en que tenías tres trabajos a la vez. Y, a pesar de todo, has pasado más tiempo con tu hija que muchas madres con un solo empleo. Te aseguro que, si me hubieran dado una libra cada vez que he deseado ser como tú, ahora mismo sería una mujer inmensamente rica.

–Pero ¿por qué ha tenido que volver Sam? –Abbie volvió al problema que ocupaba realmente su cabeza–. ¿Por qué no nos ha dejado en paz? Tengo miedo, Fran. Me da la sensación de que puedo perder a Cathy, pero, a pesar de ello, no puedo cambiar cómo me siento respecto a Sam...

–¿Por qué no le cuentas esto mismo a Cathy? –sugirió Fran–. Estoy segura de que lo comprenderá...

–No puedo –la interrumpió Abbie–. Si lo hago, pensará que es un chantaje emocional, que trato de presionarla para que no vea a su padre.

–¿Sabes realmente lo que necesitas? –le dijo Fran–. Necesitas un romance en tu vida, una relación.

–¿Una relación? ¿Qué dices? ¿No crees que mi vida es ya lo suficientemente complicada como para añadirle una complicación más.

–Pues, si yo estuviera en tu lugar, me encantaría encontrarme al hombre al que un día amé y me hirió tanto con otro acompañante a mi lado. Así le demostraría que me importa un rábano. Además, yo creo que ya es hora de que tengas una vida social más animada y que saques provecho de ese regalo que la naturaleza tan injustamente te ha dado. Porque eres una mujer tremendamente atractiva y, si yo estuviera soltera y fuera tan guapa como tú, no me pasaría las noches en casa.

–¿Y dónde se supone que voy a encontrar a ese acompañante?

–Bueno, yo te podría prestar a Lloyd un rato, si quieres, pero creo que eso sería un poco excesivo para tu Sam.

–¡Fran, no es «mi» Sam! –protestó Abbie–. Y en cuanto a

lo de que le importe con quién vaya o deje de ir, perdóname pero lo dudo.

–¿Te gustaría que le importara?

Abbie la miró furiosa.

–No, claro que no. No me importa. Lo único que quiero realmente es que desaparezca de mi vida.

Una hora más tarde, Abbie ya estaba camino de casa.

Había llamado al hotel para decir que iba a pasar a recoger su coche y para hablar con Dennis y decirle que estaba perfectamente. Todavía se ruborizaba al pensar en la escena acontecida en el restaurante.

Ella no le había contado nada a Dennis, pero le constaba que lo sabía todo.

De todas las cosas de las que se había arrepentido en su vida, probablemente la peor de todas y de la que más se lamentaba era de la escena del restaurante.

No creía que Sam pudiera haber considerado su reacción fruto de su corazón roto. Debía de saber exactamente cómo se sentía. Después de todo, ella se lo había dejado muy claro en su momento, cuando había tratado de hablar con ella.

Sus padres habían sugerido en más de una ocasión que no era mala idea el que, al menos, hablaran de lo ocurrido. Pero solo la insinuación había sido demasiado dolorosa como para poder acceder a ello.

Veinte años después de lo ocurrido, las dudas sobre la paternidad comenzaban a solventarse de otro modo: con pruebas de ADN muy fidedignas.

Pero, de algún modo, se alegraba de no haber tenido aquella opción entonces. Eso habría implicado tener que ceder ante un hombre que, de entrada, le había negado su confianza.

Salió del coche, agarró el correo y se dispuso a entrar en casa.

Pero al meter la llave en la cerradura, se dio cuenta de que no estaba echada la llave.

Abrió y entró en la casa, no sin cierta tensión. Las únicas que tenían llave eran Cathy y ella. ¿Acaso su hija se lo había pensado dos veces?

Al llegar a la cocina, se detuvo en seco. No era Cathy la que estaba sentada en la cocina hablando con el gato, sino Sam.

Volvió la cabeza y la vio. Lentamente, se puso en pie.

Abbie apretó con fuerza el bolso y las cartas.

—¿Qué estás haciendo aquí? ¿Cómo has entrado?

—Cathy me dio su llave —le confesó pausadamente, en un tono de voz que contrastaba claramente con el de ella—. Tenemos que hablar.

Allí, de pie, en mitad de la cocina, parecía mucho más grande que en el restaurante.

Abbie se sintió indignada. Allí estaba él, tranquilamente, en su casa, mientras ella, completamente alelada temblaba de pies a cabeza y no sabía dónde meterse.

Él sabía que eso iba a ser así. Había jugado sucio, pues la había tomado por sorpresa en su espacio sagrado, había vulnerado su intimidad.

Solo entendía dos modos de solucionar aquella situación. O bien lo ignoraba por completo, como si, a partir de aquel momento, su existencia fuera obviada, o lo agredía verbalmente y le decía que no había nada de que hablar.

La primera no era una opción adecuada a su carácter ni a su estado de ánimo.

—¿De qué tenemos que hablar? —preguntó ella con tono belicoso—. ¿Desde cuándo tienes derecho alguno a decidir lo que yo tengo o no tengo que hacer? Quizás tú quieras hablar conmigo, pero te aseguro que yo no tengo nada que decirte.

—Necesitamos hablar, pero no por nosotros, sino por nuestra hija —continuó Sam como si ella no hubiera intervenido.

—¿Nuestra hija? —Abbie casi se atragantó de rabia—. Tú no tienes ninguna hija. Cathy es exclusivamente mía. Tú no la aceptaste, no la quisiste, le negaste el derecho a tener un padre.

–Cometí un grave error... estaba equivocado. Entonces no me di cuenta...

Abbie lo miraba atónita. La sangre corría a toda velocidad por su cuerpo.

–No. Cathy es mi hija y nada más. Ella nunca...

–¿Nunca qué? ¿Nunca quiso conocerme, saber quién era? El odio que tú sientes por mí es tuyo, Abbie, no de Cathy.

El nombre de Cathy fluyó ligero entre sus labios, como si lo hubiera estado pronunciando desde el día de su nacimiento, como si tuviera algún derecho sobre él...

–Fue Cathy la que se puso en contacto conmigo... –le recordó él, pero Abbie no lo dejó continuar.

–No fue Cathy, sino Stuart, que tuvo que interferir. Asumió que tenía derecho...

–¿A qué? ¿A hacerla feliz? Piensas que nadie en este mundo tiene derecho a hacer feliz a Cathy excepto tú, ¿verdad, Abbie? Ni siquiera crees que Cathy tiene derecho a opinar sobre lo que le hace o no feliz.

–Eso no es verdad. Cathy tiene veintidós años, es una persona adulta y...

–¿Y qué?

Aquel hombre era imponente. Vestido de modo informal, con unos vaqueros y una sudadera, seguía siendo insultantemente atractivo. ¿Por qué conservaba tan buen aspecto a pesar de los años? Seguía teniendo un estómago plano y firme y los glúteos parecían, al menos de perfil y enfundados bajo el pantalón, turgentes y musculosos. ¿Qué demonios le pasaba? Los traseros de los hombres no le interesaban, no importaban lo bien o mal formados que estuvieran. Y menos el de aquel hombre...

–¿Y qué? –Abbie le devolvió la pregunta mientras se llevaba la mano al cuello para ocultar la tensión palpitante.

—Cathy es toda una mujer —insistió Sam—. Tú misma acabas de admitirlo. Pero tú no la tratas como si lo fuera. No le permites seguir su corazón, actuar conforme a sus necesidades. No le permites ni decir que quiere conocerme.

—¿Quiere hacerlo? ¿Te lo ha dicho ella misma?

—No, no con esas palabras. Pero sí me ha dicho...

—¿Has hablado con ella?

—Sí. Stuart y ella vinieron a verme esta mañana. Hablamos y aclaramos muchas cosas, muchos malentendidos...

—¿Malentendidos? —Abbie sintió una desagradable sensación en el estómago.

—Sí, malentendidos. Como, por ejemplo, que yo me he pasado los últimos veinte años negando el hecho de que tenía una hija, que nunca he sentido dolor o culpabilidad por lo sucedido. Malentendidos sobre por qué no pude ponerme en contacto con ella, a pesar de todas las veces que traté de hacerlo.

—Estás mintiendo. Dices eso ahora solo porque...

—¿Por qué, Abbie?

—¿Para qué has venido? ¿Qué quieres, Sam?

—Vine porque me enteré de que alguien en Inglaterra trataba de ponerse en contacto conmigo —le dijo—. Respecto a lo que quiero, creo que este no es el momento adecuado para darte una respuesta.

—No creo que nunca llegue a ser el momento para oír de tus labios nada que no sea una despedida. A tus adioses ya estoy acostumbrada.

—Abbie, fuiste tú la que me dijo adiós a mí, no te confundas. Fuiste tú la que me abandonó.

Abbie lo miró atónita.

—Porque me acusaste de engaño, de tratar de hacer pasar por tuyo un hijo bastardo. Me engañaste al no decirme que te habías hecho la vasectomía. Y, por cierto, los hombres con vasectomías también pueden dejar embarazada a una mujer.

–Lo sé –admitió él–. También sé que mi reacción fue bastante normal. La mayoría de los hombres en mi situación exigen una prueba médica de que el hijo es suyo. Eso no implica que lo que hice estuviera bien. Lo sé. Tampoco eso ayudará a aplacar el dolor que sentiste. Pero yo también sufrí, al pensar que la mujer a la que amaba profundamente me estaba engañando con otro. A los veintiséis años podía parecerte un adulto maduro, pero por dentro no lo era. Los hombres no maduran tan rápidamente como las mujeres. En aquel entonces era lo suficientemente niño como para sentir celos del aire que respirabas. Me sentía inseguro, no estaba convencido de que me amaras como yo te amaba a ti. Eras muy joven...

–Pero no tanto como para dejarte solo con mi hija... –añadió Abbie con amargura.

La mirada de Sam se oscureció.

–Yo no te dejé –insistió él una vez más–. Yo quería una reconciliación, ¿lo recuerdas? Yo no fui el que se negó a aceptar ni un solo penique. No fui yo el que dijo que antes moriría que aceptar una pensión.

–No quería tu dinero –dijo Abbie, furiosa de que no entendiera, incluso después de todos aquellos años, de qué calibre fue el insulto que le hizo al rechazarla a ella y a su bebé. La trató como si fuera... una cualquiera...–. Lo que yo quería...

Se detuvo bruscamente y parpadeó para no derramar las lágrimas contenidas.

–¿Qué era lo que querías? –preguntó Sam.

–Nada... no quería nada –dijo Abbie con rabia–. Puede que ahora hayas decidido que Cathy es parte de tu vida. Pero en lo que a mí respecta...

–¿Nunca me vas a perdonar? –dijo Sam con rabia.

Había en sus ojos una expresión violenta y desconcertada que anunció tormenta. Abbie intuyó que estaba rozando los límites de su paciencia, pero se negó a echar marcha atrás. ¿Qué le importaba a ella lo que él sintiera?

—No, nunca —dijo ella—. Tal vez hayas sido capaz de convencer, de engañar a Cathy. Pero no vas a conseguir engañarme a mí por segunda vez. ¿Cuándo tuvo lugar ese radical cambio del que haces gala ahora? ¿Cuándo descubriste que estabas equivocado? ¿La semana pasada, hace dos días? ¿Abriste los ojos una mañana después de años de no haber pensado en ello y, así, de pronto, decidiste que querías verla?

—No —respondió Sam con firmeza.

A pesar de los esfuerzos que él hacía por mantener la calma, su cuerpo lo delataba y daba señales de la tensión bajo la que estaba.

Abbie se sentía satisfecha del efecto de sus palabras. El hombre de hierro no era invencible.

—Lo creas o no, Abbie, no ha pasado ni un solo día, ni una sola noche desde entonces en la que no haya pensado... en ella. Al principio no hacía más que darle vueltas a la posibilidad de que fuera mía. Después, cuando descubrí que esa posibilidad existía... —Sam se detuvo un instante. La miró fijamente y toda su rabia explotó—. ¡No tengo por qué darte más explicaciones, ni por qué justificarme a mí mismo! ¡No tengo por qué dar gusto a tu deseo de venganza dándote detalles de mi sentimiento de culpa y de mi angustia...!

—¡Por supuesto que no! —dijo Abbie—. Yo tampoco lo haría si fuera tú. Guárdate todo eso para alguien tan estúpido que pueda creerte. Si realmente sentiste algo de eso, ¿por qué no trataste de ponerte en contacto con Cathy?

—Porque pensé que no era justo... Creí que no tenía derecho a hacerlo —le dijo él—. Además...

—¿Además qué? —por algún motivo sus palabras la herían—. ¿Además estabas demasiado ocupado con otras relaciones? ¿Te volviste a casar?

—No —respondió él en tono cortante y la miró directamente a los ojos—. Ni tampoco he tenido más hijos. Por eso...

–Por eso has decidido que quieres disfrutar del cincuenta por ciento que te corresponde de Cathy.

–No –contestó él–. La razón por la que he vuelto ha sido porque Cathy quería conocerme. Considero que lo que yo quiera o sienta respecto a ella es secundario. Si ella no hubiera hecho nada por ponerse en contacto conmigo...

–No fue ella, Sam, fue Stuart –lo interrumpió Abbie–. Stuart quiso encontrarte, no Cathy.

–¿De qué tienes miedo exactamente, Abbie? –la retó él–. ¿Es que temes que Cathy descubra que no soy el villano que siempre le habías descrito? ¿Temes que saque sus conclusiones, que se dé cuenta de que mi error fue humano, que no fue producto de una crueldad deliberada, tal y como tú se lo has explicado?

–Eso no es cierto –se defendió ella–. Yo solo quería protegerla.

–¿Cómo? ¿Contándole que nunca la quise? ¿Le has contado en algún momento cómo te quise a ti, Abbie? –le preguntó suavemente, una pregunta que se clavó como un cuchillo en su corazón.

El dolor fue tan intenso que Abbie no pudo contener un ligero gemido. Cerró los ojos como si eso sirviera de muro contra lo que sentía.

–¿Le contaste alguna vez cómo te amaba, cómo te deseaba y me deseabas tú a mí? –continuó él, aumentando su agonía–. ¿Le has contado cómo fue concebida, con qué placer y éxtasis? Me rogabas que te amara, que te llenara de mi esencia una y otra vez. Abbie, para ser justa, deberías haberle contado todo eso también.

–Le dije solo aquello que consideraba importante –respondió ella.

Respiraba con dificultad y el corazón le latía con una fuerza inusitada. Las piernas le temblaban y tenía la sensación de que, si no se sentaba, acabaría por caerse.

Pero el imponente cuerpo de Sam interfería el paso entre la silla y ella.

A pesar de todo, trató de llegar hasta allí. Se tambaleó de un lado a otro y, finalmente, tropezó con él.

El inesperado impacto de su cuerpo la dejó casi sin sentido. Pero seguía consciente. Puso las manos sobre su pecho para impedir que se aproximara a ella.

Intercambiaron una mirada, profunda y distante a la vez.

Ella sentía pánico.

Abbie comprobó con horror que sus senos se endurecían al sentir el calor de Sam.

Bajo las palmas de las manos que impedían que su cuerpo se aproximara, sentía su torso masculino como un reclamo.

Desconcertada por lo que le estaba sucediendo, Abbie se quedó paralizada. El aroma masculino y familiar, el tacto cálido, la sensación acogedora de su cercanía...

Cerró los ojos con desesperación y trató de apartarse de él, pero de golpe miles de imágenes se pusieron a danzar en su cabeza.

—Déjame —le rogó y abrió los ojos.

—Eres tú la que me está sujetando a mí, Abbie —dijo Sam.

Ella se miró las manos. Agarraban su camisa con desesperación. La sangre comenzó a fluir por sus venas. Todo su cuerpo era un río de lava ardiente.

—Todavía soy un hombre —dijo él—. Aunque hayan pasado muchos años, aún reacciono como lo hacía en el pasado cuando sentía tus pechos rozando mi cuerpo. Y esa mirada suplicante que me pide que te bese...

—No —dijo Abbie furiosa—. Eso nunca. Te odio, te...

Sam la sujetó por la cintura con una mano y con la otra le acarició el rostro, el pelo. Dio un ligero empujón a su barbilla y ella alzó la cara.

Él posó un beso sobre sus labios.

No debería haber obtenido respuesta alguna, ni encontrado

ni el más ligero poso de sentimiento. Ella no era ya una muchacha inexperta, sino una mujer madura y experimentada.

No. No podía ser. Entonces, ¿por qué en lugar de repudiarlo, de tratar de apartarse, se dejaba llevar por el balanceo de su cuerpo? ¿Por qué sus labios presionaban los de él con tanta fuerza? El corazón le latía con una excitación inusual, antigua y placentera. ¿Por qué le ocurría todo aquello y no podía dejar de apretarse contra él?

En la distancia, Abbie podía escuchar un gemido placentero que se hacía más sonoro cuanto más jugaba Sam con su boca.

Él deslizó la mano hasta su cadera y la empujó ligeramente. Comenzó a mover la pelvis, imitando los movimientos que ejecutaba su lengua.

Ella temblaba. Era incapaz de controlar sus reacciones. Muy pronto descubrió con horror que el gemido que oía en la distancia era suyo.

Sam deslizaba las manos por todo su cuerpo y acariciaba el contorno de sus senos. En tiempos, aquella había sido una señal de que ambos querían ir más lejos, de que el siguiente paso era despojarse de la ropa y acariciar los cuerpos desnudos. Él, entonces, se deleitaría con sus pezones sonrosados hasta hacer que el deseo fuera tan intenso que dolía.

Abbie notaba el tacto firme de su dedo sobre la punta sonrosada de su pecho.

De pronto, se quedó paralizada. ¿Qué estaba haciendo?

–¡Déjame! –le rogó y se apartó de él bruscamente. Se pasó la mano por la boca para limpiar los restos de pasión y deseo–. Te detesto tanto...

–Que te gustaría que te llevara a la cama ahora mismo para que pudieras probármelo.

Abbie lo miró confusa.

–No tienes ningún derecho a tocarme –le dijo–. Ningún derecho, ¿lo entiendes?

Se dio la vuelta y rodeó la mesa con la intención de salir de allí, de buscar un lugar donde el aire no estuviera inundado de su presencia. Oyó que él pronunciaba su nombre.

–Cathy tampoco tenía ningún derecho a darte la llave –continuó ella–. Esta es mi casa y no te quiero aquí.

–Me la dio porque pensó que era el único modo de que habláramos –le dijo Sam.

–¿Hablar? –Abbie se volvió hacia él con la mirada llena de ira y los ojos repletos de lágrimas–. ¿Qué tenemos que hablar? Ya nos hemos dicho todo lo destructivo que teníamos que decir, todo lo dañino y doloroso. Tienes razón. Yo no puedo impedir que veas a Cathy. Es ella la que tiene que decidir lo que quiere hacer. Pero yo tengo derecho a decidir sobre mi vida y no quiero volver a verte jamás. Así que, por favor, márchate.

Abbie esperaba que Sam luchara, replicara. Pero no lo hizo.

Se sintió aliviada de no tener que luchar, aunque un cierto vacío se le quedó en la boca del estómago.

Él se fue y Abbie recordó que no le había devuelto la llave.

Daba igual. Podía cambiar la cerradura. ¿La cerradura? ¿Qué cerradura, la de su casa? Bien.

Pero no podía cambiar la cerradura de su corazón.

Capítulo 6

–¿Sabes qué? –Cathy estaba roja de entusiasmo cuando entró en la cocina y le dio a su madre un gran abrazo–. Hemos encontrado una casa y papá se ha ofrecido a pagar la celebración de la boda. Estuvimos hablando de ello anoche, cuando papá volvió al hotel.

Abbie no respondió.

–Todavía no ha encontrado ninguna casa para alquilar, pero dice que, si acepta la cátedra que le ofrecen en la universidad...

–¿Qué cátedra? –preguntó Abbie mientras trataba de controlar el impacto de la noticia. Sam no le había dicho nada de que le hubieran ofrecido un puesto en la universidad–. Pensé que su visita era solo temporal...

–Bueno, así era al principio –dijo Cathy sin poder ocultar que se sentía ligeramente incómoda–. Pero parece que... bueno, que llevaba ya tiempo queriendo regresar... Al fin y al cabo, yo soy el único familiar que tiene...

–¿El único familiar? –la interrumpió Abbie indignada. Cathy era su hija.

–Es mi padre –respondió la joven en tono defensivo. Su alegre mirada se desvaneció y bajó los ojos.

Hacía ya una semana desde el día que Abbie había visto a Sam por primera vez en el hotel. Había cambiado todas las cerraduras y le había rogado a Cathy que no le diera las llaves a su padre.

A lo largo de aquella semana, había estado repitiéndose a sí misma una y otra vez que todo lo que debía hacer era ignorar el hecho de que Sam estuviera allí, con la esperanza de que pronto se marcharía de vuelta a Australia.

Resultaba, sin embargo, que él estaba haciendo planes no para quedarse a la boda, sino para quedarse definitivamente.

Eso le provocaba un montón de confusas emociones que ella prefería designar con un nombre común: «ira», pero que no claramente podían ser encuadradas dentro de aquel único apelativo.

—Pensé que te agradaría oír la noticia —dijo Cathy—. Pero está claro que es inútil. Stuart dice que tú nunca vas a dejar que desaparezca tu resentimiento...

—Stuart dice... —las palabras salieron llenas de rabia. Pero Abbie se contuvo. No podía seguir por ahí—. Anda, cuéntame más cosas sobre la casa.

Necesitaba encontrar de nuevo un terreno común con Cathy, un lugar privado en el que nadie pudiera entrar, en el que nadie pudiera interferir.

Eso le daría también la opción de calmarse y pensar claramente sobre lo que estaba sucediendo.

—¡Es perfecta! —dijo Cathy con entusiasmo—. Tiene tres habitaciones y un jardín privado. La cocina y el baño son horrorosos, pero papá dice que...

—¿Tu padre ya ha estado en la casa? —la interrumpió Abbie.

—Sí. Lo llevamos a verla anoche. Bueno, le pillaba de paso a Charlesford. Tenía una entrevista en la universidad y Stuart le pidió que parara un momento allí para ver la casa. Stuart y papá se llevan muy bien —dijo Cathy con entusiasmo—. Papá le ha contado a Stuart que su padre también era economista, como él.

–Pues espero que eso sea lo único que tengan en común –Abbie se arrepintió de aquel comentario inmediatamente después de haberlo hecho–. Lo siento, Cathy...

–No pasa nada, mamá –le respondió ella a toda prisa, como si no quisiera darle la oportunidad de disculparse. Estoy deseando que veas la casa. Pero no te la podremos enseñar hasta este fin de semana. Vamos a llevar a papá a conocer a los abuelos de Stuart mañana por la noche. Y pasado mañana es el cumpleaños de la niña de Julie.

–Y supongo que tu padre está invitado –dijo Abbie.

Cathy la miró con cierto desconcierto.

–Bueno, pues sí... –Cathy no sabía qué decir al respecto y optó por cambiar de tema–. Mira, mamá, me tengo que ir. Una de las razones por las que he venido ha sido para decirte que papá quiere hablar contigo sobre la boda. Considera importante que os pongáis de acuerdo.

–¿No me digas? –Abbie no pudo contener la necesidad de decir algo insidioso.

Cathy continuó, tratando de ignorar el comentario.

–Le dije que podría quedar contigo cualquier noche, porque no salías mucho. Me miró muy sorprendido –se rio Cathy–. Me preguntó si había alguien especial en tu vida y le dije que no estabas interesada en los hombres. Mamá –Cathy hizo una pausa–, cuando papá te llame, ¿podrías ser amable con él? Entiendo cómo te sientes. Pero yo solo me voy a casar una vez y me gustaría que en esa boda todo sea maravilloso. Lo que haría de ese día algo realmente especial sería teneros a los dos juntos y en armonía.

El odio y la amargura desaparecieron momentáneamente del corazón de Abbie.

–Por supuesto, mi niña. Será un día muy, muy especial, tal y como tú eres –le dijo a Cathy y la abrazó amorosamente.

No era tanto sacrificio dejar a un lado su orgullo a cambio de la felicidad de su hija.

Cuando Sam la llamara, tendría que recordar la petición que tan abiertamente acababa de hacerle su hija.

–Abbie.

Reconoció inmediatamente aquella voz, algo distorsionada por el teléfono. Seguía siendo autoritaria... y tremendamente sensual. Se estremeció.

–Sí, Sam, dime.

–Quería saber si podríamos vernos para hablar sobre la boda de Cathy. Supongo que ya te ha mencionado...

–Me dijo que quieres pagar la celebración de la boda –dijo Abbie y añadió entre dientes–: Entre otras cosas.

–¿Qué otras cosas?

Ella se sorprendió. No esperaba que la hubiera oído.

–Me contó que estabas considerando la posibilidad de trasladarte a vivir a esta ciudad... ¿Por qué...?

–¿Que por qué no te lo dije? –la interrumpió él–. No me diste la oportunidad de decir mucho. Además...

–Lo que hagas con tu vida no es asunto mío –dijo ella antes de añadir con fiereza–: Del mismo modo que Cathy no lo es tuyo.

Por fin lo había dicho. Las palabras habían salido con toda la rabia que sentía, a pesar de los buenos propósitos que había hecho de evitar el enfrentamiento con él.

–Es nuestra hija –dijo Sam–. No quiero discutir.

–Está claro que no quieres discutir conmigo –añadió con amargura–. También sé que, si te dieran la oportunidad, directamente obviarías mi existencia, ¿verdad, Sam? Pero sí te interesa Cathy.

–Me temo que estás equivocada –respondió él.

–¿De verdad? Entonces, ¿por qué de pronto te ofreces a pagar la celebración de la boda? Tu único motivo para regresar ha sido ella, es la única razón lógica.

—En cuestión de sentimientos la lógica no tiene demasiado peso –dijo Sam–. Creo que es otra cosa la que rige aquí.

Abbie se quedó un momento en silencio.

–¿Qué quieres decir?

–¿Qué te pasa, Abbie? ¿Estás segura de que es mi presencia en la vida de Cathy lo que te perturba de ese modo? ¿O tienes miedo de que afecte a tu vida? Los dos somos adultos y los dos tenemos una responsabilidad común: nuestra hija.

Abbie respiró profundamente para evitar decir algo que no debía.

¡Cómo se atrevía a hablar de su responsabilidad común! Era el colmo.

–Independientemente de cuáles sean nuestros sentimientos, es Cathy la que nos debe importar. Quiere que estemos en la boda, que mantengamos una relación amigable...

–Sé perfectamente lo que quiere –lo interrumpió de un modo tajante.

–Entonces estarás de acuerdo en que es conveniente que nos reunamos para discutir no solo ya de la boda, sino de cómo vamos a llegar a un trato razonable que no nos ponga en continuo conflicto.

Abbie se sintió, de pronto, demasiado cansada para poder pelear. Él tenía razón en algunas cosas. Sabía que Cathy jamás le perdonaría si no lograba superar su antagonismo con Sam, al menos para el día de la boda.

–Si no tienes nada que hacer esta noche, me gustaría pasar a recogerte –le sugirió él–. Pensé que sería mejor que fuéramos a algún lugar neutral.

–Estoy de acuerdo –dijo ella–. Pero no hace falta que pases a buscarme. Nos reuniremos en el restaurante.

–Como prefieras.

La cita se concertó a las ocho en punto en un pequeño pub cuyo restaurante era famoso por la calidad de su comida.

Abbie no pudo evitar cierta decepción ante la poca insistencia de Sam en ir a recogerla. Pero, después de todo, seguro que lo último que ella necesitaba era pasar en compañía de Sam más tiempo del estrictamente necesario.

Se miró al espejo. Tal vez aquel traje color crema con la camisa de seda era excesivo para el lugar en que habían concertado la cita. Aunque, después de todo, era uno de los mejores sitios de la ciudad.

Tiempo atrás, jamás se habría vestido con un color tan discreto, pues lo habría considerado aburrido y excesivamente simple.

Sin embargo, a aquellas alturas, Abbie sabía que la discreción era su mejor carta de presentación. La edad le había dado mucho más que algunas arrugas.

Se miró una vez más y pensó que tal vez la falda era demasiado larga. Pero no. La abertura trasera mostraba lo suficiente como para dar pruebas fehacientes de que no tenía motivo para ocultar sus piernas.

Se puso un par de pendientes de oro que se había regalado a sí misma en Navidad, el mismo año en que Cathy se había graduado. La habían invitado a la Cámara de Comercio local por primera vez y necesitaba algo que le diera un toque elegante.

Se dio un pequeño toque de perfume que había comprado en uno de sus poco frecuentes viajes a Londres.

Se miró por última vez. Sí, llevaba el justo toque de sombra de ojos y de carmín, suficiente para hacerla atractiva, pero en absoluto un reclamo.

Un recuerdo doloroso enturbió su mirada. Una vívida imagen apareció ante ella: se aplicaba cuidadosamente carmín sobre los labios con la única esperanza de que durara poco allí, de que Sam desnudara su boca con aquellos besos perturbadores. Su cuerpo entonces sufría una convulsión interior...

¿Habría sido aquel recuerdo pasado fijado en su inconsciente lo que la había empujado a besarlo el otro día?

Quizás no había sido más que hambre atrasada, la carencia de un hombre en su vida.

¿Y él? ¿Qué habría sentido él? Quizás aquel abrazo le había recordado un tiempo pasado, aquel tiempo en que se amaban. ¿Cuál habría sido su reacción? Podía ser que solo hubiera servido para alimentar su ego. Todavía podía excitarla, provocar en ella todo tipo de emociones.

¿Qué emociones? Esa era una pregunta a la que no sabía cómo responder. Porque la única emoción que quería sentir era odio. Era la única que él se merecía.

El dueño del restaurante era uno de los clientes de Abbie. Al verla entrar se acercó a ella y la saludó muy atento.

Sam estaba allí, sentado a la barra, y pudo apreciar el modo en que el otro hombre la miraba. Por mucho que se tratara de una relación puramente comercial, no cabía duda de que su contertulio la encontraba tremendamente atractiva.

Sam se aproximó a ellos y Abbie no tuvo más remedio que presentar a los dos hombres.

Jeff no pudo ocultar su curiosidad respecto a Sam, quizás también mezclada con cierto grado de envidia.

–¿Quieres beber algo antes o pasamos directamente al restaurante?

–Comamos –respondió Abbie.

Les mostraron la mesa en la que habían de comer y ella se dio cuenta de que había una pareja sentada en la mesa de al lado.

Eran una de las hermanas de Stuart y su marido.

Se saludaron con un ligero gesto y Abbie decidió que no era su obligación presentarles a Sam. Al fin y al cabo, estaba invitado a la fiesta de la familia.

No es que le importara que no la hubieran invitado a ella. La madre de Stuart era una de esas mujeres con las que uno se llevaba bien si había mucha distancia por medio. Nunca le había dicho nada de eso a Cathy, pero era lo que pensaba.

–Parece que eres muy popular en la ciudad –dijo Sam.

–Me muevo mucho por motivos de trabajo –afirmó Abbie.

–Y tienes un negocio floreciente –comentó Sam.

–¿Te sorprende? –Abbie no podía evitar crear continuamente cierto antagonismo.

–No, sorprenderme no... –dijo él despúes de una breve pausa.

–¿Entonces?

Durante un momento, ella pensó que él no iba a responder, pero se equivocó. Cerró la carta que había estado estudiando detenidamente y se apoyó sobre los codos.

–No me sorprende, sí me admira. El que poseas una gran habilidad para triunfar en la vida no me parece sorprendente. La materia prima estuvo siempre ahí. A pesar de todos mis errores, creo que soy capaz de reconocer la inteligencia y la valentía en una mujer. Por supuesto que no me sorprende tu éxito. Tampoco el hecho de que hayas logrado ser una persona libre e independiente, a pesar de que eso me recuerda mi propia debilidad y me hace responsable de un montón de errores que ya jamás podré enmendar. Cuando Cathy me contó que no había ningún hombre en tu vida, estuve tentado de no creerla. Luego me di cuenta de que, en realidad, tú siempre fuiste la más fuerte.

Ella lo miró con ironía.

–Sí, es curioso. Cuando estábamos juntos, yo pensaba que era el que debía llevar todo el peso familiar, el que llevaría toda la economía, el peso de los problemas emocionales. Pensé que yo guiaría y tú me seguirías a donde yo quisiera... Estaba muy equivocado respecto a quién eras.

Abbie sintió un gran nudo en la garganta. Antes de hablar, tragó saliva con dificultad.

–No te equivoques, Sam. Yo no elegí ser lo que soy ni estar donde estoy. He trabajado muy duro para darle a Cathy lo que necesitaba. Pero, si hubiera podido hacer lo que realmente quería, no habría sido esa la vida que habría tenido. No trates de hacerme sentir...

–¿De hacerte sentir qué, Abbie?

Abbie no pudo más. Se levantó mientras luchaba por contener las lágrimas.

–Sabes exactamente lo que me haces sentir.

No pudo decir nada más.

Por segunda vez en muy pocas semanas se encontró saliendo de un restaurante, incapaz de controlar sus emociones y ante la mirada curiosa de un montón de comensales.

Por suerte, la mesa que más le preocupaba ya estaba vacía.

Sam se unió a ella cuando ya había llegado al coche y estaba a punto de abrir la puerta. La agarró del brazo.

–Abbie, jamás he querido hacerte daño deliberadamente.

–¿No? –ya no podía ocultar más las lágrimas–. No te creo.

–Abbie... Abbie...

Antes de que ella pudiera impedirlo, la agarró en sus brazos y la meció como si fuera una niña.

–Nunca quise hacerte daño –dijo él con desesperación–. Ni entonces, ni ahora. Menos ahora que nunca.

–¿Por qué? –preguntó Abbie, mientras trataba de no pensar lo reconfortantes que resultaban sus brazos–. ¿Por Cathy?

Una pareja pasó cerca de ellos, pero pronto desaparecieron.

–He hecho todo lo que he podido por ella –dijo, en parte desconcertada por el modo en que estaba mostrando su vulnerabilidad ante él.

–¡Por favor, Abbie! –dijo con rabia y esa rabia dañó el corazón ya herido de Abbie. Se apartó de él. ¿Qué estaba haciendo? ¿Por qué estaba en sus brazos?

Pero él se negó a dejarla marchar y la agarró con fuerza, mientras le acariciaba el pelo.

Y esa vez no trató de fingir que lo que sentía estaba mal, que lo que estaba ocurriendo era solo fruto de una pérdida de control. Estaba respondiendo a él. Lo besaba como una hambrienta desesperada, del mismo modo en que solía hacerlo tiempo atrás, en un pasado lejano.

Lo necesitaba, lo deseaba, lo amaba con tal pasión que dolía.

—No deberíamos estar haciendo esto... No está bien... —susurró ella entre besos frenéticos. Pero su boca estaba atrapada entre los labios carnosos de él.

—El problema no es lo que estamos haciendo —dijo él—. Sino el lugar. No es apropiado estar en un aparcamiento como dos adolescentes furtivos. Deja que vaya a casa contigo, Abbie. Necesitamos decirnos muchas cosas...

—¿Quieres decir que todavía no hemos hablado de la boda de Cathy? —preguntó ella mareada.

Estaba confusa. Las cosas estaban ocurriendo a toda velocidad y su cerebro le pedía tiempo. Pero su cuerpo pedía con urgencia sentir a Sam cerca, muy cerca.

—Esa es una de las cosas sobre las que quiero hablar, pero no la que tengo en mente ahora mismo. ¿Te das cuenta de que si seguimos aquí de pie mucho más tiempo, de que si continúo agarrándote de este modo se convertirá todo en una cuestión no de hacerte el amor o no, sino de dónde?

—Sam, por favor, no puedes, no debes. ¿Cómo puede estar sucediendo esto?

—No importa cuánto tiempo o cosas hayan sucedido entre nosotros, seguimos queriéndonos y deseándonos. Nuestros cuerpos, nuestras emociones nos dicen que nos necesitamos...

—No... —Abbie trató de protestar, pero su negación se convirtió más en un ruego. Quería tener el cuerpo desnudo de Sam junto a ella.

—Abbie, si no dejas de mirarme de ese modo, no respondo de mis actos.

—Podemos... podemos ir a mi casa... —propuso ella, al ver que otras dos parejas que pasaban a su lado se interesaban excesivamente por lo que acontecía entre ellos—. Pero solo para hablar de Cathy.

—Lo que tú digas —respondió él. Pero su mirada decía algo muy distinto.

Sam le abrió la puerta sin apartar los ojos de ella. Estaba claro que lo último que quería él en aquel momento era discutir planes de boda.

Abbie solo se dio cuenta de lo que iba a ocurrir cuando ya había aparcado el coche frente a su casa y vio las luces del de Sam. Pero ya era demasiado tarde.

Lo vio bajarse del coche y dirigirse hacia ella. Ya no podía poner freno a lo que se había iniciado.

Sam le abrió la puerta y, en cuanto salió, posó un suave beso sobre sus labios, le agarró las llaves que sujetaba nerviosamente entre los dedos y se dirigieron a la casa.

—La verdad es que no necesitamos hablar de la boda ahora, ¿verdad? —preguntó ella—. Después de todo, Cathy y Stuart todavía no han decidido la fecha.

—¿Te lo has pensado? —preguntó Sam.

—Bueno, para eso era la cita, ¿no?

—Sí, supongo que sí —respondió Sam—. Pero...

—¿Pero qué? —preguntó Abbie, recordándose a sí misma que el ataque era el mejor modo de defensa. A aquellas alturas, no se podía permitir un papel pasivo en la relación.

—¿De verdad necesitas preguntármelo? —dijo Sam—. Lo que ha ocurrido hace un momento entre nosotros, ¿no lo ha hecho patente?

—No ha ocurrido nada —negó Abbie y se apresuró a entrar en la cocina para poner la tetera a calentar, como un modo de reducir la tensión que le provocaba aquella situación.

Sam la siguió hasta allí. ¡Ojalá que nunca hubiera regresado!

—Bueno, pues cuéntale eso a mi cuerpo —respondió él con sorna—. O al tuyo. Fuera lo que fuera lo que estropeó nuestra relación, fueran cuales fueran los errores que cometí, en lo que respecta al sexo las cosas... ¿Tienes idea de cómo me sentí? De pronto, una noche me tuve que acostar en la misma cama que había compartido un millón de veces contigo y ya no estabas. ¿Sabes lo que era eso? Sentía el vacío de tu presencia, anhelaba tu cuerpo, desnudo junto al mío. Al despertar, trataba de abrazarte, pero no había nada. Recuerdo cómo por las noches te acurrucabas contra mí, me agarrabas como si te resultara insoportable la idea de que nuestros cuerpos estuvieran separados.

Algo en el tono melancólico de su voz, que casaba con la luz mortecina y triste de sus ojos, le provocó a Abbie un dolor agudo y punzante en la boca del estómago. Sus palabras trajeron a su memoria sentimientos perdidos en algún lugar apartado. Durante demasiado tiempo no había sido capaz de asimilar que esos sentimientos estaban ahí. Los había negado, les había cerrado la puerta.

Sam era el responsable de traerlos de vuelta.

Aquel intenso dolor le provocó un pánico incontrolable y, como un animal herido, se puso a gritar amargamente.

—Nunca me quisiste. Si me hubieras amado, jamás habrías dudado de mí, nunca habrías pensado que te había sido infiel. Hablas de lo que sufriste, ¿qué crees que sentí yo con tus acusaciones, con tu rechazo? No me querías. No podías quererme...

—Abbie, estás equivocada, te amaba mucho.

Sam atravesó la habitación y la agarró de los brazos, con cierto nerviosismo.

—No, no. No podías amarme y...

Ella era consciente del pánico que se escuchaba en su voz.

—¿Por qué es tan importante para ti pensar que no te amaba? Reconozco que el mayor error que he cometido en toda mi vida fue negar a mi propia hija. Pero lo último que estoy dispuesto a hacer ahora es negar mi amor por ti.

—No era amor... solo sexo —insistió Abbie.

—No para mí. ¿Para ti sí? ¿Fue por eso por lo que me abandonaste tan fácilmente? ¿Por eso te marchaste sin problemas, porque era solo sexo lo que había entre nosotros?

«Marcharse sin problemas». Si él hubiera sabido lo que ella había sufrido, el daño que le había hecho y lo duro que había sido.

Lo único que le había dado fuerzas para continuar había sido su hija.

Recordó aquel tiempo en que el médico le había tenido que advertir que si no comía corría el riesgo de perder al bebé. Durante las primeras semanas, después de la separación, la sola idea de probar bocado le parecía insoportable. Se había pasado días y días llorando. La vida no tenía sentido. Solo quedaba el lamento, nada más.

Incluso después de veinte años todavía pesaba aquel dolor dentro.

Pero no iba a permitirle que viera aquello. Su orgullo era más fuerte que su dolor.

—Quién sabe. Sí, supongo que eso fue así. Yo era infantil e inexperta. No creo que en aquel momento supiera diferenciar entre sexo y amor.

—Pero ahora lo sabes perfectamente, conoces la diferencia. ¿No es así?

Él trató de contener la rabia que había en su voz, pero, a pesar de todo, se advertía un tono tenso al final de aquel eco jocoso que trataba de ocultar lo que sentía.

Se había equivocado una vez más, había cometido un error de juicio, pero era demasiado tarde de nuevo. Solo podía seguir adelante.

–Sí, creo que sí –admitió ella fríamente. La voz le temblaba ligeramente–. Sería estúpido decir que no lo sé.

Lo último que quería ella en aquel momento era que él sospechara que no había habido ningún otro hombre en su vida, que durante tantas noches, durante tantos años, se había despertado en una cama vacía.

–Bien, entonces sabes qué es exactamente lo que los dos queremos, ¿no? –preguntó él, casi como una afirmación. La agarró con fuerza y la atrajo hacia sí como un imán.

Abbie trató de apartar el rostro, para escapar de lo que estaba a punto de ocurrir. Pero Sam se adelantó y posó la mano sobre su barbilla.

El calor de su piel hizo que todo su cuerpo se estremeciera.

–¿Qué te dice tu experiencia de esto, Abbie? –le preguntó Sam.

–Sam, no puedes... –le dijo no sin cierta fiereza.

–Si lo sabes, quiere decir que también sabes que no hay compromiso entre nosotros, y que no tengo que poner excusas –dijo él rápidamente–. No puedo decepcionarte y no tenemos que fingir, ¿verdad?

Abbie trató de decirle que no había nada entre ellos, ni siquiera sexo. Pero antes de poder decir nada, Sam cubrió sus labios con un tierno beso.

Un desconcertante placer lo llenó todo. Ya no había nada más.

Y aquel beso, no había sido tentativo e insinuante, depositado con cuidado por un pretendiente. Aquel beso degustó sus labios como un amante viejo y posesivo.

¿Cómo podía estar ocurriendo aquello? Su cuerpo no respondía a lo que ella ordenaba, sino solo al delicado movimiento de su lengua dentro de su boca.

No era un beso, era mucho más, era un anzuelo imposible de rechazar.

Y su abrazo, cada vez más estrecho y embriagador.

Protestó entre besos, pero todo su cuerpo desdijo la protesta. Cada poro de su piel reclamaba la ternura de un encuentro ansiado en secreto durante décadas. Era lo prohibido y lo deseado. Y ella era vulnerable, muy vulnerable. Lo había sido siempre, pero el tiempo había construido una dura costra que disfrazaba la herida.

Estaba temblando de pies a cabeza y se sentía completamente incapaz de controlar esa reacción física.

Hacía demasiado tiempo que su cuerpo no disfrutaba de aquellas sensaciones. Eso le daba, además, una urgencia que crecía cada vez más.

Su ansia comenzó a guiar. El pensamiento se disipó, se disgregó y desapareció.

Llevada por su instinto, comenzó a desabrochar los botones de su camisa, lentamente. Mientras, recorría con la lengua cada centímetro de piel que quedaba al descubierto.

Él gimió de placer.

–Este tormento es mejor que nada en el mundo.

Atrapó uno de sus pezones con la lengua y se regodeó con el vello de su torso.

Después, lentamente, descendió hasta el ombligo. Lo saboreó e introdujo una mano por los pantalones.

Él la agarró entonces con fuerza y ella deslizó la lengua por su vientre.

–Si sigues haciendo eso, no voy a poder aguantar más.

Abbie sintió de pronto poder. Sí, tenía todo el poder que una mujer podía ejercer sobre un hombre.

Y provocarle placer era también su placer.

Bajó la cremallera del pantalón y rebuscó dentro.

Pero él reaccionó, la hizo levantarse, la agarró por las piernas y la sentó sobre la mesa de la cocina.

–¿Qué haces?

–¿Que qué hago? Te voy a torturar como tú me estás torturando a mí, dándome tanto placer que duele.

Ella se agarró a su cuello con fuerza. Entonces notó que

estaba jugueteando con su sujetador. Una vez que lo soltó, la volvió a levantar y se puso en marcha.

—¿Qué haces? ¿A dónde vas? —preguntó ella con la respiración entrecortada. La deliciosa sensación que sentía le había hecho olvidarse de todo lo demás. No importaba quiénes fueran ni quiénes hubieran sido en otro tiempo. Solo importaba la textura de su piel, el calor de sus besos.

—Te llevo a la cama, donde pueda demostrarte cómo me siento, lo que me estás haciendo y las consecuencias de ser tan tremendamente sensual como eres —dijo él—. A menos que prefieras que nos quedemos aquí en la cocina. La mesa tiene un tamaño muy aceptable. Claro que, a tus años, seguramente luego podrías tener problemas con la espalda.

—No tengo ningún problema en la espalda —lo interrumpió ella, ligeramente indignada—. Después de todo, tengo seis años menos que tú, Sam. Aunque no los aparentes.

—Me agrada oír eso —le dijo Sam riéndose a carcajadas—. Pero ¿no deberías guardar tus alabanzas para cuando te demuestre que eso sigue siendo cierto en la práctica? Aunque dudo que, teniéndote a ti en mis brazos, te pueda decepcionar.

En su mirada ya no había risa, sino deseo exacerbado.

A Abbie se le aceleró el corazón y sintió los pezones pujantes que exhibían su apetito. Se ruborizó.

Sin duda, él lo había notado pues su mirada se había centrado allí. Sam abrió la boca y atrapó sus labios.

Abbie se dio cuenta de lo poco que necesitaría hacer él en aquel momento para que ella llegara al éxtasis.

La primera vez que había tenido un orgasmo, había sido una sensación nueva y desconocida. Pero saber que solo el tacto de aquel hombre era suficiente para provocarle tanto placer era casi insoportable.

—No te muevas, Abbie —le dijo él—. Si no, no vamos a llegar a la cama.

Ella tuvo la sensación de que le había leído el pensamiento. Luego, al ver la mirada en sus ojos, se dio cuenta de que se refería a él, al estado en que se hallaba.

–Esto no puede estar ocurriendo –protestó ella–. No somos un par de adolescentes cuyas hormonas les dictan cómo actuar. Ni siquiera...

–¿Ni siquiera qué? –preguntó él con una leve indignación. Acababan de llegar al dormitorio y él la dejó de pie, en el suelo. Sus cuerpos estaban a solo unos milímetros el uno del otro–. ¿Acaso no tenemos derecho a desearnos? ¿Quién lo dice? Desde luego nuestros cuerpos dicen exactamente lo contrario.

Su voz era profunda, suave...

La besó lenta, pausadamente. Pero pronto dio rienda suelta a la urgencia, como un hambriento que no pudiera contener sus ansias.

–¡Oh, Abbie! –susurró él, con una mezcla de deseo y angustia, como si su necesidad fuera más intensa de lo que su propio cuerpo pudiera soportar.

Buscó con la lengua uno de sus pezones, dejando un rastro húmedo sobre su ropa, hasta que, por fin, encontró el punto pujante.

Se lo metió en la boca y se deleitó con su tacto duro. Abbie no podía controlar las sensaciones.

No se dio cuenta de cómo ni cuándo se habían desnudado. Pero, de pronto, se encontró a su lado. Despojados de toda vestimenta, nada parecía importar, excepto el placer de compartir una intimidad irreal.

Hacía tan solo unas horas aquella situación habría sido inconcebible. Sin embargo, estaban allí, yacían cuerpo junto a cuerpo.

Abbie se tensó al notar las manos de Sam sobre su ropa interior. Deslizó las bragas por sus piernas, hasta encontrar el final de sus largas extremidades.

Besó su vientre y hundió la cabeza entre el vello de su pubis.

–¡No! –protestó Abbie y trató de apartarse de él. No quería que notara su estado. Estaba tan húmeda, tan preparada para recibirlo...

Un sonido gutural lo alertó de lo que estaba sucediendo. Rápidamente, cubrió su sexo femenino con la mano, como si tratara de reconfortarla.

Sin esperar se tumbó sobre ella y comenzó a juguetear con su miembro excitado sobre el pubis hambriento.

¿Qué tenía de especial aquel hombre que la sola visión de su excitación provocaba en ella tal efecto? La llenaba con una mezcla de fuerza y vulnerabilidad. Era peligroso y a un tiempo reconfortante.

–¿Qué quieres, Abbie? –le preguntó–. Mi mano, mi boca... ¿qué quieres?

–A ti –Abbie no se podía creer que aquellas palabras estuvieran saliendo de su boca.

Su respuesta no fue solo verbal. Se apretó contra él y buscó su sexo. Lo condujo por las sendas una vez conocidas por ambos y desde hacía tanto tiempo abandonadas. Y se amaron.

Fuera lo que fuera lo que los llevó a ello, se amaron.

El ritmo creciente se convirtió en danza, hasta la consecución de un éxtasis exultante y total.

Y entonces, los murmullos satisfechos sustituyeron a los gemidos placenteros y reposaron como dos amantes eternos.

Abbie abrió los ojos. Aún estaba medio dormida.

Miró hacia un lado y vio a Sam. ¡Qué extraño! No estaba durmiendo en su lado de la cama.

«Sam...». De pronto, se dio cuenta de que habían pasado veinte años, de que el Sam que reposaba a su lado no era su marido, de que no había tenido hasta ese momento ningún lugar en su cama. Ni él ni nadie.

Los brazos masculinos que la rodeaban eran los de él.

Se habían quedado dormidos inmediatamente después de hacer el amor, pues seguían exactamente en la misma posición... la misma postura que cuando estaban recién casados.

Sam debía de haber echado el edredón mientras ella dormía, pues recordaba sus cuerpos desnudos cuando hacían el amor.

Trató de apartarse de él, pero la abrazó con más fuerza y no pudo separarse.

Tenía que despertarlo para decirle... Realmente tenía que hacerlo... Bostezó y se acurrucó contra él. La tentación era demasiado fuerte para ser vencida a aquellas horas...

Después de todo, ¿qué mal hacía en disfrutar un poco? Por la mañana discutirían lo ocurrido. Sin duda había sido un error, una reacción física que los había pillado desprevenidos.

Disfrutar de una noche de sexo con su exmarido podía no ser lo más razonable que había hecho en su vida, pero habían existido circunstancias atenuantes. Además, tenía cierto derecho a hacer las cosas mal ocasionalmente, ¿no?

«Pero no te olvides de que no te ama», se recordó a sí misma. «Tú tampoco lo amas a él».

Sí, tal vez eso era así. Pero lo que no podía negar era que se habían amado mucho en otro tiempo.

Era demasiado tarde para arrepentirse de nada. Lo más que podía hacer era no sucumbir al pánico que parecía estar a punto de quererla consumir.

No podía hacer nada hasta que Sam no se despertara, y no era oportuno que perturbara su sueño para discutir algo así.

Por la mañana, él estaría más proclive a negar lo ocurrido, a admitir que había sido un error. Finalmente, se relajó y se durmió.

Sam abrió los ojos y la miró. ¿Había hecho lo correcto o había estropeado las cosas definitivamente?

Lentamente, la abrazó con más y más fuerza, hasta que sus cuerpos fueron uno.

Capítulo 7

–Mamá, ¿qué hace el coche de papá aparcado a la puerta? ¿Por qué...? ¡Vaya!

Abbie se incorporó y se quedó sentada con un gesto de desconcierto total. Rápidamente, agarró el edredón y se cubrió los senos desnudos.

Cathy estaba en la puerta, completamente anonadada, ruborizada y con una inmensa «O» dibujada en los labios.

–¡Vaya! –repitió. Pero sus músculos desdibujaron un gesto para trazar en sus labios una sonrisa satisfecha y maligna a un tiempo. Miró a Abbie. Luego miró a Sam–. ¡Esto es maravilloso! ¡Verás cuando se lo cuente a Stuart! ¡Estoy tan feliz...! ¿Cuándo ha ocurrido? ¿Cuándo decidisteis que queríais volver a estar juntos? ¿Y cómo habéis podido mantenerlo en secreto? De verdad que pensé que... ¡Esto es maravilloso, maravilloso, maravilloso!

Se lanzó sobre su madre y la besó. Luego, hizo lo mismo con su padre.

Tenía los ojos llenos de lágrimas, estaba exultante de alegría.

Saltó de la cama y corrió hacia la puerta.

–Stuart está abajo. Me ha traído para ver cómo estabas, mamá. Te veía tan deprimida... ¡Si hubiera sabido que era esto lo que ocurría...! ¡Verás cuando se lo cuente a todo el mundo!

—¡Cathy! —protestó Abbie. Pero ya corría escaleras abajo. Desde el dormitorio, escucharon cómo le contaba a Stuart lo ocurrido.

Muy pronto estuvo de vuelta.

—Stuart está tan contento como yo —anunció ella—. Pero no nos vamos a quedar. Solo habíamos venido para una visita rápida. Aunque estoy convencida de que no os importa lo más mínimo que no nos quedemos.

Cathy miró la ropa de sus padres tendida en el suelo y no pudo evitar otra sonrisa.

—Divertíos —les dijo—. Pero no os olvidéis de que hay que practicar sexo seguro.

«¡Sexo seguro!». Cathy se marchó dejando en el dormitorio el eco de una sonora carcajada.

—¡Lo siento! —dijo Sam—. Pero no se me había ocurrido pensar en eso... Hace tanto que no tengo que pensar sobre ello que...

—¿Que qué? —lo retó Abbie con cierta amargura, pero en un tono de voz suficientemente bajo como para que Cathy no los oyera—. Asumiste directamente que yo había tomado mis precauciones...

Su reacción era excesiva. Estaba furiosa. Él no sabía qué responder.

—Pues siento decirte que no ha sido el caso. A pesar de lo que pareces haber supuesto, mi vida sexual es absolutamente nula, lo que implica que no necesito pensar en métodos anticonceptivos.

No estaba segura de por qué le había parecido tan insultante que cargara en ella esa responsabilidad.

—Además —añadió con fiereza al oír que su hija y su futuro yerno se alejaban de allí—. En lo que a mí respecta, considero que tenemos cosas más importantes en las que pensar, que en la posibilidad remota de que me quedara embarazada por segunda vez en estas circunstancias.

Por primera vez desde que Cathy había entrado en la habitación, Abbie miró a Sam directamente a los ojos. Se dio cuenta entonces de que estaba sentado junto a ella, de hecho, llevaba así desde la perturbadora aparición de su hija.

Su torso lucía a la luz del día, tan terso y turgente como le había parecido por la noche.

Tenía algunas marcas en el cuello que Abbie reconoció como suyas. Recordó incluso el instante de pasión en que habían sido hechas y se ruborizó. Le vinieron a la mente imágenes de su encuentro apasionado y se quedó abstraída en el vívido recuerdo de lo ocurrido hacía tan solo unas horas.

–¿Qué sucede? –le preguntó él–. ¿Estás bien?

¿Bien? ¿Cómo iba a estarlo?

–¿Que qué pasa? ¿De verdad necesitas preguntarlo? ¿No acabas de oír a Cathy? La ha debido de oír la ciudad entera y, de no haber sido así, a estas alturas ya se habrá encargado de propagarlo a los cuatro vientos.

–¿Y?

–¿Cómo que y? Piensa que tú y yo...

–¿Vamos a darnos una segunda oportunidad? –dijo él extrañamente complicado.

–Ya la has oído. Se lo ha contado a Stuart y se disponía a poner un anuncio en la prensa. ¿Por qué no se lo has impedido?

–¿Por qué no se lo impediste tú?

Abbie lo miró sin saber qué decir.

–¿Y qué le habría dicho? «Hija, aunque estamos aquí en la cama y es evidente lo que ha ocurrido, no significa...».

Abbie se sentía fatal, injustamente fatal. Mientras ella peleaba por su edredón en un ansia infinita por cubrir cada milímetro de su cuerpo, Sam yacía indiferente, con cara de satisfacción y el torso impúdicamente descubierto, como un reclamo insistente. Allí estaba, como si fuera lo más normal del mundo que su hija los hubiera pillado in fraganti.

Entonces vio otra marca más, allí, bajo el ombligo.

–¿Qué pasa? –preguntó Sam. Al ver que ella se ruborizaba, imaginó una respuesta–. Me parece que no voy a poder ducharme en las duchas comunes del gimnasio, especialmente por las otras...

–¿Qué otras? –preguntó ella furiosa.

–No me digas que ya las has olvidado –bromeó él–. Levantó el edredón y allí aparecieron todas las huellas de su pasión.

–¿Qué vamos a hacer, Sam? –preguntó con cierta desesperación en la voz–. Cathy piensa que nos hemos reconciliado, cuando los dos sabemos que lo que ha ocurrido no ha sido más que...

–¿Qué? –la retó Sam con un tono de voz inesperadamente duro, como si tratara de advertirle algo. No parecía estar dispuesto a que le diera a lo ocurrido un significado que no tenía.

Los dos debían asumir que no había sido nada más que sexo.

¿Es que él la consideraba tan idiota como para creer que había significado algo más?

Ya había aprendido, y del modo más duro, que el amor era un sentimiento que jamás podría existir entre ellos.

–Sexo, solamente sexo –respondió Abbie, orgullosa de que la voz no le temblara, de que no saliera a la luz lo que realmente había sentido.

–Sexo –repitió Sam–. Ya veo. Dime, Abbie, ¿con cuántos hombres has tenido solamente sexo desde que tú y yo...?

–¡No tienes ningún derecho a preguntarme eso! –dijo ella furiosa–. ¿Qué te parecería que yo te lo preguntara a ti?

–Me sorprendes, Abbie, ¿sabes? –le dijo Sam–. La hipocresía no era algo connatural a tu carácter.

¿Cómo se atrevía a llamarla hipócrita? Abbie se tensó. ¿Es que se había dado cuenta de que estaba mintiendo al decir que lo ocurrido entre ellos no era nada más que sexo?

No, no estaba enamorada de él, no podía estarlo. ¿Verdad que no? Después de lo que le había dicho, de lo que le había hecho. Lo ocurrido entre ellos no había sido más que...

–Estarías muy contenta de haberte acostado conmigo, siempre y cuando nadie se enterara. Pero si resulta que se hace público...

–Sí, puede que eso sea hipocresía. Llámalo como quieras. Pero ¿tú sabes lo que es vivir en una ciudad como esta? –al menos no había sospechado siquiera que le había mentido–. Ponte en mi lugar. Para ti no es un problema. Puedes agarrar las maletas y largarte a donde quieras, puedes irte como ya lo hiciste una vez.

Dolía terriblemente que, después de lo que habían compartido aquella noche, se estuvieran peleando como dos desesperados.

–¡Dios santo! ¿Por qué ha tenido que aparecer Cathy? Tengo que decirle la verdad...

–¿De verdad piensas que será una buena idea?

–¿Qué otra solución hay si no? –dijo ella–. Se va a enterar de la verdad tarde o temprano. Ojalá hubiera podido detenerla antes de que propagara la noticia por toda la ciudad. ¿Qué va a decir la familia de Stuart cuando se enteren de la verdad? Sobre todo su madre... con lo que es. Ya piensa que soy un desastre como madre... –bajó los ojos–. No solo me preocupo por mí, Sam. Lo que más me duele es que todo esto pueda hacerle daño a Cathy. Tengo miedo de que la madre de Stuart empiece a culparla de mis errores, empiece a achacarle a ella cosas que hice yo mal. No quiero que sufra por lo que yo he hecho mal.

–Cathy solo siente amor y admiración por su madre. Pondría la mano en el fuego por asegurar que eso es así –dijo Sam–. Sin embargo, en lo que respecta a la madre de Stuart... quizás sería mejor que dejáramos las cosas así.

–¿Qué cosas?

–Bueno, si Cathy cree que estamos tratando de reconciliarnos, quizás sería mejor que todo el mundo siguiera creyendo eso –se explicó Sam–. Al menos durante un tiempo. Será mucho más fácil para todos y, especialmente, para ella.

–¿Harías eso? –preguntó ella–. ¿Fingirías que lo ocurrido anoche es mucho más que...? ¿Lo harías por Cathy? ¿Por qué?

–Lo primero, porque le debo muchas cosas. Además...

–No digas nada más. Sea lo que sea lo que vas a decir, no quiero saberlo –lo interrumpió ella con fiereza.

Sam quería proteger a Cathy, quería recompensarla por lo que no le había dado.

Pero ¿y ella? ¿Qué pasaba con ella? También necesitaba protección, también necesitaba que la compensara por lo que había sufrido.

–Abbie...

Ella se quedó paralizada al sentir el roce de su mano en el brazo, pero no se dio cuenta del dolor que había en la mirada de Sam. ¿Estaba perdiéndola una vez más? Sin duda, se arrepentía de lo que había ocurrido la noche anterior. Él no...

–Lo siento, siento de verdad si he dicho algo que te molestara –comenzó a decir él.

Pero Abbie no estaba dispuesta a permitirle que continuara.

Con los ojos cargados de emoción, se volvió hacia él.

–No me has molestado. No tienes capacidad de hacerlo, ya no. Para que alguien pueda hacerme daño, tengo que sentir algo por esa persona.

–Abbie –dijo él una vez más.

–Jamás podríamos convencer a nadie de que tenemos la más mínima intención de volver juntos –dijo ella.

–Cathy lo cree –respondió él con dureza–. Y, tal y como está la situación ahora mismo, sería lo más práctico que podríamos hacer y la mejor solución a la situación que se nos acaba de plantear.

–Lo dices en serio, ¿verdad? –preguntó Abbie incrédula–.

Cathy se sentiría muy halagada de ver lo que eres capaz de hacer por ella, por verla feliz.

—Cathy no se puede enterar de esto —le advirtió él.

—¿Pero cuánto tiempo quieres que dure esta ridícula farsa? —preguntó ella con ironía—. Jamás funcionará.

—Funcionará si nosotros así lo queremos. Además, no durará tanto tiempo, solo hasta que Cathy se case —respondió Sam.

—¿Estás loco? —Abbie se quedó boquiabierta—. Pero si Cathy no se piensa casar hasta el año que viene... es imposible.

—Nada es imposible —la corrigió él—. Puede ser difícil, molesto, poco práctico, pero imposible no.

A pesar de la tensión que sentía en el estómago, al ver la sonrisa de Sam, sintió que todos sus músculos se relajaban.

Acababa de establecerse un juego al que, muy a su pesar, estaba ansiosa por jugar. Una sonrisa involuntaria la sorprendió al dibujarse en sus labios. Aquel era el hombre que la había traicionado, herido y al que aún temía. Pero, a pesar de todo, le sonreía...

—No puede ser —dijo ella—. No funcionará. Me estás pidiendo que engañe a mis amigos, a mis familiares, a mis clientes y a mis empleados. Yo vivo aquí, Sam. ¿Sabes lo que eso significa? No podría escapar si algo saliera mal.

—¿Y qué solución propones? ¿Te das cuenta de lo que significaría desmentir lo nuestro?

—¿Lo nuestro?

—Sí, lo nuestro. Ya somos una pareja desde el punto de vista de mucha gente. La primera, Cathy. ¿Te has dado cuenta de las ganas que tenía de pensar que estábamos juntos? Cathy es una persona adulta. Podría haberse planteado muchas preguntas. Podría incluso habérnoslas hecho. Pero no ha querido. Ha preferido decirse a sí misma que su padre y su madre estaban juntos, que se aman, que lo van a intentar.

—Pero, Sam...

—Y tampoco te ayudaría en nada decir la verdad cara a los

que te rodean. ¿Quién consideraría nunca más tus sentimientos? Me odias y, sin embargo, eres mi amante. ¿Cómo se entiende eso? Abbie, Cathy está en un momento complicado. Estos meses van a ser difíciles. Recuerdo lo nerviosa que estabas tú y no había nadie como la madre de Stuart alrededor –Sam la miró fijamente–. ¿Estás contenta de que Cathy se case con Stuart?

Abbie sintió su mirada penetrar dentro, muy dentro. Demasiado.

–Cathy lo quiere –respondió ella, negándose a tomar claramente partido.

–Sí, así es y él también a ella –dijo él–. ¿Qué es entonces lo que te preocupa? Y, por favor, no te molestes en decir que nada. Puede que haga mucho tiempo que no estamos juntos, pero todavía sé cuándo algo te preocupa.

¿Era realmente tan clara, tan abierta, tan vulnerable?

–Abbie...

–De acuerdo, te lo contaré. Me preocupa la relación que tiene Stuart con su madre y la influencia que tiene esa mujer sobre toda la familia.

–¿De verdad que la tiene? –dijo él–. Yo no lo veo así. Para mí, Stuart es un muchacho independiente y firme. Quiere mucho a Cathy y...

–Sí, claro, la quiere ahora –afirmó Abbie–. Pero ¿qué ocurrirá cuando haya una situación en la que ella necesite que sea fuerte, que la proteja, que confíe en ella y la defienda?

–No estás hablando de Cathy y Stuart. Estás hablando de nosotros, Abbie –dijo él–. Estás diciendo que, desde tu punto de vista, yo no confié en ti cuando debería haberlo hecho...

–No, yo no quiero hablar de eso –respondió Abbie–. Has dicho que Stuart y Cathy se quieren y eso es verdad. Pero nosotros también nos queríamos, creíamos que nos queríamos. Pero hace falta mucho más que sexo para sentar las bases de un matrimonio. Después de todo, los dos demostramos anoche que se puede disfrutar con alguien sin... ¡Yo no quiero que eso le ocurra a Cathy!

Las palabras se le quedaron en la garganta. No se sentía capaz de seguir. Sus emociones eran tan frágiles que temía que se rompieran, que todo fluyera como un río de verdades aún más dañinas que las mentiras.

–No quiero que se despierte una mañana y descubra que el hombre al que quiere y en el que confía...

–No es realmente un hombre –dijo él.

–Sabía que no lo entenderías –lo desafió ella.

–Al contrario. Lo entiendo demasiado bien –le respondió–. Pero Stuart no es Sam y Cathy no es Abbie. Tienen que vivir su vida, asumir los riesgos que esta les plantea, construirse un futuro. Lo único que nosotros podemos hacer es darles nuestro amor y nuestro apoyo.

–¿Y piensas que hacerle creer que estamos juntos es una demostración de amor? –lo retó ella.

–Sí –respondió él, casi fuera ya de la cama.

Abbie volvió la cabeza. No quería ver cómo la dejaba.

La noche anterior todo había parecido tan maravilloso... tan adecuado.

Sin embargo, aquella mañana todo había cambiado. Tenía que enfrentarse a las consecuencias de un acto irresponsable y descabellado.

Él, al ver que Abbie se daba media vuelta con el mismo desprecio con que lo había arrojado de su corazón, se preguntó cómo se había atrevido a pensar que las cosas podrían cambiar.

Sí, claro que ella respondía sexualmente. Pero lo que él sentía era mucho más que atracción sexual.

¿Se habría dado cuenta de lo que él sentía por ella?

Había sido un estúpido. La noche anterior la había hecho recordar los momentos felices de su matrimonio.

Pero el amanecer había llevado la cara oscura de cuanto habían compartido y ya solo quedaba dolor.

Capítulo 8

–Conque así están las cosas –dijo Fran sin ocultar cierto tono burlón. Su amiga no había perdido ni un segundo. En cuanto las buenas nuevas habían llegado a sus oídos, había agarrado el teléfono y la había llamado.

Por suerte, su amiga no estaba allí para ver el rubor de sus mejillas. Mentir era más fácil en teoría que en la práctica.

–De todos modos, no te creas que me sorprende tanto. Siempre hubo algo que me decía que, a pesar de todos los pesares, todavía lo querías. Después de todo, estabais tan, tan enamorados. Yo creo que es imposible destruir por completo algo así. ¡Debe de haber sido tan romántico! Un reencuentro así... Claro que a mí no se me daría nada bien un romance de esas características, no con toda la celulitis que tengo –añadió Fran–. Pero tú tienes suerte de mantener esa excelente figura.

–Una buena figura o la carencia de ella no varía en absoluto la vida sexual –le aseguró Abbie.

–Puede que no, pero sin duda ayuda a vencer algunas inhibiciones –dijo Fran con una ligera carcajada–. Yo sería más proclive a experimentar juegos sexuales si no hubiera engordado tanto. Creo que una buena figura ayuda notablemente a que tu pareja no sufra un shock cuando te ve desnuda.

–Tienes la notable cualidad de exagerar con gracia. Si no, ¿quién te iba a admitir esos comentarios? –dijo Abbie.

–Y bien, ¿cómo fue? Según la versión que yo tengo, Cathy os descubrió en la cama y tú estabas tan exhausta que apenas si podías levantar la cabeza de la almohada. Sam presentaba, según mis informes, el mismo aspecto que el primer hombre que pisó la luna.

–Eso no era por agotamiento, sino por vergüenza –aclaró Abbie–. ¿Dónde has oído todo eso?

–En el supermercado –respondió Fran animosamente–. ¿Sabes quién es la pelirroja, la que lleva siempre coleta? Pues ella me dijo...

–Leslie –respondió Abbie–. Suele trabajar para mí en temporadas altas. ¡La voy a matar!

–¿Por qué matar al mensajero? –dijo Fran con desparpajo–. ¿Por qué tienes que sentirte avergonzada? Estoy segura de que Sam no siente vergüenza alguna. Seguro...

Abbie interrumpió a Fran. No quería entrar de lleno en materia.

–Fran, ahora te tengo que dejar.

Al colgar, se dio cuenta de que estaba temblorosa y confusa. Sentía una mezcla de rabia y vergüenza. Además, había perdido todo control sobre sus emociones.

Aquella no fue la única llamada de aquellas características. Para media mañana estaba ya tan harta que estaba dispuesta a arrancar el teléfono de la pared.

En ese momento, llamó Cathy.

–¡Por fin, mamá! Llevo horas tratando de hablar contigo –protestó su hija, segundos antes de que Abbie le diera la versión completa de por qué no había parado de sonar el teléfono. Cathy continuó sin inmutarse–. Stuart y yo vamos a ver la casa y queremos que vengas. La cocina no está muy bien, pero quedará mucho mejor cuando la agrandemos y le pongamos un pequeño comedor. A Stuart le preocupa que eso sea caro. ¡Mamá, estoy ansiosa por que la veas!

Abbie sintió que el enfado inicial con el que había agarrado el teléfono se derretía como el hielo junto al calor del fuego.

—Me encantará ir contigo —dijo Abbie—. Lo único es que me iba a duchar y no quiero que tengas que esperarme. ¿Preferirías que nos viéramos allí mismo?

—No, no te preocupes —le aseguró Cathy—. Antes tenemos que ir a por las llaves, así es que podemos recogerte después.

—Muy bien —le aseguró Abbie.

Bueno, tal vez era cierto que Cathy se había excedido un poco al propagar la noticia de que se habían reconciliado con tanta rapidez y detalle. Pero el tono alegre de su voz compensaba por todo. Habían vuelto a recuperar la confianza madre-hija de la que habían disfrutado antaño.

Abbie acababa de salir de la ducha cuando oyó la puerta de la cocina.

—¡Sube! ¡Estoy aquí, en el dormitorio! —se secó rápidamente y dejó la toalla en el suelo. Buscó ropa interior en el cajón y se la puso.

En ese instante sonaron unos golpes ligeros en la puerta. Le extrañó, pues Cathy jamás llamaba. Bien, otra señal de que su hija iba creciendo.

—Pasa, cariño. No hace falta que llames —dijo.

Pero cuando la puerta se abrió, no apareció Cathy, sino Sam.

Allí medio desnuda en mitad del dormitorio, Abbie se sintió tremendamente vulnerable. Instintivamente, se cubrió los pechos en un gesto realmente ridículo.

—¿Qué estás haciendo aquí? ¿Dónde está Cathy?

—Stuart y ella se han ido directamente a la casa. Los padres de Stuart iban para allá y Cathy temía que llegaran antes que ellos.

Todo el placer que le había dado la llamada de Cathy y la invitación a ver la casa se desvaneció. No había sido una invitación exclusiva para ella.

—Pero Cathy no me dijo que nadie más fuera a ver la casa hoy. Pensé que solo nos había invitado a nosotros... bueno, a mí —incluso antes de ver el brillo compasivo en los ojos de Sam, Abbie se dio cuenta de que sus sentimientos se transparentaban como un río de agua clara.

—Creo que esa era la idea inicial. Pero ya sabes cómo son estas cosas —dijo él.

—¡Sí, claro! —dijo Abbie muy dolida—. ¡No hace falta que me mires de ese modo! No tienes por qué sentir lástima por mí, Sam. Acabo de cambiar de opinión... no pienso ir a ver la casa. Por favor, dile a Cathy que la llamaré para ir a verla en otra ocasión.

—No.

—¿No? —Abbie lo miró con una mezcla de rabia y sorpresa.

—No puedes hacer eso, Abbie —le aseguró él—. Cathy quiere que vayas. Está ansiosa por que veas la casa. Puede que sea una adulta, pero todavía necesita tu amor y tu aprobación.

—¿Por qué lo sabes? ¿Te lo ha dicho ella?

—No hace falta que me lo diga —respondió Sam—. Es obvio que significas muchísimo para ella.

—¿No me digas? Pues para mí no es en absoluto obvio. Pero, claro, como padre de Cathy tienes un acceso a los sentimientos de mi hija que a mí me han negado.

—Abbie, ¿qué te pasa? —preguntó él.

Pero antes de que ella pudiera responder, él ya había atravesado la habitación y la tenía en sus brazos.

El calor reconfortante de sus manos, la sensación de que debajo de aquella camisa de algodón había un torso excitante ya le había llegado al estómago.

Quiso apartarse de él, pero no podía. Si lo hacía, él se daría cuenta de que sus pechos estaban excitados.

¿Qué le estaba ocurriendo? ¿Por qué reaccionaba de aquel modo? ¿Por qué su cuerpo recordaba la intimidad compartida como algo especial, único, no como mero deseo físico?

«Siempre hubo algo que me decía que, a pesar de todos los pesares, todavía lo querías», recordó las palabras de Fran.

El pánico que había sentido aquella mañana al despertarse en sus brazos volvió.

Pero ¿cómo era posible que todavía quisiese a Sam después de lo que había sufrido por su causa? ¿Era posible diferenciar al hombre de sus delitos? ¿Era posible perdonar?

No, era sexo, nada más que sexo. No era posible que todavía lo amara. No quería amarlo, porque de ser así...

Comenzó a temblar y la intensidad de su angustia creció y creció. Sus emociones le gritaban que no, que no podía amarlo. Porque si lo amaba... volvería a hacerle daño...

En el pasado había tenido a su hija y la necesidad de protegerla. Eso le había dado toda la fuerza. Pero ya no tenía eso. Era tremendamente vulnerable.

–Abbie, Abbie... tranquila. Te comprendo –Sam apretó sus brazos, como si quisiera realmente reconfortarla, protegerla. Parecía que realmente le importara, lo que era totalmente imposible–. Sé que estás herida y furiosa. Sé que te molesta la influencia que tiene la madre de Stuart sobre Cathy. Pero estás muy equivocada si piensas que no te necesita.

Así es que él pensaba que era Cathy la responsable de que ella temblara de aquel modo.

Sin duda, ella no provocaba el mismo efecto en su cuerpo, de otro modo no habría podido estar así, abrazado a ella y hablando tranquilamente.

Tragó saliva con dificultad. Sus pensamientos tenían una única y desconcertante dirección. Y si él hacía el más mínimo movimiento, la más ligera caricia o si le besaba la parte de cuello que tan provocadoramente había quedado expuesta...

–¿De verdad me necesita? –le preguntó con una mirada directa–. ¿Crees que me valora? ¿Y piensas que seguiría valorándome si supiera la verdad respecto a nosotros?

—No estás siendo justa con ninguno de los dos —le dijo Sam—. Lo que hemos compartido...

Él frunció el ceño y apartó la mirada de ella. De pronto, sus ojos se habían posado sobre sus pechos, como si se hubiera dado cuenta al fin de que estaba desnuda.

—No puedo ir. No puedo sabiendo lo que le ha contado a la familia de Stuart —dijo Abbie con pánico.

—¿Prefieres que se pregunten por qué no hemos aparecido? —le preguntó Sam

Abbie lo miró genuinamente desconcertada.

Él la miraba, miraba su cuerpo. Abbie no necesitaba tenerlo más cerca para darse cuenta de que estaba excitado, muy excitado.

No obstante, los hombres eran muy diferentes a las mujeres en eso. Si tenían delante un cuerpo femenino desnudo, les daba igual que su poseedora fuera de su agrado o no. Simplemente, se excitaban.

Eso significaba que no había nada personal en el modo en que la miraba. Lo que le estaba sucediendo era, simplemente, una reacción masculina.

—Si no aparecemos ahora mismo, van a pensar que es porque no podemos separar nuestros cuerpos...

—¡Estás loco! ¿Pensarían que estamos...?

—Haciendo el amor —dijo Sam.

—No podemos permitirles que piensen eso —protestó Abbie—. Tengo que vestirme...

Miró el sujetador y el vestido que yacían sobre la cama.

—No te preocupes en ponerte el sujetador. Tardarás menos en vestirte.

Abbie lo miró. No recordaba la última vez que no se había puesto toda la ropa interior. De repente, se ruborizó. ¡Claro que lo recordaba! Había sido mucho tiempo atrás, también por sugerencia de Sam.

—No podría hacer eso —protestó ella.

Él se aproximó a la cama y agarró el vestido.

Era negro, con pequeños motivos en color crema. Era un traje que se solía poner para las reuniones de trabajo menos formales. Tenía un aire elegante, pero marcaba menos las distancias.

Llevaba unos pequeños botones en el escote. Se dio cuenta de que Sam los miraba de un modo particular. Hasta aquel momento, jamás se había planteado que aquel vestido pudiera ser en absoluto sexy. Él, sin embargo, no parecía verlo así.

Agarró el vestido y se lo puso.

–Se van a dar cuenta –dijo ella, mientras se daba la vuelta para abrocharse los pequeños botones.

–No, no se van a dar cuenta –se colocó frente a ella y asumió la tarea de abrochar los pequeños botones, con mano firme y lenta.

–Pero tú sí lo sabes –protestó Abbie, y en su voz se intuía el desconcierto de cómo se debía comportar en una situación como aquella. ¿Podía simplemente aceptar el juego?

–Sí, claro que lo sé –dijo Sam y antes de cerrar todos los botones se inclinó lentamente para plantar un tierno beso entre sus senos.

Al menos la chaqueta le daba la mínima protección que ella necesitaba. Ocultaba el balanceo insinuante de sus senos.

Con un poco de suerte, todos los demás se habrían cansado ya de esperar cuando ella llegara y ya se habrían marchado.

Pero no fue así. Allí estaban.

La madre de Stuart, que estaba en el jardín, fue probablemente la primera en verlos. La sonrisa de bienvenida con que recibió a Sam fue notablemente más cálida que la que le dio a ella.

Abbie trató de ocultar sus sentimientos y se mostró, a pesar de todo, muy amable.

No había tanta diferencia de edad entre ellas. Pero, por algún motivo, aquella mujer siempre hacía que se sintiera como una colegiala traviesa.

—Me alegró mucho enterarme de que Sam y tú habéis logrado resolver vuestros... problemas —le dijo a Abbie en un susurro confidencial—. Sé que cada vez es más corriente lo de que la gente se divorcie. Pero cuando hay una boda como esta en perspectiva es bastante oportuno que un problema así se resuelva. ¿Estáis pensando en volver a casaros antes de la boda de los chicos? Al menos, espero que vayáis juntos. Quedará mucho mejor en la invitación.

Abbie la miraba sorprendida y furiosa. La mujer siguió a pesar del tinte rosado que había coloreado las mejillas de Abbie.

—Catherine me ha dicho que está considerando la idea de celebrar la boda en Ladybower. Pero, desde mi punto de vista, sería mucho más impersonal que si lo hacemos en nuestras propias tierras.

—No me cabe la menor duda de eso —Abbie se las arregló para esbozar una sonrisa—. Pero, por desgracia, mis tierras...

Antes de terminar la irónica frase que sus labios tenían preparada, vio a Cathy, que acababa de unirse a Sam y al padre de Stuart. Se recordó a sí misma que lo único que importaba era la felicidad de su hija.

—Mi jardín es demasiado pequeño para instalar una carpa. ¿Habéis visto ya la parte de fuera de la casa? —preguntó ella haciendo un esfuerzo sobrehumano para resultar agradable y, al mismo tiempo, evadir una cuestión que consideraba complicada.

—Sí, por supuesto. Fuimos los primeros en verla. Stuart necesitaba la opinión de su padre antes de nada.

«¿La opinión de su padre o el visto bueno de su madre?», se preguntó Abbie con ironía y rabia contenidas.

—Tiene un buen tamaño y está bien construida. ¡Pero no deja de ser un adosado! La verdad es que ninguna de nuestras hijas ha tenido que conformarse con menos que un chalet. Aunque, claro, eso depende de a qué estés acostumbrado. Las habitaciones son pequeñísimas. Pero supongo que Cathy no tendrá problemas. Se acostumbrará sin echar otra cosa de menos.

Mortificada por las lágrimas de rabia que amenazaban con salir, Abbie optó por mirar a su hija y recordar cuál era su objetivo. Tenía las manos dentro de los bolsillos, pero cerradas en un puño enérgico.

Se dio cuenta de que Cathy había oído el comentario y estuvo tentada de salir en su defensa. Pero vio cómo Cathy optaba por ignorar lo ocurrido. Se había dado la vuelta enérgicamente y había comenzado a contarle al padre de Stuart cuáles eran sus planes de reforma de la cocina.

—Siempre he pensado que es un error meter dinero en una propiedad como esta —continuó la madre de Stuart—. Tiene un valor concreto por el número de años y lo que le hagan variará muy poco el precio de venta. Siempre le digo a Stuart que, ahora que las chicas se han ido, no veo razón para que Cathy y él no se vengan a vivir con nosotros una temporada. Así podrían ahorrar y buscar algo mejor y más grande.

Los ojos de Cathy se fijaron en los de su madre. Le pedían ayuda. Por primera vez, vio algo que la instó a salir en defensa de su hija.

—No creo que...

—Es una oferta realmente generosa, Anne —las interrumpió Sam, con una sonrisa cálida que desarmó por completo a la madre de Stuart—. Especialmente ahora que George y tú estáis pensando en pasar algún tiempo juntos y solos. Personalmente, creo que no les viene mal a los chicos tener que pelear un poco por su vida. Estoy seguro de que George y tú debisteis hacerlo cuando os casasteis.

Abbie no salía de su asombro. La madre de Stuart respondía a las miradas de Sam como una gata en celo a la que estuvieran acariciando.

—Bueno, la verdad es que sí. Al principio tuvimos que trabajar duro los dos —respondió ella—. Los padres de George tenían una casa grande, pero jamás nos ofrecieron un lugar en ella. Tuvimos que hacerlo nosotros solos...

—¡Y fíjate el éxito que habéis logrado! Yo creo que ese es un buen ejemplo para los chicos. Un ejemplo que deberían emular. No deberíamos malcriarlos en exceso.

¿Es que solamente Abbie se daba cuenta de lo que Sam estaba haciendo? La madre de Stuart se tocaba el pelo con una coquetería ridícula, dadas las circunstancias.

—Además, si vosotros hacéis esa oferta, me ponéis a mí en la tesitura de tener que igualarla. Eso nos pondría en una situación de competencia que no creo fuera buena para nadie. ¿No lo crees?

—Stuart nunca haría nada así —¡por supuesto, había dicho Stuart, lo que no incluía a Cathy para nada!—. Pero sí, tienes razón. Por otro lado, George ha estado hablando de viajar un poco y nos vendría bien hacerlo. A pesar de todo, considero que podrían encontrar algo mejor. La cocina es especialmente horrenda. Aunque, claro está, las chicas modernas no necesitan más que un congelador y un microondas y, para eso, no hace falta mucho.

«¡Las chicas modernas!». ¿Y por qué no hablaba también de los chicos modernos? Como si Sam hubiera sabido lo que estaba pensando, se volvió hacia ella y la miró con una reconfortante sonrisa.

Le molestó terriblemente que fuera él y no ella el que hubiera rescatado a su hija de las garras de la suegra y estuvo muy tentada de ignorar la mirada de Sam y de lanzarse al ataque.

Pero el sentido común le dictó lo que hacer. La persona que más sufriría un conflicto entre ambas familias sería Cathy. Mejor dejar las cosas como estaban.

—Vamos, Cathy, enséñame el resto de la casa, que estoy ansiosa por verla.

–Si yo fuera tú, antes me quitaría esa chaqueta –sugirió la madre de Stuart–. Con lo sucio que está todo, se te va a poner perdida. La verdad es que el color crema es tremendamente poco práctico, a diferencia del azul marino...

Abbie no respondió. Estaba demasiado ocupada tratando de controlar el sofocón que le provocó ver que el padre de Stuart la ayudaba a quitarse la chaqueta.

Solo podía preguntarse por qué le había hecho caso a Sam cuando le dijo que no se pusiera sujetador.

Stuart y su padre podrían no darse cuenta de que no llevaba sujetador, pero le perturbaba la idea de exponerse así a la mirada de su hija.

Consiguió vencer la tentación de cruzarse de brazos emulando el gesto protector que había hecho poco antes en su dormitorio al ver a Sam entrar.

Cathy ya había dado claras muestras de no haber pasado por alto el detalle. Abbie se sonrojó de inmediato y Sam acudió rápidamente en su ayuda, situándose a su lado, de modo que se sintiera protegida y reconfortada. ¿Cómo podía ser que la presencia de Sam tuviera ese efecto en ella?

Juntos y en compañía de su hija recorrieron parte de la casa.

Al cabo de un rato, cuando ya se habían quedado solas en la cocina, Abbie se aproximó a Cathy.

–No te preocupes por las críticas de la madre de Stuart. Yo creo que se le puede sacar muchísimo partido a esta casa.

La reacción de Cathy la desconcertó, pues se apartó de ella y se encogió de hombros.

–La madre de Stuart no está criticando nada, solo trata de ayudar. Ojalá que tú... ¿Papá y tú os casaréis antes de la boda?

Abbie no pudo responder, todavía muy dolida por el desprecio que acababa de hacerle su hija.

–Tu madre y yo todavía no tenemos planes concretos. Pero tú serás la primera en saberlos.

Abbie se volvió al oír a Sam. Acababa de entrar en la cocina.

–Supongo que no se te habrá olvidado que estás invitado a comer –dijo la madre de Stuart, que había entrado en la cocina justo detrás de él.

–Claro que no, los dos estaremos allí –le prometió Sam, haciendo extensiva la invitación a Abbie, aun cuando la madre de Stuart había querido dejar muy claro que no la habían invitado.

La mujer no tuvo más remedio que sonreír hipócritamente.

–¡Por supuesto! –dijo–. Os esperamos a los dos.

Cathy puso el broche final a tan especial jornada cuando se dirigían al coche de Sam.

–Mamá, te agradezco mucho el esfuerzo que estáis haciendo papá y tú. Pero tengo que decirte que deberías haberte vestido decentemente. A tu edad no me parece apropiado... ¡y seguro que la madre de Stuart se ha dado cuenta!

Abbie, definitivamente, no sabía qué sentir: dolor, rabia, vergüenza... Fuera lo que fuera, se sentía mal.

Capítulo 9

Abbie estuvo todo el trayecto en silencio, hasta que Sam detuvo el coche a la puerta de su casa.

–Gracias. No hace falta que me acompañes.

–Tenemos muchas cosas que discutir –dijo Sam.

–¿Como qué? ¿Qué espera la madre de Stuart que me ponga para una comida en sus posesiones?

Sam la miró conmovido.

–Lo siento. Eso ha sido culpa mía. Y me arrepiento, aunque esos pechos tuyos eran lo único agradable que ha habido en esa horrenda reunión.

–¿Tratas de culparme por lo ocurrido? –dijo Abbie agresivamente.

–No estoy culpando a nadie –dijo Sam–. Pero está muy claro que Anne siente unos celos espantosos de ti y eso hace que tanto Stuart como Cathy traten de protegerla.

–¿Celos? –preguntó Abbie cada vez más desconcertada–. ¿Cómo has llegado a una conclusión así? Lo único que ha hecho ha sido tratar de dejarme por los suelos, de hacerme sentir basura.

Sam sonrió.

–¡Vamos, Abbie! Eres demasiado inteligente como para no haberte dado cuenta de que era una actitud completamente defensiva. Ponte en su lugar. Lo único que ha hecho durante toda su vida ha sido quedarse en casa cuidando niños, mientras tú...

–Ella piensa que soy una madre horrorosa, que he descuidado a mi hija para satisfacer mi ego –protestó Abbie. Pero Sam agitó la cabeza en una rotunda negación.

–Eso es lo que finge pensar –dijo él–. Pero lo que está claro es que está horrorizada ante la idea de perder a Cathy y Stuart, pues tu influencia es mucho más fuerte que la de ella.

–¿Qué? ¡Eso es ridículo!

–¿De verdad lo crees? –preguntó Sam–. Vamos, Abbie, sigamos hablando dentro. Insisto en que tenemos que hablar.

–¿De qué? –dijo ella en un tono poco amigable.

Él salió del coche y le abrió la puerta.

Después de haber pasado una hora en la poco acogedora casa de Cathy y Stuart, la entrada a la cocina de Abbie fue especialmente reconfortante.

Sam miró de un lado a otro con genuina admiración.

–Siempre tuviste un don especial para hacer de cualquier casa un hogar.

–No creo que eso sea un don, sino una característica común a muchas mujeres. Igual que los hombres suelen sentir cierta incomprensible atracción por las máquinas...

–¡Sí! Por ejemplo aquella famosa cafetera –dijo Sam con una sonrisa–. La verdad es que cometí un pequeño error, lo admito.

–¿Un pequeño error? ¡Si explotó y cubrió por completo de café toda la cocina que acababa de decorar con tanto amor! –dijo Abbie con lo que empezó siendo una sonrisa y acabó convirtiéndose en una gran carcajada.

Los dos se unieron en el gesto feliz y sus miradas se enlazaron en el espacio que los separaba. Aquel había sido un incidente ocurrido en los primeros días de casados.

Abbie no había podido evitar un río de lágrimas al ver su cocina nueva completamente cubierta por el café. Pero Sam había recogido cuidadosamente todos los restos de la cafetera y había comprobado que no había habido un daño real.

Así es que había optado por llevarse a Abbie al dormitorio para limpiar los restos de café que había sobre su piel con la lengua.

Él había confesado, mientras realizaba tan deliciosa tarea, que el sabor de los posos de café que había encontrado en su piel había sido tremendamente afrodisíaco.

–De verdad que no fue culpa mía –dijo él–. La cafetera estaba defectuosa.

–Realmente lo estaba... –dijo ella con una gran carcajada.

–Todo el mundo tiene derecho a cometer un error –dijo él con un gesto burlón y encogiéndose de hombros.

–Un error –la risa se desvaneció del rostro de Abbie. En lo que respectaba a Cathy, ella, como madre, debía de haber cometido mucho más de un error. Al menos eso parecía por la cadena de acontecimientos que habían ocurrido recientemente.

–¿Qué te pasa, Abbie? –le preguntó Sam al ver que el dolor reemplazaba a la alegría.

–Algunos errores no se pueden perdonar –le respondió Abbie en tono cortante y apartó la cara para que él no pudiera ver su expresión. Se sentía vulnerable ante él.

Después de todo, ¿qué le podía importar a él si su hija la rechazaba? Eso solo podría beneficiarlo.

Era una necia por permitirle que viera lo que sentía. Aún más, era una necia por haberle permitido que entrara en su casa.

–Abbie, si te refieres a lo que ocurrió entre nosotros, sé que...

–¿Entre nosotros? –ella agitó la cabeza y unas densas lágrimas se deslizaron por su rostro–. No... Me refería a los errores que he cometido con Cathy...

No pudo evitarlo. Sus emociones acababan venciéndola últimamente. ¿Por qué? Ella, que siempre había luchado por mantener sus sentimientos a buen recaudo, de pronto se sentía incapaz de ocultar sus emociones.

–¿Los errores que has cometido con Cathy? –Sam frunció el ceño, genuinamente preocupado–. Abbie, no has cometido ningún error. Has sido siempre una madre ejemplar. Será mejor que te sientes en el salón mientras preparo algo caliente, ¿te parece? Así podremos hablar de todo esto con mucha más calma.

–¿Para qué vamos a hablar? –protestó ella mientras salía de la cocina y se dirigía al salón.

Una vez allí, se dio cuenta de que estaba muy oscuro. Pero no quería una luz que iluminara su rostro entristecido. Decidió encender la chimenea.

Era un salón pequeño, que había decorado en colores naturales. El día del dieciocho cumpleaños de Cathy, había pedido que le llevaran un sofá recién tapizado, para celebrar la primera fiesta solo para adultos.

–Gracias, mamá. Eres maravillosa y todo lo que haces está tan bien pensado...

–Lo mejor que he hecho en mi vida ha sido tenerte a ti –le había dicho a su hija.

Todavía pensaba eso. Pero le dolía que todo ese amor, esa dedicación y ese orgullo se hubiera convertido en una pesada carga para Cathy.

No cabía duda de que perturbaba a Cathy, la avergonzaba.

Se quitó los zapatos y se encogió como una pelota.

Cathy habría preferido tener una madre como la de Stuart: una mujer resignada, que exhibía su foto de boda junto a la de las bodas de plata sobre el aparador. No quería una madre como ella, que debía aparecer sola en la invitación de su boda y que se atrevía a pasearse por el mundo sin marido y sin sujetador.

Un compulsivo llanto se apoderó de ella.

Sam, que acababa de entrar con una bandeja, se detuvo un momento, antes de ponerla sobre la mesa.

–Abbie, no puedes pensar de verdad que Cathy preferiría una madre como Anne –dijo él al sentarse junto a ella y agarrarle las manos, un gesto que no pudo rechazar.

–¿No? –dijo ella, realmente sorprendida por la capacidad que tenía aquel hombre de leerle el pensamiento.

–Eres todo lo que un niño ha podido desear como madre –continuó él, mirándola directamente a los ojos. No había ningún signo en su mirada que dijera que estaba tratando de ser sarcástico. No. Era sincero–. ¡Has conseguido tantas cosas...!

–¿De verdad? –preguntó ella cansada de tanto luchar contra sí misma. Las lágrimas inundaban sus ojos de tristeza. Trató de levantar una mano para secárselas y se dio cuenta de que él la sujetaba.

De pronto, sintió miedo.

–¡Déjame, Sam!

–¡Ojalá pudiera! –respondió él–. ¡Ojalá pudiera!

Antes de que ella pudiera impedirlo, ya la tenía en sus brazos y la estaba besando. Cerró los ojos para que las lágrimas no se derramaran.

Todo era culpa de Sam. Había perdido el control de su vida desde que él había aparecido. Todas sus emociones se habían salido del cauce que tan cuidadosamente había labrado. Era culpa suya que, en aquel instante, en lugar de tomar las riendas de la situación, de apartarse de él y actuar con entereza, estuviera permitiendo que la abrazara de aquel modo.

La abrazaba amorosamente y ella reaccionaba a su calor dejándose amar. No debía estar sucediendo aquello.

–No... no deberíamos...

Escuchó las palabras al salir de su boca. Pero no eran sinceras. Su cuerpo respondía con vehemencia al tacto de Sam.

Había encontrado el camino de entrada, y sus manos recorrían aquel torso masculino que tanto la excitaba.

Con urgencia se enzarzaron en una batalla de besos apasionados. Abbie respondía sin querer, sin poder evitarlo.

¿Cómo podía desearlo de aquella manera?

Sam le desabrochó los botones del vestido, y depositó besos en la carne que iba exponiendo.

¿Qué la empujaba a comportarse de aquel modo apasionado?

La respuesta que encontró la desorientó aún más: amor.

«¿Amor?». Abbie sintió que un escalofrío le recorría el cuerpo, una convulsión que parecía motivada por una corriente eléctrica. El impacto fue tan doloroso que no pudo evitar gritar.

Sam sujetó su rostro entre las manos.

–¿Qué te ocurre? ¿Qué pasa?

Abbie cerró los ojos y las lágrimas se deslizaron por su rostro. ¿Que qué ocurría? Todo estaba mal.

Se sentía incapaz de analizar la situación fríamente. Había creído que solo sentía deseo físico por él.

Hasta aquel preciso instante, no había comprendido que la rabia y el odio que había sentido por Sam durante tantos años solo había sido una forma de autodefensa contra lo que realmente sentía.

No lo odiaba, reconoció con desesperación. Lo amaba. Pero no era correspondida. Y tratar de engañarse a sí misma, de creer que él sentía algo por ella era otro acto de estupidez que no iba a cometer.

–Abbie, amor mío, no llores. No puedo soportar verte llorar... No puedo soportar verte sufrir...

Las palabras de Sam la acariciaban con la misma delicadeza que su mano. Pero ella seguía absorta en su dolor, demasiado inmersa en el sufrimiento como para entender lo que él le estaba diciendo.

Sam cubrió su boca con un beso tierno al principio. Pero, poco a poco, la pasión fue tomando las riendas, y el hambre comenzó a guiar. Tal era la intensidad que Abbie no se pudo resistir. Todas sus buenas intenciones de mantenerse al margen de él, se vieron malogradas y se lanzó al disfrute. Solo le quedaba una cosa: el placer que le podía proporcionar.

Al cabo de un rato, se dio cuenta de que debía de haber sido él el que le había quitado el resto de la ropa. No importaba.

Allí estaba, desnuda, ofreciendo su carne al deleite de aquel hombre al que amaba.

Se ofreció por completo a los labios de su amante, que tomaron posesión de sus senos, de sus pezones enardecidos.

Sus dedos femeninos recorrieron todo su cuerpo y se hundieron en el espesor de su pelo. Le agarró la cabeza y se la hundió entre sus pechos mientras susurraba palabras de placer y deseo.

En algún momento, debió de pedirle que se desnudara, pero no recordaba cuándo. Dejó de besarla durante unos segundos dolorosos y se despojó de todo.

Continuaron mirándose fijamente, sin cerrar los ojos, sin apartar la mirada el uno del otro.

Ambos querían ver cómo sus cuerpos respondían, tal y como lo habían hecho años atrás.

Ella le había quitado la camisa con rapidez y se había deleitado con la visión de su torso desnudo.

Lo deseaba con toda la fuerza del mundo.

¿Cómo podía estar sucediéndoles aquello?

Era la más erótica de las fantasías sexuales hecha realidad. Sam era capaz de despertar en ella todo tipo de sensaciones, de hacer que su cuerpo ardiera de impaciencia.

Por fin comprendía por qué ningún hombre había logrado despertar en ella pasión alguna. Su cuerpo había sabido siempre la verdad, por mucho que hubiera tratado de negárselo.

En un momento dado, ella no pudo seguir manteniendo la mirada. Temía que sus ojos acabarían por delatarla, que acabarían por hacer evidente lo que estaba escrito en su corazón.

Le acarició suavemente el cuello con los labios mientras

dibujaba con el dedo círculos concéntricos alrededor de su pezón. Él gimió de placer.

—Ahora ya sabes lo que siento cuando tú me lo haces a mí... —le dijo ella.

—¿Y tú? —preguntó él—. ¿Sabes lo que siento cuando me tocas, las cosas que me haces desear?

Sus palabras hicieron que en la boca del estómago se le formara una bola de fuego. El deseo crecía y su necesidad de él empezaba a ser insoportable.

Él descendió la cabeza hasta posar un beso cálido en su regazo. Entonces, la sorprendió.

—Lo siento, lo siento... lo siento... siento no haberte creído —dijo Sam—. Ojalá te hubiera creído, Abbie. Ojalá las cosas hubieran sido diferentes. ¿Por qué fui tan estúpido de rechazaros?

Su voz era densa, sus palabras sonaban genuinas, sinceras, empapadas de un dolor real.

De pronto, Abbie notó que su vientre estaba empapado y que eran las lágrimas del hombre al que amaba.

Abbie sintió que el corazón se le encogía. Instintivamente, lo abrazó protectoramente.

—Tenías razones para no creer en mí —Abbie escuchó sus propias palabras y las reconoció como genuinas. Por primera vez recapacitaba sobre lo ocurrido, por primera vez entendía lo que había sucedido.

—No puede haber nada en el mundo que justifique el que pudiera dudar de ti... —dijo él—. Debería haber creído en ti por encima de todo.

—Te habías hecho la vasectomía —le recordó ella—. Desde tu punto de vista era imposible que estuviera embarazada.

—Lo dices como si de verdad lo sintieras así. ¿Cómo podrías perdonarme cuando ni yo mismo soy capaz de hacerlo? Además, el perdón no podrá borrar todos los años de dolor que hemos sufrido, ¿verdad? Soy un ser humano y necesito que se me acepte, que se me quiera con mis defectos... Pero no deberíamos estar discutiendo todo esto ahora. Ni siquiera deberíamos estar hablando.

Lentamente, se deslizó hasta su pubis y hundió el rostro en su vello húmedo. Ella empezó a temblar de placer y todo su cuerpo respondió a él. Soltó un ligero gemido y pronto una sacudida incontrolable se apoderó de ella. Nada valió para detener el orgasmo, ni su deseo de compartirlo con él.

Pero hubo una segunda vez y entonces sí que fueron los dos los que se vieron arrollados por una ola de sensaciones que los arrastró juntos. El ritmo creciente, los besos carnosos y dulces, los cuerpos cálidos cuyas pieles se rozaban con lujuria.

Y, cuando ya el éxtasis había acabado, se quedaron el uno en brazos del otro.

—Si me quedo aquí, me voy a dormir. No sé si sería buena idea que nuestra hija nos encontrara por segunda vez así.

Abbie lo miró desconcertada y desilusionada.

No se había esperado aquello.

—¿Te vas? —rápidamente se mordió el labio. ¿Qué se había creído? ¿Qué había pensado? ¿Que se irían al dormitorio y pasarían allí la noche, el uno en brazos del otro? No eran una pareja.

—¿Quieres que me quede? —preguntó Sam

Abbie dijo rápidamente que no con la cabeza. Lo último que necesitaba en aquellos momentos era dejar claro cómo se sentía, que él se diera cuenta de que lo quería.

Estaba claro que para Sam lo que compartían no era nada más que físico...

—No, por supuesto que no.

Ella se levantó rápidamente y comenzó a vestirse. De pronto sentía frío y vergüenza.

Sam también se levantó y comenzó a vestirse.

—La verdad es que, después de todo, tal vez no sería tan mala idea que tú y yo... nos casáramos.

–¿Por qué? ¿Porque quedaría más bonito en las invitaciones de boda? –preguntó Abbie con fiereza.

–¿Es esa la única razón que se te ocurre? –preguntó él rápidamente.

–Desde luego que eso le facilitaría la vida a Cathy y a la madre de Stuart –dijo Abbie–. Pero, por desgracia, yo no soy tan altruista como tú. Si me volviera a casar alguna vez, sería con alguien a quien ame y me ame tanto y tan sinceramente que nunca pueda...

No fue capaz de continuar.

–No hace falta que sigas, Abbie –dijo él–. No te preocupes. Entiendo perfectamente lo que quieres decir. Jamás te casarías conmigo porque no estás segura de que no te volvería a hacer lo mismo, ¿verdad? ¡De acuerdo! Ya soy un adulto y he aprendido mi lección a base de golpes. No tienes que explicarme que una mujer como tú tiene derechos y necesidades y que no quiere un marido al que tener que dar cuenta de su vida, ni al que prometer amor. Siento mucho si me he dejado llevar por mis emociones...

No terminó la frase. Se dio la vuelta y se dirigió a la puerta.

–Por el bien de Cathy, hay una serie de cosas de las que debemos hablar. Pero, en cuanto se casen, cada uno nos iremos por nuestro lado.

Todavía estaba en el mismo sitio y en la misma posición cuando el motor del coche de Sam sonaba ya en la distancia.

Podría haberle dicho que la idea de una reconciliación fingida seguía pareciéndole una locura.

Pero, realmente, lo único que sentía era confusión y dolor.

Después de lo que habían compartido, volvían a discutir. Dolor, dolor, dolor.

Y lo peor de todo era tener que admitir que lo que más habría deseado en el mundo habría sido compartir no ya su cama, sino su vida, con él.

Capítulo 10

Abbie suspiró. No tenía más remedio que ir a aquella cena con Sam. Sabía cuál sería la reacción de Cathy si decía que no quería asistir.

Había intentado hablar con su hija sobre la distancia que se estaba creando entre ellas, pero, en lugar de escuchar o de tratar de entender, se había limitado a hablar de lo del sujetador.

–Sé que tú y papá acabáis de encontraros de nuevo. Pero no me parece adecuado... ¿No crees que fue inapropiado?

Sam trató de explicarle a Abbie, más tarde, el motivo de su reacción.

–Está confusa y al mismo tiempo se siente mal consigo misma por ello –le dijo Sam cuando Abbie le contó el incidente–. Los signos evidentes de sexualidad en sus padres la avergüenzan.

–¿Todavía ocurre eso hoy en día? –protestó Abbie.

–Sí, incluso hoy en día. Especialmente con una adulta como Cathy que todavía no es tal y que no ha visto jamás a sus padres juntos.

–Pero el otro día, cuando nos encontró en la cama, su reacción fue completamente distinta.

–Estaba tan emocionada por las implicaciones de aquello que ni siquiera reparó en el suceso en sí. Solo le importaba que nos hubiéramos reconciliado. Pero, después del primer encuentro, todo es diferente. No te preocupes demasiado por todo esto. Terminará dándose cuenta ella.

—Lo peor de todo es que pienso que tenía razón —dijo Abbie—. No debería haber salido así, y menos...

—¿Menos qué? —dijo Sam con dulzura y con una mirada que hacía a Abbie palpitar de emoción—. Menos teniendo unos pechos que podrían perturbar a cualquier hombre. Suaves, delicados, sensuales y deseables hasta la tortura.

—¡Sam, déjalo! —protestó Abbie.

Era increíble lo fácilmente que ambos sucumbían, lo bien que parecían sentirse los dos juntos.

Abbie tuvo que recordarse a sí misma que aquello no era más que una farsa y que había un motivo profundo que impedía que se convirtiera en realidad.

La reunión de aquella noche iba a ser particularmente complicada. Anne no dejaría de hacerles preguntas sobre sus planes futuros, si pensaba vender la casa y trasladarse a algún lugar más cercano a la universidad.

—Me han ofrecido un puesto como catedrático —le había dicho Sam a Abbie hacía tres noches, cuando apareció mientras ella estaba preparando la cena. Por supuesto, se había sentido obligada a invitarlo a quedarse.

—¿Vas a aceptar el puesto?

—Cathy sentiría que la vuelvo a traicionar si no lo hago.

—Para los efectos, podrías vivir aquí —había explotado ella cuando él apareció sin avisar hacía dos días después de una agotadora jornada de trabajo.

Él sonrió ligeramente.

—¿Es esa una invitación? —su sonrisa perturbadora desconcertó a Abbie.

Se tensó. No quería reconocer lo que la idea de compartir con él su casa le gustaba. ¿Cómo sería volver a despertarse por las mañanas acurrucada en sus brazos, saber que, una vez más, era parte de su vida?

Estaba allí, de pie, demasiado cerca como para dejar que pensara claramente. Se pasó nerviosamente la lengua por los labios resecos por la tensión del deseo.

Al final, solo pudo dar una respuesta.

—Tus planes futuros no tienen que ver nada más que con Cathy. Es a ella a quien deberías consultar sobre ciertos temas.

A Abbie no le había pasado desapercibido el brillo de deseo que había surgido en sus ojos al ver la lengua de ella recorriendo sus labios. Su cuerpo también había respondido peligrosamente a aquella mirada. Estar cerca de él le provocaba el mismo efecto que una botella de champán. Era como una sensación de estar ebria y feliz.

—Después de todo, es solo por ella por lo que estamos fingiendo esta farsa —no pudo evitar el comentario hiriente.

Y lo que subyacía era la vana esperanza de que él desmintiera una frase así, se lanzara a sus brazos y le confesara su amor eterno. Pero ni tan siquiera le dejó decir nada.

—No me interesa en absoluto la decisión que tomes —terminó diciendo ella, con una falta de convencimiento total y sabiendo que mentir no era su fuerte. A pesar de todo, jamás confesaría lo que realmente sentía.

—Por supuesto, ¿por qué te iba a importar?

Él se marchó sin terminar la cena. Ella pensó que tenía prisa. Y, cuando se alejaba, no pudo vencer la tentación de acercarse a la ventana y verlo marchar.

Sam apareció en la puerta a las ocho en punto, como era de esperar.

Y ella no tuvo más remedio que admitir que estaba tremendamente atractivo con aquella chaqueta de esmoquin.

Ella llevaba un traje de chaqueta y pantalón que le sentaba de maravilla. No pudo evitar ruborizarse bajo la mirada complacida de Sam.

—Siempre fuiste una chica preciosa, Abbie —dijo San—. Pero como mujer madura...

—Como mujer madura ya no necesito que me alaben —lo interrumpió ella cortantemente. El pulso se le había acelerado y no podía ni mirarlo directamente a los ojos.

—Por supuesto —respondió él en un tono grave—. No he pensado ni por un momento que sea el único hombre que ha reconocido tu belleza y la serenidad de tu gesto...

Antes de que Abbie pudiera decir nada sobre la palabra «serenidad», puso las cosas en su sitio.

—Te queda muy bien todo lo que te pones, Abbie. La muchacha con la que me casé era hermosa, pero te has convertido en una mujer... Es muy cierto eso de que la belleza es algo que está en el interior. Tú brillas, Abbie, iluminas todo lo que tienes alrededor.

—Vamos... vamos a llegar tarde —tartamudeó Abbie. Si aquellas mismas palabras hubieran sido pronunciadas por otro hombre, las habría considerado un simple flirteo. Pero, por algún motivo, sabía que Sam estaba siendo completamente sincero.

Se sintió aliviada de que él no pudiera saber qué era exactamente lo que ella sentía. Pero eso también le provocaba una sensación de estéril e innecesaria pérdida.

—Vamos a llegar tarde —repitió.

No era tarde, pero Cathy y Stuart habían llegado antes que ellos.

El padre de Stuart les abrió la puerta y lo primero que vio Abbie fue a Cathy hablando con su futura suegra.

Cathy negaba algo que la mujer le decía y Anne respondía con un agitado gesto de cabeza.

Las dos dejaron de hablar al ver llegar a Abbie y a Sam.

¿De qué estaban discutiendo?

A Abbie le fue imposible hablar con su hija, pues Anne insistía en que Sam y ella charlaran con otra pareja. Eran amigos de Anne y su marido, pero se habían cambiado de barrio hacía algún tiempo y no se veían tan a menudo como antes.

Durante un buen rato tuvo que soportar las insolentes preguntas de Mary Chadwick.

Mientras trataba de esquivar las balas, no dejaba de ser consciente de lo que ocurría a su alrededor. Un primo divorciado de Anne, al que ya había conocido en otra ocasión, no le quitaba los ojos de encima.

Era, según se lo había presentado la madre de Stuart, la oveja negra de la familia. Tal vez, el simple hecho de estar divorciado era suficiente.

Cuando por fin había logrado librarse de Mary Chadwick y se dirigía hacia Sam, el primo de Anne le interceptó el paso.

—Vaya, parece que nos encontramos de nuevo —le dijo él.

—Debe de ser el destino —respondió ella.

—Un destino que me favorece. No esperaba encontrarme con tan agradable invitada. Es del dominio público que mi prima no tiene muy buen concepto de mí. ¿No te habrá advertido que no te acerques a mí?

Era un hombre muy atractivo, aunque no tanto como Sam. Debía de ser un par de años más joven que ella.

Iba vestido con ropa muy cara y de estilo clásico pero atrevido. Sin duda, eso añadía mucho atractivo.

—Anne me ha contado que te has reconciliado con el padre de Cathy y que estáis a punto de casaros de nuevo. ¡Dime que no es cierto! —le rogó en un tono teatral—. Déjame que te convenza de que en la vida hay muchas otras opciones...

—No, no es verdad —respondió Abbie con una sonrisa en los ojos.

—De modo que, ¿todavía me queda alguna esperanza? Según parece, Anne es una excelente cocinera —el repentino cambio de tema la dejó un tanto perpleja—. ¿Qué tal cocinas tú?

—Me defiendo —le aseguró y recordó el diploma de honor que se había llevado su asado.

–Pues me presto voluntario para probar algo... sobre todo un desayuno. Me gusta el zumo de naranja fresco, bollos recién hechos y un buen café europeo. Aunque, sin duda, nada mejor que un buen desayuno en la cama...

Abbie no pudo evitarlo. Soltó una sonora carcajada que tuvo que contener al darse cuenta de que todos los que los rodeaban se habían quedado en silencio y los observaban.

Mary Chadwick la miraba con tal intensidad que parecía estar a punto de atravesarla con un cuchillo.

Pero, lejos de tratar de salvar la situación, Abbie optó por responder con el mismo juego.

–Un desayuno en la cama es una idea maravillosa, si las sábanas son de raso y hay dos personas desnudas entre ellas...

Sin duda, fue una respuesta estúpida, idiota y completamente inadecuada.

Cathy la ignoró durante toda la cena. Al final de la noche, la siguió escaleras arriba, cuando Abbie se disponía a recoger su abrigo.

Entró detrás de ella en la habitación y cerró la puerta.

–¿Cómo has podido avergonzarme de ese modo? –le preguntó–. No solo delante de la familia de Stuart, sino delante de papá. Después de lo que he visto, estoy empezando a pensar que, después de todo, mi padre debió de tener motivos para dudar de que fuera su hija.

Abbie se quedó lívida. No se podía creer lo que acababa de oír. Comprendía que su hija pudiera estar furiosa por lo sucedido, pero acusarla así de haber sido infiel a Sam...

Ninguna de las dos había oído la puerta, pero Sam había escuchado toda la conversación e intervino de inmediato.

–¡Cathy, ya está bien! ¿Cómo te atreves a acusar así a tu madre? Sé que estás molesta, pero eso no es motivo para hablarle así a tu madre. Lo que acabas de decirle es imperdonable.

Las dos lo miraban sorprendidas. Cathy respondió con la voz temblorosa por la rabia.

—Tú la has visto, papá, has visto cómo se ha comportado. Ha hecho una escena dándole pie al primo de Anne...

Sam miró a Abbie, pero ella apartó la mirada, incapaz de asimilar otra reprimenda.

—¿Cómo has podido hacerlo? —le preguntó Cathy, y le dio la espalda a su madre—. ¿Cómo has podido humillarme de ese modo delante de los padres de Stuart?

Abbie se aproximó a su hija con la intención de tranquilizarla, pero ella se apartó.

—Jamás te podré perdonar eso —gritó ella.

Fue Sam el que puso fin a la escena.

—¡Ya está bien! —dijo—. Sé que estás enfadada, pero este no es ni el lugar, ni el momento.

—Pero tú has debido de sentir lo mismo que yo —dijo ella—. Has tenido que sentirte avergonzado. Después de todo, se supone que mamá y tú os habéis reconciliado. Y, sin embargo, se atreve a coquetear abiertamente con otro hombre...

—No, Cathy, yo no me he sentido avergonzado en ningún momento —la interrumpió él.

Atravesó la habitación, tomó la mano de Abbie y se la besó tiernamente. Con la mirada fija en sus ojos le dijo algo que le llegó al alma. Porque, además, era a ella a quien se lo decía, no a Cathy.

—He aprendido muchas cosas de los errores que he cometido. El peor que cometí fue no confiar en tu madre, no confiar en mi amor, en su amor. Ese error nos llevó a ser desgraciados durante la mejor época de nuestra vida. Me privó de ella y de ti, me impidió amarla y amarte. Por culpa de una estúpida desconfianza, fruto de un orgullo necio, hice tanto daño a la mujer de mi vida que jamás podré perdonarme a mí mismo por ello. Ahora sé que, si en una aburrida fiesta como esta tu madre decide coquetear con alguien, no hay nada en esa acción que deba hacerme sentir mal. Es un juego y, al contrario, me enorgullece ver que la mujer a la que amo es admirada por muchos otros. Ese juego es inocuo. Nada puede cambiar mi amor por ella y nada lo cambiará.

Abbie lo miraba fijamente. Trataba de encontrar esa grieta en la que se veía la falsedad de su confesión. Pero no la había. Sus palabras no eran parte de un acto para satisfacer a una hija abandonada y recuperada. No. Era todo cierto y sincero.

–Sam... –comenzó a decir ella, sin saber qué, exactamente, iba a decir.

Pero Cathy se adelantó.

–Lo siento, mamá... Papá tiene toda la razón... Lo siento... Supongo que estaba tan obsesionada con que causaras una buena impresión a la familia de Stuart...

–Tu madre no necesita preocuparse de la impresión que causa sobre nadie. Ni tú tampoco –le dijo Sam con firmeza–. Stuart te quiere tal y como eres. No trates de cambiar eso...

–¡Lo sé, papá! –exclamó Cathy–. Pero Stuart y mamá... bueno, con todo esto de querer conocerte... Mamá, sería muy importante para mí que Stuart y tú os llevarais bien... Quiero que los dos os queráis y os apreciéis.

Abbie estaba confusa.

–¿Ese era el problema? –preguntó–. Pensé que estabas enfadada conmigo porque no era como la madre de Stuart.

–¿Qué? –esa vez fue Cathy la que la miró atónita–. ¿Qué dices? Eres la mujer más maravillosa que conozco y la mejor madre que nadie haya podido tener jamás. Pero me duele ver que Stuart y tú os lleváis mal, especialmente porque yo sé que sois dos personas muy especiales. Cuando Stuart se puso en contacto con papá, no lo hizo para molestarte, sino para complacerme a mí. Quería hacerme feliz.

–¡Oh, Cathy! –Abbie corrió a abrazar a su hija–. ¡Tienes toda la razón! Es una persona muy especial y te adora. No he sido capaz de darme cuenta hasta ahora, lo siento. Pero te prometo que de ahora en adelante, todo cambiará. ¡Y no pienso coquetear nunca más!

—Bueno, puedes coquetear con papá —se rio Cathy—. Ahora será mejor que me vaya. Stuart se estará preguntando qué ha pasado aquí.

Abbie no esperó ni a que Cathy hubiera terminado de cerrar la puerta.

—Sam...

Sam le agarró las manos y se las colocó sobre el pecho. Todo su calor pasaba a través de sus brazos hasta el corazón.

—Todo lo que he dicho ha sido cierto, sin ninguna coma de más ni de menos. Sobre todo lo de que te amo...

—Pero... pero no puede ser verdad —dijo ella.

—Lo es —le aseguró él—. Quizás no sea el momento indicado para decirte todo esto, pero es la verdad. Te he amado siempre, cuando ocurrió lo que ocurrió y después. Te he seguido amando todos estos años de vacío y sigo amándote ahora. ¿Por qué crees que regresé?

—Para conocer a Cathy —dijo ella.

—Para conocer a Cathy y por ti. Estoy seguro de que tú te has dado cuenta. ¿Sabes cómo me sentía cada vez que te tocaba, cada vez que hacíamos el amor...?

—Pensé que no era más que sexo... —admitió Abbie.

—¿Solo sexo? ¡Por favor, Abbie!

—Dijiste que serías capaz de hacer todo tipo de sacrificios por Cathy...

—¿Pensaste que llevarte a la cama era uno de ellos? ¡No me lo puedo creer!

Sus miradas se cruzaron en un segundo eterno que se convirtió en siglos.

—Abbie, te quiero tanto... Estoy cansado de ser un cobarde, de vivir atemorizado por la idea de perderte. Me da la sensación de que, si sabes lo que siento, te vas a escapar de mí. Esta farsa no ha sido nunca tal para mí. Siempre he querido resucitar nuestro amor. Pero no puedo esperar que me perdones. No puedo poner mis necesidades por delante de las tuyas y de las de Cathy. Y, si lo que te atrae hacia mí es solo pasión, solo algo físico, no podré admitirlo. Para mí, es amor...

–Para mí también –confesó ella–. Pero... siempre creí que para ti no era más que algo físico.

Comenzaron a besarse con desesperación.

–¿Cómo pude dejarte marchar? ¿Cómo he podido vivir todos estos años sin ti?

–Fue culpa mía –dijo Sam.

–No, fue culpa de los dos –dijo ella–. Los dos cometimos errores.

–¡Abbie, no merezco tu generosidad! –la abrazó con todas sus fuerzas. Las lágrimas caían por sus mejillas–. Abbie, he llorado noche tras noche tu pérdida, jamás me podía consolar. Pero te advierto que, si volvemos juntos, será para siempre y por siempre.

–Sí –dijo Abbie–. Sí, Sam.

–Creo que será mejor que nos vayamos a otro sitio, donde podamos sellar este pacto con mayor intimidad. Quiero una cama grande sobre la que poder demostrarte lo que no se puede decir con palabras...

Abbie se rio.

–Sé exactamente dónde quieres ir.

–Y mañana por la mañana no habrá arrepentimientos de ningún tipo, me amarás exactamente lo mismo que en este instante y no te arrepentirás de habérmelo dado todo, ¿verdad?

–No, Sam. Esta vez no. Hemos cometido muchos errores en el pasado. Pero vamos a utilizarlos para construir nuestro futuro.

–Vámonos a casa –dijo Sam.

–Sí, vámonos a casa.

Mientras Sam la abrazaba, Abbie supo que, cuando hicieran el amor, ya no tendrían que ocultar lo que sentían el uno por el otro.

Epílogo

—¡Mira a mi padre y a mi madre! —protestó Cathy sin ocultar su alegría—. Cualquiera pensaría que han sido ellos los que se han casado, no tú y yo.

—Bueno, no llevan ni seis semanas casados —dijo Stuart, que observaba junto a su flamante esposa cómo sus suegros intercambiaban amorosos besos y miradas.

—Eso ha estado bien —dijo Sam después de posar un dulce beso sobre el cuello de su mujer.

Ella lo apartó delicadamente.

—Es la boda de Cathy, ¿recuerdas?

Él se rio.

—Pero, oficialmente, todavía no hemos tenido nuestra luna de miel.

Habían decidido dejar pasar la boda de Cathy antes de marcharse durante dos meses a Australia.

Abbie habría pospuesto la ceremonia hasta después de la boda de su hija. Pero Sam había insistido en que quería la seguridad de los lazos matrimoniales. Así es que habían contraído matrimonio en una pequeña ceremonia a la que habían invitado solo a los más íntimos.

La boda de Cathy fue muy diferente.

Abbie se quedó muy sorprendida al ver cómo había cambiado el hotel del que guardaba tan romántico recuerdo.

Sam había reservado la misma habitación en que habían estado aquel primer fin de semana juntos.

El lugar era diferente ahora. Había crecido notablemente, tenía varias salas para conferencias y varios salones para bodas.

Lo que no había cambiado había sido el amor que habían compartido entonces. A pesar de que la vida les había jugado una mala pasada, seguían queriéndose con la misma intensidad y devoción con que se habían amado entonces.

Miró a su hija, sentada junto a Stuart y con el rostro enamorado. Sabía que ellos dos también compartían el mismo amor.

–Uno siente miedo por ellos, ¿verdad? –dijo la madre de Stuart, que estaba sentada a su lado–. Al mismo tiempo, nos hace recordar lo que se siente...

–Sí, claro que sí –respondió Abbie mirando a su esposo.

Abbie y Anne habían logrado un buen entendimiento.

Abbie había tenido el suficiente coraje para hablar claramente con la madre de Stuart, quien había respondido sorprendentemente. Le había confesado que, tal y como había deducido Sam, la admiraba y la envidiaba a un tiempo, por todo cuanto había logrado en la vida.

A partir de ahí, su mutuo conocimiento había sido mucho más profundo y su mutua tolerancia mucho mayor.

Abbie sonrió a su hija. Luego, sonrió a Sam.

Por la noche, en la intimidad de un dormitorio ya antaño compartido, volvería a disfrutar del calor de aquel hombre que la perturbaba.

Si Cathy se hubiera imaginado la intensidad de la pasión que compartían, se habría quedado bastante impactada.

Abbie sonrió.

Sin duda, había muchas cosas que Cathy, a pesar de su aparente madurez, todavía no debía saber...

Si la vida era tan generosa con su hija como lo había sido con ella, conocería algunos placeres incomparables... pero eso solo podría descubrirlo por sí misma.

UNA NOCHE EN SUS BRAZOS

PENNY JORDAN

Capítulo 1

–Seguro que no hablas en serio...

Sylvie frunció el ceño al ver el resumen que había en la primera hoja del informe que su jefe le acababa de entregar.

Lloyd Kelmer era el típico millonario excéntrico que, por derecho, solo debería haber existido en los cuentos, como un padrino indulgente y cariñoso, pensó Sylvie. Se lo habían presentado en una fiesta a la que la habían invitado unos conocidos de su hermanastro. Había ido a la fiesta solo porque en aquel momento se había sentido perdida e insignificante, porque hacía poco que había dejado el colegio y se había trasladado a Nueva York. Habían estado hablando y Lloyd le había empezado a contar los traumas y agobios que había tenido que sufrir cuando se encargó de la Fundación que había creado su abuelo.

–Al viejo le gustaban las casas grandes. Yo he salido a él. Mi abuelo tenía una plantación en Carolina y un par de castillos en Francia, un palacio en Venecia... Todo su dinero lo empleaba en comprar y conservar ese tipo de casas. En la actualidad la Fundación posee un buen puñado de ellas.

Sylvie, que siempre había escuchado con interés todo lo que le contaba Lloyd, días más tarde había quedado muy impresionada al recibir, no solo una llamada de teléfono, sino un trabajo de ayudante personal.

Sylvie había dejado ya de ser una niña. Y tampoco era tan ingenua. Lloyd, que había pasado ya de los sesenta, podría no haberle dejado entrever ninguno de los motivos que había tenido para ponerse en contacto con ella, pero, sin embargo, después de haberle dicho que quería tener un poco de tiempo para pensárselo, había llamado a su hermanastro, que vivía en Inglaterra, para pedirle consejo.

Una visita imprevista y breve de Alex y su mujer, Mollie, para hablar con Lloyd y con Sylvie, dio como resultado que ella aceptase el puesto, una decisión que, doce meses más tarde, se había alegrado de haber tomado, o por lo menos eso era lo que había pensado hasta ese momento.

Su trabajo era variado y fascinante y casi no le dejaba tiempo para respirar, y menos para tener relaciones con miembros del otro sexo. Pero eso era lo que menos le preocupaba a Sylvie. De sus experiencias con el sexo opuesto había aprendido que ella no era buena juzgando a los hombres. Primero, se había encaprichado de Ran y él la había rechazado de forma humillante. Después, había puesto en peligro a su familia a y ella misma al relacionarse con Wayne.

Wayne y ella nunca habían sido amantes, porque desde el principio se había dado cuenta de que estaba enganchado a las drogas. Y con la misma fuerza que había tratado de convencerse de que Ran se enamoraría a la larga de ella, también se había convencido de que Wayne era un alma descarriada que necesitaba protección.

En ambos casos se había confundido. El amor era una emoción que Ran jamás había sentido por ella. Y en lo que se refería a Wayne, por fortuna había dejado de verlo hacía bastante tiempo.

Su nuevo trabajo la mantenía ocupada todo el tiempo y le quitaba toda la energía. Tenía que visitar, inspeccionar y gestionar la compra de cada una de las propiedades en las que la Fundación se interesaba.

Sylvie sabía que el punto de vista tan individualista y personalista de su jefe, a la hora de decidir qué propiedades se debían incluir en la cartera de la Fundación, provocaba que las demás organizaciones se mostraran recelosas. Lloyd aceptaba comprar una casa cuando él pensaba que era la indicada, pero sus excentricidades provocaban un cierto sentimiento de protección en Sylvie.

O por lo menos así había sido hasta ese momento.

Volver de un viaje de seis semanas por Praga, donde ella había estado supervisando la compra de un palacio precioso, aunque en bastantes malas condiciones, y descubrir que Lloyd, en su ausencia, había adquirido Haverton Hall, un edificio neoclásico que estaba en Derbyshire, la había dejado con el alma en los pies.

–Pero, Sylvie, el sitio es una joya, una muestra del neoclásico inglés –le razonó Lloyd mientras observaba su cejijunta expresión–. Ya verás como te va a gustar. Le diré a Gena que te compre un billete para el vuelo en el Concorde que sale mañana para Londres. Ya verás como te va a encantar. Esta primavera pasada no hacías más que decir lo que te apetecería pasar más tiempo con tu hermanastro, su mujer y su hijo... En cuanto a la casa... ¿te he dicho, por cierto, que el tipo que la ha heredado conoce a tu hermanastro y que por eso nos conoce a nosotros? Al parecer, le estaba contando los quebraderos de cabeza que le estaba dando la casa y él le sugirió ponerse en contacto con nosotros. Al principio, no sabía qué hacer. Al fin y al cabo, tenemos esa otra propiedad en Brighton, pero sentí que se lo debía a Alex, así que me fui a verla a Inglaterra.

Sylvie cerró los ojos mientras le escuchaba versar las excelencias de Haverton Hall.

¿Cómo podía decirle que a ella le preocupaba más el dueño de aquella casa, que la casa en sí?

Su dueño...

Estaba en la primera página del informe. Haverton Hall. Propietario, sir Ranulf Carrington. Se había convertido en sir Ranulf. Ya no se llamaba Ran. La verdad, a Sylvie poco le importaba aquel título. Al fin y al cabo, su hermanastro era duque.

Se había enterado de la herencia que había recibido Ran, por supuesto. Había sido el tema de conversación en Navidades, cuando se había ido a casa, porque Ran, con fincas propias que gestionar, no iba a poder seguir gestionando las de su hermanastro.

Nadie, y menos Ran, había esperado heredar. Al fin y al cabo, su primo acababa de cumplir los cuarenta y parecía bastante sano. Lo último que alguien se podía imaginar era que pudiera morir de un infarto de miocardio.

Sylvie se había limitado a sonreír de forma educada, pero sin mucho interés. Con la última persona que estaba dispuesta a malgastar su tiempo era con Ran.

Sus recuerdos de la forma en que la había rechazado eran bastante borrosos, pero cada vez que regresaba a casa de su hermanastro volvía a rememorar la vulnerabilidad de los diecisiete años.

Aunque pudiera haber agraviado a Ran adorándolo, como lo adoraba, bien podría él haber solucionado aquella situación de forma un poco más amable.

Sylvie se dio cuenta de que Lloyd la estaba observando con expectación. Se había convertido en una mujer, en una profesional con una personalidad ya muy definida. Le gustaba su trabajo y se dedicaba a él en cuerpo y alma.

No había nada en el mundo que le gustara tanto que ver una de las casas que compraba Lloyd restaurada. A lo mejor era una vena romántica e idealista, pero le encantaba ver las reformas, ver los palacetes resurgir de las cenizas.

Sin embargo, las responsabilidades de Sylvie, como empleada de la Fundación, no solo eran las de compartir el entusiasmo de Lloyd, sino también comprobar la rentabilidad de las adquisiciones y que el dinero se utilizara de forma sensata y no se despilfarrara. No había ningún proyecto, ni factura, que Sylvie no desglosara y estudiara, hecho que era comentado muy positivamente por todos los contables de la Fundación.

De nada habían servido las protestas de Lloyd, cuando habían empezado a renovar el palacio veneciano, diciendo que él prefería la seda roja a la dorada, que había elegido Sylvie.

—La roja es el doble de cara —había comentado ella—. Además, todos los archivos que hemos consultado dicen que esta habitación estaba decorada con tonos dorados...

—Está bien —había cedido Lloyd, dando un suspiro. Sin embargo, Sylvie fue la que tuvo que ceder semanas más tarde cuando, a punto de marcharse de Venecia, Lloyd se había presentado con unas maletas italianas de cuero repujado.

—Lloyd, no puedo aceptar este regalo —había protestado Sylvie.

—¿Por qué no? Es tu cumpleaños, ¿no? —contraatacó Lloyd. Como tenía razón, al final Sylvie no tuvo más remedio que aceptarlo.

De todas maneras, esas mismas Navidades se había justificado frente a su hermanastro de aquel regalo.

—Yo no quise aceptarlas, pero Lloyd se habría enfadado, si no lo hubiera hecho —había argumentado—. Alex, ¿crees que debería haber rechazado el regalo...?

—Sylvie, las maletas son preciosas, e hiciste lo correcto aceptándolas —le respondió Alex—. Deja ya de preocuparte, pequeña.

—¡Pequeña! —solo Alex la llamaba de esa manera, y la hacía sentirse protegida y segura.

«¿Protegida y segura?». Ya era una mujer, capaz de protegerse a sí misma. Trató de concentrarse en el informe que tenía en la mano.

–¿Es que no te convence todavía? –le preguntó Lloyd, moviendo la cabeza–. Ya verás cuando la veas. Te va a encantar. Es un ejemplo perfecto de...

–Ya casi hemos superado el límite del presupuesto para este año –le advirtió Sylvie–. Y...

–¿Y qué? Solo tenemos que aumentar los fondos de este año –le respondió Lloyd.

–Lloyd –protestó Sylvie–. Estamos hablando de Dios sabe cuántos millones más de presupuesto... la Fundación...

–Yo soy la Fundación –le recordó él con amabilidad. Sylvie no tuvo más remedio que reconocer que era verdad–. Estoy haciendo lo que el viejo hubiera hecho en mi lugar...

–¿Comprar un edificio neoclásico en ruinas, en Derbyshire? –le preguntó Sylvie.

Todavía estaba moviendo en sentido negativo la cabeza cuando Lloyd le respondió:

–Te va a encantar, ya lo verás.

Sylvie estuvo a punto de decirle que estaba muy ocupada y que lo mejor era que se buscara a otra que se hiciera cargo de ese proyecto, pero por orgullo, el mismo orgullo que la había hecho mantener la cabeza alta y olvidarse de que Ran la había rechazado, decidió aceptar.

Porque en aquella ocasión, Ran y ella se encontrarían en términos de igualdad. Los dos adultos, y en esa ocasión... en esa ocasión...

En esa ocasión no iba a permitir que le hiciera daño. En esa ocasión, mantendría con él una actitud fría y distante.

Cerró los ojos, cuando sintió pequeños escalofríos en la espalda. La última vez que había visto a Ran había sido hacía tres años, cuando había ido a despedirla al aeropuerto. Ella se iba a Estados Unidos, a hacer el último curso de la carrera. Recordaba la impresión que le causó verlo allí.

Todavía entonces seguía siendo bastante vulnerable e ingenua, porque había pensado que a lo mejor él había cambiado de opinión. Pero todo lo contrario. Había ido allí a comprobar que ella se iba del país y de su vida.

Alex sabía, por supuesto, que ella se había encaprichado de jovencita de su amigo y empleado, pero por fortuna no conocía más detalles. Nunca se había enterado de aquel doloroso encuentro cuando ella todavía estaba en la universidad en Inglaterra.

Nadie se había enterado. Solo lo sabían Ran y ella. Pero eso ya pertenecía al pasado, y en esa ocasión estaba decidida a que cuando se encontraran, porque no tendrían otro remedio, ella fuera la que llevara la voz cantante y él el que suplicara. Lo rechazaría y él tendría que rogarle.

Sylvie abrió los ojos de pronto. ¿Qué le pasaba? Aquellos pensamientos de venganza eran muy infantiles, típicos de la época en la que se había encaprichado de Ran. Esas cosas ya las había superado. Lo mejor sería no hacer una distinción entre Ran y los demás a los que tenía que ver. El hecho de que Ran la hubiera rechazado con crueldad y no hubiera atendido sus súplicas no tenía que influir en su comportamiento con él. Había superado ya todo eso. Con orgullo, levantó la cabeza y continuó escuchando el relato de Lloyd.

Ran se quedó mirando el decrépito vestíbulo de Haverton Hall. Olía a abandono. El salón, al igual que el resto de la casa, tenía un aspecto desolador. De pequeño, siempre le habían horrorizado las visitas a su tío abuelo, poseedor de aquella finca. Recordó el alivio que sintió cuando supo que iba a ser un primo mayor que él el que iba a heredar aquella casa.

Pero su primo había muerto y él, Ran, se había convertido en el propietario de Haverton Hall, o por lo menos lo había sido hasta hacía un par de semanas, momento en el que firmó los documentos por los que la propiedad de Haverton Hall pasaba a manos de Lloyd Kelmer.

Su primera reacción, cuando se enteró de que había heredado aquello, fue la de averiguar a qué institución le podía interesar aquel sitio. Ante la perspectiva de tener que presenciar el deterioro paulatino de aquel lugar, Ran no sabía qué hacer. Había heredado la casa y las tierras, pero nada de dinero. Alguien le había comentado que había un millonario americano cuya principal vocación era comprar y restaurar las viejas propiedades que una vez restauradas abría al público. Ran no había perdido un segundo en ponerse en contacto con él.

Lloyd había viajado a Inglaterra para verla y en cuanto la vio dijo que le encantaba.

Sus sentimientos de alegría cambiaron de pronto cuando recibió un fax de Lloyd informándole de que su ayudante, la señorita Sylvie Bennett, viajaría hasta Inglaterra para encargarse de la reparación y renovación de la propiedad. Podría haber dejado a otro encargado de tratar con Sylvie, pero él no era así. Si tenía un trabajo que hacer, prefería hacerlo él, por muy ingrata que fuera la tarea.

Sin embargo, la situación iba a ser bastante problemática.

A lo largo de todos aquellos años, había sabido de ella a través de Alex y Mollie. Sylvie había terminado su carrera... Sylvie vivía en Nueva York... Sylvie estaba buscando trabajo. Sylvie había encontrado uno. Sylvie estaba trabajando en Roma, en Praga, en Venecia... Sylvie...Sylvie... Sylvie...

Pero Alex y Mollie no fueron sus únicas fuentes de información. El invierno anterior, Ran se había encontrado a la madre de Sylvie en Londres.

Belinda le había felicitado por haber conseguido un título nobiliario. Belinda era la persona más esnob que conocía. Ran todavía recordaba que fue ella la que se opuso a que Sylvie se quedara en Otel Place con Alex, porque quería enviarla a un internado.

–Sylvie no puede quedarse a vivir contigo, Alex –le había dicho–. No sería correcto. Porque no hay ninguna relación sanguínea entre vosotros dos. Además, Sylvie lleva demasiado tiempo relacionándose con la gente que no se tiene que relacionar.

Ran, que se había quedado fuera de la biblioteca de Alex, mientras tenía lugar aquella conversación, se había dado la vuelta y había estado a punto de marcharse, cuando de repente oyó su nombre. Alex le había preguntado a su madrastra:

—¿A qué tipo de personas te refieres?

—Ran, por ejemplo... Ya sé que tú lo consideras un amigo, pero al fin y al cabo es un empleado...

En aquel momento, Alex explotó y le contestó a su madrastra:

—Ran es mi amigo, y para que te enteres, procede de una familia mejor que la tuya o la mía.

—¿De verdad? —le respondió en tono ácido—. Puede que tengas razón, pero no tiene dinero. Sylvie corre el peligro de encapricharse de él y arruinar su vida, si es que quiere casarse bien.

—¿Casarse bien? —le había respondido Alex—. Por Dios bendito, ¿en qué siglo vives?

—Sylvie es mi hija y no quiero que se relacione con los empleados y eso incluye a Ran. Y ya que estamos hablando de eso, Alex, creo que como hermanastro de ella tienes la responsabilidad de protegerla de los amigos que no le convengan...

Ran todavía se podía acordar de lo furioso y humillado que se sintió al oír aquellas palabras. A partir de ese momento, había mantenido las distancias con Sylvie, y ella no se lo puso nada fácil. En aquella época, él tenía veintisiete años, diez años más que ella. Era ya un hombre y ella todavía una niña.

Una niña... una jovencita que le había dicho de forma apasionada que lo amaba, una jovencita que le había exigido, incluso más apasionadamente aún, que él la amara también, que hiciera el amor con ella, que le enseñara...

Todavía podía recordar cómo lo había desafiado, echándose en sus brazos, poniéndole los labios en su boca...

Pero había logrado resistirse...

Sylvie había sido siempre una chica muy apasionada. No era de extrañar pues que todo el amor que había declarado sentía por él se hubiera convertido en odio.

Y ahora volvía. No solo a Inglaterra, sino a Haverton, a su casa, a su vida.

¿Cómo estaría? Preciosa, por descontado. Eso le había dicho su madre, cuando se la había encontrado, aunque no hubiera sido necesario que se lo dijera. Estaba claro, desde pequeña, que se iba a convertir en una mujer impresionante.

–Seguro que sabes que Sylvie está trabajando en Nueva York, para un empresario millonario –le había informado Belinda, sonriendo de satisfacción–. Está encaprichado de ella, claro –había añadido, y aunque no se lo hubiera dicho con palabras, Ran tuvo la impresión de que la relación entre Sylvie y Lloyd no era la típica de empresario y trabajador...

Meses más tarde, se quedó impresionado al enterarse de la diferencia de edad que había entre Lloyd y Sylvie. Aunque, si Sylvie había elegido a un hombre mucho mayor que ella, era asunto suyo y de nadie más.

Sylvie... en tan solo unas cuantas horas iba a estar allí.

–Te odio, Ran –le había dicho, apretando los dientes, la primera vez que se marchó a Nueva York, retirando la cara, cuando él había intentado darle un beso en la mejilla.

Le había dicho que lo odiaba con la misma pasión que le había dicho una vez que lo quería. Casi con la misma...

Capítulo 2

A cinco millas de su destino, Sylvie aparcó el coche que había alquilado en el aeropuerto y apagó el motor, no porque no estuviera segura de dónde iba, ni siquiera porque quisiera absorber la belleza de Derbyshire, un paisaje precioso, aunque carente de todo vestigio de ocupación humana, aparte de ella misma.

No, la razón por la que se había detenido era porque le estaban sudando las manos y se sentía muy nerviosa.

Porque cuando se encontrara con Ran quería estar calmada, controlando la situación. Ya había dejado de ser una adolescente idealista locamente enamorada de él. Se había convertido en una mujer, en una mujer con un trabajo. No podía dejar que sus sentimientos personales influyeran en su profesión.

A los ojos de los demás, su trabajo podía parecer que no era muy duro. Viajar por todo el mundo, vivir y estar rodeada de los edificios más bellos, en contacto con los mejores profesionales. Pero la realidad era bien distinta.

Como Lloyd le había comentado el año anterior, cuando había visto acabado el trabajo en el palacio veneciano, ella no solo tenía el ojo más preciso y maravilloso para todos los detalles de la época, para imaginarse a la perfección cómo había sido decorada una habitación en la época que había sido construida, también poseía la capacidad de ceñirse al presupuesto y los plazos de los trabajos de restauración.

Y eso era algo que no le venía caído del cielo. Requería horas y horas de trabajo revisando los costes y los presupuestos, horas y horas recorriendo almacenes, viendo telas y muebles, y en muchos casos, debido a la antigüedad de las casas, también tenía que encontrar y contratar mano de obra para que le hicieran reproducciones de las piezas que ella solicitaba. Pronto descubrió que Italia era el sitio perfecto para encontrar a ese tipo de artesanos. Y también Londres, aunque un poco más caros. Pero Sylvie había aprendido a regatear, hasta conseguir lo que quería a un precio que a ella le parecía justo.

Para ello había tenido que mantenerse firme, no solo con los artesanos, sino con los propietarios de las casas con los que trataba, quienes en muchas ocasiones se quedaban viviendo en ellas y querían dar su opinión de cómo restaurarlas y amueblarlas.

Sylvie estaba muy acostumbrada a tratar con ese tipo de propietarios, en situaciones en las que tenía que poner en práctica su paciencia y tener mucho tacto para no herir el orgullo de nadie.

Pero, en esa ocasión, no eran los sentimientos del propietario los que tendría que tener en cuenta, sino los de ella misma.

Cerró los ojos, respiró hondo varias veces y abrió la boca otra vez, limpiándose las manos con un pañuelo de papel y arrancando de nuevo el motor de su Discovery.

Había alquilado un todoterreno, porque, por los documentos y planos que Lloyd le había dado, Haverton Hall estaba en un lugar un poco inaccesible, pero también porque en un todoterreno siempre podía meter cualquier cosa que encontrara en cualquier tienda.

Una vez, encontró una estatua para el palacio veneciano, que compró inmediatamente, antes de que el vendedor pudiera cambiar de opinión. La cargó en su coche y se la llevó.

***

Diez minutos más tarde, atravesaba las puertas de hierro de Haverton Hall. Eran unas puertas de hierro forjado que habían sido construidas en la misma época que la casa. La mansión había sido diseñada por uno de los arquitectos más famosos del país.

El camino que llevaba a la casa tenía árboles a los dos lados. Habían arrancado algunos, por lo que se había perdido la simetría original, aunque los que habían quedado tenían tanto follaje que ocultaban la casa, la cual no pudo ver hasta que no llegó a la última curva.

Sylvie casi se quedó sin respiración. Aunque estaba acostumbrada a ver casas muy bellas, la mansión de los ancestros de Ran era algo especial y en ese momento entendió la razón por la que Lloyd se había enamorado de ella nada más verla.

Situada en una pequeña inclinación del terreno, para poder apreciar desde ella los jardines que la rodeaban, era una fiel representación del estilo neoclásico. Cuando llegó, Sylvie apagó el motor, abrió la puerta y se bajó.

Ran la había visto llegar, desde una ventana del piso de arriba. Había llegado con cinco minutos de adelanto. Sonrió al recordar que, de joven, Sylvie era incapaz de llegar pronto a ninguna cita.

Se encontraron en el pórtico. Ran abrió la puerta de entrada, cuando Sylvie pisó en el último escalón. Nada más verlo, se detuvo, como una gacela frente a un leopardo.

No había cambiado nada. Parecía el mismo. Alto, ancho de hombros, con la piel suave y cálida de un hombre de campo, los vaqueros ajustados a los muslos de sus largas piernas, sus brazos desnudos y bronceados, la camisa a cuadros, el mismo estilo de camisa que había llevado siempre. Su pelo era tan fuerte y oscuro como recordaba.

Solo sus ojos habían cambiado. Tenían el mismo color, un tono entre el ónix y el oro, enmarcados por unas pestañas negras como el azabache, pero la forma de mirarla no era la misma. Era una mirada que no le resultaba familiar.

Justo en ese momento fue cuando se dio cuenta de que la distancia entre ellos se había reducido y estaban los dos muy cerca el uno del otro.

¿Cuándo se había colocado a su lado? Ran siempre había tenido el mismo efecto en ella. Lo había tenido. Eso era ya pasado. Sylvie estiró la mano y, sonriendo, le saludó:

–Ran, qué alegría verte. Si quieres, nos ponemos inmediatamente a trabajar. He estado estudiando los planos, pero siempre me doy cuenta que no es lo mismo que cuando visitas la propiedad...

Ran pensó que Sylvie estaba muy sensual. Incluso llegó a sentir la reacción en sus venas. Ya sabía que iba a ver a una mujer muy guapa, pero en el pasado su belleza había sido infantil, carente de sensualidad... En aquel momento, sintió su sensualidad como un puñetazo en el pecho.

Sin prestar atención a su mano, se acercó a ella y antes de que pudiera siquiera reaccionar, le puso las manos en las caderas y pegó su cuerpo al de ella.

–¡Ran!

¿Era aquella su voz? Porque más parecía una invitación que una protesta.

Pero era ya demasiado tarde para corregir el mensaje erróneo que le había transmitido. Ran estaba actuando según lo que él había interpretado como protesta y retiró las manos de las caderas, las puso en sus hombros y la besó, no como un amigo, ni un hermano. Para Sylvie, fue como había soñado todos aquellos años.

Intentó resistirse, pero fue inútil.

—Ran...

Intentó reunir fuerzas, pero lo que le iba a decir se perdió en los labios de Ran y lo único que consiguió abriendo sus labios fue que él le metiera la lengua en la boca.

Sylvie intentó oponerse, pero lo que debería haber sido un rechazo, poniendo su propia lengua, para impedir el paso de la de Ran, él lo transformó en un intercambio entre amantes.

—Mmm...

Por instinto, Sylvie se pegó más a él, dejándolo que la abrazase y la sostuviera, porque estaba a punto de desmayarse.

—Mmm...

Ran tenía una espalda tan fuerte, tan ancha...

Le sacó la camisa de los pantalones y le rodeó la cintura, sintiendo el calor de su piel.

Sintió que él se estremecía. Le acarició la espalda y restregó su cuerpo contra el de él.

Debajo de su camiseta, sentía el rozamiento de sus pechos hinchados. Le empezaron a doler los pezones y, aunque no podía verlos, estaba segura de que los tenía duros y erectos.

Ran siguió metiéndole la lengua en la boca, exigiendo de ella una respuesta. Tan solo un hombre la había visto desnuda y excitada, un hombre al que le había enseñado su feminidad, sin imaginarse que la podía rechazar.

¡Rechazarla a ella!

Sylvie se puso tensa de pronto, clavándole a Ran las uñas en la espalda, al darse cuenta de lo que estaba haciendo y lo que era aún peor, con quién lo estaba haciendo.

—Suéltame... —le dijo, furiosa, empujándole, con la cara roja de mortificación y confusión, mientras Ran retrocedía unos pasos. Sin apartar un momento los ojos de ella, se desabrochó el cinturón del pantalón y empezó a meterse otra vez la camisa por dentro.

Sylvie se puso roja como un tomate. Retiró la mirada, hasta que él terminó con lo que estaba haciendo.

¿Por qué cuando una mujer, en el calor del momento, sacaba la camisa a un hombre, se sentía tímida y vulnerable cuando él arreglaba su aspecto, y cuando era el hombre el que medio desnudaba a una mujer, también se sentía tímida y vulnerable cuando volvía a vestirse?

No era de extrañar que los victorianos consideraran la modestia una virtud femenina.

Una vez metida la camisa, Ran se abrochó el cinturón y sin apartar la mirada de su cara, la saludó de forma irónica.

—Bienvenida a Haverton Hall...

Sylvie hubiera dado cualquier cosa por haberle podido responder de la forma adecuada, pero no se le ocurrió nada que decir. Lo vergonzoso era que, por mucho que intentara convencerse de lo contrario, había hecho lo que no quería hacer: permitir que él marcara las pautas de su relación. Tragó saliva, para intentar pasar el nudo que tenía en la garganta.

Estaba segura de que la había besado de esa manera solo para recordarle no solo el pasado, sino también su superioridad, para decirle que mientras él estuviera a cargo del proyecto, tendrían que trabajar juntos y él tendría la capacidad de controlarla y herirla.

Sylvie se dio la vuelta para que él no viera las emociones que debían de reflejarse en su mirada.

—Será necesario dragar el lago —comentó ella, cerrando los ojos y dirigiéndose hacia el lago que estaba a varios metros de la casa.

Había dicho lo que no tenía que decir.

—Sí, pero esperemos que esta vez no acabes con la cabeza metida en el barro. La señora Elliott no te va a dejar pasar a la rectoría oliendo a agua estancada...

Sylvie se puso tensa, intentando no prestar atención a la referencia que hizo al suceso fatídico de su adolescencia, cuando se había resbalado y se había caído en la poza que habían estado limpiando en la finca de Alex.

—¿La rectoría? –le preguntó, con mucha calma.

Antes de salir de Nueva York, había leído en los informes que Ran estaba viviendo en una rectoría del siglo XVIII. A juzgar por los planos y fotografías que Sylvie había visto, era una propiedad preciosa, que había sido construida para el hijo más joven de la familia, quien había decidido ordenarse sacerdote.

—Mmm... es posible que no la hayas visto cuando llegaste. Está al otro lado de la finca. Es donde yo vivo ahora. Le he dicho a la señora Elliott, que era el ama de llaves de mi primo, que prepare allí también una habitación para ti. Lloyd me ha dicho que es posible que te quedes algún tiempo a trabajar aquí y hemos decidido que, a la vista de la distancia que está Haverton de la ciudad más cercana, es mejor que te quedes en la rectoría, porque así ahorraremos dinero. En especial porque habrá ocasiones en las que tendrás que ausentarte para ir a ver el progreso del trabajo en otras propiedades.

Lo que le estaba diciendo tenía sentido. Pero ella había dejado de ser una niña y Ran no tenía que decirle lo que tenía que hacer.

—Pero es que tú vives en la rectoría –comentó Sylvie.

Ran enarcó las cejas, en un gesto lacónico.

—Hay diez habitaciones, Sylvie, excluidas las que hay en la buhardilla. Espacio de sobra para los dos, creo.

—¿Vive allí la señora Elliott? –le preguntó Sylvie.

Ran se quedó mirándola durante unos segundos y se echó a reír.

—No –le respondió–. Aunque no sé qué importa eso. Tú y yo hemos vivido bajo el mismo techo antes. Si lo que te preocupa es lo que pueda pasar por la noche –le dijo, con una sonrisa, mientras le acariciaba el brazo–... procuraré echar el cerrojo, para que no puedas entrar.

Sylvie se quedó sin habla de rabia.

—¿Qué te pasa? –le preguntó Ran, poniendo un gesto de

inocencia–. No te tienes que avergonzar de que seas sonámbula. Lo mejor es que te acuestes con pijama. Se lo diré a la señora Elliott y...

–Eso me ocurrió cuando era pequeña –le dijo, defendiéndose–. Además, solo me ocurrió una vez. Ahora ya no soy sonámbula.

¿Por qué le estaría contando todo aquello? Sylvie apretó los dientes. Era verdad que en una ocasión, cuando ella se sintió desorientada y muy enfadada porque su madre se había casado otra vez, caminó dormida y que podría haberle pasado algo desagradable si no hubiera sido por Ran. Pero solo le había pasado una vez.

–Entonces, ¿qué es lo que te preocupa? –le preguntó Ran, endureciendo la expresión de su rostro–. Si es el hecho de vivir los dos bajo mi techo mientras Lloyd está en Nueva York...

–¿Tu techo? –le interrumpió Sylvie, intentando ganar el control de la situación, demostrándole quién era el jefe. Le dirigió una sonrisa ácida–. Es posible que la rectoría haya sido tuya, pero ahora pertenece a la Fundación y...

–No creas –le interrumpió a su vez Ran–. Sigo conservando la propiedad de la rectoría y del terreno. Quiero cultivarlo y conseguir los derechos de caza y pesca.

Aquel comentario la pilló desprevenida. Era muy raro que Lloyd aceptara un trato así. Normalmente siempre compraba el terreno de las casas.

–Si quieres venir, podemos ir a la rectoría –le ofreció Ran.

Sylvie negó con la cabeza.

–No, primero quiero ver la casa –le respondió.

Ran se la quedó mirando y después miró el reloj antes de comentarle:

–Eso nos llevará como mínimo dos horas, o a lo mejor más. Son las cinco ahora.

Sylvie enarcó las cejas.

—¿Y...?

Ran se encogió de hombros.

—Pues que después de un viaje tan largo y de haber conducido hasta aquí desde el aeropuerto, deberías descansar un poco. Después, verás las cosas de forma más clara.

—Estamos en los noventa, Ran —le respondió Sylvie—. Cruzar el Atlántico no es nada en estos días —se jactó.

—Muy bien. Allá tú... —le comentó él.

Sylvie echó a andar y Ran la siguió. De pronto, se detuvo. Se dio cuenta de que aquel encuentro le estaba dejando un poco desconcertado. Ya sabía que se iba a encontrar con una mujer, no con la niña que recordaba. Pero Sylvie estaba provocando en su cuerpo unos efectos devastadores.

El pelo, largo y sedoso, le llegaba hasta los hombros. Solo mirarlo hacía que quisiera acariciarlo, dejar que se deslizara entre sus dedos.

Los músculos de su estómago se pusieron en tensión. La camiseta brillante que Sylvie llevaba marcaba a la perfección sus pechos. ¡Y sus vaqueros...!

Ran cerró los ojos. ¡De qué forma se le ajustaban los vaqueros al trasero! Era una visión muy provocativa.

En aquellos momentos, Sylvie era una persona extraña para él. Si la hubiera visto caminando por la calle, seguro que habría acelerado el paso, para adelantarla y poder verla de frente.

—Ya le he dicho a Alex que, si no te alejas de Sylvie... —le había advertido una vez la madre de Sylvie, poco tiempo después de que su marido muriese.

Ran había reaccionado de forma inmediata ante aquella advertencia.

—Es a ella a la que tendría que advertir que se alejase de mí. Ella es la que me persigue. Todas las adolescentes son así —añadió él, observando cómo fruncía los labios la madre de Sylvie.

Fue entonces cuando había visto a Sylvie cruzar la puerta abierta del despacho de Alex. ¿Los habría oído? Confiaba en que no. Porque, a pesar de todo, lo que no quería era hacerle daño. Observándola en aquellos momentos, se dio cuenta de que, si había alguien que pudiera salir herido, ese alguien era él.

¿Por qué habría elegido ella como amante y como compañero a un hombre que podría ser su padre? No podía entenderlo. A menos que fuera porque había perdido a su padre cuando era muy joven.

Sylvie abrió la puerta de la casa y entró dentro. Ran la siguió.

Capítulo 3

Ya habían visitado la planta baja de la casa, recorrido la elegante galería, con las ventanas que daban al parque y la vista de las montañas de Derbyshire, y estaban inspeccionando el enorme salón de baile. En ese momento, Sylvie se dio cuenta de que Ran podría tener razón cuando le dijo que descansara un poco antes de inspeccionar la casa.

Las habitaciones de Haverton Hall podían no tener los suelos de mármol como las de los palacios italianos, ni la grandeza de las del palacio de Praga, pero Sylvie ya había perdido la cuenta de la cantidad de ellas que recorrieron. El pasillo parecía no acabar nunca. Y aún tenían que ir a la planta de arriba. Pero no podía mostrar su debilidad delante de Ran. De ninguna manera. Así que, no haciendo caso de su incipiente dolor de cabeza, tomó aliento y continuó inspeccionando la casa.

–Lo primero que hay que hacer es un informe sobre el estado de la madera –le dijo a Ran en un tono muy profesional.

–No será necesario –le contestó él.

Sylvie se detuvo y lo miró con ira.

–Ran, hay algo que tienes que entender –señaló ella–. Yo soy la que manda aquí. No estaba pidiendo tu aprobación –le informó–. Hay madera que está podrida. Y quiero el informe de un profesional.

–Ya lo tengo.

Sylvie frunció el ceño.

—¿Cuándo...? —empezó a decir.

Pero antes de que ella pudiera continuar, Ran le informó.

—Era evidente que la Fundación iba a pedir un estudio de la estructura de este sitio y, para ahorrar tiempo, lo solicité yo. Tendrías que tener una copia, porque lo mandé a Nueva York la semana pasada.

Sylvie notó que el corazón se le aceleraba y su rostro se teñía de color.

—¿Has encargado un estudio? —le preguntó, con mucha calma—. ¿Podría preguntarte quién te dio permiso?

—Lloyd —le respondió.

Sylvie abrió la boca y la volvió a cerrar. Era típico de Lloyd actuar de esa manera y ella lo sabía. Solo había pensado en conseguir cuanto antes la propiedad. Pero lo que no había visto, con tanta claridad como ella lo veía, era que lo que Ran estaba haciendo era desafiar su autoridad.

—Supongo que no has leído el informe —continuó Ran, hablándole como si fuera una estudiante que hubiera faltado a clase.

—Yo no he recibido ningún informe —le corrigió ella con cierta acidez.

Ran se encogió de hombros.

—Creo que tengo una copia aquí. ¿Quieres continuar con la inspección, o prefieres leer antes el documento?

Si la pregunta se la hubiera hecho otra persona, Sylvie habría aprovechado la oportunidad que se le brindaba para descansar un poco mientras leía el informe, pero como había sido Ran el que se lo había preguntado, movió en sentido negativo la cabeza, contestándole con cierta agresividad:

—Cuando quiera cambiar mis planes, te lo diré, Ran.

Vio cómo enarcaba las cejas, pero no hizo comentarios.

Había sido una semana muy calurosa y el aire que se respiraba en el salón de baile era algo sofocante.

Sylvie estornudó y le retumbó toda la cabeza. El sol que pasaba por las ventanas la estaba haciendo sentirse mareada. Se apartó un poco y, cuando dio el primer paso, sintió una punzada en las sienes.

Era raro que ella tuviera dolores de cabeza. Tan solo los tenía en situaciones de tensión. Se dio la vuelta, para que Ran no la pudiera ver y empezó a darse un masaje disimuladamente.

–Cuidado –le advirtió Ran.

–¿Qué? –Sylvie se dio la vuelta y se sonrojó cuando Ran señaló un trozo de madera con el que casi había tropezado.

Cada vez se sentía más mareada. Cerró los ojos, y trató de relajarse.

–Sylvie...

Abrió los ojos.

–¿No te sientes bien? ¿Te ocurre algo? –le preguntó él.

–Nada –respondió ella–. Tengo dolor de cabeza, eso es todo.

–¿Dolor de cabeza...? –le preguntó Ran mientras se fijaba en la palidez de su rostro y en el sudor que empezaba a aparecer en su frente–. Lo dejaremos para mañana. Necesitas descansar.

–Tengo que hacer el trabajo –protestó Sylvie, pero estaba claro que Ran no iba a escucharla.

–¿Puedes ir sola hasta el coche, o quieres que te lleve?

Llevarla... Sylvie lo miró con cara de rabia.

–Ran, no me pasa nada –mintió, dando un suspiro al mover la cabeza para dar una respuesta negativa. Sintió un dolor punzante en las sienes.

A continuación, Ran la agarró del brazo y la ayudó a caminar hasta la puerta, sin hacer caso de sus protestas.

Cuando llegaron al final de las escaleras, Ran se dio la vuelta y la levantó en brazos, diciéndole con los dientes apretados:

–Si te vas a marear, es mejor que te lleve en brazos.

Estuvo a punto de decirle que no tenía intención alguna de

desmayarse, pero tenía el rostro apoyado en la calidez de su cuello y, cuando abrió la boca para decírselo, tocó la piel con sus labios. Y entonces...

Tragó saliva, intentando que se le pasara el dolor de cabeza. Pero sabía por experiencia que la única forma de que se le pasara era si se acostaba y se dormía.

Estaban en la planta de abajo. Ran cruzó el vestíbulo, abrió la puerta y la sacó a respirar un poco de aire fresco.

–¿Qué haces? –le preguntó, cuando vio que se dirigía al coche de él.

–Te voy a llevar a casa... a la rectoría –le respondió.

–Puedo ir yo sola –protestó Sylvie, pero Ran tan solo se echó a reír.

–De ninguna manera... –respondió, mientras la colocaba en el asiento de al lado del conductor de su Land Rover.

–Ran... mi equipaje... –protestó ella, pero no parecía que él la escuchara. Con el ruido que hacía el motor del Land Rover era imposible hacerse oír. Sylvie se resignó y se acomodó en el asiento, volviendo la cabeza, para no mirarlo.

El todoterreno dejó un rastro de polvo cuando entró por el camino de tierra que llevaba a la rectoría.

Ran frunció el ceño. La mujer que estaba sentada a su lado era muy distinta de la chica que él había conocido. Apretó los dientes. Por el espejo retrovisor vio a un grupo de ciervos pastando. Se suponía que tenían que estar en una zona determinada del parque, y no en los pastos que él necesitaba para las ovejas. Seguro que se había roto la cerca en algún tramo.

Cuando dejara a Sylvie en casa, tendría que volver a arreglarla. Sylvie puso un gesto de dolor, cuando el coche pasó por un bache.

–¿Qué te pasa? –le preguntó Ran.

–Nada... Es que me duele la cabeza, eso es todo –le respondió, pero su rostro se sonrojó cuando vio la forma en que estaba mirándola.

—Pues yo creo que lo que tienes es una migraña. ¿Tienes alguna pastilla, o...?

—¡No son migrañas! —respondió Sylvie—. Solo es un dolor de cabeza. A veces me ocurre, sobre todo cuando viajo...

Ran apretó los labios, mientras la escuchaba.

—¿Qué te ha pasado, Sylvie? —le preguntó—. ¿Tanto te cuesta admitir que eres vulnerable... humana? ¿Qué es lo que te obliga a exigirte tanto? Cualquier persona que hubiera tenido que cruzar el Atlántico y conducir ochenta kilómetros sin parar, habría descansado antes de empezar a trabajar. Pero tú no...

—Es posible que se haga así en Inglaterra, pero no en Estados Unidos —le respondió Sylvie—. Allí la gente tiene que demostrar lo que vale, cueste lo que cueste.

—¿Incluso hasta el punto de ponerse enfermos? —le preguntó Ran—. Yo creía que a Lloyd... —se detuvo, sin atreverse a decir la verdad en alto para no hacerla real, la relación que sabía que existía entre Sylvie y su jefe—. Pensé que a Lloyd le importabas... que te estimaba —finalizó.

—Lloyd no... él no...

Se detuvo y movió en sentido negativo la cabeza. ¿Cómo iba a explicarle a Ran sus miedos? En la adolescencia, había cometido muchas tonterías. Una de las cosas de las que siempre supo que se iba a arrepentir había sido su relación con Wayne.

Pero en aquel momento no se había dado cuenta de la clase de persona que era. En su ingenuidad, había pensado que aquel hombre se limitaba a pasarle drogas a la gente en las fiestas. Nunca se había imaginado que fuera un narcotraficante a gran escala.

Cuando abandonó la universidad, para irse con Wayne y todos sus amigos, que habían invadido las tierras de su hermanastro, se dio cuenta de la equivocación que estaba cometiendo, y supo que siempre estaría agradecida a Alex y a su esposa, no solo por el hecho de haberla sacado de aquella situación, sino también porque la habían ayudado, habían creído en ella, habían aceptado que se había confundido y le habían dado la oportunidad de volver otra vez al redil.

Wayne y ella nunca habían sido amantes, aunque había gente que pensaba lo contrario. Tampoco se había drogado. La había atraído su estilo de vida, pero al poco tiempo se dio cuenta de lo equivocada que había estado. Alex la había defendido y había logrado una plaza para ella en la universidad de Vassar para que acabara sus estudios. Desde ese momento, se prometió devolverles el favor.

En Vassar se ganó una reputación de persona a la que le gustaba recluirse. Nunca iba a fiestas, ni salía con nadie. Por su estudio y dedicación, consiguió buenos resultados.

Y la misma necesidad de demostrar su gratitud a Alex y a Mollie en aquellos momentos la sintió con respecto a Lloyd. Y, para ello, a veces tenía que exigirse mucho a sí misma.

Debido a que había tenido que trabajar mucho para demostrar su profesionalidad, para ser fuerte y capaz, no era lógico desear que Ran hubiera adoptado una actitud más protectora, menos crítica, que hubiera tenido algo más de amabilidad, de delicadeza...

—¿Por qué no me dijiste que no te encontrabas bien?

Ran la sacó de sus pensamientos.

—¿Y por qué tendría que habértelo dicho? —se defendió Sylvie—. No creo que ni la Fundación, ni los dueños de las propiedades que compra, estén dispuestos a perder tiempo y dinero oyéndome quejarme. Aunque tú y yo nos conozcamos desde hace tiempo, los dos sabemos que el negocio es el negocio.

Pasaron varios segundos antes de que Ran respondiera. Por un momento, Sylvie pensó que no le iba a contestar, pero al cabo de un momento, giró la cabeza y le dijo:

—¿Quieres decir que la relación entre tú y yo solo es de negocios?

Tuvo que reunir todas las fuerzas que le quedaban para poder mirarlo a los ojos.

—Sí —le respondió.

Ran fue el primero en apartar la mirada, poniendo un gesto duro en su rostro al tiempo que apretaba los labios.

—Pues, si eso es lo que quieres, por mí no hay problema —le respondió, y volvió a concentrarse en la carretera.

Su respuesta, en vez de hacerla sentirse aliviada, la dejó... un tanto desilusionada. Aquel sentimiento la desconcertó. ¿Qué tenía ella que demostrarle?

Sylvie movió la cabeza, furiosa consigo misma. Le había dicho lo que tenía que decirle y Ran sabría a qué atenerse. Si no fuera por el hecho de que era propietario de aquella mansión, que la Fundación había adquirido, estaba segura de que no lo habría vuelto a ver.

De pronto, frente a ella apareció una casa que casi la dejó sin aliento.

Estaba acostumbrada a ver mansiones grandes y bonitas, con tanta elegancia que tenía que mirar dos veces para creérselo. Pero aquella casa era distinta.

Era una casa en la que tenía la sensación de haber estado antes, como si hubiera recorrido ya todas sus habitaciones. Era la casa que había creado en sus sueños, cuando era niña. El hogar en el que viviría la familia que tanto anhelaba.

No podía apartar los ojos de sus muros de ladrillo rojo. Se fijó en la perfección simétrica de las ventanas georgianas.

Antes de que su madre se casara con el padre de Alex, habían vivido en un pequeño apartamento en Belgravia. Su madre era una persona muy sociable. Le gustaba participar en actos benéficos y era una gran jugadora de bridge, pero Sylvie nunca se había sentido a gusto en el elegante piso de Londres. Echaba de menos la libertad que había sentido en la casa en la que vivieron, antes de que muriera su padre.

Para superarlo, se había creado en su imaginación la casa

perfecta y la familia perfecta, con un padre, una madre, hija, ella misma, además de una hermana con la que jugar y un hermano, junto con abuelos, tíos y primos. Era la casa en la que había puesto todas sus ilusiones. Una casa para una familia. La casa de sus sueños.

Ran había detenido el Land Rover. Sylvie se bajó, con la sensación de que le temblaban las piernas, sin poder apartar la mirada de la casa, sin darse cuenta de que Ran la estaba mirando.

Durante unos segundos, al ver la cara de felicidad que ponía, se vio transportado en el tiempo, a un tiempo en el que lo miraba de aquella manera, un tiempo en el que...

Trató de recordar lo que Sylvie acababa de decirle de las condiciones que había impuesto en la relación entre ellos. Había dejado bastante claro que la única razón por la que estaba allí era porque había ido a hacer un trabajo y que hubiera preferido haber estado con cualquier otra persona, en vez de con él.

Los dos se dirigieron en silencio hacia la rectoría.

Sylvie se la imaginó por dentro. Los tonos cálidos de las paredes del vestíbulo, los suelos de madera, las alfombras y los jarrones con flores silvestres. Casi podía oler su aroma.

De forma automática, estiró la mano para abrir la puerta. En ese momento, se dio cuenta de lo que estaba haciendo. Un tanto avergonzada, retrocedió unos pasos y giró la cabeza, para no tener que mirar a Ran, cuando fue a abrir la puerta con llave.

Era una ironía muy cruel que fuera precisamente Ran el propietario de aquella casa, la casa que ella había imaginado en sus sueños que sería su hogar.

Después de abrir la puerta de la calle, Ran retrocedió unos pasos, para dejarla entrar. Cuando entró, Sylvie se quedó paralizada. Las paredes estaban empapeladas con un papel marrón oscuro, descolorido y horroroso. En vez de suelos de madera, había moqueta, tan vieja y desgastada que era imposible saber cuál era su color original, pero ella sospechaba que era el mismo color de las paredes.

Había muebles, pero eran viejos, y estaban cubiertos de polvo, sin brillo. Tampoco vio flores por ningún sitio.

—¿Qué ocurre? —le preguntó Ran.

En vez de la envidia que sintió nada más ver aquella casa por fuera, un sentimiento de tristeza la invadió por lo descuidada que estaba por dentro. Aunque estaba limpia, estaba lejos de ser la casa que ella se había creado mentalmente.

Oyó a Ran colocarse detrás de ella.

—Te llevaré a tu habitación —le dijo—. ¿Tienes algo para el dolor de cabeza?

—Sí, pero me lo dejé en el coche que he alquilado —le respondió ella.

Por un momento, casi se había olvidado de que le dolía la cabeza, pero el aire viciado del vestíbulo se lo volvió a recordar. Necesitaba dormir un poco cuanto antes.

—Por aquí —le indicó Ran.

Subieron por una escalera que había conocido tiempos mejores. Cuando llegaron a la planta de arriba, vio que también estaba enmoquetada con el mismo color horroroso de la planta de abajo.

—¿Vivía aquí tu tío? —le preguntó Sylvie, por curiosidad.

—No, la tenía alquilada. Cuando la heredó mi primo, se trasladó aquí. Después de su muerte, fue cuando decidí venderla, pero está demasiado lejos de la carretera. Así que decidí trasladarme yo. Hay que hacer algunas reformas, por supuesto...

Sylvie no dijo nada, pero en la mirada se le notó lo que pensaba.

—Bueno, ya sé que a alguien como tú, acostumbrada a lo mejor, todo esto debe de parecerte un desastre. Lo siento, pero es lo único que te puedo ofrecer —la mirada de Ran se oscureció, cuando pensó en la elegancia del hogar de Alex y el lujo en el que ella había vivido junto a Lloyd, pero para Sylvie, que estaba recordando la forma en que Ran la había visto vivir, con lo más básico, cuando se había ido con aquellos que acamparon en las fincas de Alex, la mirada que él le estaba dirigiendo le parecía un tanto burlona.

—Es por aquí —le estaba diciendo Ran, recorriendo el pasillo, con puertas a cada lado. Abrió una, se echó a un lado y la invitó a entrar.

La habitación era amplia, con dos ventanales que dejaban pasar el sol de la tarde. Los viejos muebles de madera del mismo estilo que los que había visto en el vestíbulo, estaban muy limpios, pero les faltaba el brillo que solo podían dar generaciones de manos femeninas. El hueco de la chimenea, que ella hubiera tapado con unos adornos de flores secas, o con una rejilla, era simplemente un hueco vacío. La cama y las cortinas tenían un estilo moderno. Casi seguro que las acababa de comprar. El suelo estaba cubierto por la misma moqueta deprimente de color marrón.

—Tienes tu propio baño —le dijo Ran, empujando una puerta—. Un poco pasado de moda, pero funciona.

Sylvie miró dentro y le dijo:

—Puede que para ti esté pasado de moda, pero estos sanitarios de estilo eduardiano están muy de moda hoy día.

—En esa pared está el armario —le indicó él innecesariamente—. No he podido hacerlo todavía, pero mañana te traeré una mesa de escritorio.

—Gracias, porque necesito un sitio para poner mi ordenador portátil —le dijo Sylvie—. Pero también necesito otra habitación. Pero de eso hablaremos más tarde. ¿Dónde está tu ama de llaves? Me gustaría conocerla...

—La señora Elliott vendrá mañana. Te la presentaré. Escucha —le dijo Ran, mirándose el reloj—. Me tengo que ir, si quieres que te dé algo para el dolor de cabeza...

—Lo que me gustaría tomar es las pastillas que he traído. Pero están en mis maletas.

—Si me das las llaves de tu Discovery, te las traeré —se ofreció Ran—. Déjame diez minutos para hacer unas llamadas.

Mientras le daba las llaves, Sylvie se preguntó dónde iría a pasar Ran aquella tarde y con quién.

Ran era un hombre muy atractivo, no tenía más remedio que admitirlo.

—Dudo mucho que Ran se case nunca —le comentó en una ocasión Alex.

—¿Por qué no? —le había preguntado Sylvie, con su corazón adolescente en un puño, ya que se imaginaba esposa de Ran, compartiendo su vida y su cama. Un delicioso escalofrío de anticipación había recorrido su espalda.

—Porque el sueldo de capataz que tiene y la pequeña casa en la que vive no atraen mucho a las mujeres con las que queda. Y es demasiado orgulloso como para vivir de la mujer con la que se case...

—¿Mujeres? —le había preguntado Sylvie, mientras que su madre, que había estado escuchando la conversación, había intervenido.

—Ran tendría que casarse con la hija de un granjero, una chica que haya sido criada para ese estilo de vida.

Sylvie recordó el gesto de Alex ante ese comentario de su madre. Pero las cosas habían cambiado. Sylvie sabía lo que le había pagado Lloyd por la casa y por las tierras. Tenía que pagar impuestos de sucesión, pero a pesar de ello, se había quedado con una buena suma de dinero, mucho más de lo que ella misma había recibido de la herencia de su padre, por la que su madre pensaba se convertiría en el objeto de los cazafortunas.

Con el dinero que le había quedado a Ran, estaba en una posición en la que podía ofrecer mucho a cualquier mujer.

Pero a ella eso nunca le había interesado. Ella siempre había pensado que era mejor vivir en una casa humilde con amor, que en una mansión sin él. Y nunca había dudado de que, cuando se trataba de cosas materiales, lo que Ran podía ofrecer a la mujer que amara...

«La mujer que amara».

Se mordió el labio cuando Ran empezó a alejarse de su lado. Después de que él saliera, se fue a la ventana y se quedó mirando el jardín. Al igual que la casa, estaba muy descuidado. Su portentosa imaginación enseguida lo llenó de plantas y de flores por todos lados.

La habitación olía a humedad. Cuando intentó abrir una de las ventanas, lo único que consiguió fue romperse una uña. Juró por lo bajo, e hizo una mueca de dolor al sentir que la cabeza le dolía cada vez más. A lo mejor tenía que haber aceptado las pastillas que le había ofrecido Ran.

Abrió la puerta de la habitación y bajó las escaleras.

Lo encontró en una cocina un poco destartalada, en la parte de atrás de la casa. Cuando abrió la puerta, él llevaba una bandeja con el té.

–¿Para quién es eso? –le preguntó.

–Para ti –le respondió Ran. Sylvie se dio cuenta de que en la bandeja había un paquete de aspirinas. La tentación de decirle que no quería ni su té, ni sus aspirinas, fue tan fuerte que tuvo que hacer un tremendo esfuerzo por controlarse. ¿De dónde provenía toda aquella animadversión, cuando había bajado precisamente a pedirle una aspirina?

–Me las puedo arreglar yo sola –le dijo, estirando las manos, para que le diese la bandeja. La mirada que le dirigió la hizo enrojecer. Ella se quedó en su sitio. Si no hubiera sido porque el teléfono sonó en aquel mismo momento, seguramente no le habría dado la bandeja.

Se fue a responderlo.

–Vicky... –le oyó que decía–. Sí, yo también deseo lo mismo –le dijo, bajando la voz–. Escucha, te tengo que dejar...

Sylvie ya había subido el primer tramo de escalera, cuando le oyó que colgaba.

—Sylvie... –le dijo.

Pero ella le respondió de forma cortante:

—No te entretengas conmigo, si has quedado con alguien –le dijo–. No te preocupes por mí porque tengo muchas cosas que hacer.

—Tendrás que dormir un poco para que se te pase el dolor de cabeza.

—Todo lo contrario. Lo que tengo que hacer es trabajar –le corrigió ella mientras seguía subiendo las escaleras.

Ran se quedó de pie observándola. Tenía que haberle dicho que la única cita que tenía aquella tarde era con la cerca que tenía que arreglar. Se dio la vuelta y caminó hacia la puerta de la calle.

Cuando la cerró, Sylvie se sintió más tranquila. La tensión se había apoderado de cada uno de los músculos de su cuerpo. Se fue a su habitación, se tomó dos tabletas, se bebió el té y, después de quitarse la ropa, se metió en la cama en ropa interior. Estaba a punto de dormirse cuando recordó que no le había pedido a Ran que intentara abrir la ventana que ella no había podido abrir.

Capítulo 4

Ran puso un gesto extraño cuando vio que habían cortado la alambrada. No había sido ningún accidente. Alguien había cortado la cerca, lo cual significaba...

Los corderos que habían nacido a principios de primavera habían desaparecido. Los ciervos que recorrían el parque eran un blanco muy tentador para los furtivos, eran unos animales muy mansos, y no estaban acostumbrados a los cazadores.

La última vez que había visto a Alex, los dos habían hablado de los pros y los contras de marcar a los ciervos. Al igual que él, Alex tenía un pequeño rebaño en sus fincas, pero desde que se casó, Mollie, su mujer, había añadido una fuente de tensión, porque se empeñó en criar los mismos ciervos, tamaño miniatura, que criaba la duquesa de Devonshire.

Cuando miró hacia los jardines de Haverton Hall, oyó el graznido de los pavos reales anunciando la presencia de alguien. Frunció el ceño.

Se levantó, se limpió los restos de hierba de los pantalones y se fue a su Land Rover.

Eran casi las diez, tarde para que alguien con una legítima razón hubiera decidido visitar Haverton Hall. Arrancó el motor.

***

Sylvie se había despertado de pronto, preguntándose dónde estaba y por qué no podía respirar bien. El sol había calentado el ya sofocante aire de la habitación, hasta el punto de que casi podía sentir la humedad en la boca. Por fortuna, el dolor de cabeza se le había pasado un poco, pero no había garantía de que no volviera, si continuaba respirando aquel aire.

Lo que necesitaba era respirar aire fresco. Después de lavarse la cara con agua fría, se puso unos vaqueros y una camiseta, haciendo un gesto de desagrado con la cara mientras se vestía. Nueva York la había cambiado. Hubo un tiempo en el que se había sentido muy cómoda con ese tipo de ropa, pero en la actualidad...

No obstante era una ropa ideal para su trabajo, sobre todo cuando tenía que subirse a andamios. No obstante siempre se ponía camisetas blancas inmaculadas y vaqueros igualmente inmaculados.

En el bolso, llevaba un juego de llaves del coche de repuesto, otro de los trucos que había aprendido de su trabajo. Las llaves de repuesto era casi una necesidad, según había descubierto la primera vez que no pudo entrar en un edificio porque uno de los trabajadores se había llevado las llaves a casa. Para recoger su Discovery solo tendría que ir a Haverton Hall. Lo que menos le apetecía era pedirle el favor a Ran de que la llevara. Además de que estaría bien poder recriminarle que mientras él estaba con su novia ella había estado trabajando.

Sylvie tenía un buen sentido de la orientación, por lo que ir a Haverton Hall no era difícil para ella. Canturreando, se puso en marcha.

Hacía una tarde muy agradable. Yendo a pie podría hacer una evaluación mejor que si iba en el Land Rover de Ran. Había pasado el tiempo suficiente en la finca de Alex como para darse cuenta de que a Ran todavía le quedaba bastante trabajo, si quería sacar algo productivo de aquellas tierras. Lo extraño fue que le dio envidia. A ella también le gustaría enfrentarse a ese tipo de retos. Y más envidia le dio pensar que la mujer que viviera con él podría encargarse de restaurar la rectoría.

¿La envidiaba solo por eso? Sylvie se detuvo y se apartó el pelo de la cara. Claro que solo por eso. Era imposible que le diera envidia de Ran, ni de los niños que fueran a tener juntos.

Cuando Sylvie llegó a Haverton Hall había oscurecido. El edificio proyectaba su sombra sobre el camino y sobre el Discovery.

El sonido de otras pisadas la dejaron paralizada, hasta que reconoció las formas familiares de una docena de faisanes y pavos reales.

Sylvie se echó a reír cuando los vio. Movió la cabeza y se dirigió a ellos.

–Puede que para vosotros sea una intrusa, pero os tendréis que acostumbrar a mi presencia, porque me vais a tener que ver con bastante frecuencia.

Se quedó con ellos durante varios minutos, observándolos y hablando con ellos. Seguro que en unos cuantos segundos se irían a refugiarse a algún sitio de los zorros.

Dándoles la espalda, Sylvie se quedó mirando la casa, tratando de visualizar cómo iba a quedar una vez que limpiaran la piedra. Solo esa obra iba a costar una fortuna, porque se tardaría tanto como se iba a tardar en decorar el interior. Le tendría que pedir a Ran que le consiguiera algún plano de la época en la que construyeron el edificio. Estaba segura de que la escalera que había visto, si no la había construido Grinling Gibbons, la habría construido alguno de sus aprendices.

Los motivos de caracolas y peces grabados en la madera eran reflejo de que el dinero para construir aquella mansión había procedido de los negocios en ultramar. Como miembro de la corte de Carlos II, seguro que había tenido acceso a innumerables actividades lucrativas.

Ran aparcó su Land Rover, lejos de la casa. Las aves cuando lo vieron se asustaron y empezaron a agitar sus alas.

Después de hacer su estudio de la casa, Sylvie retrocedió unos pasos y se dirigió hacia donde su coche estaba aparcado. Cuando Ran se estaba acercando a la casa, vio a alguien moverse en la semioscuridad.

Nada más verlo, actuó de forma inmediata, se agachó y trató de ver quién era la persona que estaba intentando entrar en el coche de Sylvie. No había que perder un momento. El intruso ya había abierto la puerta del Discovery. Abalanzándose sobre la figura que estaba intentando abrirlo, Ran le hizo un placaje y lo tiró al suelo.

−Ya te tengo.

Sylvie no vio a la persona que la había tirado al suelo, pero sí sentía su peso encima de ella.

Trató por todos los medios de quitárselo de encima, clavándole las uñas en la espalda mientras él le sujetaba las piernas, aprisionando su cuerpo. Sylvie estaba tan rabiosa que ni siquiera pudo sentir miedo. Pero en un momento determinado, cuando él agarró con tan solo una mano las dos de ella, empezaron a aparecer todos sus temores.

−Tranquila −le advirtió Ran. Fue toda una sorpresa descubrir que era una mujer. No sabía por qué, pero se había imaginado que el ladrón sería un muchacho joven.

Cuando ella oyó y reconoció la voz de Ran, sus temores cambiaron por un sentimiento de alivio y rabia.

−Suéltame −le exigió.

−¿Sylvie..? −Ran le preguntó, asombrado−. ¿Qué diablos...?

Poco a poco, fue soltándola, pero siguió aprisionando su cuerpo al suelo. Sylvie intentó quitárselo de encima.

−Sylvie −repitió Ran, impresionado aún por su presencia−. Oí un ruido extraño y pensé que alguien quería robar tu coche. No podía imaginar que fueras tú, en la oscuridad. ¿Qué haces aquí?

−Quería respirar un poco de aire fresco. No podía abrir las ventanas de mi habitación y decidí dar una vuelta para recoger mi coche. ¿Y tú? Pensé que habías quedado con alguien. Se supone que no tendrías que ir por ahí asustando a la gente –le acusó Sylvie.

Sylvie era consciente cada vez más del cuerpo de Ran encima del de ella. Respiró hondo para controlar un poco sus pensamientos. Cada vez le era más difícil respirar con Ran encima. Cada vez que lo hacía, sus pechos se aplastaban en el cuerpo de él y su pelvis se ajustaba al contorno de su pierna. En su lucha por quitárselo de encima, la camiseta se le había subido. Era demasiado tarde para arrepentirse de no haberse puesto el sujetador. De forma instintiva se palpó el cuerpo, para ver hasta dónde se le había subido la camiseta.

–¿Qué te ocurre? –le preguntó Ran al ver el movimiento que hacía con la mano.

–Que pesas mucho y que me estás haciendo daño –le respondió Sylvie mientras intentaba disimular en la oscuridad de la noche. Pero fue demasiado tarde, porque él siguió con su mirada la mano de ella y vio que la camiseta se le había subido a la altura de los pechos.

Lo que menos le apetecía en aquel momento era que Ran pudiera verla desnuda. Por ello, lo que no entendía era por qué se le endurecieron los pezones.

–No llevas sujetador...

–Gracias, pero ya lo sabía –le espetó Sylvie, apretando los dientes y sonrojándose.

Ran le agarró la camiseta, dispuesto a bajársela. Al hacerlo, con los nudillos le rozó la parte de debajo de sus pechos. Sylvie hizo un movimiento para evitar el contacto, olvidándose de que Ran estaba agarrándole la camiseta. Ella se apartó y Ran se quedó agarrado a la camiseta. Cuando la soltó, al tener un componente elástico, se le subió aún más y sus pechos quedaron al descubierto.

Sylvie lo oyó lanzar un juramento y quedarse muy quieto, igual que ella. La sensación de las manos de Ran cubriéndole sus pechos desnudos hizo que cerrara los ojos para controlar el sentimiento de vergüenza que la invadió. No era lo que estaba haciendo, sino el hecho de que hubo un tiempo en que ella había ansiado esas caricias. Era como si toda aquella necesidad y todos aquellos sentimientos surgieran desde muy dentro de ella.

–Ran... –pronunció su nombre en un susurro, pero estiró las manos para abrazarlo, no para rechazarlo. Y, cuando sintió que se acercaba a ella poco a poco, Sylvie se estremeció.

Muy suavemente, sus dedos le acariciaron los pechos. La brisa nocturna era muy sensual, pero nada comparada con la suavidad de las manos de Ran.

La acarició, bajó poco a poco la cabeza y la besó, con una intensidad feroz y apasionada, dejándola casi sin defensas. Ella abrió la boca, sintiéndose vulnerable, emitiendo un leve quejido, como respuesta a su pasión.

Había algo primitivo, inevitable e imparable en lo que estaba haciendo. Una suave brisa movió los árboles del camino y Sylvie la notó en su sensibilizada piel. La tela de la camisa de Ran rozaba sus pechos, haciéndola desear el contacto de sus manos. Sus manos... su boca. Le oyó quejarse. Clavó los dedos en su piel cuando la apretó contra él, con tanta fuerza que pudo notar el estado de excitación en el que se encontraba. Sintió su boca caliente en el cuello mientras la besaba, bajando poco a poco la cabeza hasta llegar a sus pechos.

Sylvie arqueó el cuerpo, hasta que por fin él le lamió los pezones.

Hacía tiempo que había soñado que Ran la deseara de aquella forma, necesitándola con verdadera pasión. Oleadas de deseo fueron recorriendo su cuerpo. Pegó su cuerpo al de él y de pronto se quedó paralizada al oír, en alguna parte del bosque, un zorro aullándole a la luna.

Ran apartó la cara de su cuerpo y dirigió la mirada hacia el sitio de donde procedía el ruido.

De pronto, de forma brusca, desprotegida del calor de la pasión de Ran y de su cuerpo, Sylvie se dio cuenta de lo que estaba haciendo. La gravilla del camino que minutos antes ni había sentido, se clavaba en su piel y su rostro se enrojeció al darse cuenta de su aspecto, de lo que debía de estar pensando Ran de ella, tan patéticamente ansiosa de sus besos, de él.

–No me toques –le advirtió, mientras se bajaba la camiseta y se levantaba–. Me da pena Vicky... si lo único que te hace falta para serle infiel es..

–¿Tú? –replicó Ran.

Sylvie enrojeció aún más. Sintió una punzada en el corazón y se dio la vuelta, para que él no viera el dolor que le estaba causando.

–Los dos sabemos que lo que acaba de pasar nada tenía que ver con... que no era yo... podría haber sido cualquier otra. Mi cuerpo podría haber sido el de cualquier otra mujer. Tú has sido el que...

–Me he excitado tanto al ver tus pechos que no he podido resistir la tentación –Ran terminó la frase por ella–. Te olvidas, Sylvie, de que ya te los había visto antes. Y no solo los había visto, sino que...

–No sigas, no sigas –le suplicó Sylvie, tapándose los oídos con las dos manos para no escuchar sus palabras. No quería que le recordara el pasado. Las lágrimas le emborronaron la vista. Parpadeó con todas sus fuerzas para hacerlas desaparecer, porque bajo ningún concepto quería que Ran la viese llorar.

Se dirigió hacia el todoterreno y Ran se quedó mirándola. ¿Qué otra cosa podía hacer? Tenía todo el derecho a estar furiosa. No sabía por qué le había insinuado que Vicky era su amante, porque no era verdad.

¿Respondería Sylvie de la misma forma con Lloyd, con la misma pasión incontrolada, con la misma necesidad?

Ran cerró los ojos mientras escuchaba el sonido del motor del coche de Sylvie.

Había cometido muchos errores en su vida y se había arrepentido de bastantes, pero de lo que más se arrepentía... tragó saliva y su mirada se perdió en la oscuridad. No había sido necesario que pasara lo que había pasado para darse cuenta de que entre Sylvie y él había todavía un asunto pendiente.

Se fue hacia su coche con los dientes apretados, para controlar el estado de excitación de su cuerpo. En esos momentos, no había nada que deseara más en el mundo que acabar lo que Sylvie y él habían empezado. Sin embargo, parecía imposible conseguirlo.

Era posible que el cuerpo de Sylvie respondiera ante él, pero no su persona. Y él lo sabía, porque se lo había dicho bastantes veces.

–Yo a quien quiero es a Wayne –le había dicho, lanzándole las palabras a la cara, y él, demasiado celoso y furioso como para responder, se había marchado sin decirle que ella era hija de un hombre rico y que él no tenía nada, pero que al menos, a diferencia de Wayne, la quería y no la utilizaba.

Los dos días siguientes los pasó buscándola por todo Oxford, pero ya había desaparecido. La siguiente vez que la había visto fue con el grupo de ecologistas que habían ocupado las tierras de Alex y ella le había restregado por la cara su relación con el líder del grupo.

–¿Qué hay de malo en ello? –se había mofado–. Tú no me querías. Me dijiste, y tenías razón, que no eras el hombre que yo necesitaba, y es verdad si te comparo con Wayne –le había ronroneado, dirigiéndole una mirada que la hizo sentirse como si alguien le estuviera arrancando las entrañas.

–Parece que Wayne y ella son amantes –le había dicho Alex con tono triste. Y, en esos momentos, otro hombre estaba ocupando un sitio en su vida, un lugar en su cama y él no tenía derecho a...

Se quedó mirando las estrellas. ¿Cómo había podido dejar que la tentación hiciera resurgir todos los fantasmas, todo el dolor que había sentido en el pasado? ¿Es que no había pasado ya suficientes noches en vela pensando en ella, deseándola?

Quizá Alex tuviera razón, quizá había llegado el momento de que buscara a alguna mujer y que sentara la cabeza. Quizá, cuando todo aquel asunto acabara y Sylvie desapareciera para siempre de su vida, hiciera eso. Quizá...

Capítulo 5

Sylvie frunció el ceño mientras empezaba a comprobar lo que acababa de leer. En un listado detallado del trabajo que había que realizar para restaurar la madera de Haverton Hall, había una hoja adicional en la que se informaba de los desperfectos en la madera en la rectoría, la propiedad de Ran, con una nota confirmando que el trabajo iba a ser realizado antes de que los contratistas empezaran a trabajar en Haverton Hall.

Sylvie sintió que el corazón empezaba a latirle con fuerza, con una mezcla de angustia y de dolor, mientras volvía a leer la hoja. A veces, las personas que hacían tratos con la Fundación intentaban vender gato por liebre. Sylvie había tenido que informar en algunas ocasiones a grandes personajes que los muebles que ellos decían eran antigüedades originales, después de estudiarlos despacio, resultaban ser copias que no tenían el valor que en un principio se les había atribuido. En dichas ocasiones, había que tener mucho tacto. La posibilidad de que pudiera ocurrir eso mismo con Ran la sumía en un estado de confusión tal que no tuvo más remedio que levantarse y ponerse a recorrer la habitación, ensayando mentalmente la forma de comunicárselo. La cantidad gastada no era excesiva y, si Ran se hubiera comportado de forma diferente, estaba segura de que la Fundación le habría ofrecido, con mucha generosidad por su parte, asumir el coste del trabajo realizado en la rectoría. Era el hecho de que hubiera intentado engañarlos, a ella en concreto, lo que más la alteraba, el hecho de que se hubiera estado riendo a sus espaldas. Pues no se iba a reír cuando hablara con él.

En esos momentos, alguien llamó a la puerta. Sylvie se detuvo con el cuerpo en tensión.

–Adelante –respondió mientras mentalmente disponía su plan de ataque. Pero, cuando la puerta se abrió, no fue Ran el que entró, sino la señora Elliott.

–Oh, señora Elliott –tartamudeó Sylvie.

–Ran me ha pedido que le preguntara qué quería cenar esta noche –le informó la mujer–. Trajo un salmón esta mañana, y me dijo que era su comida favorita.

Sylvie cerró los ojos.

Condenado Ran. ¿Por qué trataba de recordarle cosas del pasado, que ella quería olvidar?

–Muchas gracias, señora Elliott –le respondió–. Pero creo que voy a cenar fuera.

La verdad era que no había siquiera pensado dónde cenar, por lo que rechazar la invitación de Ran era una actitud ilógica e infantil, pero no lo había podido evitar.

¿Dónde estaría Ran? ¿Es que no quería verla? Era lo mejor que podía hacer, porque en cuanto lo viera, tendría que explicarle convincentemente en qué había utilizado los fondos de la Fundación. Seguro que había incluido la factura de los trabajos de reparación de su casa junto con las de Haverton Hall. Pues muy pronto se iba a dar cuenta de su error. Lo cual la hizo recordar que tendría que hablar enseguida con la empresa encargada de hacer los trabajos de restauración de la madera. Sylvie apretó los labios. Por derecho, el contrato tenía que haber salido a concurso, pero por otra parte no tenía más remedio que admitir que al actuar de forma tan diligente, haciendo el informe e iniciando los trabajos, Ran la había ahorrado mucho tiempo. Sin embargo, era deleznable que hubiera costeado los trabajos de la rectoría con los fondos de la Fundación.

Diez minutos más tarde, Sylvie bajaba por las escaleras, cuando oyó voces en el vestíbulo. Se acercó un poco y vio a la señora Elliott hablando con una mujer muy alta y elegante, de unos treinta años.

–Bueno, pues dígale a Ran que he venido –le estaba diciendo a la señora Elliott.

–Se lo diré, señora Edwards –le respondió con mucho respeto.

Sylvie se quedó observando a aquella mujer. Muy alta y delgada, vestida con ropa muy cara, muy maquillada, el tipo de mujer para Ran. Su comportamiento denotaba que no era una simple visitante de aquella casa. Giró la cabeza y vio a Sylvie, quien siguió bajando poco a poco por las escaleras.

–Me voy a Haverton Hall, señora Elliott –le dijo Sylvie al ama de llaves, con mucha calma. Después, añadió con una impetuosidad que no quiso analizar–. Dígale a Ran que muchas gracias por la invitación a cenar.

Por el rabillo del ojo, Sylvie observó cómo se le oscurecía la mirada a la amiga de Ran. Cuando Sylvie llegó a la puerta de la calle, la señora Elliott le dijo:

–Oh, lo siento, casi se me olvidaba. Ran me pidió que le dijera que, si quiere seguir revisando la casa, él volverá sobre las tres.

–Qué amable por su parte –le respondió Sylvie–. Cuando vuelva, dígale que no se tome tantas molestias, que tengo mis propias llaves para entrar en Haverton Hall.

Sylvie abrió la puerta, sin esperar a que el ama de llaves le contestara. ¿Cómo podía tener Ran tanto descaro? No necesitaba ni su permiso, ni su compañía para ir a ver la casa. Arrancó el Discovery, metió la marcha y pisó hasta el fondo el acelerador.

Estaba a medio camino de Haverton Hall cuando se sintió más calmada. No soportaba que nadie le dijera lo que tenía o no tenía que hacer y menos Ran.

Cuando aparcó el Discovery intentó no mirar al sitio donde la noche anterior... Lo que había ocurrido era algo que no quería detenerse a analizar. Había sido un error, un error de juicio, algo que sin duda había sido producto del cansancio, algún desequilibrio por la diferencia horaria.

Abrió la gran puerta de la calle, respiró hondo y entró. Sin prestar atención al ruido de sus propios pasos, se dirigió hacia donde habían terminado la inspección del día anterior. En su bolso, tenía un inventario y un plano de la casa, pero una hora más tarde no tuvo más remedio que admitir que era menos interesante inspeccionar las habitaciones ella sola, que al lado de Ran, quien podía hacerle una descripción de cada una de ellas y el uso que le habían dado en el pasado.

Pero, por experiencias anteriores, sabía que en un espacio breve de tiempo, se habría enterado de la historia de la casa. De pronto, vio a un ratoncillo en un rincón y dio un grito. Siempre le habían dado miedo esos animales. Nunca había podido superar una experiencia de su niñez, cuando uno de esos animales saltó sobre ella.

Estaba subiendo al piso de arriba, cuando oyó que Ran pronunciaba su nombre. Se detuvo y permaneció donde estaba. Seguro que la señora Elliott le habría dicho dónde encontrarla. En su bolso, tenía el informe con los costes de los trabajos de restauración de la madera.

–¡Estoy aquí, Ran...!

–No tenías que haber venido aquí sola –le dijo cuando se acercó a su lado.

–¿Por qué no? ¿Hay fantasmas en la casa? –le preguntó con cierto sarcasmo.

–No que yo sepa, pero no te puedes fiar mucho de los suelos de los pisos de arriba. Y si tienes un accidente...

—Gracias por preocuparte por mí, Ran —le interrumpió Sylvie—. Y también tengo que darte las gracias por la amabilidad que has tenido al encargar esos informes.

Mientras hablaba, sacó los informes de su bolso y se los enseñó.

—¿O no lo hiciste por amabilidad, sino por interés propio?

—No sé lo que quieres decir, Sylvie —comenzó a decirle, pero ella no le dejó continuar.

—¿De verdad, Ran? Leí los informes de los especialistas esta mañana. Detrás de las estimaciones, encontré esto...

Con gesto muy frío, le entregó el cálculo de los costes de los trabajos de reparación de la rectoría.

—¿Y? —Ran se encogió de hombros, después de mirar el papel.

—Que este es el cálculo de los trabajos que había que hacer en la rectoría, que es de tu propiedad —señaló Sylvie, de forma paciente.

—¿Y? —le preguntó Ran, frunciendo el ceño—. Lo siento, Sylvie, pero no sé dónde quieres ir a parar. En la rectoría había que hacer trabajos y...

—Tú decidiste meter la factura entre las facturas de Haverton Hall para que lo pagara la Fundación.

—¿Qué? —exclamó Ran, intentando mantener la calma—. No me gusta lo que estás sugiriendo, Sylvie.

—Ni a mí tampoco, Ran, pero los hechos son los hechos.

—¿Tú crees? —torció la boca, mostrando amargura—. Más bien creo que es tu imaginación la que da pie a una mala interpretación de los hechos —le respondió, con los dientes apretados.

—No puedes negar la prueba de este informe —le recordó Sylvie.

—¿Qué prueba? —le preguntó Ran—. Este es un informe y una estimación del trabajo que hay que hacer en la rectoría, trabajo que he pagado de mi bolsillo. La única razón por la que ese documento está ahí, es porque se me olvidó retirarlo cuando te hice las fotocopias.

–¿Has pagado tú el trabajo de restauración de la rectoría? –le preguntó Sylvie sin creérselo.

–¿Quieres que te enseñe los recibos? –le respondió.

–Pues sí –le respondió Sylvie, al tiempo que se daba cuenta de lo ridícula que iba a quedar cuando Ran le enseñara esos recibos.

–La señora Elliott me ha dicho que vas a cenar fuera.

Sylvie se lo quedó mirando fijamente, asombrada, por el cambio de tema tan repentino.

–Sí, sí –le respondió.

–No hay un restaurante decente en kilómetros a la redonda –le respondió–, y desde luego, ninguno que ofrezca salmón, que siempre ha sido uno de tus platos preferidos...

–A lo mejor es que mis gustos han cambiado –le respondió, poniendo un gesto altanero–. A diferencia de ti...

Cuando él frunció el ceño, ella le explicó:

–Vi a tu amiguita. Cuando yo salía de la rectoría, ella llegaba. Estoy segura de que le encantará compartir ese salmón contigo, Ran –le dijo, en tono muy frío–. Por lo que se refiere a esas facturas...

Sylvie se estremeció al ver la ira en su mirada, pero, sin embargo, trató de aparentar tranquilidad. Al fin y al cabo, era su función procurar que nadie engañara a la Fundación.

–Claro, claro –le dijo Ran muy serio, inclinando la cabeza, en gesto sumiso, pero, cuando Sylvie ya empezaba a suspirar de alivio, le dirigió una sonrisa un tanto ladina y continuó diciéndole–: Pero me temo que tendrá que ser esta noche porque mañana tengo una reunión y me temo que estaré fuera unos cuantos días...

–¿Con tu amiga?

Horas más tarde, Sylvie no entendía el porqué le había hecho aquel comentario tan provocativo y peligroso, pero de forma inexplicable las palabras le salieron sin que ella pudiera evitarlo, por lo que Ran, quien en ese momento había empezado a darse la vuelta, no tuvo más remedio que volver a mirarla y responderle:

–Si te refieres a Vicky, ¿me lo preguntas porque te interesa a ti o a la Fundación?

La había pillado y Sylvie lo sabía. Ella no tenía ningún derecho a hacerle ninguna pregunta sobre su vida personal y se arrepintió de haberlo hecho.

–Si quieres ver las facturas, tendrá que ser esta noche, Sylvie –volvió a repetirle–. ¿Quieres que quedemos a eso de las ocho y media?

Antes de que ella pudiera responderle, se había marchado, recorriendo el polvoriento suelo a grandes zancadas.

Pasaron diez minutos, ya cuando había desaparecido el ruido del motor del Land Rover, antes de sentir que podía continuar con su trabajo. Se mordió el labio de pura ansiedad. Si la que estaba confundida era ella y de verdad Ran no había intentado engañar a la Fundación y se lo decía a Lloyd...

A pesar de que la casa no era mucho más grande que otras mansiones en las que ella había trabajado, sí parecía tener más habitaciones interconectadas unas con otras en los pisos de arriba. Limpió el polvo de la ventana de una de las habitaciones y miró el paisaje que se abría frente a ella. Desde donde estaba, se podía ver el río donde Ran debía de haber pescado el salmón. A su paso por las tierras que rodeaban la casa, formaba un semicírculo. Aunque la tierra de Derbyshire era muy distinta de la que rodeaba la casa de Alex, no le fue muy difícil mirar hacia el río y recordar las horas tan felices que había pasado junto a Alex y Ran de niña, observándolos a ellos trabajar juntos, ayudándolos a pescar y aprendiendo de ellos muchas de las labores del campo.

Una de las formas por las que se podían generar ingresos en Haverton Hall, según había sugerido Ran, durante las primeras conversaciones que dieron como resultado la venta de la casa, era alquilar a grupos los derechos de caza y pesca. La Fundación tenía una política por la cual no se podía cazar en sus tierras, simplemente por el placer de matar animales, pero sí permitía a las personas que pasaban temporadas en la casa, cazar de vez en cuando, para poder ejercer un cierto control en el número de animales. Aquella era una condición en la que Sylvie había insistido. Precisamente, había sido Ran el que le había enseñado que no era necesario matar para disfrutar de los placeres que brindaba la naturaleza.

Ran...

Sylvie seguía pensando en él cuando después de recorrer varios pueblos, no encontró ningún restaurante en el que pudiera cenar.

En el pequeño bar que encontró en uno de los pueblos, el cantinero negó con la cabeza cuando ella le preguntó si podía prepararle algo de cena.

–Lo siento, pero es que no tenemos muchos clientes por aquí. Si quiere, puedo hacerle un sándwich.

Sylvie le respondió de forma negativa, después de agradecerle las molestias. Tenía mucha hambre y quería comer algo caliente.

–Hay un restaurante bastante bueno en el camino a Lintwell –le dijo el cantinero–. Pero está a cuarenta kilómetros de aquí.

«Cuarenta kilómetros». El estómago ya le estaba protestando. Contra su voluntad, se acordó del salmón de Ran, muy rosado, servido con pequeñas patatas asadas y verduras. Se le hizo la boca agua.

Eran más de las siete y, si tenía que ir hasta Lintwell, no iba a llegar a tiempo para reunirse con Ran, y no quería darle la oportunidad de que la acusara de no cumplir con sus deberes profesionales.

Después de agradecerle al cantinero las molestias que se había tomado, se fue al coche. Tendría que pasar sin cena esa noche, se dijo para sí misma. Tampoco era el fin del mundo. Aunque el salmón era su comida preferida...

Eran casi las ocho, cuando Sylvie aparcaba su coche en la rectoría.

Estaba irritada y con los nervios de punta, del hambre que tenía.

Bajo nivel de azúcar en sangre, se dijo a sí misma. Lo único que tenía que hacer era beber algo dulce.

Era lo que necesitaba, pero no lo que quería. Porque lo que quería...

¿Qué diablos le estaba pasando? Otras mujeres de su misma edad soñaban con hombres, no con comidas.

Las ocho en punto. Todavía tenía tiempo para darse una ducha y cambiarse, antes de reunirse con Ran. Quería repasar las cifras de nuevo, porque si, como él había dicho, lo había pagado de su bolsillo y tenía las facturas que así lo demostraban... a lo mejor se había precipitado un poco al acusarlo.

—Sylvie...

Se quedó parada, al principio de la escalera, cuando oyó la voz de Ran. Cuando volvió la cabeza, lo vio de pie, junto a una puerta abierta, a pocos metros de donde ella estaba.

—La señora Elliott va a servir la cena a las ocho y media, así que tienes media hora para prepararte...

Una docena de preguntas y más o menos el mismo número de argumentos en contra acudieron a los labios de Sylvie, pero no llegó a pronunciarlos. Cuando llegó a la planta superior, se preguntó por qué no le había dicho a Ran que ya había cenado.

¿Por qué? Los ruidos que le hizo el estómago, cuando abrió la puerta de su habitación dieron su propia respuesta. Sin embargo, le fastidiaba que Ran hubiera adivinado que había vuelto a casa sin encontrar un sitio donde cenar. Se dio una ducha, se puso un vestido negro de punto, se cepilló el pelo y se maquilló.

Miró su reloj. Eran casi las ocho y media. Suspiró hondo, se volvió a mirar en el espejo y levantando la cabeza se fue hacia la puerta.

Aquel vestido de punto, que no tenía ningún adorno, podría parecerle a cualquier persona que no supiera de moda un vestido barato, pero casi le había costado un mes de su sueldo. Los no iniciados se habrían dejado engañar por el diseño tan sencillo de aquel vestido. Pero incluso el más confeso ignorante habría reaccionado de la forma en que reaccionó Ran, cuando ella lo vio, esperándola al final de las escaleras.

Acostumbrada como estaba a verlo con ropa muy informal, y porque a lo mejor esa era la imagen que ella tenía grabada de él en el cerebro, los vaqueros ajustados a sus poderosos muslos, camisa de cuadros, con las mangas remangadas y los botones abiertos, enseñando parte del vello de su pecho, a Sylvie se le había olvidado lo guapo que Ran estaba cada vez que se ponía ropa elegante.

Cuando estaba bajando, Ran le dirigió una mirada tan sensual que Sylvie estuvo a punto de quedarse parada donde estaba.

Se había cambiado para cenar con ella.

¿Por qué? Porque sabía muy bien el efecto que su aspecto tenía en cualquier mujer. ¿Lo hacía para despistarla, confundirla y que no pudiera averiguar la verdad sobre las facturas? ¿O era solo producto de su imaginación? ¿O se habría vestido así de elegante para otra mujer y no para ella?

¿Habría quedado con otra mujer para después de la reunión?

–¿Te apetece beber algo antes de cenar? –le invitó Ran. Sylvie se dio cuenta de que durante unos segundos su mirada se había dirigido a sus pechos, antes de mirarla a la cara. El corazón empezó a latirle con fuerza.

—No... no, gracias —le respondió, sonriéndole—. Nunca bebo cuando estoy trabajando.

Ran se encogió de hombros, abrió la puerta del salón y esperó a que ella entrara. Cuando lo hizo, Sylvie percibió el aroma fresco a cuerpo recién duchado y sintió que las rodillas se le doblaban.

—He traído los balances —le dijo ella, enseñándole las carpetas, pero Ran movió en sentido negativo la cabeza.

—Después de cenar —le respondió él—. Nunca hablo de cuentas cuando estoy comiendo.

El salmón estaba delicioso, como Sylvie se había imaginado, al igual que el flan con nata que le habían servido después. El queso que se comieron de postre era de la zona, según le dijo Ran. También le dijo que había pensado producirlo él mismo, pero que los costes eran demasiado altos.

Años antes, cenar sola con Ran la habría entusiasmado, porque estaba enamorada de él. Aunque claro, no habría disfrutado de la comida, como había disfrutado en esos momentos, porque habría estado pensando todo el tiempo en lo que habría hecho después con él...

—Le he pedido a la señora Elliott que nos sirva café en el estudio...

El tono tan serio de Ran interrumpió sus pensamientos, haciéndola volver a la realidad.

—Aquí tienes el presupuesto que pedí de los trabajos que había que hacer aquí y este es el recibo.

Sylvie procuró mantener relajados los músculos de la cara y que no le temblase la mano que utilizó para recoger los papeles que Ran le estaba dando. Estaba furiosa consigo misma por haberle dado la oportunidad de demostrarle que se había confundido.

Se fijó en la fecha del recibo. No estaba dispuesta a dar su brazo a torcer todavía. Se puso en pie y le volvió a dar los papeles a Ran.

—Lo que me estás enseñando es un recibo fechado y firmado, Ran.

—Y puedes ver que fue pagado hace varias semanas...

—Parece que fue pagado semanas antes. Porque cualquiera podría haber escrito la fecha en el recibo la semana pasada, o –hizo una pausa–... incluso hoy mismo.

Sylvie había empezado a caminar, pero Ran la detuvo, agarrándola del brazo y obligándola a darse la vuelta.

—¿Me estás acusando de falsificar ese recibo? Por Dios bendito, Sylvie, ¿qué clase de hombre crees que soy?

Sylvie no quiso responder a aquella pregunta, limitándose a mirar la mano que le estaba apretando el brazo.

—Suéltame, Ran.

—¿Que te suelte? ¿Sabes de lo que me estás acusando? Ya has dejado de ser una niña y a mí me parece que esto es una niñería...

—No, no lo es –le interrumpió ella–. Estoy representando a la Fundación y mi trabajo es proteger sus intereses y su inversión. Y, si tengo fundamentos razonables de que alguien intenta engañar o aprovecharse de los fondos de la Fundación, mi trabajo es...

—¿Tu trabajo? –repitió Ran, echándose a reír–. Una palabra muy magnánima para alguien que lo ha conseguido por acostarse con el jefe.

Hubo un momento de silencio, después del cual, el cuerpo de Sylvie fue recorrido por una especie de relámpago. Por instinto, reaccionó de la forma que reaccionaba cualquier mujer, levantando la mano y dándole una bofetada.

Sylvie no supo cuál de los dos se quedó más perplejo, si ella, que había sido la que le había dado la bofetada, o él, que la había recibido, pero los dos se quedaron mirándose el uno al otro. Sylvie notó su corazón latir a toda velocidad. Vio su mano marcada en el rostro de Ran. Demasiado tarde para arrepentirse de lo que había hecho. Ni para darse la vuelta y marcharse. Ran le tenía agarrada la mano.

Sylvie supo, antes de que pasara, lo que él iba a hacer. Incluso empezó a cerrar los ojos, pronunciando un «no», cuando sintió los labios de Ran en los suyos.

Besarla de aquella manera, solo para castigarla, fue algo que nunca había experimentado. Era algo de lo que no podía defenderse, no sabía cómo reaccionar. El pánico y la angustia la dominaron. Ella no era una mojigata, era una mujer moderna, capaz de dar y recibir. Ran presionó sus labios con la lengua, intentando entrar en su boca, no con la fuerza de un amante, sino con la de un guerrero. Sylvie intentó separarse, pero él la tenía agarrada con fuerza, impidiéndole que se separara. Sin embargo, siguió intentándolo, golpeándole el pecho con los puños, arañándole la espalda.

En alguna parte de su subconsciente tenía la sensación de que aquella necesidad de herirlo tenía más implicaciones de las que ella podía imaginar, tenía raíces muy profundas, que se remontaban al pasado.

–Pervertida –le oyó que murmuraba en su boca mientras le sostenía la mano–. Es posible que a tu amante le guste que le arañen la espalda, pero a mí no.

Sylvie se quedó paralizada al oír aquello.

Aunque Lloyd no era su amante, poco importaba. Fue el impacto de lo que acababa de decir lo que más le había dolido. Se le empezaron a llenar los ojos de lágrimas.

Ran se había apartado para mirarla. Ella había aprovechado aquella oportunidad para soltarse y caminar hacia la puerta del estudio.

Ran la llamó, siguiéndola hasta el pasillo, observándola cómo desaparecía escaleras arriba. ¿Tendría que seguirla y tratar de hablar con ella? La mirada que le había dirigido le había dejado impresionado. Era la mirada de una niña herida, más que de una mujer con mucha experiencia. Se arrepintió de haberle hecho aquel comentario sobre Lloyd. La relación que pudiera mantener con otros hombres solo era asunto de ella. Por un momento, recordó sus uñas en su piel. Si volviera a tener la oportunidad de tenerla otra vez entre sus brazos, pero ¿para qué recordar viejos errores?

Había hecho lo que había pensado que era lo mejor, lo más honrado...

Capítulo 6

Con gesto de cansancio, Sylvie miró su reloj. Era la una y media de la mañana. No podía dormirse.

Estaba demasiado tensa como para dormirse, por temor a que, si lo hacía, pudiera soñar con Ran.

Miró a la mesa que había frente a la ventana. Uno de los mayores placeres de vivir en el campo era que no había que correr las cortinas por la noche. No había nada que le gustara más que ver el cielo por la noche.

Cuando su madre se casó con el padre de Alex y se habían ido a vivir a la casa de sus ancestros, se había quedado atemorizada por la oscuridad de aquella casona. Había sido Ran el que se había dado cuenta de sus temores y preocupaciones, cuando una noche se la encontró caminando por los pasillos dormida. Se había quedado una noche en casa para cuidarla, porque su madre se había ido. Y no la había llevado a la habitación de ella, sino a la de él, donde le había dado un vaso de leche caliente, había conversado con ella y le había enseñado el telescopio que utilizaba para observar las estrellas.

Los prismáticos que había al lado del telescopio los utilizaba para objetivos más mundanos. Como encargado de aquellas tierras, uno de sus trabajos era vigilar por si entraba algún furtivo. Ran no tenía miedo de la noche y él le enseñó a perder también el miedo y a apreciar su belleza. Sylvie trató de poner freno a esos recuerdos. Como no podía dormirse, lo mejor sería ponerse a trabajar. Sería una forma más beneficiosa de pasar el tiempo que pensar en Ran.

Todavía podía sentir los labios hinchados por los besos que le había dado. La cara le empezó a arder cuando recordó que la había acusado de ser la amante de Lloyd.

¿Qué diría si se enterara de que ella solo había estado enamorada de un hombre, de un hombre que no la había querido, un hombre al que casi había suplicado que se acostara con ella, que le había dicho que él no la amaba, que lo que había pasado entre ellos había sido una equivocación, algo que tendría que olvidar?

No. No. No. Sylvie se puso las manos en la cara. Demasiado tarde. Ya no pudo evitar los recuerdos. Estaban allí, atormentándola, acosándola, negando la razón.

Fue cuando ella estaba en la universidad. Un sitio al que había ido a regañadientes. Tan intenso y feroz había sido el amor que sentía por Ran, tan inmediato su deseo por él, que no había podido contemplar la posibilidad de separarse de su lado. Cada minuto que tenía, cada excusa que se le ocurría, la había utilizado para estar con Ran. Dado que era la hermanastra de Alex, le había sido muy fácil pasar el tiempo libre que tenía en aquella casa, uniéndose a los adolescentes que trabajaban con Ran en los proyectos ambientales. Pero él no se había dado cuenta de sus sentimientos, aunque ella siempre había tratado de expresárselos con claridad.

Como por ejemplo, la tarde que ella se cayó en un lodazal. Ran la había sacado, riéndose de ella al verla cubierta de barro.

–Voy a darme un baño –le dijo ella.

–¿Un baño? No creo que el ama de llaves de Alex te deje entrar así. Será mejor que vengas a mi casa y te limpie un poco con la manguera, porque, si no, los dos vamos a tener problemas.

«A su casa». Se había estremecido al pensar no en la prosaica operación que él había descrito, sino en algo mucho más íntimo: su cuerpo sumergido en una bañera de agua caliente mientras Ran se lo enjabonaba.

–¿Qué te pasa? –le había preguntado él, frunciendo el ceño–. Te has puesto colorada. ¿Estás enferma?

«¿Enferma?». Enferma de amor, de deseo por él, hubiera sido la respuesta más apropiada. Pero ella era demasiado ingenua, demasiado tímida, para decírselo. Lo que había hecho había sido negar con la cabeza y subirse al Land Rover para que la llevara a su casa.

La intimidad que ella se había imaginado había sido solo una fantasía.

Ran la había dejado en un pequeño porche para que se desnudara, dejándole una toalla en el suelo y diciéndole que le avisara cuando estuviera desnuda y se hubiera cubierto con la toalla.

–Meteré tu ropa en la lavadora. El ama de llaves me mataría si viera esto. Luego, te puedes duchar en el cuarto de baño de arriba. Tendrás que irte a casa con algo mío, pero por lo menos estará limpio.

–Estas toallas son muy finas –había criticado ella, cuando se había cubierto el cuerpo y Ran había regresado para recoger la ropa sucia.

–Las utilizo para secar a los perros –le había respondido Ran, riéndose cuando vio la cara que ponía–. Ellos son los que tendrían que poner mala cara –le dijo él–. Cuando vengan y vean sus toallas llenas de barro, ya verás cómo se ponen.

–Yo no soy un perro. Soy... –había estado a punto de decirle que una mujer, pero no pudo, al ver que Ran se agachaba y levantaba sus braguitas del suelo. Se sonrojó al ver cómo las sostenía aquella mano tan masculina.

Las tenía también manchadas de barro.

–No importa, puedo ponerme los vaqueros, sin nada debajo –le había dicho Sylvie, demasiado joven e inocente todavía como para darse cuenta de lo provocativo que podía ser que una mujer no llevara nada debajo, y más cuando lo que llevaba puesto eran los pantalones de él.

–Creo que tengo por ahí algo que te puedes poner –había comentado Ran, de forma lacónica.

Ella era joven e ingenua, pero no tan joven e ingenua como para no ser capaz de imaginarse que las braguitas de encaje que Ran le había dado pertenecían a otra mujer y aquello la hizo entristecerse.

Una vez había oído a Alex tomarle el pelo a Ran respecto a que le gustaban las mujeres mayores.

–Yo no quiero comprometerme con nadie, ni casarme –le había contestado Ran–. Pero tampoco quiero convertirme en un monje –había admitido con franqueza. Ninguno de los dos se había dado cuenta de que ella estaba escuchando, ya que había oído esa conversación cuando pasó al lado del estudio de Alex.

Sylvie no había sido capaz de disimular su amor por Ran. De hecho, se había declarado a él, pero él la había rechazado.

Lo había intentado también en la fiesta de Navidad en casa de Alex. Había decidido bailar con Ran y pedirle que le diera un beso.

Ella había ido con un vestido y zapatos de tacón. Se había hecho un peinado muy sofisticado y se había maquillado. Alex la había mirado con asombro al verla bajar por las escaleras, pero no pudo ver el menor signo de ternura en Ran, cuando, al final de la noche, no quiso darle el beso que ella le había pedido. Había tenido que beberse tres vasos de vino, antes de atreverse a pedírselo. Los ojos se le arrasaron de lágrimas cuando él apartó los brazos de ella de su cuello y se alejó de su lado.

–Ran, por favor... –había suplicado ella, pero él no le había hecho caso, alejándose sin volver siquiera la mirada.

Y, por si eso no hubiera sido suficiente, se había pasado todo el resto de la noche bailando con una mujer divorciada, amiga de Alex, estrechándola contra su cuerpo, mientras la acariciaba y besaba con pasión.

Se había puesto tan celosa que creyó enloquecer.

Más tarde, se había dicho a sí misma, que en realidad Ran no había querido humillarla, que seguro que todavía la consideraba una niña.

Durante todo el primer año en la universidad, a pesar de que había intentado odiar a Ran, siguió deseándolo, soñando con él, argumentándose que un día sería diferente, que un día seguro que la amaría.

No había querido salir con los chicos que se lo habían pedido, y solo iba a las fiestas, cuando el resto de las chicas iban. Pero, como era muy sociable, había hecho algunas amistades platónicas con chicos que había conocido en la universidad. Uno de ellos en concreto, le gustaba bastante. Era un chico muy tímido. Se llamaba David y había ido a la universidad porque sus padres se habían empeñado. Era el pequeño de la familia y se esperaba de él que siguiera los pasos de sus hermanos, los cuales se habían licenciado con muy buenas notas.

Sylvie descubrió que tomaba drogas, lo cual la había entristecido, aunque no sorprendido. Al fin y al cabo, era algo normal en aquellos tiempos, aunque ella procuraba alejarse de esos ambientes.

Fue David el que la convenció para asistir a una de esas fiestas y el que le había presentado a Wayne. Ella se había imaginado que era Wayne el que le conseguía la droga, pero había sido tan ingenua que prefirió pensar que Wayne solo se limitaba a pasar droga a sus amigos porque estos le presionaban, en vez de lo contrario.

Wayne le recordaba a Ran, porque los dos eran hombres de la calle. Y como Ran, Wayne también era mayor que ella. Casi ensimismada, le había escuchado mientras le contaba que pensaba pasarse el verano con un grupo de ecologistas que estaba viajando por todo el país.

Sylvie siempre había sido una persona muy idealista, y la forma en que Wayne le había descrito las actividades reivindicativas del grupo, cuya intención era evitar la destrucción del medio ambiente por los que ostentaban el poder, había incrementado en ella el sentimiento de camaradería con respecto a él y al propio grupo.

Además, Wayne parecía que entendía los problemas que ella tenía para convencer a su madre de que ya era una persona adulta.

–Es tan esnob –se había quejado en una ocasión a Wayne.

–Pues seguro que no me acepta –le había respondido él.

Sylvie le confirmó que tenía razón. Le había contado a Wayne lo incómoda que se sentía al pensar que era una privilegiada. Alex le había concedido una asignación mensual y su madre, cada vez que la iba a visitar, se preocupaba de que comiera bien y que fuera bien vestida. Su madre nunca había querido que ella fuera a la universidad. Alex había sido el que se había empeñado, argumentando que era lo mejor para ella.

Nada más enterarse de que tenía dinero, Wayne le había pedido dinero prestado. Y ella se lo había dado. Era su amigo...

Pero, después de dárselo, se había dado cuenta de que tenía que comprarse algunos libros, aparte de que tenía que pagar la renta del piso en el que vivía.

Había tenido que llamar por teléfono a Alex y pedirle un anticipo. No le había gustado hacerlo, pero, después de decirle que se había quedado sin dinero porque se lo había prestado a un amigo, Alex le había contestado que lo dejara en sus manos.

Ella, de forma ingenua, había pensado que aquello significaba que le iba a enviar un cheque. No volvió a pensar en ello porque, de pronto, ocurrió algo que le causó una gran conmoción. Su amigo David murió por sobredosis de las drogas que tomó en una fiesta.

Su familia se lo había llevado a su casa, para enterrarlo,

dejando claro que no querían que ninguno de sus compañeros asistiera al funeral.

—Nos echan la culpa de lo que le ha pasado —le había dicho uno de los amigos de Sylvie—. Son ellos los que han tenido la culpa. Él no quiso nunca venir aquí...

Sylvie estaba tan afectada que no pudo hacer el más mínimo comentario cuando Wayne le pidió prestado más dinero, mostrándose muy malhumorado, llamándola ingenua e inocente.

Aquello le dolió mucho a Sylvie, pero no dijo nada. Sabía que Wayne pronto se iría con el grupo de ecologistas, quienes iban a emprender una marcha, junto con otro grupo, para exigir al gobierno que hiciera públicos unos terrenos propiedad del ejército.

Aquello para Sylvie era una buena causa.

—Ven con nosotros —le había sugerido Wayne, quien además había añadido de forma despreciativa—. Aunque no creo que tu mami te deje, ¿no?

Sylvie no respondió. Estaba demasiado afectada por la muerte de David. La vida en la universidad, que al principio parecía que le prometía tanta libertad, libertad que ella esperaba fuera el pasaje para conseguir sin esfuerzo el amor de Ran, se estaba convirtiendo en una experiencia muy dolorosa.

Había perdido peso y también la esperanza, y su estado de ánimo se reflejaba en su trabajo.

Hacía mucho calor y el ambiente estaba plomizo, con la amenaza de lluvia siempre en el cielo. Tenía que llover cuanto antes, pensó Sylvie una tarde, mientras iba a su piso. No tenía hambre y la perspectiva de pasarse una tarde estudiando no la atraía mucho. Echaba de menos a David y también echaba de menos a Ran.

El día había sido tan caluroso y en el piso se respiraba tan mal que se duchó, en un intento vano por refrescarse, poniéndose después una camisa de algodón que había pertenecido a

Alex. Estaba demasiado atontada como para pensar si estaba vestida de la forma adecuada. Media hora más tarde, Wayne había llegado, con una botella de vino, que había insistido en abrir, a pesar de que le había dicho que no iba a beber. Al final, había sido más fácil ceder que oponerse, pero lo que sí había rechazado había sido la droga que le había ofrecido.

–No, no quiero –le había dicho.

–¿Me puedes dejar algo de dinero? –le había preguntado minutos más tarde, cuando estaba sentado en el sofá, observándola cómo intentaba concentrarse en sus libros. Tenía una mirada que la había hecho sentirse incómoda, no solo porque no pudiera darle el dinero que le estaba pidiendo, era algo más. De repente se dio cuenta de que solo llevaba puesta la camisa de Alex.

–Lo siento, pero no tengo nada en estos momentos –se disculpó–. Estoy esperando que Alex me envíe un cheque. Wayne, no quiero ser grosera, pero tengo que estudiar...

–Quieres que me vaya...

–Si no te importa –le respondió Sylvie, indicándole con un gesto que hizo con la mano los libros que había en la mesa.

Por un momento, llegó a pensar que iba a discutir con ella, pero, sin embargo, se fue hacia la puerta. Sylvie, deseosa de que se marchara cuanto antes, lo acompañó a la puerta. Cuando la abrió, vio un Land Rover aparcando en la calle y el corazón le dio un vuelco. Dándose cuenta de que no le estaba prestando atención, furioso precisamente por eso, Wayne la agarró y la apretó contra la puerta, besándola en la boca de forma violenta.

Sylvie se apartó de forma inmediata, pero Ran vio la escena. Salió del Land Rover y caminó hacia ella. Se sintió incómoda, al darse cuenta de la forma en que la estaba mirando.

Por fortuna, en aquel momento empezó a sonar el móvil de Wayne, quien se fue hacia su coche, dándole la espalda y hablando muy bajo.

Cuando Ran estuvo a su lado, ella exclamó:

–¡Ran! ¡Qué sorpresa! No te esperaba...

–Es evidente que no –le respondió él, entrando en el vestíbulo y cerrando la puerta–. Siento haber sido tan inoportuno, aunque sospecho que habría sido menos oportuno hace media hora, digamos.

Sylvie se sonrojó, cuando se dio cuenta de lo que quería decir. Ran pensaba que Wayne y ella eran amantes.

–No estábamos... no es... Wayne y yo solo somos amigos –había logrado decir.

–¡Amigos! Dime, Sylvie, ¿te pones siempre la camisa de tus amigos?

–Esta camisa no es de Wayne, es de Alex.

–¿De Alex? –le preguntó Ran, mirándola a la cara.

–Sí, me gusta ponérmela. Me trae recuerdos de mi casa, de Alex y de ti. Os echo mucho de menos –se atrevió a confesarle, conteniendo la respiración, en espera de su respuesta.

Tenía que haber ido allí por alguna razón, y por la reacción que tuvo al ver a Wayne... ¿Sería posible que estuviera celoso? Porque ella había dejado de ser una niña y se había convertido en una mujer.

–¿Casa...? –Ran interrumpió sus pensamientos–. Dudo mucho que a tu madre le guste oír que te refieres a Otel Place como tu casa.

Sylvie se mordió el labio. Era verdad, a su madre no le gustaba mucho su apego por Otel Place. Habría preferido que fuera una chica más de ciudad.

–Ya soy una persona adulta –le dijo a Ran–. Y hago lo que quiero...

–Como recibir a tus amigos medio desnuda, ¿no?

Se puso roja como un tomate. Notó un tono de censura en su voz, como si estuviera celoso.

–No esperaba que viniera Wayne. Hacía mucho calor y acababa de salir de la ducha, y...

–Wayne... ¿no será ese el chico que te pidió prestado dinero? –le preguntó Ran.

–Pero me lo va a devolver –le respondió, saliendo en defensa de Wayne.

–Ya veo que las cosas han cambiado desde que yo dejé la universidad –le dijo Ran, en tono cínico–. En aquel tiempo eran los chicos los que iban detrás de las chicas, no estas las que tenían que asegurarse la atención de ellos mediante dinero.

Sylvie se lo quedó mirando, incapaz de disimular el dolor y asombro que sus palabras habían producido en ella.

–Eso no es así... Yo no he estado persiguiendo a Wayne. Yo no...

De pronto, dejó de hablar y apartó la mirada de él. Ran la estaba mirando con un brillo cínico en la mirada, la boca un poco torcida, con una mueca de desprecio.

–Alex me pidió que viniera –le dijo él, rompiendo el silencio–. Tenía que hacer un viaje de negocios y me dijo que te diera esto...

Mientras hablaba, Ran sacó un cheque de su cartera y se lo entregó.

Tragando saliva, Sylvie lo recogió.

–Me lo podrías haber enviado por correo –le dijo en un tono de voz muy bajo.

–Alex me dijo que quería que te lo entregara en persona.

–Has recorrido un largo camino... ¿quieres algo de beber, o de comer?

–Un café, por favor –le respondió Ran, siguiéndola, cuando ella entró en el pequeño salón.

La botella de vino que Wayne había llevado estaba todavía en la mesa. Sylvie se dio cuenta de la cara que puso Ran al verla.

Una barra americana separaba el salón de la cocina. Ran se apoyó en ella mientras Sylvie preparaba el café.

—Has adelgazado —le dijo Ran de pronto, cuando le dio la taza—. ¿A qué se dedica ese amigo tuyo, Sylvie?

—No estoy tomando drogas, si eso es lo que estás sugiriendo —le respondió ella—. No soy tan estúpida, Ran.

Cerró los ojos de forma momentánea, pensando en David y en lo joven que se había ido de este mundo. No, ella no era tan tonta y le molestaba que Ran pudiera pensar eso de ella.

La alegría que había sentido momentos antes desapareció de repente, consumida por la ira y el desprecio de Ran. De pronto, se sintió cansada y enferma, fruto de no comer y las emociones dolorosas.

Los ojos se le arrasaron de lágrimas y se los limpió con la manga de la camisa.

—Ran, ¿por qué nos tenemos que llevar así? ¿Es que no podemos ser amigos?

—¿Amigos...? ¿Qué clase de amistad propones tú, Sylvie? ¿La misma que con el amigo que acaba de irse? ¿Qué te ocurre? ¿Es que no te satisface en la cama? ¿Necesitas a alguien para comparar? Porque si es así...

—Eso no es lo que he querido decir —le respondió—. Te odio, Ran —le dijo, con lágrimas en los ojos y golpeándolo en el pecho.

—Sylvie, déjalo.

Ran la agarró de las muñecas y la apartó. Ella se sintió avergonzada cuando se dio cuenta de lo que había hecho. Murmurando un juramento, él enterró los dedos en su pelo e inclinó la cabeza, echándole el aliento en su rostro, en los labios, en la boca...

¡Su boca!

Al notar la boca de Ran, Sylvie se olvidó de todo. De forma instintiva, se acercó a él, abrió los labios y respondió de forma apasionada a su beso, pensando de forma ingenua que, a pesar de lo que había ocurrido, él la quería, porque no podría estar besándola de esa forma, si sintiera lo contrario.

–Ran.

Susurró su nombre, con la boca pegada a la de él, tocándole los labios con la punta de la lengua, explorándoselos, saboreándolos. Sintió cómo se estremecía y le metió la lengua. Aquel impulso tuvo un efecto explosivo en Ran. Sus manos empezaron a recorrerle el cuerpo, la espalda, la cintura, mientras le metía cada vez más la lengua en la boca, llevándola de forma inexorable a un punto en el que las emociones se perdían en un mundo que ella creía no existía, un mundo distinto.

Sintió la fuerza de su erección en su propio cuerpo, lo cual la excitó hasta un grado insoportable. Quería que la poseyera. Quería tocarlo, sentirlo, saborearlo... Necesitaba formar parte de él, poseer su cuerpo y fundirse en el calor de la pasión mutua. Quería...

Emitiendo un leve quejido, Sylvie se separó de él, con el cuerpo temblando, cuando lo miró a los ojos y casi le suplicó:

–Ran... aquí no... llévame a la cama –susurró.

–Sylvie...

La inesperada dureza de la voz de Ran la puso un poco nerviosa, pero prefirió no prestarle atención. Prefirió ponerse a su lado, mirarlo a los ojos y estirar la mano para tocarlo íntimamente.

Sintió su reacción, como si al tocarlo le hubiera quemado, a pesar de que lo había acariciado, como acarician las alas de una mariposa.

–Tú me deseas, Ran –susurró ella, con voz temblorosa–. Y yo te deseo a ti...

Sin esperar respuesta, se dio la vuelta y se encaminó a su dormitorio.

Cuando llegó, se dio otra vez la vuelta y lo miró.

Seguía de pie donde lo había dejado, pálido como la pared, con los ojos llameantes...

Sylvie retiró la mirada y, sin pensárselo dos veces, se quitó la camisa y se quedó desnuda.

Él la observó en silencio, con un brillo especial en la mirada. Los músculos del estómago se le tensaron cuando él apretó la mandíbula y apartó la mirada de ella.

–Ran... –le llamó, con voz suave.

–Sylvie, por Dios...

Sin hacerle caso, se metió en la habitación. Segundos más tarde, él se había colocado a su lado y, con la camisa en la mano, le dijo:

–Anda, póntela.

Sylvie lo miró.

Estaba a un metro de ella. Se fijó en que todavía estaba excitado.

–Pónmela tú si quieres, Ran –le susurró, con tono provocativo, acercándose un poco más a él y un poco más, y un poco más, hasta que estuvo pegada a él.

En ese momento, le oyó gemir, y vio por el rabillo del ojo cómo soltaba la camisa de Alex. A continuación, se encontró en sus brazos, con el cuerpo desnudo pegado al de él. Ran le besó la cara, el cuello y la boca.

Sylvie se estremeció, todo su cuerpo cantaba de alegría y triunfo.

–Oh, Ran... Ran... –susurró su nombre, mientras lo abrazaba ella también–. Te deseo tanto, te quiero tanto... –le dijo, pero dudó de que hubiera oído sus palabras porque fueron silenciadas por sus besos–. Desnúdate tú también –le dijo, cuando al fin pudo hablar–. Quiero ver tu cuerpo, Ran... quiero...

Se retiró y sin apartar la mirada de ella, se quitó la camisa. Sylvie se quedó casi sin respiración. Había visto su torso antes, estaba acostumbrada a verlo en bañador, pero en aquel entonces no había habido nada ni remotamente sexual en la actitud de él. Sin embargo, en esos momentos...

Sylvie se humedeció los labios por segunda vez cuando observó la ardiente mirada que le estaba dirigiendo.

Después de la camisa, se quitó el pantalón. Su cuerpo bronceado contrastaba con la blancura de su ropa interior. Sylvie se quedó sin respiración.

Rápidamente apartó la mirada, dándose cuenta de su inexperiencia, de su ingenuidad, de su virginidad. Pero pronto se le fue pasando la timidez, olvidada en una oleada de deseo y excitación. En otros pocos segundos, podría hacer lo que ella tanto había deseado.

–Ran...

Sin poderlo evitar, redujo la distancia que los separaba, restregando su cara contra la suavidad del vello de su pecho, aspirando su masculino aroma, antes de posar los labios en su piel.

Olía tan bien... Poco a poco fue abriendo los ojos y después la boca. Acarició su cuerpo con la lengua. Los latidos del corazón de Ran se incrementaban poco a poco. La abrazó con fuerza y de pronto la levantó y la llevó a la cama, donde empezó a acariciarla y besarla de la forma en que ella siempre había imaginado.

Sintió las manos en sus pechos, los pezones se le endurecieron y suplicó para que se los tocara, se los besara...

Incapaz de controlarse, Sylvie gimió de placer, cuando él, arqueando su cuerpo, se metió el pezón en la boca.

–Ran... Ran. Ahora, por favor... –se oyó a sí misma pedirle, a pesar de que ni siquiera ella sabía la razón de tanta urgencia, pero se daba cuenta de que quería tenerlo dentro cuanto antes.

Ran empezó a meterle los dedos mientras la besaba en la boca. Pero ella lo rechazó, porque no quería ninguna sustitución de lo que la naturaleza había creado para tal fin.

Sin ninguna experiencia previa, Sylvie se dejó llevar por sus instintos, levantando las caderas, restregando su cuerpo contra el de él, gimiendo de placer, hasta que sintió que Ran le ponía las manos en las caderas.

Su cuerpo se puso en tensión. Abrió los ojos cuando notó

que él estaba dentro. Nunca se le había ocurrido pensar en los detalles de hacer el amor. Lo sentía tan masculino, tan grande...

Sylvie lo vio fruncir el ceño al darse cuenta de que aquello era para ella la primera experiencia. Cuando él intentó apartarse, ella se lo impidió, agarrándose a él.

Fue más de lo que Sylvie jamás había imaginado. Fue algo perfecto, el cielo. A pesar de que, cuando terminaron, su zona íntima estaba un poco irritada, se sentía feliz, acurrucada al lado de Ran. Se había convertido en una mujer. La mujer de Ran. Se casarían y vivirían en Otel Place. Se durmió feliz.

A la mañana siguiente, cuando se despertó, estaba sola en la cama y lo primero que pensó fue que lo había soñado todo. Pero, cuando fue al salón y vio a Ran allí, completamente vestido y mirando por la ventana, se dio cuenta de que había ocurrido de verdad. Ella, sintiéndose feliz, fue a su lado y lo abrazó. Pero él, en vez de besarla y abrazarla a su vez, la apartó y la miró muy serio.

—¿Qué pasa? —le preguntó ella, sin entender muy bien—. Anoche...

—Lo que pasó anoche fue un error —la interrumpió Ran—. Nunca debería haber ocurrido. ¿Por qué no me dijiste que eras virgen?

—Yo... yo... —Sylvie se dio cuenta de que los ojos se le estaban empezando a llenar de lágrimas.

Así no era como ella se lo había imaginado, un Ran frío y distante, casi acusándola de lo que había sucedido.

—Ran, yo te quiero —le dijo, temblándole la voz—. Quiero casarme contigo...

—¿Casarte? ¡Pero si todavía eres una niña! Tu madre...

—No soy una niña, casi tengo veinte años —protestó ella.

—Eres una niña —insistió Ran—. Y si yo lo hubiera sabido... ¿Por qué no me lo dijiste? ¿Por qué me dejaste que pensara que tú y Wayne erais amantes?

—Yo te dije que no éramos amantes, pero no me quisiste escuchar. Pensé que te iba a gustar... que querías ser tú el primero... el único –le dijo.

–¿Me iba a gustar? Dios mío –Ran se echó a reír, en un tono muy amargo–. Lo único que podía empeorar aún más la situación es que te quedaras embarazada.

Sylvie se puso blanca. La noche anterior incluso había pensado en la posibilidad de tener un hijo de él. Era muy cruel por su parte decir que aquello era lo que menos deseaba.

–No te preocupes, estoy tomando la píldora –le dijo, bajando la cabeza–. Mi médico me la recetó, pero por otras razones.

Era la verdad. Se le puso la carne de gallina al recordar que ella no había querido tomarla. Gracias a Dios que le había hecho caso al médico.

Todos sus sueños y todas sus esperanzas se habían venido abajo.

–Ve y vístete, por favor –le ordenó él–. Tengo que irme pronto, pero antes tenemos que hablar.

¡Vestirse!

De pronto se dio cuenta de que estaba desnuda, y se sintió tan culpable como debió de sentirse Eva. Había pagado un precio muy alto al hacer el amor con Ran. Había perdido la inocencia, había perdido su amor, su fe, su creencia en sí misma como mujer. Pensó que no quería volver a ver a Ran de nuevo, quería borrarlo de su mente.

Volvió al salón y Ran le ofreció una taza de café. Ella la aceptó, procurando en todo momento que ni siquiera sus dedos se tocaran. Se sintió despreciada, al darse cuenta de lo poco que él la quería. Lo que más deseaba era que se fuera de allí, que saliera de su casa, de su vida, de su corazón.

–Sylvie...

–No quiero hablar, Ran –le dijo ella, dándole la espalda–. Ha pasado lo que ha pasado. Ha sido un error, los dos lo sabemos, pero toda chica tiene que perder su virginidad alguna vez... –le dijo, encogiéndose de hombros–. Seguro que Wayne se alegrará cuando se entere. Al igual que tú, no quería ser el primero.

¿Por qué diablos le estaba diciendo aquello? ¿Por qué le estaba mintiendo de aquella manera, tratando de fingir que no le había hecho daño?

–¿Querías hacer el amor conmigo para después poder hacer el amor con Wayne?

–Así es –le respondió.

–No te creo –le dijo Ran–. Dijiste que me querías. Incluso llegaste a mencionar el matrimonio...

Sylvie se encogió de hombros.

–¿No es eso lo que dicen todas las vírgenes? –le replicó, mirándolo a la cara–. ¿Cómo iba a estar enamorada de ti, Ran? Lo único que has hecho siempre ha sido criticarme. Déjame en paz...

–Sylvie, no puedes...

–Wayne va a venir de un momento a otro –mintió–. Me llevaba diciendo mucho tiempo que encontrase algún hombre con el que perder la virginidad. Es un chico con mucha experiencia, y le gusta que sus amantes la tengan también. Yo estoy enamorada de Wayne.

Ni siquiera ella se creía las mentiras que le estaba diciendo, pero, sin embargo, Ran parecía tragárselas.

Tras dar un golpe en la mesa con la taza de café, se acercó a ella.

Sylvie retrocedió unos pasos.

–No sé por qué te pones así –le dijo–. Tampoco es tan importante...

–No, a lo mejor para ti no –replicó él.

–Ni para ti tampoco –repuso Sylvie. El teléfono empezó a sonar y ella fue a responderlo, comentando al tiempo que iba–: Seguro que es Wayne...

No era. El vendedor que llamaba debió de quedarse impresionado cuando ella le respondió que había hecho lo que le había pedido y que quería verlo cuanto antes. Le dio besos al auricular, terminó la conversación y miró de nuevo a Ran.

–Wayne viene para acá. A menos que te quieras quedar a comprobar lo rápidamente que aprendo...

Todavía tenía en su rostro la misma sonrisa falsa y ridícula que esbozó para retarle cuando oyó el portazo que dio él al salir. Y siguió manteniendo la misma sonrisa minutos más tarde, a pesar de que los ojos habían empezado a llenársele de lágrimas.

Se encontró con Wayne mucho más tarde, pero por pura casualidad. Hacía dos horas que se había marchado Ran y había tenido tiempo suficiente para pensar en lo que había pasado y en lo que él había dicho. Estaba segura de que nunca más iba a ver a Ran.

–¿Qué tal, nena? –saludó Wayne con una sonrisa–. Parece que es el momento de decir adiós. Me voy con los ecologistas esta tarde.

Sylvie tomó la decisión en aquel mismo momento, aprovechando la oportunidad que se le brindaba para escaparse, no solo de Ran, sino de todo lo relacionado con él.

–Me voy contigo –le dijo muy decidida a Wayne–. Mi hermanastro me ha prestado dinero.

–¿Cuánto te ha prestado? –le preguntó, muy interesado.

Una hora más tarde, después de haber metido en la maleta todo lo que iba a necesitar, Sylvie cerró la puerta de su casa con llave y se fue con Wayne, que la estaba esperando en su coche.

Era una nueva Sylvie, diferente. Ran pertenecía al pasado.

Capítulo 7

El ruido en el jardín sacó a Sylvie de su estado de ensimismamiento. Asustada, se quedó mirando a la oscuridad. El cuerpo se le puso en tensión cuando vio a Ran desaparecer en la oscuridad.

¿Cuánto tiempo llevaría allí observándola? A juzgar por la ropa que llevaba puesta, debía de haber estado trabajando, posiblemente buscando furtivos, que siempre eran un posible peligro.

Tiritando de frío, se metió en la cama. Eran más de las tres de la mañana. Al tocarse la cara, se dio cuenta de que la tenía mojada de las lágrimas.

¿Por qué diablos tenía que ser tan sensiblera? Le daba envidia Ran. Su boca esbozó una sonrisa amarga cuando intentó imaginárselo llorando una sola lágrima por ella.

¿Dónde había ido a parar su fuerza de voluntad, su fortaleza? Antes de ir allí, había decidido que todo iba a ser diferente, que nunca le iba a permitir a Ran tratarla con el mismo desprecio que la había tratado cuando ella había dejado a los ecologistas entrar en las tierras de Alex.

Parecía que él la había odiado tanto por aquello, como ella lo odiaba a él. Se lo había visto en los ojos cuando había ido a despedirla al aeropuerto la primera vez que se fue a América.

–¿A qué has venido? –le preguntó ella.

–¿Tú a qué crees que he venido? –replicó él. Y ella lo sabía. Quería estar seguro que de verdad se marchaba.

Y ahora había vuelto, para comprobar que algunas cosas no cambiaban, que algunos amores no morían.

Habían pasado los años, y ya no podía huir, como había hecho a los veinte años. Tenía un trabajo y responsabilidades, aparte de que con huir no se conseguía nada, según había comprobado.

Sintiéndose protegido por la oscuridad, Ran estaba apoyado en el tronco de un árbol, con los ojos cerrados. Saber que Sylvie era la representante de la Fundación era una ironía del destino, la misma que sintió cuando se enteró de que él también había heredado. No era millonario, pero estaba, con mucho, en una posición mejor que la que estaba, cuando la madre de Sylvie le dijo a Alex que hablara con él sobre su relación con su hija.

–¿Qué diablos piensa la madre de Sylvie que voy a hacer? –le preguntó my enfadado, recorriendo arriba y abajo el despacho de Alex.

–Esto tampoco es fácil para mí, Ran. Eres mi amigo, además de...

–Tu empleado –le había respondido Ran, muy enfadado–. Para la madre de Sylvie yo soy como un sirviente, más o menos –le había recriminado.

Alex no había contestado, dejándole que se desahogara.

–Tú debes de pensar lo mismo que ella –le había dicho–. Porque si no, no me habrías dicho nada.

–En ciertas cosas sí –le respondió Alex–. Y no porque piense que estás en una posición social por debajo de Sylvie. Sé que procedes de una familia con más títulos que la de Sylvie. Y también sé que tú me conoces lo suficientemente bien como para saber que para mí los títulos no tienen importancia. No, yo estoy preocupado por otras cosas. Y creo que debería estar hablando con Sylvie en vez de contigo. Sylvie cree que está enamorada de ti, con la convicción típica de una adolescente. Pero es mejor olvidarse. Es joven y vulnerable y no me gustaría que nadie le hiciera daño. Ni que nadie te lo hiciera a ti.

–¿Qué diablos crees que le voy a hacer? –le preguntó Ran–. ¿Acostarme con ella y...?

–¿Crees que es imposible que suceda algo así? –le había preguntado Alex–. Yo no te estoy criticando, ni condenando, Ran. Físicamente es una persona madura, y está enamorada de ti... o eso es lo que dice.

–Se ha encaprichado, eso es todo. Y hay que dejar que se le pase –le interrumpió Ran–. ¿Es eso lo que quieres oír? ¿Pero y si yo pienso lo contrario, Alex? ¿Y si yo quiero...? –empezó a mover la cabeza, enfadado consigo mismo y con Alex. Más enfadado consigo mismo que con su amigo, que solo estaba haciendo lo que le había tocado hacer–. Tienes razón, todavía es una niña, y cuanto antes se olvide de mí, mejor –había añadido Ran–. Y con respecto a acostarme con ella –le había dicho, antes de marcharse–, siempre hay una cura para eso.

Y la había habido, durante una temporada, por lo menos, hasta que se había hartado de los encuentros que había tenido con otras mujeres, que no habían significado nada para él. Había habido momentos de debilidad, como cuando la sacó del barro y la llevó a ducharse a su casa. La tentación que había sentido en aquel momento por tomar lo que se le ofrecía de forma tan inocente había sido muy difícil de soportar.

Pero logró resistir la tentación, argumentando diferencias de edad y experiencia. A él le gustaba su trabajo y no quería cambiarlo por nada ni nadie. Esperar que una chica como Sylvie, que había crecido entre lujos, se fuera a vivir a una modesta casa como la suya era mucho esperar. Y había resistido la tentación. Se había enorgullecido de ello hasta el día en que le llevó el cheque de Alex.

Verla allí, en su piso, con solo una camisa, a través de la cual se le transparentaba todo el cuerpo, las areolas de sus pechos, verla con otro hombre, que él pensó era su amante, le había puesto tan furioso que había perdido todo control.

Pero descubrir más tarde que él había sido el primero le había llenado de tanto odio a sí mismo que casi no pudo soportar el peso de la culpa.

–Te quiero –le había dicho Sylvie en tono inocente–. Quiero que siempre estemos juntos...

Había pasado la semana anterior con Alex, hablando de cómo podrían reducir los costes de mantenimiento de las fincas. Se les ocurrió que una forma de reducirlos era vender su casa y que se trasladara a la casa principal. De aceptar aquella propuesta, no podría ofrecerle a Sylvie un techo bajo el que vivir. No se quería ni imaginar cómo podría reaccionar su madre a la idea de que su hija viviera en las habitaciones que había encima de los establos de la casa donde ella había crecido. Y Sylvie todavía era muy joven, muy ingenua. Todavía estaba en la universidad y le quedaba toda la vida por delante. ¿Qué derecho tenía él a utilizar lo que había ocurrido entre ellos para atarla toda la vida a su lado? Era mejor dejar que pensara que no la quería, a que, cinco o diez años más tarde, le reprochara que se había aprovechado de su juventud y su inexperiencia.

Y entonces, había soltado una bomba contándole lo de Wayne.

De alguna manera, fue algo que no se había esperado, pero había visto, por la expresión de sus ojos y la vehemencia de su voz, que le había hablado en serio. Y él se había marchado, diciéndose a sí mismo que era lo mejor y que con el tiempo se le pasaría.

Pero nunca había dejado de estar enamorado de ella.

Y ella había vuelto otra vez, hecha ya una mujer, la mujer que él amaba y quien le odiaba a él.

Le dolía más de lo que había podido imaginar que ella pensara que él era capaz de engañar. ¿Se daría cuenta su querido Lloyd de lo afortunado que era, de cuánto daría él por tenerla entre sus brazos y decirle que la amaba? Era capaz de dar todo lo que tenía.

Pero ella no lo amaba. Lo odiaba.

Verla allí en la ventana, después de la ronda de todas las noches, en busca de posibles furtivos, le dejaba el corazón roto en pedazos. No tenía sentido irse a la cama. Muy pronto iba a amanecer. Había solo una razón por la que quería estar en la cama, y nada tenía que ver con dormir.

Besarla aquella noche había abierto las puertas de su amor por ella y todavía sentía el cuerpo dolorido por el deseo. No sabía bien cómo iba a ser capaz de pasar los próximos meses. Se dio la vuelta y se alejó de la casa, de la habitación de Sylvie, de su cama, de ella…

Capítulo 8

–Hola, qué tal. Soy yo, Lloyd.
Sylvie sonrió, al reconocer la voz de su jefe.
–Lloyd –respondió ella–. ¿Qué tal estás?
–Bien. Oye, tengo que ir a Inglaterra y he pensado en acercarme a Derbyshire, a ver qué tal vas con Haverton Hall.
Sylvie se echó a reír. Lloyd era como un niño con zapatos nuevos cada vez que compraba una nueva propiedad, a pesar de que repetía una y otra vez que no iba a visitar los sitios hasta que los trabajos estuvieran acabados. Pero nunca podía resistir la tentación. Era como un niño cuando no puede resistir más tiempo y trata de averiguar dónde están escondidos los regalos de Navidad para ver si le han traído todo lo que ha pedido. A pesar de todas las propiedades que adquiría, Lloyd siempre se enamoraba de la última. La verdad, Haverton Hall era un lugar por el que merecía la pena enamorarse.

Aquella mañana, ella había quedado con la empresa que se iba a encargar de la restauración de la mampostería. Eran los mismos artesanos, con sede en Londres, que se habían encargado de los trabajos del último palacete que compraron. Sylvie tenía fotografías del trabajo que hicieron y, aunque eran caros, merecía la pena contratarlos.

–¿Cuándo llegas? –le preguntó Sylvie, todavía sonriendo.
–Tengo un pasaje para el Concorde de hoy –le respondió.

Sylvie oyó abrirse la puerta del pequeño despacho que había habilitado en Haverton Hall, pero no se dio la vuelta. No era necesario. Sabía, por la reacción de su cuerpo, que era Ran el que había entrado. Desde la noche que la había besado y habían discutido, habían mantenido entre ellos una cierta distancia. Esa misma mañana, cuando había bajado a desayunar, se había encontrado con todos los justificantes del banco, en los que se podía ver que Ran había pagado el trabajo que habían realizado en la rectoría.

Ella se había disculpado, de forma muy educada, pero fría, comentando que no habría sido el primer cliente que se había aprovechado de la generosidad de Lloyd.

—Yo no me he aprovechado de su generosidad —le había recordado él antes de marcharse.

Desde aquel momento, el contacto entre ellos había sido mínimo.

—Me alegro de que vengas, Lloyd —le dijo Sylvie, de corazón—. Te he echado mucho de menos —era verdad. Lo había echado de menos, y de repente, se le ocurrió algo—. Oye, tengo que ir a Londres a hacer unas visitas. ¿Quieres que volvamos aquí juntos? Me tendré que quedar allí a dormir de todas maneras. ¿El Annabelle? —le respondió ella, cuando él le dijo dónde se iba a hospedar—. ¿No crees que es demasiado romántico...?

—Me han hablado muy bien de su diseñador —le respondió Lloyd—. Mi interés es puramente profesional.

Cuando Sylvie terminó de hablar, Ran ya se había ido. Mejor, cuanto menos lo viera, mejor. Prefería la soledad de sus cenas, a tener que pasar tiempo con él, a pesar de que muchas veces se preguntaba dónde estaría cenando y con quién, y si se quedaría toda la noche con la mujer con la que había cenado. Tenía que ser con Vicky, seguro. Aquella mujer lo llamaba a todas horas.

—Dile a Ran que me llame, tiene mi número —le decía cuando contestaba ella.

Seguro que lo tenía. Él y cualquier otro hombre que le gustara a aquella divorciada.

La sede de Phillips and Company, la empresa de restauración, estaba en un edificio que parecía dejado de la mano de Dios.

Entrar en el patio era como retroceder en el tiempo, pensó Sylvie, cuando entró y se fijó en la estructura del edificio, de estilo isabelino.

–El edificio es propiedad de la Corona –le había dicho Stuart Phillips, uno de los socios–. Y son muy estrictos, no solo en el mantenimiento del edificio, sino en la elección de los inquilinos. Nosotros conseguimos alquilarlo después de un trabajo que hicimos en el palacio real.

Una hora más tarde, Sylvie le había contado el trabajo que tenían que hacer en Haverton Hall.

–Podemos encargarnos de ese trabajo, pero va a ser un poco caro.

–No importa –le había asegurado Sylvie sonriendo–. Aunque espero que rebajen un poco el precio teniendo en cuenta que puedo garantizarles trabajo por doce meses por lo menos.

–Tenemos trabajo de sobra.

–Según mis informes, no es así –le había replicado ella–. Según me han dicho, uno de sus contratos se ha suspendido por falta de fondos.

–No sé quiénes pueden ser sus informadores... –Stuart Phillips le había empezado a decir, pero Sylvie le interrumpió.

–Hablemos claro –le sugirió ella–. Los dos somos personas muy ocupadas y no tenemos tiempo para regatear. Ustedes son los mejores y yo quiero lo mejor para Haverton Hall, aunque hay otras empresas...

–Necesitamos que nos garantice que vamos a ser nosotros

los que acabemos el proyecto –le había dicho él, frunciendo el ceño–. No podemos jugárnoslo todo a una carta...

–Se lo garantizo –le aseguró Sylvie.

–Mmm... Por lo que nos ha enseñado el trabajo de madera fue realizado por uno de los mejores artesanos.

–Si no fue Grinling Gibbons, fue uno de sus discípulos.

–Por los informes que he leído, la decoración es excelente. En ellos se hace un recuento, incluso, de los muebles que hay en cada habitación.

Era algo que tenía que agradecer a Ran. Lo normal era que ella tuviera que hacer un inventario de todo lo que había en las casas que compraban. En esa ocasión, Ran había sido el que había realizado ese inventario. Aunque ella se había cuidado mucho de no dejarle ver lo impresionada que se había quedado. No estaba dispuesta a hacer nada que le permitiera a él pensar que tenía la más mínima ventaja sobre ella.

Cuando llegó el momento de la despedida, Sylvie tenía en su poder un acuerdo en el que se comprometían en exclusiva en el trabajo en Haverton Hall, aunque había tenido que concederles una paga extra para que lo hicieran. No obstante, había tratado de ceñirse lo más posible al presupuesto. Pero merecía la pena contratar a los mejores.

Había quedado con Lloyd para tomar el té en el hotel. A él le encantaba aquella tradición inglesa, le confesó cuando estaban en su habitación.

–En ningún otro país se sirve el té como en Inglaterra...

–Lógico –le respondió Sylvie, quien después le empezó a contar su entrevista con Stuart Phillips.

–¿Estás segura de que son tan buenos como los italianos? –le preguntó él, en tono muy profesional.

–Mejores –le respondió Sylvie–. El trabajo original fue realizado por trabajadores ingleses, que aprendieron su oficio en Italia. Y yo creo que tienen que ser ingleses los que hagan el trabajo de restauración. Si los originales hubieran sido realizados por los italianos, habría ángeles y escenas alegóricas, pero los ingleses hacían animales, pájaros y cosas de la naturaleza.

–¿Por qué no te quedas aquí esta noche? –le sugirió Lloyd, cuando terminaron de hablar de negocios–. Podría llamar y reservarte una habitación.

Sylvie movió la cabeza en sentido negativo.

–No, gracias, voy a casa de mi madre.

Sabiendo que Lloyd había quedado para cenar, Sylvie se marchó a eso de las cinco, quedando en ir a recogerlo a las diez de la mañana del día siguiente.

Se fue a casa de su madre. Cuando llegó, tuvo que soportar los abrazos de su progenitora.

–Cariño, esta tarde he quedado para jugar a las cartas. Podría cancelar la cita, pero...

–No, por favor –le respondió Sylvie, sonriendo.

–Bueno, podemos cenar juntas y me cuentas. ¿Qué tal está Ran? Qué sorpresa lo de su herencia... el título.

La sonrisa de Sylvie se desvaneció.

–Ran está bien –le respondió a su madre–. No nos vemos mucho. Estamos muy ocupados.

–Vaya, qué pena –protestó su madre.

–Yo... –Sylvie la miró a los ojos–. Antes, no te gustaba tanto –«ni tampoco te gustaba lo que yo sentía por él», podría haber añadido.

–Pero eso era antes, querida.

–¿Antes de qué? –la desafió Sylvie de forma irónica–. ¿Antes de que le dieran el título nobiliario...?

–Bueno, la verdad es que hay cosas que marcan la diferencia –se defendió su madre, cuando Sylvie la miró un tanto perpleja–. Ran es en estos momentos un buen partido.

–¡Mamá! Hoy día las chicas no necesitan un buen partido –le respondió Sylvie–. Podemos valernos por nosotras mismas.

–Toda mujer necesita un hombre que la ame, Sylvie –replicó su madre, con tristeza–. Yo todavía echo de menos a tu padrastro.

Aunque su madre era una mujer un tanto desfasada en sus ideas, había estado muy enamorada del padre de Sylvie y de su segundo marido, el padre de Alex, y Sylvie sabía que, a pesar de lo ocupada que se mantenía, se sentía sola.

–¿Has visto a Alex y a Mollie últimamente? –le preguntó, intentando cambiar de conversación.

–Sí –le respondió su madre–. Y me han invitado a pasar la Navidad en Otel Place.

Varias horas más tarde, cuando ya se iba a meter en la cama, Sylvie se preguntó qué estaría haciendo Ran. Seguro que no se habría ido a la cama solo. Cerró los ojos, muy enfadada. ¿Qué más le daba a ella con quién pasaba Ran las noches?

¿Qué más daba?

Le importaba mucho, muy a su pesar.

Incluso antes de que él la hubiera besado, ella se había dado cuenta de la verdad. Por la forma en que su cuerpo, sus sentidos, todo su ser había reaccionado en el momento en que lo vio. No había sido un enamoramiento pasajero. Quería a Ran, quería compartir su vida con él, tener hijos con él, con tal intensidad que a veces no sabía qué hacer para poder soportarlo.

Una y otra vez se repetía que las cosas iban a cambiar para mejor. Una vez que terminara el trabajo de Haverton Hall y dejara de estar al lado de Ran, podría volver a reforzar sus defensas. Eso era lo que se decía, pero en el fondo no estaba muy segura de ello.

–Tendremos que llamar primero a la rectoría –le advirtió Sylvie a Lloyd mientras conducían hacia el norte–. No tengo las llaves de Haverton Hall.

–Por mí no importa –le aseguró él–. Por cierto, ¿qué tal os lleváis Ran y tú?

—Es un cliente de la Fundación —señaló Sylvie, en tono serio.

—¿No te has enamorado de él? —preguntó en tono burlón Lloyd. Sylvie forzó una sonrisa. Estaba segura de que lo había dicho sin intención. Se interesaba por ella como si fuera un padre y de vez en cuando le decía, medio en broma, que ya era hora de que se enamorara de alguien. No tenía ni idea de su relación con Ran, ni de lo que sentía por aquel hombre.

—¿No crees que este paisaje es precioso? —preguntó él cuando llegaron a Derbyshire.

—Haverton es aún más bonito —le respondió Sylvie.

A Sylvie se le cayó el alma a los pies cuando vio que el Land Rover de Ran estaba en la rectoría. Había también otro coche, lo cual la entristeció aún más.

Ran le había dado un juego de llaves de la rectoría y solía utilizarlas para no molestarlo. Cuando entraron, Ran y Vicky bajaban por las escaleras.

—Hola —Lloyd saludó, muy alegre, pero antes de que Ran pudiera contestar, el teléfono empezó a sonar.

—Perdonadme un minuto —se disculpó, yéndose a responderlo al estudio, dejándolos a los tres solos.

—No sé si nos conocemos —dijo Vicky sin prestar atención a Sylvie y dirigiendo una sonrisa muy provocativa a Lloyd.

—Lloyd, Vicky Edwards —los presentó Sylvie—. Lloyd es mi jefe y...

—¿También trabajas en la Fundación? —comentó Vicky.

—Lloyd es la Fundación —le dijo Sylvie, exasperada al ver la manera de comportarse de aquella mujer.

—Oh... qué interesante —respondió ella, colocándose al lado de Lloyd y dándole la espalda a Sylvie—. Tienes que contarme todo eso...

Sylvie no estaba muy segura de en qué momento se invitó Vicky a ir con ellos a Haverton.

Al parecer, Lloyd no compartía su aversión por ella por las miradas que le dirigía a aquella mujer.

Cuando Ran se reunió de nuevo con ellos, Vicky estaba medio seduciendo a Lloyd.

–Así que te hospedas en el Annabelle. He oído que es un hotel muy lujoso...

–Sí lo es –respondió Lloyd, entusiasmado–. Mi habitación es sorprendente, ¿verdad, Sylvie?

–Sí –respondió Sylvie. Por el rabillo del ojo, vio a Ran mirar a Lloyd y a Vicky.

No era culpa suya que su amiguita mostrara interés por Lloyd. Sylvie ya estaba acostumbrada a ver ese tipo de interés. Lloyd era un hombre rico y encantador. En el pasado, ya había hecho algún comentario de que las mujeres lo perseguían, advirtiendo a Sylvie que parte de su trabajo era mantenerlas a raya. Para su edad, era un hombre bastante en forma y atractivo. Aunque blanco, conservaba todo su pelo, y sus ojos tenían un brillo muy cálido.

Al final, los cuatro se fueron en el Land Rover de Ran a Haverton. Vicky consiguió que Lloyd se sentara atrás con ella.

–Esto es de lo más incómodo, Ran –se quejó Vicky, mirando después a Lloyd con gesto acaramelado–. No sé cuántas veces le digo que se tiene que comprar un coche decente. En todos los años que lo conozco, nunca ha tenido un coche decente. Vosotros los americanos hacéis coches tan grandes, tan bonitos, lujosos y cómodos...

–Supongo que es porque el país es muy grande también –respondió Lloyd, con una sonrisa–. ¿Sois amigos Ran y tú?

–Sí, nos conocimos hace algún tiempo. Aunque yo me trasladé hace poco a Derbyshire y, por coincidencia, descubrí que Ran era uno de mis vecinos, así que reanudamos nuestra amistad.

«Coincidencia», pensó Sylvie, irritada por la conducta de Vicky. ¿Qué diablos veía Ran en ella?

Cuando llegaron a Haverton Hall, Vicky hizo una escena al salir del Land Rover, agradeciendo a Lloyd de forma efusiva el haberla ayudado, echándose en sus brazos, mientras protestaba de lo accidentado que era aquel camino.

–Deberías haberte puesto zapatos sin tacón, como Sylvie –le dijo Ran.

–¿Zapatos sin tacón? De eso nada –replicó ella–. Yo siempre llevo tacones –confió a Lloyd–. Creo que es algo muy femenino –levantó un pie y le enseñó el tobillo.

–Muy bonito –comentó Lloyd–. Pero será mejor que te apoyes en mí, no vayas a caerte y hacerte daño.

Según fueron recorriendo la casa, la irritación de Sylvie con Vicky fue en aumento. Cada vez que ella hacía un comentario, Vicky tenía que decir algo también. Aquella mujer era insoportable. Establecía una competencia con ella buscando la aprobación de Lloyd, su afecto. En tanto que ella solo pretendía hacer su trabajo. Si la amante de Ran quería flirtear con Lloyd, era problema de ellos. Lo único que deseaba era que hubiera elegido otro momento para hacerlo.

–Me encantaría ver el Annabelle. Llevo tiempo pensando en ir a Londres. Tengo que comprarme algo de ropa y aquí en Derbyshire no hay nada –Vicky se estremeció, cuando al cabo de un rato se fueron al Land Rover.

–¿Por qué no te vienes conmigo? Sylvie me va a llevar al aeropuerto de Manchester y... –empezó a decir Lloyd, muy educado.

–¿Ir a Londres y alojarme en el Annabelle? Me encantaría. Qué amable –le susurró.

Sylvie, que imaginaba que Lloyd solo le estaba sugiriendo hacer el viaje juntos, se asombró al ver el descaro de aquella mujer. Ella nunca se atrevería a comportarse como Vicky lo estaba haciendo. Pero Lloyd, en vez de extrañarse, estaba encantado y sonriendo de oreja a oreja.

Sylvie esperó hasta que estuvieron otra vez en la rectoría y Vicky se hubiera ido a «arreglarse un poco» para hablar con Lloyd en privado, sin que Ran los oyera, para advertirle:

—Lloyd, Vicky es la novia de Ran y no creo...
—Por lo que a mí respecta, Vicky es una persona libre. Si quiere irse a Londres con Lloyd, eso es cosa suya —Sylvie se mordió el labio, cuando Ran los interrumpió. Estaba en el otro extremo del pasillo, pero había oído lo que había dicho.
—Bueno, me temo que tendré que ir a casa, a recoger mis cosas —se disculpó Vicky, colocándose al lado de Lloyd.
—No importa —le respondió él—. Antes de marcharme, tengo que hablar con Sylvie y con Ran. Tómate el tiempo que necesites.
—Espero que en el Annabelle no haya que ir muy elegante —murmuró Vicky.
—Una mujer encantadora —comentó Lloyd, cuando se fue.
—Lo es —respondió Ran.
—Tan encantadora como una piraña —murmuró Sylvie, con los dientes apretados—. Bueno, tengo aquí un presupuesto del trabajo. Ya lo he enviado por fax a Nueva York...
—Sylvie, eres una persona tan eficiente —le dijo Lloyd, sonriendo—. No sé cuántas veces le he dicho, Ran, que se relaje un poco, que se divierta. ¿Cuándo fue la última vez que fuiste de compras? —le preguntó.
—Fui de compras en Italia —respondió ella.
—Ya lo sé. Yo fui contigo, ¿recuerdas? La llevé a Armani —le dijo a Ran—. ¿Y sabes lo que me dijo? Que todo era muy caro. ¿Qué piensas de una mujer así?
—Todo era muy caro —le dijo Sylvie, defendiéndose. Muy caro para ella, a pesar de que Lloyd se había ofrecido a comprarle los vestidos, pero ella no quiso aprovecharse de su generosidad. Sin embargo, le dolía que la estuviera comparando con Vicky, y a lo mejor encontrándola menos femenina, delante de Ran. Estaba claro lo que los dos estarían pensando. Que ella era una mujer menos divertida que otras. Que pensaran lo que quisieran, decidió muy enfadada. Había ido allí por cuestiones de trabajo, no para flirtear con cualquiera.

–Es una chica maravillosa –oyó que Lloyd le decía a Ran, cuando ella se fue a recoger los documentos que le quería enseñar–. Pero trabaja mucho y se toma la vida muy en serio.

Después de dejar a Lloyd y a Vicky en el aeropuerto, la cabeza le dolía de tener que soportar los melosos comentarios de Vicky. En vez de irse de vuelta directamente a Derbyshire, Sylvie se fue a Manchester y aparcó su Discovery justo a la puerta de Armani.

Una chica de pelo negro, muy guapa, que podría haber sido italiana, pero que no lo era, le llevó el traje pantalón que había visto en el escaparate.

Los modelos eran un poco más baratos que los diseños originales, pero a pesar de ello eran caros. Sin embargo, cuando se lo puso y se miró en el espejo, Sylvie no tuvo más remedio que admitir que le sentaba bien. Tampoco pudo resistirse a la tentación de comprarse una blusa a juego.

Así que pensaban que era aburrida y poco femenina. Aunque no llevara zapatos de tacón alto y no supiera agitar las pestañas, era una mujer, una mujer capaz de desear a Ran. Era mujer suficiente para eso y más.

Capítulo 9

–Has tardado mucho. ¿Qué ha pasado?

Sintiéndose culpable, Sylvie se dio la vuelta. La bolsa de Armani se le cayó al suelo. Acababa de llegar a la rectoría hacía cinco minutos y había decidido irse directamente a su habitación, pero había llegado al final de la escalera cuando Ran salió de su habitación, haciendo aquel comentario, que la sobresaltó.

–Has estado de compras –comentó él, contestando su propia pregunta al ver la ropa esparcida por el suelo.

–¿Alguna objeción? –respondió Sylvie, a la defensiva, agachándose para recoger sus compras, pero no con la rapidez suficiente de Ran, que llegó antes que ella y levantó el traje tan caro que se había comprado. Se quedó mirándolo y miró su sonrojado rostro.

–Ropa nueva. ¿Qué es lo que te ha impulsado a comprártela? –le preguntó en tono suave.

–Lo que yo haga con mi tiempo y mi dinero es cosa mía –le espetó Sylvie.

Pero él no prestó atención a aquel comentario.

–¿Qué es lo que intentas demostrar, Sylvie? ¿Es que quieres competir con Vicky? No puedes. No eres igual que ella.

Se puso furiosa con él y consigo misma por aquellos comentarios jocosos.

—Si lo que quieres decir es que no utilizo mis dotes de mujer, mi sexualidad para conseguir a los hombres, he de contestarte que efectivamente no soy igual que ella.

—¿De verdad? ¿Entonces por qué te has comprado esto? —le preguntó Ran, señalando el traje.

—Lo hice por impulso —le respondió rápidamente. Demasiado rápidamente, se dio cuenta, al ver la mirada cínica que le estaba dirigiendo—. Además, no es el tipo de ropa que una mujer se compraría para atraer a un hombre.

—¿No? —Ran sonrió de forma sardónica—. Vamos, Sylvie, ya somos mayorcitos. No hay nada más excitante que una mujer en traje pantalón, mucho más que si llevara un vestido ajustado a su cuerpo. Te has comprado esto porque estás celosa de Vicky. Porque tú...

—¿Celosa yo? —le espetó Sylvie, quitándole el traje de la mano y metiéndolo en la bolsa—. De eso nada —le dijo, moviendo la cabeza de forma violenta—. ¿Por qué tendría que estar celosa? —añadió—. El hecho de que hace años cometiera la estupidez de adorarte no significa que tenga que estar celosa de tu amante. De hecho...

—¿Mi amante? —la interrumpió Ran, frunciendo el ceño—. Me estoy refiriendo a que estás celosa porque tienes miedo de que Vicky te arrebate a Lloyd. Es tu amante y...

—¿Mi amante? ¿Lloyd? —Sylvie lo miró con cara de sorpresa.

Aquello era demasiado. No era posible que Ran pensara que Lloyd y ella eran amantes. Seguro que estaba jugando con ella. Pero no estaba dispuesta a permitírselo. Agarró la bolsa y pasó a su lado como una exhalación, se metió en su habitación y dio un portazo. Le dolía el corazón de pena y aflicción.

Cerró los ojos y se apoyó en la puerta. Sintió que poco a poco los ojos se le iban llenando de lágrimas.

¿Cómo iba a reaccionar Ran? ¿Se iba a reír de ella al enterarse de que en realidad estaba celosa por él? ¿Le habría dicho que estaba celosa, porque también él sentía celos de Lloyd?

Aquel trabajo, que había iniciado con tantas esperanzas de que le sirviera para liberarse de todos sus fantasmas de la juventud se estaba convirtiendo en una hidra contra la cual era difícil luchar. ¿Cómo iba a poder concentrarse cuando tenía que trabajar tan cerca de Ran?

No. Era imposible, reconoció media hora más tarde, sentada en su escritorio, tratando de concentrarse en el trabajo que tenía delante. Por mucho que tratara de imaginarse la situación en la que Ran y ella pudieran trabajar en armonía, lo único que conseguía visualizar era una situación que empeoraba día a día y en la que ella se veía atrapada sin remedio. La única solución era decirle a Lloyd que enviara a otra persona a realizar aquel proyecto.

No era lo que ella quería. Estaba orgullosa de su profesionalidad y ello supondría que Lloyd se enterara de sus sentimientos por Ran. Sabía que la iba a entender, pero...

Si se quedaba, sabía que tarde o temprano cometería un fallo y ello perjudicaría el trabajo en la casa. Aquel era un proyecto que iba a requerir su total concentración y atención. ¿Cómo iba a conseguirlo, cuando estaba todo el tiempo pensando en Ran?

No iba a ser fácil. No quería decepcionar a Lloyd. Y pensaba que pedirle que encargara aquel proyecto a otra persona era decepcionarle a él y a sí misma. Pero, si se quedaba, el daño que se infligiría a sí misma sería mayor.

La ira y el desprecio que había mostrado Ran hacia ella, esa misma tarde, la habían hecho ver la poca compasión que podía mostrar por ella. No había otra solución.

Empezó a prepararse para meterse en la cama. Ya habría otras casas, otros proyectos, y nadie más que ella sabría lo mucho que le iba a doler saber que otra persona iba a tener el placer de restaurar la casa de los ancestros de Ran, como también habría una mujer que se quedaría al lado de Ran, se casaría con él y tendría hijos suyos.

***

Ran no sabía lo que le había despertado. Por su trabajo, siempre estaba alerta de cualquier ruido que se produjera.

Alerta y despierto, se quedó tumbado en la oscuridad, escuchando. La esfera iluminada de su despertador marcaba la una y media de la mañana. La casa no tenía sistema de alarma. Lucy, su perra, que dormía en el piso de abajo, aunque ya era bastante mayor, debería haber ladrado si alguien hubiera intentado entrar en la casa. Además, las luces del exterior no se habían encendido.

Oyó el ulular de un búho. Ningún otro sonido disturbó los ruidos naturales de la noche.

Ya estaba relajándose cuando lo oyó de nuevo. Una puerta que se abría en el piso de arriba. Se levantó inmediatamente y se puso un albornoz, ya que dormía desnudo, antes de salir de su habitación.

Nada más abrir la puerta la vio, una figura delgada que parecía flotar en el aire, más que caminar por el pasillo. Pero por muy etérea que pareciera, Sylvie no era ningún fantasma. Incluso antes de llegar a su lado, Ran se dio cuenta de que estaba caminando dormida y supo exactamente lo que tenía que hacer. Sin embargo, no se atrevía a levantarla en sus brazos y llevarla de nuevo a su cama.

Lo mejor, según le habían dicho, cuando se la encontró en el mismo estado en Otel Place, era llevarla de nuevo a la cama, sin despertarla. Pero nada más ponerle las manos encima, Ran sintió que ella temblaba de forma violenta, lo miró y su cuerpo se puso en tensión. Jurando por lo bajo, Ran dirigió su mirada hacia su propia habitación. Si la llevaba allí... El médico de Otel Place había dicho que había que dejarla que se despertara de forma natural para no asustarla. También les había informado que aquellos ataques de sonambulismo se podían atribuir a algún trauma que había sufrido. Ran no tenía que buscar muy lejos las causas y se recriminó la conducta de Vicky y de Lloyd.

¿No se daría aquel hombre cuenta de la suerte que tenía? Él no dudaría en cambiarse por él.

Sylvie estaba todavía temblando con los ojos abiertos de forma desmesurada, con la cara casi transfigurada. No queriendo correr el riesgo de despertarla, Ran la dirigió hacia su propia habitación, hablándole de forma muy suave, como si todavía fuera una niña.

—No te preocupes, Sylvie —le dijo—. Vamos...

Ella lo obedeció y empezó a caminar, apoyándose un poco en él. Si pudiera meterla en la cama sin despertarla, se quedaría a su lado hasta que se durmiera y se iría a cualquier otra habitación. Por la mañana... frunció el ceño. Demasiado tarde para arrepentirse de la forma en que le había hablado horas antes. No había podido evitar los celos que le produjo imaginársela con aquella ropa.

Muy suavemente, Ran la llevó a su habitación y a su cama. El camisón que llevaba era blanco y de algodón muy suave. Parecía todavía una niña... joven... virginal...

Cerró los ojos. Lo único que le faltaba era que empezara a pensar en lo que menos tenía que pensar en aquellos momentos. Trató de no pensar en ello y la ayudó a meterse en la cama, pero cuando estaba ayudándola a tumbarse, se oyeron los ladridos de un perro y Sylvie se despertó.

—Ran... ¿Qué...?

Notó la ansiedad en su voz.

—Estabas caminando dormida —le respondió él—. Oí un ruido, salí y estabas caminando por el pasillo...

Sylvie se quedó mirándolo fijamente a la cara.

Hacía años que no le había pasado aquello, pero en ningún momento dudó que Ran estaba diciéndole la verdad. Su cuerpo se estremeció.

Solo caminaba dormida en momentos de tensión.

–No te preocupes, Sylvie –le oyó que le decía, con mucha delicadeza. Todavía la tenía abrazada. Ella lo miró. Se oyó el ruido de un pavo real–. No te preocupes, Sylvie –repitió Ran–. Es solo un pavo real.

Sylvie ya lo sabía, porque aquel sonido era familiar para ella.

La habitación de Ran estaba en el otro extremo de la casa y estaba decorada de forma muy diferente a la de ella, con muebles muy tradicionales y masculinos. Era una habitación que le iba bien a Ran. Un sentimiento de deseo recorrió su cuerpo. Sin poder evitarlo, giró su cuerpo y se apoyó en el de él.

Sus dedos rozaron su boca. Sintió su aliento en las yemas, lo cual fue todo un tormento. Empezó a girar la cabeza y, de pronto, notó que Ran la agarraba de la muñeca y le daba un beso en la mano.

Con los ojos como platos, Sylvie lo observó, olvidándose casi de respirar.

–Ran –protestó ella, pero nada más pronunciar su nombre, acercó su cuerpo al de él, buscando el calor de su cuerpo.

Era delicioso sentir sus brazos, pero nada comparado con sentir sus manos en el rostro, ni los labios en su boca. En silencio, Sylvie se pegó más a él, levantando los brazos para estrechar su cuerpo, temblando por el esfuerzo que estaba haciendo para no entregarse por completo.

Sylvie sintió que las lágrimas le caían por la cara.

–Sylvie –oyó la voz de Ran, cargada de sentimiento–. No llores. Ningún hombre merece la pena tanto sufrimiento...

–Se sufre mucho amando con tanta intensidad a alguien...

–No llores, por favor –Ran intentaba calmarla, estrechándola entre sus brazos.

Y de pronto, empezó a besarla, no con suavidad, como lo había hecho antes, sino con pasión. Aquello la dejó casi sin respiración. Su cuerpo perdió fuerza, se dejó llevar por sus emociones y respondió a sus besos. Sentía el corazón golpear contra su pecho y la fuerza de su erección.

Ran siempre había sido un hombre, al fin y al cabo. Era posible que no la quisiera, que no fuera la mujer que él quería, pero, cuando tenía a una mujer entre sus brazos, reaccionaba como un hombre.

De pronto, como un rayo, se le pasó por la cabeza un pensamiento. A lo mejor no podía tener su amor, pero esa misma noche podría conseguir algo más. En los tiempos que corrían, no importaba mucho que una mujer tuviera un hijo de soltera. Ni siquiera tenía que dar el nombre del padre. Un hijo de Ran. Empezó a responder a sus caricias, invitándolo, incitándolo, acariciándole los músculos de los hombros, de los brazos.

La siguiente vez que se oyó el canto del pavo real, ninguno de los dos lo oyó. Al sentir la lengua de Ran, Sylvie abrió los labios.

Ran la deseaba, la amaba y no pudo resistir la tentación de demostrárselo allí y en aquel momento.

Le empezó a besar el rostro, el cuello, los hombros, intentando con todas sus fuerzas controlarse.

Sylvie estaba sintiendo que toda su voluntad se derretía. Él la deseaba, lo podía ver en sus ojos, sentirlo en el temblor de sus dedos mientras que con las manos recorría su cuerpo. Incluso con los ojos cerrados, podía sentir cuánto la deseaba.

Medio temblando, Sylvie notó que él le ponía la mano en el lazo del camisón.

–Quítamelo –le dijo.

En silencio, Ran la obedeció, sin apartar la mirada de ella en un solo momento.

La última vez, y la única, ella no había podido sentir la intensidad de lo que estaba ocurriendo entre ellos, de sus necesidades y de sus emociones. Pero esa vez iba a ser diferente.

Como un gourmet examinando un banquete, se lo comió con la mirada. Era un hombre perfecto. Era su amor, su vida, el padre de su hijo, del de los dos... Un escalofrío le recorrió la espalda.

–Ran.

Pronunció su nombre con voz ronca.

Cuando se acercó a él, la detuvo, agarrándola de las muñecas, manteniéndola a cierta distancia, para poder mirarla a gusto. Vio que le miraba los pechos, lo cual la excitó.

Era muy erótico estar desnuda delante de él, con las manos aprisionadas, sintiendo la fuerza de su erección en su propio cuerpo.

Sus ojos, suavizados por la emoción, reflejaron la necesidad, el sentimiento que palpitaba en todo su cuerpo. Se sintió atrapada en una oleada de pasión, que la dejó indefensa, sin poder hacer otra cosa que soportar el deseo físico, o la inmediatez del momento. Parecía como si todas sus emociones se hubieran concentrado en un solo momento. Era posible que él no la amara, pero estaba allí, a su lado. Sabía que ella le hacía reaccionar. Sylvie pensó que lo que estaba pasando entre ellos aquella noche iba a ser algo mágico, casi sagrado, que el hijo que tanto deseaba concebir iba a ser un hijo muy, muy querido.

El destino se comportaba a veces de forma extraña. Se había olvidado de tomar la píldora varios días desde que llegó a Derbyshire, no porque hubiera pensado que aquello fuera a pasar.

–Eres preciosa, ¿lo sabes? –le oyó decirle, sin soltarle las muñecas mientras se acercaba y le besaba el rostro, los párpados, los labios, muy despacio. A continuación, empezó a besarle el cuello, los pechos, antes de soltarle las muñecas y levantarla en brazos, como si ya no pudiera aguantar más tiempo. Enterró los dedos en su pelo y le abrió la boca con un beso tan intenso y apasionado que Sylvie pensó que se iba a disolver y convertirse en una parte de él.

No supo cuánto tiempo permanecieron besándose. De lo

único de lo que se dio cuenta fue de que, cuando apartó la boca de él, en la habitación se oyó el sonido de sus respiraciones, el aire contenido saliendo de los pulmones.

—No te preocupes —oyó que le decía con voz suave—. No te preocupes.

Le acarició los pies y el calor que ello le producía era como fuego en sus venas. Al sentir sus labios en las puntas de sus dedos, la sobresaltó. De forma instintiva, ella trató de retirarlos, pero él se los sujetó, acariciándoselos con la lengua, subiendo poco a poco a los tobillos, las rodillas y después a sus muslos. Todo de forma muy lenta, haciendo que su cuerpo se excitara de tal forma que ella creía no iba a poder soportar por más tiempo.

Solo cuando lo oyó gemir de placer y sus muslos temblaron de forma involuntaria, respondiendo a sus caricias, él apartó la boca de su cuerpo.

—Ran...

Incapaz de controlarse, pronunció su nombre, mostrando de forma abierta todo su deseo y necesidad. Aunque él levantó la cabeza y la miró, aunque ella vio con claridad las manifestaciones de su excitación, su respuesta no fue colocarse encima de ella, penetrarla, que era lo que ella tanto deseaba, sino que le tocó los muslos, levantándolos, acariciándoselos. Con sus dedos, le tocó el vello del pubis, antes de empezar a besárselo, inhalando su aroma, pronunciando su nombre una y otra vez, mientras le acariciaba el sexo con la lengua.

Sintió todo el peso de su propia necesidad como una losa. Las palpitaciones se estaban convirtiendo en un estruendo, una avalancha de necesidad que la mantenía en tensión, explosionando dentro de ella, dejándola jadeante y temblorosa, mareada, pero no completamente satisfecha.

Impulsada por la necesidad, se agarró a él, estrechándolo entre sus brazos y sus piernas, sabiendo que él iba a ser incapaz de resistirse...

Sentirlo moverse y apretarse contra ella fue como ella recordaba, pero más intenso, como cuando se compara una fotografía envejecida con la realidad. Sylvie gimió de placer cuando él entró en ella, y arqueó suelcuerpo, para que entrara más, con los ojos cargados de emoción, mientras susurraba que lo quería y lo necesitaba.

–Sí, Ran, sí –le dijo, retorciéndose de forma voluptuosa, invitándolo a que la poseyera de forma íntima, como solo una mujer enamorada podía invitar a un hombre.

Por instinto, supo que lo que estaban compartiendo iba muy lejos, mucho más lejos que el sexo, era algo que los acercaba a la eternidad, a la creación misma.

Notó que su cuerpo se abría para recibirlo. Se agarró a él, abriendo los ojos de forma desmesurada mientras le imploraba:

–Ahora, Ran, ahora...

Y en ese momento sintió el líquido caliente dentro de ella mientras su cuerpo se contraía por las contracciones del orgasmo. Pero en aquella ocasión fueron más potentes. Porque esa vez había algo más que placer. Aquella vez estaba albergando en su interior la fuerza de la vida.

Ran permaneció abrazado a ella, acariciándole el pelo, besándole la frente mientras ella saboreaba el aroma masculino de su piel.

–Hacía tanto tiempo... –gimió Ran.

–Sí –respondió ella.

No había necesidad de mentir. Aunque solo fuera de forma temporal, las barreras que había entre ellos se habían desmoronado. Casi se sintió orgullosa de la verdad. De amarlo con tanta intensidad que nunca había sido capaz de entregarse a nadie más.

–Yo no... No me gusta el sexo por el sexo...

Se produjo un breve silencio. Sylvie levantó la cabeza y lo miró. ¿Qué estaría pensando? ¿Querría que ella fuera menos franca y abierta, que fingiera que lo que acababan de hacer no significaba nada para ella, que él no significaba nada para ella? Pero, cuando lo miró a los ojos, no pudo leer su expresión con claridad. Lo único que pudo ver fue su sonrisa, antes de que ella le acariciara el rostro.

–Te he dicho que hace mucho tiempo que yo no... que no he... Estaba intentando explicarte que no he podido controlarme.

–Lo has hecho muy bien –le respondió Sylvie, de corazón–. Pero lo cierto es que yo no he... tú has...

–¿Logrado controlar en las dos ocasiones que hemos estado así? –le sugirió Ran–. Eres muy amable, Sylvie, y...

Su cuerpo se puso en tensión y, cuando se movió, Sylvie pudo ver en sus ojos algo que la excitó.

–Creo que es posible que te haga otra demostración de la falta de control cuando estoy a tu lado –le dijo mientras le ponía una mano en el trasero y se la acercaba a él–. Mira...

Sylvie empezó a acariciarlo, sintiendo en sus manos toda la fuerza de su erección.

–Oh, Dios, Sylvie, Sylvie –le oyó protestar, y la abrazó, la besó apasionadamente y sus cuerpos se fundieron.

Era completamente de día cuando Sylvie se despertó. Se sonrojó, cuando vio a Ran apoyado en un codo, observándola.

–¿Cuánto tiempo llevas despierto? –le preguntó, agarrando la sábana mientras recordaba todo lo que había ocurrido la noche anterior.

–Lo suficiente como para oírte roncar.

–¿Roncar? Yo no ronco –protestó Sylvie indignada, soltando la sábana para gesticular con las manos.

–¿No? Pues entonces será que gruñes... –se burló Ran.

–Yo no gruño. Yo no hago ningún ruido cuando duermo –volvió a protestar Sylvie.

–Sí los haces –le respondió Ran de forma inmediata. La miró con una intensidad desconcertante y se acercó a ella mientras le acariciaba los pechos–. Cuando te toco aquí, emites un leve gemido, y...

–No, no. No quiero oír nada más –protestó Sylvie, cuando se dio cuenta de que era verdad.

La noche anterior Ran y ella habían hecho el amor. La noche anterior ella se había olvidado de todo y se había dejado llevar por la pasión. Incluso había deseado haberse quedado embarazada de Ran. Un escalofrío le recorrió la espalda. Era muy pronto para poder estar segura de ello, pero de alguna manera sabía que la semilla de Ran estaba creciendo en su cuerpo.

Las lágrimas le arrasaron los ojos, lágrimas de amor por el niño que sabía que iba a ser toda su vida, lágrimas por saber que nunca iba a conocer a su padre, porque ya había decidido que aquel niño iba a ser solo hijo de ella, responsabilidad de ella, que Ran nunca se iba a enterar de su existencia, un hijo que iba a saber que a su madre nunca la había querido su padre.

–Estás llorando –dijo él e inmediatamente intentó reprimir las lágrimas–. Siento lo de anoche –continuó diciéndole–. Debe de ser duro amar a un hombre que no...

–Me ama –dijo Sylvie por él. En el pasado, ella pensaba que su ira y su desprecio era algo difícil de soportar, pero nada comparado con la pena y la compasión–. Sí, lo es –le respondió–. Pero ya soy una mujer, Ran. He dejado de ser una niña. Y, si amo a la persona que no tendría que amar, eso es cosa mía. Pero, por favor, no sientas pena por mí.

–Lo que ocurrió anoche nunca debió pasar –le dijo Ran–. Pero yo...

–No pudiste evitarlo –le sugirió Sylvie–. Ya me lo dijiste una vez. Pero parece que los dos lo hemos olvidado...

Sylvie apartó la mirada, para que no viera que estaba mintiendo, que ella no había querido olvidar, había sido incapaz de olvidar, pero era algo que no quería compartir con Ran.

–Creo que será mejor que me vaya a mi habitación a vestirme, antes de que venga la señora Elliott –le dijo ella–. Vuélvete, por favor, para que pueda levantarme...

La mirada que le dirigió la hizo ponerse colorada.

–Sí, ya sé que me has visto desnuda. Pero eso fue anoche. Y ahora es ahora. Es diferente...

Ran se dio la vuelta. Sylvie se puso el camisón, se dirigió a la puerta y la abrió sin mirar atrás, porque de hacerlo...

La noche anterior había sido una noche perfecta, la noche más maravillosa de su vida. Pero todo había acabado. Cuando se fuera de Haverton Hall, solo ella sabría que llevaba una parte de Ran muy dentro de ella.

Capítulo 10

–Siento molestarla, pero Ran me ha dicho que le preguntara si le apetece tomar un café.

Obligándose a esbozar una sonrisa, Sylvie aceptó la bandeja que le llevaba el ama de llaves.

Había estado trabajando en su despacho toda la mañana, calculando los costes del trabajo que había encargado que hicieran en Haverton Hall.

Pero a pesar de que no había probado bocado y de que sabía que tenía que sentir hambre, lo único que sentía era hambre del amor de Ran. Pero él le había dejado muy claro que nunca podría tenerlo.

Media hora más tarde, bajaba por las escaleras, con la intención de irse a Haverton, cuando su teléfono móvil empezó a sonar. Lo respondió y se quedó sorprendida al oír la voz de Lloyd en el otro extremo de la línea.

–Lloyd, no esperaba que llamaras hoy. Pensaba que ibas a estar ocupado –le dijo Sylvie con mucho tacto.

–Yo también pensé que iba a estar ocupado –le respondió Lloyd, con un cierto tono de tristeza en la voz–. Pero ya ves, uno se confunde a veces. De todas maneras, fue divertido mientras duró.

Por su tono de voz, Sylvie se dio cuenta de que Vicky lo había desilusionado.

—Te voy a echar de menos, cuando vuelva a Nueva York —le dijo Lloyd, en tono muy afectuoso.

—Yo también te voy a echar de menos —le respondió Sylvie—. Lloyd, tengo que hablar contigo —añadió—. Yo... yo... no puedo quedarme aquí. Tengo que volver a Nueva York...

Mordiéndose el labio, Sylvie procuró no perder el control. De lo contrario, Lloyd se empezaría a preocupar. No había sido su deseo decírselo así, de repente. Se había repetido una y otra vez que era mejor esperar, tener las cosas claras y decírselo con tranquilidad. Pero estaba desbordada por sus emociones. Se había dejado llevar por la necesidad de protegerse, de mitigar el dolor que Ran le estaba causando.

—¿Qué te pasa? —oyó a Lloyd preguntarle.

—No puedo decírtelo por teléfono —le respondió Sylvie—. Tengo que verte... Oh, Lloyd, lo siento —tragó saliva, al comprobar que se le hacía un nudo en la garganta.

—No te preocupes —le dijo, para tranquilizarla—. En cuanto arregle un par de cosas, voy para allá y hablamos.

—Oh, Lloyd —dijo Sylvie llorando.

Era muy normal que Lloyd dejara todo lo que tenía que hacer para ir a verla, reconoció Sylvie, cuando colgó el teléfono. Él lo entendería, seguro que lo entendería, pero se sentía culpable por lo que estaba a punto de hacer.

La puerta del estudio de Ran estaba abierta. Ran entró en el vestíbulo, cuando ella estaba cruzándolo. Cuando miró el móvil que ella llevaba en la mano, Sylvie se dio cuenta de que debía de haber oído su conversación con Lloyd.

—Lloyd va a venir —le dijo.

—Ya lo he oído —le respondió con un tono duro de voz. Sylvie no pudo mirarlo a los ojos. La ternura que habían compartido la noche anterior parecía que era algo que ella había imaginado.

—Tengo que irme a Haverton —le dijo con voz temblorosa, pasando a su lado.

Ran la observó marcharse. Fue desgarrador ver el dolor que estaba sintiendo. La noche anterior había acudido a él solo por necesidad, por una necesidad humana, por despecho hacia otro hombre, un hombre que la había dejado por otra mujer.

¿Era consciente Lloyd de lo que había hecho, de lo que estaba haciendo, o pensaba que solo por su riqueza tenía derecho a no tener en cuenta los sentimientos de otras personas? ¿Creería que el dolor que estaba infligiendo a Sylvie no importaba?

El día anterior la había dejado por otra y ahora, iba a verlo otra vez.

–Tengo que verte –le había oído a Sylvie decirle, y, cuando la oyó decírselo, él cerró los ojos.

Él sabía lo que era aquella necesidad mucho antes de la noche que había estrechado a Sylvie entre sus brazos, con una mezcla de ira y de deseo, rompiendo la promesa que se había hecho a sí mismo, descubriendo con una mezcla de alegría, dolor y vergüenza que él había sido su primer amante.

–Wayne lleva tiempo diciéndome que pierda la virginidad con alguien –le había dicho, y después se había ido con Wayne, abandonando todo y a todos, a su familia, su educación y sus principios.

Pero al cabo del tiempo, había cambiado de opinión y le había pedido a Alex que la ayudara a volver a dar rumbo a su vida.

La había ido a despedir, con Alex y su reciente esposa, una decisión impulsiva, cediendo a la necesidad por la que se despreciaba a sí mismo.

Había terminado aquel día emborrachándose en su casa. No podía sentirse muy orgulloso de ello, pero fue la única forma de aplacar el dolor que sentía.

Ni siquiera a Alex, su mejor amigo, había sido capaz de contarle lo mucho que la quería. Alex, al fin y al cabo, era el hermanastro de ella.

Ran había pensado que estaba preparado para enfrentarse a la realidad, una realidad que era que ella iba a compartir su vida con otro. Pero saber que quería a Lloyd era una cosa y verlo con sus propios ojos otra.

¿Le contaría a Lloyd lo que había pasado entre ellos la noche anterior? Una noche en la que la había acariciado, amado, en la que había visto su cuerpo responder. Abrió los ojos y se fue a la ventana. Se quedó mirando el jardín. Sus ancestros habían diseñado y plantado aquel jardín, habían vivido en aquel edificio; toda aquella tradición era en esos momentos responsabilidad suya.

En otros tiempos, sería considerado su deber, como último varón de su familia, tener un hijo, un heredero legítimo. Pero eso era algo que él nunca iba a hacer. No podía casarse con ninguna otra mujer, cuando era a Sylvie a la que amaba, así que nunca habría ningún heredero legítimo. El único hijo que iba a existir iba a ser el que Sylvie y él crearon la noche anterior. El hijo de los dos. Pero no podía obligar a Sylvie a que le dejara formar parte de la vida de ese niño. Menos cuando sabía que ella no lo amaba. Ya había recurrido a él en dos ocasiones, cuando en realidad amaba a otro hombre. No iba a cometer el mismo error una tercera vez.

Lloyd iba a ir esa misma tarde y Ran no podía soportar verlos juntos.

Se fue a su despacho y levantó el teléfono.

Alex sonreía, viendo a su hijo dirigirse a él. Lo levantó en brazos y miró a Mollie. Estaba embarazada de nuevo y se sentía un poco mareada.

–Acabo de recibir una llamada de Ran –le dijo a ella.

–¿Qué tal están Sylvie y él?

–Quiere venir a pasar aquí unos días. Quiere proponerme unas ideas.

–¿Tú crees que algún día Sylvie y él resolverán sus problemas? –le preguntó Mollie.

Alex levantó las cejas.

–¿Por qué me lo preguntas? Tú eres la que piensa que están enamorados el uno del otro.

–No es que lo piense. Es que lo sé –le corrigió Mollie–. Pero ninguno de los dos está dispuesto a admitirlo.

–¿Acaso no se te ha ocurrido pensar que podrías estar equivocada? –le preguntó Alex.

–No, porque no lo estoy. Tú eres hermano de Sylvie y el mejor amigo de Ran. Tienes que hacer algo para ayudarlos.

–Yo no –negó Alex, moviendo en sentido negativo la cabeza–. Ya son mayores los dos.

–Es posible. Pero se están comportando como niños. Tenemos que hacer algo, Alex. Ya viste cómo sufría Sylvie por Ran cuando la fuimos a ver a Nueva York. Y lo mismo le pasa a Ran.

–Escucha, los dos están en Haverton... solos.

–A lo mejor estar solos no es lo mejor para ellos, a lo mejor lo que necesitan es a alguien con quien hablar, que les demuestre... –le dijo Mollie, sonriendo.

–De eso nada –le respondió Alex, pero Mollie ya había decidido por los dos lo que había que hacer.

Cuando Sylvie volvió de Haverton Hall y preguntó por Ran, la señora Elliott le dijo que se había ido a pasar varios días fuera.

–¿Dijo dónde iba, o cuándo va a volver? –le preguntó Sylvie.

La mujer negó con la cabeza.

–Solo me dijo que llamaría por teléfono –le informó.

¿Se habría ido Ran por cuestiones de negocios, o solo porque no quería verla? Se había mostrado muy amable con ella cuando le había hablado de lo del amor no correspondido, pero sin embargo en ningún momento le había dicho que la amara. Además, le había dejado muy claro que su presencia solo creaba problemas. Pero esos problemas pronto iban a desaparecer, porque había decidido convencer a Lloyd de que el proyecto de Haverton Hall lo llevara otra persona.

Mientras estaba ordenando los documentos en su despacho, Lloyd llamó y le dijo que iba a llegar un poco más tarde, porque se había entretenido haciendo unas cosas.

Ran le había dicho a su ama de llaves que preparara una habitación para Lloyd, antes de irse, la habitación que estaba pegada a la suya, descubrió Sylvie.

Su móvil empezó a sonar y respondió, esperando oír la voz de Lloyd. Pero quien llamaba era Mollie.

—¿Qué tal estás, Mollie? —le preguntó, poniéndose muy contenta al reconocerla.

—Mareada —le respondió Mollie, pero Sylvie reconoció la alegría contenida de la voz de la otra mujer, una alegría que demostraba lo feliz que era al haberse quedado embarazada—. Espera a que te llegue el turno —le advirtió Mollie—. Ya verás. Hoy teníamos para comer salmón, que es mi comida favorita, y no he podido probar bocado.

Su turno. Sylvie apretó el móvil. ¿Cómo iban a reaccionar Mollie y Alex cuando se enteraran de que estaba embarazada? Querrían saber quién era el padre del niño, por supuesto, aunque los dos eran tan amables y la querían tanto que aceptarían su decisión de mantener en secreto la identidad del padre.

—¿Qué tal por ahí? —le preguntó Mollie—. ¿Qué tal con Ran?

—Como siempre —le respondió Sylvie—. De hecho... —hizo una pausa y decidió no contarle nada de lo que había pasado entre ellos.

—¿Todavía estás enamorada de él?

Por un momento, Sylvie pensó que no iba a ser capaz de responder a aquella pregunta.

—Sí —admitió ella—. Más que nunca. Es al único al que he querido, Mollie. El único al que amaré —admitió, en voz baja—. ¿No te parece extraño que a la edad que tengo el único hombre con el que he tenido relaciones íntimas haya sido Ran? Pero no está enamorado de mí, Mollie. Lo sé.

—¿Te lo ha dicho él? —la interrumpió Mollie.

—No, lo único que me dijo fue lo duro que era amar a alguien que no te correspondía. No me puedo quedar aquí, Mollie —le dijo, de forma apasionada—. Tengo miedo de lo que podría pasar, de lo que podría decir, o hacer. Ran fue tan amable, tan tierno. Quiero guardar ese recuerdo de él. No quiero...

—Seguro que siente algo por ti si...

—¿Si se acostó conmigo? —le dijo Sylvie—. Me deseaba, pero...

—¿Quieres decir que se acostó contigo sin sentir nada, solo para hacer el amor contigo?

—En cierta forma —le dijo Sylvie.

—Eso es imposible. Si no sintiera nada por ti, no se habría acostado contigo.

—No sé. Lo único que sé es que no me quiero quedar aquí. No puedo, Mollie. Tengo que mantener una cierta distancia entre él y yo...

—¿Le has dicho que te vas? —le preguntó Mollie.

—No —admitió Sylvie—. Sabe que le he pedido a Lloyd que venga a verme, pero Ran no está aquí ahora. El ama de llaves me ha dicho que se ha ido a pasar unos días fuera, pero no sabe dónde. Yo creo que está intentando esquivarme.

—Claro, por eso se acostó también contigo. ¿Le has preguntado alguna vez lo que siente por ti?

—No, por supuesto que no. No podría. ¿Se lo habrías preguntado tú a Alex?

—A lo mejor no. Pero la relación entre Alex y yo es distinta. No nos conocíamos desde hacía mucho tiempo. Mientras que Ran y tú...

—La diferencia es que estáis enamorados el uno del otro, mientras que Ran y yo... Me tengo que ir, Mollie. No puedo seguir hablando –le dijo Sylvie.

Cuando terminó de hablar, Sylvie deseó que Lloyd llegara cuanto antes para irse de Derbyshire antes de que volviera Ran.

Vio las luces de un coche. Lloyd al fin.

Suspiró y bajó las escaleras, a verlo.

Media hora más tarde, tras haberle dicho todo a Lloyd, él le dio un pañuelo y le preguntó:

–¿Tanto lo quieres?

–Mucho. Por eso no puedo quedarme aquí. No quiero decepcionarte.

–No me estás decepcionando. Tu felicidad supone mucho para mí. Te considero una hija, la hija que nunca he tenido. Si no tuviera que ir a esa reunión, esperaría a que te vinieras conmigo.

–No te molestes. Yo dejaré las cosas en orden, antes de que vuelva Ran.

–Bueno, pues te veo en Nueva York –se despidió Lloyd, dándole un abrazo.

Minutos más tarde, se había ido. Ella también se iría al cabo de poco tiempo.

Sintió un nudo en la garganta y se echó a llorar.

Capítulo 11

—Bonito sitio este, ¿verdad? —comentó Mollie, cuando se puso al lado de Ran, que estaba mirando el estanque que había en el pequeño claro rodeado de árboles.

Antes de casarse con Alex, aquel claro había sido el escenario de una profanación salvaje, cuando había sido tomado por unos jóvenes, capitaneados por un traficante llamado Wayne, que había convencido a la entonces idealista e inocente Sylvie de que estaban defendiendo los derechos de los sin casa.

Había sido Sylvie la que los había llevado a las tierras de su hermanastro, y fue ella la que se había enfrentado a ellos cuando se dio cuenta de lo peligroso que era Wayne.

Habían tardado meses en restaurar aquel claro. Y se había convertido en el sitio favorito de todo visitante. En la primavera se llenaba de flores.

—Es increíble cómo ha cambiado este sitio —comentó Mollie, de pie al lado de Ran—. Me habría gustado ver a Sylvie el día que se cayó en el barro y tú la tuviste que sacar. ¿Cuántos años tenía entonces, Ran?

—Diecisiete —le respondió él. Al ver la rapidez con la que le había respondido, Mollie lo miró.

—Mmm... La última vez que hablamos, Sylvie me dijo lo furiosa que se puso cuando su madre se empeñó en que tenía que irse de Otel Place. Cuando murió el padre de Alex, ella quiso quedarse aquí, pero su madre no se lo permitió.

–Era muy joven y estaba a punto de convertirse en una mujer. La casa de un solterón no era el lugar más indicado para ella.

–¿A pesar de que ese solterón era alguien al que ella amaba, alguien al que nunca ha dejado de amar? –sugirió Mollie.

–Alex pensó que lo mejor era que se quedara con su madre –le respondió Ran.

–No me estaba refiriendo a Alex –replicó Mollie–. Ella se quería quedar aquí por ti.

–Era una niña –le respondió Ran, dándose la vuelta, para que no le viera la cara–. ¿Qué sabía ella de lo que era el amor? Era muy joven, Mollie, y yo solo era un empleado de su hermanastro. Yo no podía...

–¿Decirle que la amabas? –le sugirió Mollie.

Ran se dio la vuelta y la miró, con gesto de enfado.

–Lo que intento decir es que yo no podía darle el estilo de vida al que ella estaba acostumbrada, y aunque hubiera sido capaz, era muy joven, una niña...

–No era una niña cuando cumplió los diecinueve –le recordó Mollie–. Y tú no la trataste como a una niña entonces, Ran. Porque os acostasteis –le dijo, de forma muy directa–. Tú fuiste el primer hombre en su vida y la dejaste...

–No, fue ella la que me dejó a mí –le respondió Ran–. Llegó a decirme que se había acostado conmigo porque Wayne no quería acostarse con chicas vírgenes... y...

–Y tú la creíste.

–Se estaba despidiendo de él cuando yo llegué. Y si hubieras visto cómo lo trataba...

–Algunas veces las apariencias engañan –señaló Mollie–. La gente hace cosas increíbles para ocultar sus sentimientos, porque piensan que, si los manifiestan claramente, podrían ser rechazados. Tú no le has contado a Sylvie que la amas, ¿verdad?

Ran se puso en tensión. Apretó la mandíbula.

—¿Te lo ha contado Alex? —le preguntó—. Porque eso se suponía que...

—Alex no me ha dicho nada —le aseguró Mollie—. No tenía por qué decirme nada, Ran. Me lo he imaginado.

—¿Cómo?

—Sabiendo cómo eres y viendo cómo te comportas con Sylvie y viendo que las cosas no cuadran como deberían cuadrar —le dijo, sonriendo—. ¿Por qué no le dices lo que sientes?

—Lo sabe —le respondió Ran—. Escucha, Mollie, te agradezco tu preocupación —le dijo—. Es posible que Sylvie haya estado enamorada de mí, pero eso ha cambiado. Ya ha dejado de ser una niña y se ha convertido en una persona adulta. Ha habido otros hombres en su vida, hombres que...

—¿Qué otros hombres? —le preguntó Mollie, continuando antes de que pudiera responder—. Tú eres el único hombre con el que ha estado Sylvie, el único al que ha querido.

—Eso no es verdad —negó Ran, pero Mollie vio cómo cambiaba de color—. Wayne y ella eran novios y ahora está saliendo con Lloyd.

—No —respondió Mollie—. Wayne y Sylvie nunca fueron amantes. Eso fue lo que me dijo en aquel momento y eso es lo que también me ha dicho ahora.

—¿Cuándo te lo ha dicho? —le preguntó Ran—. Aunque a mí me daría igual que hubiera habido otros hombres en su vida, porque yo sentiría lo mismo por ella. Pero no quiero imponerle mi amor. Porque ella quiere a Lloyd.

—Lo quiere, pero como amigo.

—No dirías eso si la hubieras oído hablar por teléfono con él, como yo la oí. Casi le imploró que fuera a verla...

Mollie suspiró hondo. Antes de haber decidido ir a hablar con Ran, se había impuesto a sí misma ciertas limitaciones, ciertas confidencias que no estaba dispuesta a revelar, pero se dio cuenta de que tendría que romper su palabra.

–Le suplicó que fuera a verla, porque quiere dejar de trabajar en el proyecto de Haverton Hall –le dijo Mollie–. Tiene miedo de lo que siente por ti. Me lo ha contado ella. Me ha dicho que no puede hacer bien su trabajo, porque solo piensa en ti. Le va a pedir a Lloyd que le permita trabajar en otra cosa, en otro sitio lejos de ti. Si la quieres, tendrás que hacer algo.

–Yo vi la forma en que reaccionó cuando Lloyd se fue a Londres con Vicky.

–Lloyd nunca ha sido su novio, Ran –le aseguró Mollie–. Lo quiere solo como amigo, pero, si no me crees, piensa en esto: ¿Por qué una mujer que ha pasado muchos años sin tener relaciones iba a acostarse con un hombre que cree que no la quiere? ¿Por qué iba a hacerlo a no ser que lo ame? Ah, por cierto –continuó diciéndole Mollie–. Ayer por la noche me llamó por teléfono, y me ha dicho que Lloyd la ha autorizado a irse de Haverton Hall cuando quiera. De hecho, ha reservado un vuelo para mañana. Las mujeres necesitamos que nos digan que nos aman.

–¿Qué le pasa a Ran? –le preguntó Alex a Mollie, media hora más tarde, cuando estaban en el salón–. Me he cruzado con él y me ha dicho que se iba a Haverton, que tenía mucha prisa.

–¿Sí?

–Mollie... –le dijo Alex–. ¿Qué le has dicho?

–Oh... –se puso la mano en la boca, se levantó y se fue hacia el cuarto de baño.

Le había dado otro mareo, pensó Alex. Pobre Mollie.

Había hecho ya las maletas y le había dejado una nota a Ran, explicándole que otra persona se iba a encargar de aquel trabajo. Tan solo tenía que alquilar un coche e irse al aeropuerto. Pero, sin embargo, le estaba costando mucho irse de allí.

Subió al piso de arriba, se paró y se detuvo en la habitación de Ran. Tenía la casa para ella sola. Era el día libre de la señora Elliott. La habitación estaba como ella la recordaba la única vez que había estado allí. Se fue hacia la cama y acarició la parte de la almohada donde Ran había descansado su cabeza.

Las lágrimas le arrasaron los ojos. Se dirigió de nuevo hacia la puerta y salió.

Una vez fuera de la casa, sintió el aire caliente en su cara. Se dio la vuelta y miró la casa. Haverton era una mansión. Aquel sitio era un hogar. Tocó los ladrillos, antes de dirigirse hacia el coche que había alquilado. Había reservado habitación en un hotel de Londres, para poder marcharse en el avión que salía para Nueva York por la mañana. Había llegado el momento de marcharse.

Durante todo el camino, Ran se repetía que lo que estaba haciendo era una tontería, que Mollie estaba equivocada.

–Si Sylvie me quisiera, me lo habría dicho –le había argumentado a Mollie.

–A menos que piense que tú no la quieres –le había respondido Mollie.

¿De verdad podía pensar eso? La noche que había estado con ella, de forma indirecta, le había manifestado sus sentimientos por ella.

Vio el Discovery, antes de verla a ella. El corazón le dio un vuelco. Todavía no se había marchado. Después, la vio a ella.

Iba vestida con un traje pantalón y llevaba en la mano un maletín. Apretó el acelerador.

Ran iba a tanta velocidad que al principio Sylvie no distinguió el coche, ni tampoco al que lo conducía, pero de forma instintiva se dio cuenta de que era Ran. Su primer impulso fue huir, antes de que la viera. Pero no le dio tiempo, porque mientras ella estaba intentando abrir la puerta de su Discovery, Ran había colocado el coche frente a ella, bloqueándole la salida. Salió del coche y se dirigió hacia ella.

–Ran... me iba... Yo...

–¿Por qué?

–¿Por qué?

–¿Por qué te marchas, Sylvie? ¿Es por Lloyd? ¿Es porque no puedes soportar estar alejada de él?

–¡No! –exclamó–. Lloyd no es mi amante.

–¿Entonces por qué te enfadaste tanto cuando se fue con Vicky a Londres? –le preguntó Ran.

–Yo... ella... Era evidente lo que pretendía y tú la defendiste, la animaste incluso a que flirteara...

–Quería que se llevara a Lloyd para que te dieras cuenta de que no se merece una mujer como tú –le confesó Ran.

Sylvie se quedó mirándolo fijamente. El sol le estaba cayendo de plano sobre la cabeza. Esa debía de ser la razón por la que se sintió tan rara. No podía haber otra explicación. La mirada que había visto en los ojos de Ran, seguro que eran imaginaciones suyas.

–Es imposible que creas que Lloyd y yo somos amantes –le dijo ella–. Es amigo mío. Lo quiero, pero como amigo, pero... –se mojó los labios con la punta de la lengua.

–No hagas eso, Sylvie –le ordenó, agarrándola de la mano, antes de que ella pudiera reaccionar, llevándosela a una parte del jardín que ella todavía no había visto.

Era un rincón apartado, plantado de rosas, tantas que su aroma casi se le subió a Sylvie a la cabeza.

–Mi tío abuelo plantó estos rosales, en memoria de la mujer que amaba. Ella murió de neumonía antes de que se casaran y este jardín y sus recuerdos fue todo lo que le quedó de ella. A mí no me gustaría tener de ti solo recuerdos, Sylvie.

Yo te quiero –le confesó–. Siempre te he querido y siempre te querré. No te lo he dicho antes, porque primero, eras muy joven, luego estabas con Wayne y luego...

–¿De verdad me quieres? –Sylvie lo miró con gesto de incredulidad–. Pero si la otra noche me dijiste que no me querías, que no podías... –le recordó–. Me dijiste que sabías lo doloroso que era para mí amarte, sin ser correspondida...

–No –la corrigió él–. Lo que estaba intentando decirte era lo doloroso que era para mí amarte, sabiendo que tú no me amabas.

Se quedaron mirándose el uno al otro, en silencio. Sylvie parecía tener miedo de creerse lo que estaba oyendo. Estiró la mano y le tocó la piel.

–¿De verdad que me quieres, Ran? Me da miedo creérmelo, por si... –apretó los labios, para evitar que le temblaran.

–Dios mío, Sylvie. Yo me enamoré de ti cuando tenías dieciséis años, cuando no era correcto tener ningún sentimiento por ti. Yo seguía enamorado de ti, cuando tenías diecisiete años, hasta el punto de que casi pierdo la cabeza, cuando te ofreciste, de forma tan inocente. Estaba enamorado de ti cuanto tenías diecinueve años y me restregaste por la cara tu virginidad, dándome tu cuerpo, pero negándome tu amor.

–Yo pensé que me odiabas –susurró Sylvie–. Te enfadaste mucho conmigo cuando fui a Otel Place con Wayne y los otros.

–Eran celos –le respondió Ran–. No te puedes imaginar cuánto deseaba tenerte a mi lado en la cama...

–¿Por qué no me invitaste? Tenías que saber que te quería –le dijo Sylvie.

–No, no lo sabía. Sabía que yo te gustaba, pero, cuando te vi con Wayne, y me dijiste que lo querías a él...

–Porque me sentí rechazada. Una tiene su orgullo, ¿sabes? –le respondió Sylvie–. De hecho, me habías rechazado muchas veces antes...

—Por tu bien —la interrumpió Ran—. Como tu madre se encargó de dejarme muy claro, yo no podía ofrecerte nada.

—¿Nada? —protestó Sylvie, con los ojos brillando de las lágrimas retenidas—. Eras todo para mí y todavía lo eres.

Ran la abrazó y la besó mientras los pétalos de las rosas les caían en la cabeza.

—Esto es como confeti —comentó Ran, cuando apartó la boca de ella—. La tradición es que nos casemos en la capilla privada de Haverton Hall, pero se está restaurando y yo no puedo esperar más tiempo —la volvió a besar—. A lo mejor podemos bautizar allí a nuestro primer hijo.

Sylvie abrió mucho los ojos.

—¿Tú también te has dado cuenta...?

—Sí —reconoció Ran—. ¿Cómo hemos podido estar tan ciegos, Sylvie? Lo que empezamos esa noche, lo que creamos solo podía venir de un amor mutuo.

—Es verdad —admitió Sylvie—. Casi ni me lo puedo creer —añadió, quitándose los pétalos blancos del brazo—. Hace una hora pensaba que no te iba a ver nunca más y ahora... ¿Qué te ha hecho cambiar de opinión?

—Mollie habló conmigo y me hizo reflexionar...

—¿Mollie? Pues no me dijo nada, cuando me llamó... —le dijo Sylvie indignada, pero prefirió no seguir por ese camino—. Oh, Ran —susurró—. Cuando pienso que he estado a punto de perderte...

—No creo —le respondió él.

—No sé lo que Lloyd va a decir, cuando le diga que he cambiado de opinión y que me quiero quedar en Haverton...

—Para siempre —dijo Ran.

—Para siempre —respondió Sylvie.

—Vamos dentro —dijo Ran—. Quiero abrazarte y hacer el amor contigo para que sepas lo mucho que te quiero y que te necesito.

Diez minutos más tarde, con ella en sus brazos, Sylvie le dijo con voz grave:

—Todos estos años me he sentido muy sola.

—¿Crees que para mí ha sido distinto? –replicó Ran.

—Pero tú eres un hombre –protestó ella–. Siempre has estado rodeado de esas amigas tuyas...

—Amigas –respondió Ran–, pero no amantes. En mi juventud, tuve alguna aventura, pero hacía mucho tiempo que no me acostaba con nadie. No es tan distinto para un hombre, Sylvie, y menos cuando se ama a una mujer de la forma en que yo te amo a ti. Quizá esa sea la razón por la que... ¿va a ser un niño o una niña?

—No lo sé –respondió Sylvie–. Lo único que sé es que lo que venga será el resultado de nuestro amor.

—Tendremos que casarnos lo más rápidamente posible y a tu madre no le va a gustar...

—Me gustaría casarme en Otel Place –comentó Sylvie–. Donde nos conocimos. Por cierto, me gusta mucho esta habitación, Ran. Refleja mucho tu personalidad.

—¿De verdad? Me alegra que me lo digas, porque la vas a ver con bastante frecuencia –le respondió Ran, antes de empezar a besarla de nuevo.

Se casaron cinco semanas más tarde, en Otel Place. A la ceremonia solo asistieron los familiares más cercanos. Lloyd también acudió. Sylvie llevaba un precioso vestido de color crema y oro.

—El blanco nunca me ha sentado bien –le dijo Sylvie a Mollie–. No es lo más indicado, en mis circunstancias.

—Tienes razón –respondió Mollie–. Lo que me sorprende es que te haya dejado salir de su cama para casarte con él.

Sylvie se echó a reír.

—¿Qué te hace pensar que él me tiene retenida? Yo estoy enamorada de él, Mollie –añadió, muy seria–. Y gracias a ti, estamos juntos.

—Pues no me lo agradezcas poniéndole a lo que llevas dentro mi nombre —le advirtió Mollie.

Sylvie la miró con cara de sorpresa.

—¿Cómo lo has sabido?

—Me fijé en el color de cara que tenías la otra mañana —le respondió Mollie—. Además... digamos que por la forma de mirarte de Ran. Te quiere mucho, Sylvie.

Sylvie miró, de forma involuntaria, a su esposo. Era la persona que más quería en este mundo. Estaba hablando con Alex. Se fue a su lado y agarrándole del brazo, le dijo:

—Vámonos a casa, Ran...

—Haverton es el sitio que más me gusta, de todos los que tenemos —le confesó Lloyd a Sylvie mientras estaban en la antecámara de la pequeña capilla familiar, donde habían bautizado al hijo de Sylvie y Ran. Lloyd había sido el padrino.

—Siempre dices lo mismo de cada sitio nuevo que compras —se burló Sylvie.

—No, Haverton es especial —insistió él—. Has hecho un buen trabajo, Sylvie. ¿Estás segura de que no te puedo convencer para que vuelvas a trabajar en la empresa? Hay un palacio que he visto en España...

—No —le respondió, riéndose—. Tengo otro proyecto del que ocuparme —le recordó, mirando a su hijo, que estaba en brazos de su padre.

El trabajo en Haverton había terminado justo a tiempo para bautizar a Rory. La inauguración de la casa estaba prevista para final de mes.

Ran no la había presionado mucho. Era ella la que quería estar con Rory y con Ran. A lo mejor, al cabo de unos años, volvía otra vez a trabajar. Aunque lo dudaba. Se había quedado encargada de los cuidados de Haverton y de los terrenos.

Antes incluso de inaugurar aquella casa, tenía toda una lista de peticiones para celebrar en ella bodas, fiestas y conferencias. Solo alquilándola para ese tipo de acontecimientos iban a tener suficiente para los gastos de mantenimiento.

–Aunque te hubieras marchado de mi lado –le había dicho Ran la noche anterior–, tarde o temprano habría visto a Rory y habría sabido que era mío.

–¿Y qué habrías hecho? –le preguntó Sylvie.

–Pues habría intentado que tanto tú como él formarais parte de mi vida.

–¿Solo porque es hijo tuyo?

–Porque eres la mujer a la que amo –la corrigió Ran.

A veces, incluso en esos momentos, no se podía creer la suerte que había tenido. Vivir en la rectoría era como parte de un sueño de la infancia. Aquella casa era el reflejo de la casa que ella había soñado. Miró a Ran.

Si la rectoría había sido su casa soñada, Ran era el hombre con el que había soñado siempre.

Ran lo era todo en su vida. Sin él... Sin él, el suelo de la cocina nunca se habría manchado de barro, que fue lo que sucedió cuando él, días atrás, había entrado muy contento, diciéndole que habían pillado a los furtivos que estaban buscando.

Sylvie sonrió. Rory había cumplido seis meses y sospechaba que, mucho antes de que cumpliera dos años, tendría un hermanito o hermanita.

–¿De qué te ríes? –le preguntó Ran cuando se acercó a ella, para darle un beso en la boca.

–¿Te acuerdas de los árboles que plantamos en Haverton, con motivo del nacimiento de Rory?

–Mmm...

–¿Te acuerdas que dijiste que plantaríamos más cuando naciera nuestro segundo hijo?

–Mmm...

–Pues creo que tendremos que hacerlo pronto...

–Sylvie –le dijo Ran, cuando ella se dio la vuelta, para hablar con otra persona–. Eso me lo tendrás que contar después –le susurró al oído. Mientras ella respondía a una de las preguntas que le estaba haciendo una de sus tías, Ran inclinó la cabeza y le dijo a su hijo–: Tendrás que hacerte a la idea de ser el hermano mayor, Rory.

UNA NOCHE ESPECIAL

PENNY JORDAN

Capítulo 1

–Georgia... bien... Siento que hayamos tenido que avisarte en tu día libre, pero tenemos una cierta emergencia.

La sonrisa de Georgia Evans se convirtió en un fruncimiento de ceño al ver la preocupación asomar a los ojos del compañero de la consulta donde trabajaba desde que se había licenciado seis meses antes.

–No iba a hacer nada especial –respondió, recordando con culpabilidad las paredes a medio pintar de su apartamento que había abandonado con gusto en cuanto había recibido la llamada telefónica de la consulta–. ¿Qué es...?

Adelantándose a su pregunta, Philip Ross le respondió con rapidez:

–Es la yegua de la granja Barton; está de parto ahora mismo y está teniendo complicaciones. Gary se encuentra con ella, pero sospecho que al final tendremos que operar. Yo voy a reunirme con él enseguida. Jenny se encargará de mis operaciones de la mañana y Helen se encargará de la consulta de Gary, lo que te deja a ti para las urgencias y, si pudieras encargarte de las clases de entrenamiento canino también...

Mientras hablaba, Philip ya estaba saliendo de la habitación y, consciente de la gravedad, Georgia no quiso retrasarlo con más preguntas.

En cuanto se fue, ella entró en la oficina principal y área de recepción de la consulta.

Aunque todas las mascotas pequeñas a las que se iba a operar ya habían sido llevadas a casa por sus dueños, la clínica principal no había empezado todavía y Georgia pudo prepararse una taza de café y examinar el correo mientras discutía lo que había pasado con los otros compañeros más veteranos.

–Espero que no haya urgencias –le confió a Jenny–. No estoy segura...

–Si yo fuera tú, me preocuparía más por las clases de entrenamiento que por las urgencias –le advirtió Jenny–. Ben vendrá hoy.

–¿Ben? ¿El de la señora Latham? –preguntó Georgia con un gemido.

Jenny asintió con la cabeza.

–¡Oh, no!

El perro de la señora Latham era un setter inglés. Un precioso perro sin un gramo de agresividad, pero por desgracia muy inquieto. Para poner las cosas peor, era un perro rescatado y la señora Latham era su segunda propietaria. Ben había sido rescatado de acabar en la perrera municipal gracias a la decisión de la mujer de acogerlo en su casa y Georgia recordaba muy bien el primer día que lo había visto.

Ella llevaba trabajando en la clínica menos de un mes cuando había sido asaltada por una joven que había aparecido con Ben, que entonces tenía poco más de un año y ya estaba físicamente maduro. Era un perro adorable, bonito y encantador, pero su propietaria se había quejado de tener que ocuparse de su anciano padre, un marido cuyo trabajo lo tenía fuera de casa varios días por semana y dos niños a los que cuidar. Simplemente no podía encargarse de un perro tan grande y enérgico.

Al mirar a los ansiosos ojos de la mujer y a los confiados del animal, a Georgia se le había hundido el alma. Por la salud, juventud y pedigrí del animal, debía de haber costado bastante dinero, pero la mujer estaba asegurando a la defensiva que no podía quedárselo.

Había sido en aquel momento cuando había entrado en la consulta la señora Latham y a Georgia se le había hundido más el alma.

La señora Latham era la dueña de un travieso gato callejero al que había adoptado cuando sus vecinos se habían mudado de casa. Ginger se había aprovechado con cinismo del tierno corazón de la señora Latham y de las delicadas raciones de carne y pescado con que lo alimentaba y se había trasladado encantado al número uno de Ormond Gardens. Pero Ginger era un guerrero independiente de corazón y sus aventuras nocturnas con otros gatos de la vecindad lo llevaban de visita a la clínica de forma habitual.

Después de asegurarle a la señora Latham que se estaba recobrando muy bien de la pequeña operación en que le habían cosido una oreja rasgada, mientras Georgia iba a buscar a Ginger, había dejado a la señora Latham en la sala de espera con la propietaria de Ben y a su regreso la mujer le había anunciado expectante que era la nueva dueña de Ben.

Georgia había intentado disuadirla en vano señalando los problemas con los que iba a enfrentarse con un perro tan grande en su pequeña casa en el pueblo. Sin embargo, la señora Latham se había mostrado inesperadamente resistente a cualquier argumento. Ben era suyo ya.

Así que Ben se había ido a vivir con la señora Latham y Ginger, y todo el mundo en la consulta afirmaba que no debía haber un par de mascotas más mimadas.

Y Ben, a pesar de todos los intentos de la señora Latham por educarlo, seguía organizando líos en las clases semanales de adiestramiento para dueños que organizaba la clínica.

—El problema es que la señora Latham no consigue imponerse y enseñarle a Ben quién es el dueño —se había quejado Jenny con amargura después de que Ben le saboteara por completo la clase.

–Es un perro encantador, pero necesita una mano firme. Como buen setter de raza, es muy inquieto durante los dos primeros años. Necesitan espacio y ejercicio y un propietario que sepa dominarlos. La señora Latham lo quiere, pero tiene sesenta y dos años y, antes de la aparición de Ben en su vida, vivía para sus sesiones semanales de bridge.

Helen se había reído.

–¿Te ha contado la vez en que Ben estaba tan tranquilo bajo la mesa y cuando se levantó como una tromba lanzó todas las cartas por los aires? Ahora no lo dejan asistir a las sesiones de juego.

–Es una pena, porque es un perro adorable.

–Cuéntamelo cuando le hayas dado una clase –le había advertido Helen.

–Ya se la he dado y sé lo que quieres decir, pero no tiene malicia; es solo...

–No es el perro apropiado para el estilo de vida de una mujer como la señora Latham.

Eso era verdad. La señora Latham vivía en el centro del pequeño pueblo que, aunque era tranquilo y estaba rodeado de granjas, no era el sitio adecuado para un perro que necesitaba largos paseos por el campo y quizá un dueño más enérgico.

De forma previsible, la antigua propietaria había sido imposible de localizar y en la clínica no tenían su ficha.

Todos habían intentado sugerir a la señora Latham que debía buscar otro dueño, pero ella se había negado de manera rotunda.

–Ya lo han abandonado una vez –le había dicho a Helen con firmeza–. Pobrecito, ha sido tan traumático para él. Fíjate, la primera vez que llegó a casa estaba tan asustado que insistió en sentarse en el sofá a mi lado. Es tan dulce...

Helen había parpadeado al relatar aquella historia de manipulación canina.

–¡Tan dulce! –se había reído–. Ese perro sabe cuándo tiene algo bueno. Vaya si está consentido.

Sonriendo para sí misma al recordarlo, Georgia había recogido su correo.

Una joven baja y delicada, con rizos pelirrojos y enormes ojos de color azul violáceo y rasgos finos, Georgia había querido ser veterinaria desde que tenía memoria.

Conseguir aquel trabajo en una clínica tan prestigiosa y a dos horas de la casa de sus padres había sido el trabajo ideal y pronto se había instalado en su pequeño apartamento y había empezado a hacer amistades entre sus colegas.

No había ningún hombre en su vida; los años que había pasado estudiando no le habían dejado tiempo para una relación permanente. Tenía buenos amigos, sin embargo, y le gustaba salir. Últimamente deseaba conocer a alguien «especial», enamorarse, comprometerse y formar una familia, pero no tenía prisa. Su cálida personalidad y cuerpo sensual conseguían que nunca anduviera escasa de admiradores, pero su carrera era su prioridad. Su hermano mayor a menudo bromeaba diciendo que menos mal que él ya tenía familia porque si no, sus padres tendrían que esperar mucho tiempo para tener nietos.

Por mucho que adorara su trabajo y a los animales, Georgia no tenía mascota propia debido a sus largas horas de trabajo, pero tenía asignadas las clases de los cachorros, un trabajo que adoraba.

La consulta llevaba muchos años establecida y había sido creada por el abuelo del actual propietario. Tenía la ventaja de tener un gran jardín en la parte trasera de una antigua casa eduardiana, que se había convertido en oficinas, quirófanos y consultas. Aparte de la gatera y perreras, la casa disponía de una buena sala de entrenamiento.

Agarrando su bolsa de premios y asegurándose de que tenía todo lo necesario, Georgia abrió la puerta y salió al pasaje que daba a la sala de entrenamiento.

Piers Hathersage puso una mueca de desagrado al mirar al asiento trasero de su coche, antes inmaculado y ahora cubierto de pelo de perro y de un montón de papeles rasgados de lo que antes era una revista.

–¡Perro malo! –masculló con disgusto.

Ben respondió ladrando con agudeza y alzando las patas traseras. Era un perro poderoso y Piers se preguntó por centésima vez en qué habría estado pensando su madrina cuando lo había adoptado.

Era cierto que era un perro muy bonito de pelo brillante y ojos chispeantes de humor inteligente y pícaro.

Piers había llegado a casa de su madrina la noche anterior para hacer una corta visita en el camino de vuelta a casa de sus padres, pero al descubrir que se había torcido un tobillo al tropezar con el perro y que su principal preocupación era la imposibilidad de llevarlo a sus clases semanales de entrenamiento, se había sentido obligado a hacerlo por ella.

–¡Oh, Piers! ¿Lo harías? –suspiró ella con evidente alivio–. ¿Has oído eso, Ben? El tío Piers te va a llevar a tus clases.

«¡Tío Piers!». Piers casi había apretado los dientes y había resistido la tentación de decir en alto lo que estaba pensando.

Cinco meses antes, cuando su madrina había acogido a Ben, sus padres le habían dicho lo preocupados que estaban por que hubiera aceptado un perro tan grande.

–¿Por qué diablos lo ha acogido? –había preguntado Piers frunciendo el ceño.

–Bueno, ha sido muy vaga al respecto –le había dicho su padre–. Sin embargo, parece que le llegó por medio de la clínica de veterinaria donde lleva a ese horrible gato.

Los padres de Piers eran un poco más jóvenes que Emily

Latham, y su amistad databa de cuando habían sido una pareja recién casada.

Diez años atrás, justo cuando Piers había regresado de un trabajo en el extranjero, el marido de Emily había muerto y al recordar todas las gentilezas que había tenido con él desde pequeño y la generosidad, el tiempo y el cariño que le había dedicado, Piers se había asegurado de visitarla con regularidad.

Emily y su marido no habían tenido niños y Piers sospechaba que por eso ella contemplaba a los niños y los animales con un sentimentalismo tan rosado.

Piers se había imaginado lo fácil que le habría resultado a cualquiera cargarla con un perro abandonado y después, por un comentario de su madrina, sabía que una joven veterinaria era la culpable de haberle presentado a Ben. Animar a una viuda de cierta edad a que adoptara a un perro tan inadecuado para ella era muy poco profesional para alguien supuestamente experto en animales. Pero a pesar de todos sus argumentos lógicos, Emily había permanecido inflexible: Ben era una de las víctimas de la vida, un pobre perro incomprendido que, muy lejos de necesitar una mano firme, necesitaba que lo trataran con ternura, amor e indulgencia.

Examinando el caos en que se había convertido el otrora impecable jardín de su madrina, Piers no había quedado convencido. Sin embargo, su visita a Emily había tenido dos motivos. Gracias a la creciente demanda de programas de su empresa de software, ahora estaba considerando aceptar proyectos más complejos y eso le había hecho considerar irse de la ciudad donde trabajaba y volver al pueblo donde se había criado, donde la propiedad era mucho más barata.

Se encontraba en la peligrosa edad de los treinta y siete años, no muy lejos de la frontera de los cuarenta, y ya prefería cambiar el ritmo rápido de la gran ciudad por algo más tranquilo. También estaba listo para cambiar la soltería por una vida más hogareña y acompañada. ¿Una mujer? ¿Hijos? No era que estuviera contra el matrimonio, pero quizá fuera demasiado exigente, porque hasta el momento, no había encontrado a la mujer adecuada.

Ahora, gracias a Ben y al tobillo de su madrina, había tenido que retrasar las citas que había fijado para ver varias propiedades por los alrededores.

–¿A cuántas clases ha ido? –le había preguntado a su madrina mientras ella forcejeaba con Ben, que no quería que le pusieran el collar.

–¡Oh, no estoy segura! Creo que es la tercera. Por supuesto, perdimos algunas clases al principio. Se disgustaba mucho porque había allí un perro que no le gustaba y la profesora sugirió que no fuera en unas pocas semanas. Estaba tan disgustado, el pobre perro, y realmente me dio pena que los otros perros se graduaran con buenas puntuaciones. Él parecía tan frustrado...

–¡Ya me imagino! –dijo Piers mirando sin pasión al causante de tantos problemas.

–Es un animal muy sensible –había insistido su madrina con gentileza–. Y tan listo. Siempre sabe cuándo va a sonar el teléfono y va a buscarme dondequiera que esté.

Piers, que había oído la triste historia de cómo el perro había mordido todo el cordón del teléfono, había ignorado su comentario sobre la inteligencia del can. Su madrina siempre había sido demasiado tierna.

Ahora, mientras ordenaba con dureza a Ben que se sentara, se volvió a investigar el caos de papel masticado esparcido por toda la parte trasera. Maldijo para sus adentros, porque la revista contenía un artículo que necesitaba leer de nuevo.

A juzgar por la variedad de coches del aparcamiento de la clínica, los propietarios de los animales debían de ser de lo más variopinto, pensó Piers al ver desde un brillante Mercedes a un baqueteado Land Rover, pasando por un bonito Citroen de color crema y rojo.

Tenía que admitir que su propio Jaguar, un deportivo que había comprado en un raro momento de impulsividad, había sido un puro capricho.

–¿Qué ha pasado con el coche práctico y cómodo que ibas a comprar? –le había preguntado Jason Sawyer con sequedad cuando lo había visto.

Jason era un hombre casado con cuatro hijos y, para su estilo de vida, solo podía contemplar coches familiares.

–No estoy muy seguro –había admitido Piers.

–Pues disfrútalo mientras puedas –le había dicho Jason–. Belinda me está insistiendo para que compremos una caravana. Dice que es lo ideal para irnos de vacaciones con los críos.

Mientras Piers se acercaba a la entrada de la clínica vio un cartel en una puerta con una flecha indicadora que decía:

Clases de entrenamiento por aquí.

Siguiendo la dirección de la flecha alrededor de un lateral del edificio, vio una serie de casitas exteriores que se habían reformado para una gran variedad de usos. Estaba claro cuál era la de las clases por el pequeño grupo que se arremolinaba junto a la puerta, rodeando a una joven pelirroja vestida con una camiseta blanca, que se amoldaba de forma sensual a sus senos suavemente redondeados, y unos vaqueros que envolvían unas nalgas igualmente jugosas.

«Muy sexy», fue el primer pensamiento de Piers. Y el segundo fue que no era de extrañar que la mayoría de los propietarios que rodeaban a la joven fueran varones.

Era evidente que era la profesora, pero Piers se mantuvo a distancia. Tenía la costumbre de evaluar a la gente con distancia y atención antes de involucrarse con nadie. Un poco de cautela no era malo, pero Ben parecía tener otras ideas. En un lapso de atención momentáneo, Ben buscó su oportunidad.

Georgia había visto a Ben y a su desconocido acompañante por el rabillo del ojo, pero había estado demasiado ocupada dando la bienvenida a los otros perros con pequeñas golosinas y suaves palabras como para prestar demasiada atención. Para sus adentros pensó que no había nada raro en la lentitud de sus reacciones, ni en la forma en que sus sentidos se iluminaron al registrar el masculino aspecto del acompañante de Ben. Era alto, de anchas espaldas y bien musculado a juzgar por la forma en que la camiseta ondeaba contra su torso por la brisa.

De pelo moreno y corto, y una expresión un poco sombría en sus ojos de color chocolate, tenía una mueca de firme determinación en los labios, pero por lo demás era muy atractivo y mucho más sexy con vaqueros y camiseta de lo que ningún hombre tenía derecho a estar salvo que fuera actor.

Ben, mientras tanto, había vislumbrado al ser humano responsable de su paradisíaca vida actual con la señora Latham, y en cuanto divisó a Georgia se deslizó la cabeza con facilidad del collar y se lanzó a la carrera hacia ella, tirándose contra su pecho y casi derrumbándola con la fuerza de su entusiasmo.

—Ben... abajo —le ordenó Georgia con firmeza.

Con la lengua colgante, Ben solo agitó el rabo.

—Ben —repitió Georgia—. Abajo.

Ben le lamió con amor el cuello.

—Doctora Dolitte, supongo —masculló Piers con sarcasmo mientras agarraba a Ben y lo arrancaba del regazo de ella sin contemplaciones, diciéndole con voz mortífera—: Siéntate.

Ben sabía cuándo debía usar un poco de diplomacia y obedeció restregándose contra Piers y mirándolo con adoración.

Sin hacer caso de su tierna actitud, Piers le volvió a sujetar el collar, esa vez más apretado.

Georgia sabía que era su momento de tomar el mando, pero por alguna razón su proceso de pensamiento parecía ralentizado. En lo único que podía concentrarse era en lo maravilloso y ancho que era el torso de aquel hombre y en lo tensos que estaban sus bíceps al sujetar con firmeza el collar de Ben.

—No sé quién será el responsable de haber cargado a mi madrina con este delincuente, pero si lo descubro alguna vez...

Así que aquel era el ahijado de la señora Latham. Recordándose con severidad que ella era una profesional entrenada y que debía dedicar su atención a sus pupilos caninos y no a aquel tipazo de hombre que excitaría las hormonas de cualquier mujer, Georgia metió la mano en la bolsa de las golosinas y le dio una a Ben.

—Buen chico, Ben. Siéntate.

—No... —empezó Piers con agudeza antes de callarse al ver al más obediente de los animales mirar a Georgia con ojos de adoración y comerse la golosina.

—Vamos todos —ordenó Georgia al pequeño grupo—. Vamos adentro a empezar.

Una vez dentro de la gran sala vacía, Piers pronto notó que mientras la mayoría de los demás perros obedecían con atención las instrucciones que Georgia les daba a los propietarios, Ben tenía un sentido de la disciplina propio.

Después de interrumpir la clase por quinta vez, mirando con picardía al pequeño collie que tenía al lado y levantándose a propósito para ir por su cola, Piers decidió que ya estaba harto.

No había duda al respecto: Ben era un maestro de la manipulación y, desde luego, no era el perro indicado para una mujer tan incapaz de disciplinar a nadie como su madrina.

A unos pasos de distancia, Georgia intentó concentrarse en lo que estaba haciendo. La inquietud de Ben se estaba contagiando al resto de la clase y pudo notar la expresión de sarcasmo de la mirada de Piers cuando los perros empezaron a perder la concentración gracias al sabotaje de Ben.

El problema de Ben no era que no fuera lo bastante inteligente, pensó Georgia; sino todo lo contrario. Era demasiado inteligente y vital para la vida tan tranquila que llevaba. Los setters eran perros de carrera y necesitaban montones de ejercicio y la misma dosis de mano firme.

La clase llegó a su final y, como era su costumbre, Georgia se acercó a despedir a cada perro antes de que sus dueños se los llevaran.

Ben se quedó hasta el final. No por otro motivo, se aseguró a sí misma, que por saber la causa de que la señora Latham no lo hubiera llevado ella misma.

—Mi madrina se ha torcido un tobillo —la informó Piers con cortesía después de que Georgia se presentara y le preguntara por Emily.

De cerca, Piers era todavía más excitante y masculino de lo que había imaginado. Los hombres serios y de mirada fría no eran normalmente su tipo. Georgia prefería el buen humor al atractivo a cualquier precio. Pero definitivamente algo le estaba causando aquellos leves estremecimientos de aprecio femenino y podía sentir una agitación anormal en su personalidad calmada y cerebral.

Sin embargo, estaba claro que Piers no estaba tan impresionado por ella como ella por él, aceptó Georgia con desgana al oírle decir con sequedad:

—Si lo de hoy es una prueba del éxito de sus clases de entrenamiento, no me extraña que Ben sea tan desobediente. ¿Tiene usted calificación profesional para hacer esto?

Georgia se indignó al instante.

—Soy una veterinaria perfectamente entrenada.

—Usted puede estar entrenada, pero desde luego Ben no lo está —la cortó con frialdad Piers—. Es demasiado para mi madrina y...

Mientras lo escuchaba, a Georgia se le cayó el alma a los pies. Tenía razón en lo que estaba diciendo, por supuesto, pero en su corta vida, Ben ya había tenido dos hogares y a pesar de resistirse a la instrucción, no había duda de que, a su manera, quería a la señora Latham. Dios sabía lo que le pasaría a Ben si su ahijado la convencía de que se separara del animal.

Cruzando los dedos mentalmente, Georgia intentó la persuasión:

–Los setters pueden ser al principio un poco salvajes, pero en cuanto lo superan se calman una barbaridad.

–Estoy seguro –dijo Piers entrecerrando los ojos al mirarla–, suponiendo que vivan en el entorno adecuado y, en mi opinión, la casa de una mujer sedentaria y mayor no es el apropiado para Ben.

–Pero ya ha cambiado de casa una vez –dijo Georgia con tono protector–. Es una experiencia traumática para un perro separarse de un dueño al que ha tomado cariño.

–De acuerdo. Sin embargo, coincidirá conmigo en que para mi madrina será una experiencia igualmente traumática que Ben intente tirar de ella y en vez de caerse y romperse el tobillo como esta vez, sea arrollado por un coche.

Georgia se mordió el labio. Tenía razón, pero ella tenía que defender a Ben.

–En cuanto Ben se acostumbre al collar y la traílla, eso no sucederá.

–¿Y si nunca se acostumbra?

Piers miró al perro con gravedad. Ben le sonrió y, entonces, al divisar por el rabillo del ojo a un gato que daba la vuelta a la esquina del edificio, se puso en pie y tiró con fuerza del collar olvidando que Piers lo había apretado más.

Piers lanzó una exclamación de irritación al pillarle el tirón por sorpresa y Georgia se adelantó por impulso para sujetarle el brazo y que no perdiera el equilibrio.

Después de aquello, Piers se dijo a sí mismo que fue la sensación de los suaves senos de Georgia contra su torso, el aroma de su limpio perfume y la suavidad de su pelo contra su brazo desnudo lo que le había hecho aflojar la traílla de Ben. Después de todo, Georgia era una mujer enormemente atractiva y la imagen de aquellos suaves senos bamboleantes al correr por la sala tras los perros era lo que había dejado una impresión en su cerebro... y en su cuerpo.

Mientras Ben corría tras el gato entre los gritos de Piers y Georgia para que volviera, fue Philip por fin el que lo detuvo al dar la vuelta el animal a la esquina y darse de bruces con él.

Corriendo para agarrar la traílla de Ben, Georgia se disculpó con su jefe.

—¿Cómo está la yegua?

—Bien. Ella y el potro están bien, aunque han estado al borde de la muerte ambos —Philip frunció el ceño al ver entonces a Piers—. ¿No eres Piers Hathersage? Tu cara me sonaba del colegio. ¿Qué haces últimamente?

Con discreción, Georgia se apartó para que charlaran mientras pensaba que le diría a Philip que convenciera a Piers para que contemplara a Ben de forma más benigna.

—No es un mal perro —le dijo a Helen más tarde al contarle lo que había pasado.

—No, malo no, pero tendrás que admitir que es demasiado para la señora Latham.

—Hum. Es una pena, sin embargo, porque está muy encariñada con él y él la quiere mucho.

—¡Vaya! ¿Te lo ha dicho él mismo? Creo que tú también eres demasiado blanda con él. ¿O es que alguien ha despertado tu interés?

Negándose a entrar al trapo, Georgia sacudió la cabeza y exclamó:

—¿Es ya tan tarde? Tengo que irme o llegaré tarde a la consulta de la tarde.

Capítulo 2

Cuando Piers llegó a casa de su madrina había tomado ya una decisión: el perro tendría que irse. Sin embargo, al entrar en la casa, se encontró a Emily en cierto estado de agitación. Su hermana la había llamado en ausencia de Piers para preguntarle si quería ocupar el lugar de una amiga que había tenido que cancelar un crucero por el Mediterráneo en el último minuto.

–Está todo pagado –le dijo a Piers–. Lo único que tendría que hacer es la maleta y tomar un tren hasta casa de Mary...

–Entonces, ¿qué es lo que te detiene? –preguntó su ahijado con una sonrisa.

Ella señaló a Ben.

–Simplemente no puedo dejarlo –dijo con solemnidad.

–Podrías dejarlo en una perrera.

Su madrina sacudió la cabeza al instante.

–¡Oh, no! Lo odiaría. ¿Quién iba a darle su chocolate por las noches? Y, además, no estaría cómodo. Le gusta dormir conmigo en mi habitación y...

Piers cerró los ojos. Aquello se estaba poniendo cada vez peor. No le extrañaba que aquel perro pensara que era el jefe.

–No podré. Tendré que llamar a Mary y decirle que no puedo ir –dijo Emily desilusionada.

Piers frunció el ceño y tomó una decisión inmediata. Él había planeado pasar unos días con su madrina para buscar una propiedad por los alrededores, pero nada le impedía quedarse más tiempo porque podía trabajar desde casa con su portátil y además... Miró al perro echado en la alfombra frente a la chimenea rodeado de juguetes medio mordisqueados.

Con su madrina fuera del camino, podría buscarle otro hogar al animal.

–Sí, puedes ir –dijo con firmeza–. Yo me quedaré con Ben.

–¿Durante tres semanas? ¡Oh, no podría pedirte que hicieras eso! –protestó Emily con un brillo de ilusión en los ojos.

–No me lo estás pidiendo. Me he ofrecido yo. Y, además, eso me dará más tiempo para buscar el sitio que necesito para vivir y trabajar.

–Bueno, si estás seguro...

–Estoy seguro. Vete a llamar a Mary.

Al dirigirse a la puerta, Emily se detuvo:

–¡Ah, casi me olvidaba! ¿Qué tal fue la clase de adiestramiento?

Piers hizo una mueca.

–No fue. De hecho, todo el asunto fue un fiasco. La joven entrenadora es muy agradable a la vista e igual de agradable con los perros. Siempre creí que el pelo rojo daba carácter a una mujer, pero...

–¿Pelirroja? Ah, debe de ser Georgia, la chica que se incorporó hace unos meses. De hecho, gracias a ella conseguí a Ben...

Piers se puso tenso.

–¿Gracias a ella? ¿Quieres decir que fue la responsable de... de...?

Se detuvo al oír el teléfono y ver a su madrina ir a contestar. No le extrañaba que aquella mujer hubiera defendido tanto a Ben. Menuda irresponsable...

Con irritación, recordó el caos en el que se había convertido la clase de la mañana. Philip debía de haber usado sus ojos en vez de su cerebro el día que había decidido contratarla. Desde luego era muy llamativa con aquella masa espesa de pelo rojo rizado que le enmarcaba la cara delicada y los lujuriosos ojos violáceos con un cuerpo tan jugoso que la boca se le hacía agua...

Piers frunció el ceño de forma abrupta ¡Eh, Piers! ¿Atraído por Georgia? Imposible... a él le gustaban las mujeres frías, intelectuales y morenas, altas, delgadas e independientes, que se estremecerían ante la idea de llenarse de pelos de un perro.

–Era Mary al teléfono –anunció contenta su madrina al volver a la habitación–. Le he dicho que después de todo podré aceptar la invitación –la cara se le nubló ligeramente–. ¿Estás seguro de que realmente quieres hacer esto, Piers? Ya sé que Ben puede ser muy trasto a veces, pero tiene un corazón de oro...

Se iluminó al mirar al perro, que la siguió a la habitación y la miró con adoración.

Ben se rascó tras la oreja con vigor haciendo que Emily le dirigiera a Piers una mirada de horror.

–¡Oh, Piers! No habrá pillado algo, ¿verdad?

–Si lo ha pillado, estoy seguro de que su amiga la veterinaria quedará encantada de aliviarlo –le aseguró Piers con gesto sombrío.

–¡Oh, querido! Será mejor que la llame y después debo hacer las maletas y tú necesitarás comida y...

–Yo la llamaré entonces... por la mañana. Tú vete a hacer el equipaje sin demora y en cuanto a la comida, ya me la compraré yo mañana. Esta noche te invito a cenar fuera.

–¡Oh, no! No podemos hacer eso –protestó su madrina–. No en mi última noche. No sería justo para Ben.

–No, por supuesto que no. No estaba pensando en él –exclamó con sorna Piers–. ¡Perdóname, Ben!

–Podríamos encargar una pizza –sugirió Emily–. A Ben le encanta, ¿verdad, Benny? La que más le gusta es la de anchoas.

Piers cerró los ojos derrotado mientras Ben agitaba la cola con frenesí.

—Gracias por encargarte de los casos de esta tarde —le dijo Philip a Georgia al verla salir del segundo quirófano—. Ah, de paso, ¿podría tener unas palabras contigo antes de que te vayas?

A pesar de la sonrisa de Philip, Georgia sintió una leve tensión. Sin embargo, los casos de la tarde habían resultado bastante sencillos y todos habían respondido bien.

—¡Ah, Georgia!

Philip sonrió cuando ella asomó la cabeza por la puerta de su oficina unos minutos más tarde.

—Sí... pasa... —siguió diciendo—. Bueno, la buena noticia es que puedes tomarte tu día libre mañana, si te parece bien.

—Sí, gracias. Me vendrá bien.

—Siéntate —la invitó Philip indicando la silla frente a su escritorio—. Te agradezco que nos hayas echado una mano hoy y estoy seguro de que, como todos los demás, habrá aspectos de tu trabajo que prefieras a otros. Por ejemplo, yo siempre he preferido operar a animales grandes mientras que Helen, como sabes, prefiere a las pequeñas mascotas domésticas.

Georgia frunció el ceño preguntándose adónde querría llegar Philip.

—Tengo entendido que la clase de adiestramiento de esta mañana no ha sido precisamente un éxito.

A Georgia se le cayó el alma a los pies. ¿Se habría quejado alguien?

—Ha habido un par de problemas esta mañana —admitió apresurada—. Ben...

—Se requiere una personalidad fuerte para controlar a un grupo de animales hiperexcitados —continuó su jefe sin dejarla explicarse—. Lo sé. He visto tu currículum y sé que tienes unas calificaciones excelentes en entrenamiento intensivo, pero a veces la práctica es más difícil que la teoría.

–Alguien se ha quejado –murmuró Georgia sin poder evitarlo–. Sé que las cosas se me escaparon de las manos un poco esta mañana, pero...

–¡Un poco! –Philip enarcó las cejas–. Según Piers, el perro está totalmente descontrolado.

–Piers...

A Georgia se le desbocó más el corazón. Debería habérselo imaginado.

–La razón por la que se salieron de control es porque él trajo a Ben.

–Ben –suspiró Philip–. Sí, me temo que Ben está resultando bastante problemático y no solo en las clases según Piers. Tengo entendido que ha sido la causa de que la señora Latham se haya torcido el tobillo hace poco, aunque por suerte no ha sido grave. Pero hasta el momento, para Piers, Ben está en período de prueba.

¿Era esa la forma de decirle que ella también lo estaba?, se preguntó Georgia un poco más tarde en el camino de vuelta a casa. Philip era un jefe amable y ella había creído encontrar el trabajo ideal, pero el suave sermón de esa tarde le hizo preguntarse si sus colegas estarían tan contentos con ella como ella con ellos.

La última indicación de Philip había sido que quizá debería pensar en tomar algún curso más de adiestramiento. Solo pensar que la culpa de todo no la tenía ni su jefe ni Ben, sino el portador del perro, la hizo contenerse y no responder que la que necesitaba el curso intensivo no era ella, sino Ben.

Era un perro inteligente y amistoso, pero estaba completamente malcriado por la señora Latham.

***

Con tres meses más hasta que pasara su período de prueba de nueve meses, Georgia empezó a temer que su trabajo no fuera tan seguro como había creído. Había otras consultas veterinarias, por supuesto, pero a ella le gustaba esa. Además, ¿qué iba a parecer su currículum vitae si no le daban el trabajo después de la prueba? No saldría muy bien parada. Nada bien.

Y todo por culpa de Piers Hathersage, pensó enfadada.

Al día siguiente, Georgia condujo hasta casa de la señora Latham, en el centro de la ciudad.

Era la última hora de la tarde y la temprana puesta de sol dibujaba suaves sombras anaranjadas sobre la piedra arenisca con que estaban construidas las casas.

Wrexford era un sitio encantador, de construcciones sólidas y con un mercado histórico muy establecido que era el orgullo de sus habitantes. El río Wrex, de donde la ciudad adoptaba el nombre, discurría virtualmente por el centro del pueblo y, aunque el tráfico cruzaba por varios puentes, el ayuntamiento había construido un precioso parque ribereño que era el centro de reunión y disfrute del pueblo.

La casa victoriana de la señora Latham tenía una preciosa terraza y estaba entre un grupo del mismo estilo. La calle no estaba abierta al tráfico, se había adoquinado como antiguamente y habían instalado réplicas de las antiguas farolas completadas con postes de cestos de flores colgantes. En la parte frontal de las casas, el adoquín acababa en un rectángulo de tierra que llegaba hasta el río con un viejo roble en el centro.

Los residentes y sus visitantes tenían permiso para aparcar frente al río y allí dejó Georgia el coche. El agua siempre la había fascinado y el río Wrex era particularmente atractivo, sobre todo allí, en el centro de la ciudad, donde las leyes de conservación permitían una abundante vida salvaje. De hecho, en su primer mes de trabajo, alguien había llevado una nutria con una pezuña dañada que había encontrado prácticamente en el camino del río. Gracias a una pequeña operación, la nutria había vuelto con éxito a su medio natural.

Corriente arriba del pueblo, en la parte que antiguamente había sido el molino de maíz, los edificios originales se habían convertido en atracción turística y el molino había sido restaurado y recuperado su gloria original. Era un sitio muy popular para ir de merienda y para los senderistas y gente a la que le gustara la naturaleza como a ella, que amaba el campo y se sentía afortunada de vivir y trabajar en un sitio como aquel.

Se sentía completamente en casa allí y hasta había tenido el sueño de poder algún día abrir su propia consulta.

Bajo la conservadora dirección de Philip la consulta tenía un cierto aire anticuado, así que Georgia había quedado encantada con el éxito que había conseguido su programa de visitas de mascotas a un geriátrico de la vecindad.

Las mascotas, elegidas con cuidado y acompañadas por sus dueños, acudían con regularidad para visitar a sus amigos humanos.

Un anciano, que siempre había tenido perros antes de llegar al geriátrico, había derramado lágrimas de emoción al ver al labrador de color chocolate que había ido a visitarlo.

–Es igual que mi Brownie –había murmurado con voz estrangulada al acariciarlo.

Georgia tenía varios programas más que quería implantar en cuanto tuviera la oportunidad. Pero con aquella marca negra sobre su expediente, gracias a Piers, ¿cómo podría hacerlo?

Era inútil, sin embargo, culpar a Ben o a la señora Latham. Incluso así, mantenía la esperanza de convencer a la mujer de que ella y Ben deberían acudir a un curso completo de adiestramiento en manos de algún experto en cambio de conducta de un animal en plan individual.

Al abrir la puerta del coche, Georgia caminó con resolución hacia la puerta de la señora Latham.

Piers estaba en la cocina bastante irritado cuando llamó Georgia. Había llevado a su madrina hasta la estación de tren más cercana y después había hecho algunas compras básicas. La dieta de una dama mayor, aunque no fuera totalmente vegetariana, no era la adecuada para un hombre de su corpulencia. Y no era que él no creyera en la comida natural, pero necesitaba más proteínas.

Había vuelto a la casa después de pasar por la inmobiliaria, donde le habían proporcionado doce direcciones prometedoras sintiéndose más que listo para el almuerzo a base de patatas nuevas, salmón escocés, verduras frescas y salsa holandesa que se había prometido a sí mismo.

La primera indicación de que tendría que retrasar aquel placer había surgido en cuanto había abierto la puerta principal y había descubierto el reguero de plumas flotando de forma inocente por todas las escaleras.

¡Plumas!

Las había mirado con el ceño fruncido cuando la brisa del aire del exterior las había agitado por los aires.

¿Plumas?

Una desagradable sospecha le había acentuado el ceño.

Dejando las bolsas de comida había llamado con ansiedad a Ben.

Silencio.

Piers había cerrado la puerta y había corrido al piso de arriba. La puerta de la habitación de su madrina estaba abierta y miró al interior con el corazón en un puño. Allí estaba Ben, profundamente dormido en la cama de su madrina rodeado de plumas y con una almohada desgarrada en el suelo.

Piers había inspirado con fuerza antes de decir con firmeza:

—¡Ben!

Dormido, el perro roncaba profundamente y arrugó el hocico cuando una pluma aterrizó con suavidad sobre él.

Piers lo examinó con disgusto. No creía que el perro estuviera dormido y para confirmárselo Ben entreabrió un ojo para cerrarlo al instante.

Piers se había puesto en acción, enfadado, acercándose a la cama y tirando con fiereza del collar de Ben sin contemplaciones.

Cuatro horas más tarde, después de haberse conformado con un sándwich para comer, haber recogido por fin las últimas plumas, paseado a Ben y contestado a la llamada ansiosa de su madrina para enterarse del estado de su perro, estaba a punto de sentarse a examinar con tranquilidad las propiedades que le había dado la inmobiliaria cuando alguien llamó a su puerta.

Con irritación, Piers salió hasta la puerta.

Ben se levantó al instante para seguirlo. En su experiencia, las visitas a la casa significaban una hora de entretenimiento y la atracción añadida de alguno de los postres dulces de la señora Latham y, si se portaba bien, hasta su taza especial de té. A Ben le gustaba el té.

Ladrando excitado y agitando con furia la cola, Ben fue a adelantar a Piers decidido a llegar a la puerta antes que él. Bueno, después de todo, él era el macho de la casa. Aquel tonto gato no contaba. Tenía su casa propia a varias manzanas y Ben sabía que solo acudía para recibir comida extra.

Pero, cuando fue a pasar por delante de Piers, este reaccionó al instante, le sujetó el collar y lo detuvo para arrastrarlo casi a la cocina donde le ordenó con firmeza:

—Quieto... Siéntate.

Desacostumbrado a aquel tratamiento, Ben solo se quedó hasta que Piers cruzó la cocina y cerró la puerta, y el sonido que lanzó Georgia al abrirle la puerta fue de preocupación al escuchar al perro aullar a pleno pulmón.

–¿Qué ha pasado? ¿Qué le pasa a Ben? ¿Qué le has hecho? –preguntó Georgia al instante dirigiendo la mirada con ansiedad hacia la puerta de la cocina, mientras los aullidos agonizantes subían de volumen.

–Yo no le he hecho nada. ¿Qué...?

–Sí, algo le has hecho. Le has hecho daño –insistió Georgia.

Ignorando a Piers, corrió a la puerta de la cocina y la abrió.

En cuanto la abrió, los ojos de Ben se iluminaron. ¡Un humano que lo entendía! Gimiendo lastimero, se echó en su cesta con los ojos entrecerrados y la respiración jadeante.

Mientras Piers miraba enfadado desde la puerta, Georgia se agachó al lado de Ben para examinarle el pulso.

Para su alivio, nada parecía mal y, entonces, justo cuando estaba esperando una explicación acerca de los aullidos del animal, Ben abrió un ojo y empezó a hociquear con ansia hacia el bolsillo donde ella guardaba las golosinas.

Por detrás de ella, Piers comentó con sorna:

–Parece que el diagnóstico se te da todavía peor que el adiestramiento. No le pasa nada.

–¿Dónde está la señora Latham? –preguntó Georgia sonrojada de vergüenza.

Piers tenía toda la razón. A Ben no le pasaba nada malo, pero no pensaba admitirlo.

–Me temo que no está aquí. Y seguirá fuera las próximas semanas; está pasando unas vacaciones muy merecidas con su hermana y mientras esté fuera haré yo de padre loco, por decirlo de alguna manera.

–¿Ha dejado a Ben contigo? ¿Vas a cuidarlo tú? –preguntó Georgia incapaz de ocultar sus sentimientos.

–No había muchas alternativas. Parece que las perreras no eran... adecuadas... para albergarlo.

Georgia se sonrojó un poco al ver la forma en que la estaba mirando Piers.

—¿Vas a quedarte aquí a cuidar a Ben? —repitió Georgia tragando saliva con tensión.

—Voy a quedarme aquí a cuidar a Ben, sí —afirmó sombrío Piers—. Y mientras esté aquí le buscaré una casa más apropiada.

—¡No! —protestó Georgia—. No puedes hacer eso. La señora Latham no se separaría nunca de él.

—Mi madrina está encariñada con este animal, en eso estoy de acuerdo. Pero eso no hace que su alianza sea adecuada. Muy al contrario.

—Ben no tiene la culpa de ser tan... tan... molesto. Si estuviera entrenado de forma adecuada...

—Si estuviera. Pero ese es el quid de la cuestión. Bajo mi punto de vista no está entrenado en absoluto.

—Los setters son muy inquietos de jóvenes, pero...

Georgia no tenía ni idea de por qué estaba defendiendo a Ben con tanto ardor. Después de todo, ella pensaba lo mismo, pero algo en la forma en que Ben la estaba mirando rodeado de sus juguetes, la conmovió de una forma inexplicable.

—Mira, entiendo que tengas un interés en que se quede aquí. Después de todo, fuiste tú la que se lo cargaste a mi madrina, ¿no?

Georgia lo miró a los ojos con sorpresa.

—No, yo...

—No te molestes en negarlo. Mi madrina me dijo que tú eras la responsable de que se lo hubiera quedado.

A Georgia se le cayó el alma a los pies. La señora Latham había mencionado en más de una ocasión cómo la larga ausencia de Georgia de la sala de espera había jugado una parte importante en que decidiera quedarse con Ben. Pero que Piers la acusara de haber tomado parte activa estaba muy lejos de la verdad. Pero tampoco iba a decírselo. Que pensara lo quisiera. ¿Por qué le iba a importar a ella?

Solo porque tuviera aquel cuerpo tan sexy que le acelerara el corazón, no quería decir que ella fuera tan tonta como para ignorar sus propios principios. Además, él no era realmente su tipo. Para nada. A ella le gustaban los hombres con cara honesta y abierta, caras con sonrisa abierta, hombres a los que les gustaran los animales y los comprendieran.

El tipo de hombres que a ella le gustaba hubiera entendido al instante que Ben era tan víctima de la situación como su dueña.

Georgia frunció el ceño al bajar la vista hacia Ben. No tenía dudas de que Piers cumpliría su amenaza de buscarle una nueva casa. ¿Y si no lo conseguía? Una horrible imagen mental de Ben arrastrado al quirófano para... Georgia tragó saliva. La consulta tenía la norma de no exterminar a perros saludables solo porque sus dueños no los quisieran. Pero había otras consultas... Los ojos se le empañaron en lágrimas y ladeó la cabeza apresurada para contenerlas. De ninguna manera pensaba permitir que le pasara algo así a Ben. No mientras ella estuviera allí.

—Lo único que Ben necesita es a alguien con la capacidad y paciencia de adiestrarlo. Es un perro muy tozudo, pero no tiene malicia.

—Alguien —Piers enarcó las cejas—. ¿Y tienes alguna idea de dónde puedo encontrar a esa joya?

Su tono dejaba claro que dudaba que ella fuera capaz.

—Es un perro muy inteligente —insistió ella—. Podría ser adiestrado.

—Pero no por ti aparentemente —murmuró con desdén Piers.

Georgia sintió que la cara le ardía. Cuando había terminado su curso de adiestramiento, su instructor le había dicho que había quedado impresionado por su capacidad de manejar a los perros.

—Pero podrías ser un poco más firme —había añadido.

—Si lo tuviera a diario, sí podría adiestrarlo —insistió Georgia.

Hubo un largo silencio y, entonces, para su consternación, Piers dijo con frialdad:

—Muy bien. Entonces demuéstralo. Tienes tres semanas para convencerme de que tienes razón.

«Tres semanas». Georgia tragó saliva con nerviosismo. ¿En qué diablos se había metido? ¿A qué se había comprometido? Había sitios y ella lo sabía, en que los perros pasaban dos semanas de adiestramiento intensivo, pero en régimen interno en la escuela y con adiestradores todo el día. De ninguna manera podría conseguir ella el mismo efecto con un par de sesiones a la semana durante tres semanas.

—No es tan fácil —protestó Georgia—. Para adiestrarlo de forma adecuada tendría que tenerlo viviendo conmigo y no me dejan tener perros en el apartamento.

—Admítelo. No puedes hacerlo —la retó Piers.

Los ojos de Georgia se oscurecieron hasta un color violeta por la fuerza de las emociones.

—Podría si viviera conmigo, pero eso no es posible —insistió.

—Quizá no, pero podrías venir tú a vivir aquí con él.

—¿Vivir con él?

—Mi madrina tiene otra habitación de invitados; estoy seguro de que no pondría ninguna objeción a que te mudaras aquí durante su ausencia.

—¿Mudarme aquí... contigo?

—No —corrigió con delicadeza Piers—. Te mudarías aquí para adiestrar a Ben. Si yo te invitara a vivir conmigo en cualquier parte, te prometo que no habría necesidad de habitación de invitados.

Con la cara escarlata de vergüenza, Georgia se levantó.

—No puedo moverme aquí —aseguró.

Entonces bajó la vista hacia Ben, que yacía pacífico a sus pies. Desde luego, un perro tan bonito y bondadoso no se merecía acabar en una perrera por mucho que tiranizara a su dueña.

–Lo haré –se escuchó decir antes de pensarlo más–. Me vendré aquí y te demostraré lo bien adiestrado que Ben puede llegar a estar.

La mirada de desdén de Piers la hizo tener más resolución para demostrárselo.

Mentalmente empezó a hacer planes. Por suerte, le debían unos días de vacaciones, lo que le dejaría más tiempo para Ben. Y la consulta estaba a poca distancia de la casa de la señora Latham, así que podría aprovechar también las horas del almuerzo aparte de sus horas libres. Tres semanas. Ya podía sentir la ansiedad en la boca del estómago.

–¿Estás cambiando de idea? –preguntó con sorna Piers.

–No –negó ella con firmeza–. Pero lo tendrás que hacer tú cuando Ben esté adiestrado.

–¡Yo no pondría la mano en el fuego! –le aconsejó con sequedad Piers.

Capítulo 3

–¿Que estás haciendo qué? –preguntó Helen asombrada al día siguiente cuando Georgia le contó lo que había pasado.
–No estoy haciendo. Ya lo he hecho –corrigió Georgia–. Me he trasladado a casa de la señora Latham ayer por la tarde.
–¿Así que estás viviendo con Piers? Hum... ¡Qué suerte! –bromeó Helen agitando los párpados de forma expresiva–. Si yo no quisiera tanto a David...
–¡No estoy viviendo con nadie! –la contradijo con seriedad Georgia–. Simplemente me quedo en la casa para poder adiestrar a Ben. De verdad que es un perro adorable, Helen, pero Piers está decidido a convencer a su madrina de que se deshaga de él. Será una relación estrictamente profesional.
–Solo espero que sepas lo que estás haciendo –la advirtió Helen–. Ya sabes lo importante que es para Philip la imagen de la clínica y tiende a ser un poco anticuado. No se lo tomará muy bien si fracasas, porque para él será mala reputación para el buen nombre de la clínica y aún más si Piers se lo pone como asunto profesional.
–Bueno, ya tengo una mancha en el expediente para Philip gracias a Piers –admitió Georgia–. Pero no puedo dejarle que se deshaga de Ben a sangre fría. Lo que me recuerda que tengo que pasar del almuerzo. Quiero volver a trabajar un poco con Ben. Esta mañana le di un largo paseo.

–¿De verdad? –Helen enarcó las cejas–. Bueno, pues eso ya es un logro. Según la señora Latham, odia llevar el collar y tira como un loco de la correa. Usaste la correa, ¿verdad? –preguntó cuando vio que Georgia apartaba la mirada.

–Era muy temprano por la mañana. No había nadie en el camino del río y conseguí que volviera mediante algunas golosinas –se defendió Georgia–. Necesita ese ejercicio, Helen. Ese es parte del problema. No desgasta suficiente energía.

–Hum... –fue todo lo que dijo Helen.

Piers tampoco pareció quedar impresionado con el hecho de que hubiera podido sacarlo sin la correa. Había sido una pena que lo encontrara en la cocina al volver y que él hubiera visto por la ventana que lo conseguía con golosinas.

–Creo que mi madrina ya probó esa treta en particular –comentó con sequedad Piers al ver que Ben solo daba unos cuantos pasos sin otra golosina–. Si esa es tu idea del adiestramiento, entonces...

–Necesitaba pasear –había sido la única protesta de Georgia antes de prepararle la comida al perro.

Cuando había vuelto el día anterior a la casa, Piers la había estado esperando y le había enseñado la encantadora habitación en el piso de arriba completada con su propio cuarto de baño.

–Yo estoy en la última planta, así que no nos tropezaremos mucho. Mañana, en cuanto te hayas instalado, te sugiero que hagas un horario que nos permita usar la cocina en privado, aunque la mayor parte de las tardes cenaré fuera.

Georgia no había dicho nada por el simple motivo de que había estado intentando asimilar con desesperación la punzada de decepción que le habían causado sus palabras. ¿Qué la estaba pasando? ¿Es que quería compartir sus comidas con él? Seguramente no después del antagonismo y hostilidad que le había demostrado.

Piers también había recalcado la razón por la que estaría viviendo en casa de su madrina al decir que, mientras trabajaba, no quería interrupciones.

–Ni soñaría con interrumpirte –empezó con rigidez Georgia.

Pero se quedó callada de la furia cuando él prosiguió como si no la hubiera oído:

–Naturalmente, no tengo deseos de inmiscuirme en tu... vida privada, pero basta decir que también pienso que eso lo deberías hacer en tu propia casa.

–Si estás sugiriendo que... que yo... –entonces se detuvo y asintió–. Da la casualidad de que no tengo el tipo de «vida privada» al que tú te refieres, pero, si hubiera alguien... especial en mi vida, te puedo asegurar que de ninguna manera querría verlo o estar con él a tu lado –se detuvo porque las palabras se le quebraron en la garganta–. Solo querría estar en completa intimidad con él.

¿Cómo se atrevía a sugerir que ella se dedicaría...? La mera idea...

Piers la observó con el ceño levemente fruncido. No había duda de su sinceridad o vehemencia igual que no la había en la fiera oleada de placer masculino que le produjo enterarse de que no había nadie en su vida y que su actitud dejara claro que debía de tener poca experiencia sexual. Quizá alguna relación de estudiante para perder la virginidad que la habría dejado con poca experiencia en la verdadera sensualidad.

Georgia se hubiera sentido humillada si le hubiera podido leer los pensamientos, sobre todo porque eran muy acertados. Perder la virginidad con un compañero de facultad le había parecido lo más apropiado. Le había gustado Mark, había confiado en él y hasta se había convencido a sí misma de que estaba enamorada de él. Pero su intimidad sexual con él la había dejado con la sensación de que ella debía de carecer de algo para haber encontrado la experiencia tan prosaica. Se habían separado de forma amistosa después de un año juntos y Georgia no tenía arrepentimientos por haber sido amantes, solo por su propio fracaso para experimentar el éxtasis al que parecían llegar los demás.

Piers le había dado su propia llave de la casa y las instrucciones que su madrina le había dado a él en cuanto a la rutina y cuidados de Ben.

–¿Que qué? –había exclamado Georgia asombrada.

–Tarta casera los lunes, pastel de crema los miércoles y chocolates los viernes. Ah, y le gusta tomarlo con una taza de té.

–Té. Bueno, a algunos perros les gusta.

Lo que no podía entender era cómo Ben conseguía mantener aquel aspecto tan saludable con una dieta tan poco sana y poco ejercicio, pero, cuando se lo había comentado a Piers, él solo había dicho sombrío:

–¡Ah, pero si sí hace mucho ejercicio! Casi todos los días, según mi madrina, consigue escaparse del jardín y suele tardar una hora en volver.

Lo que explicaba por qué habían instalado recientemente una valla de malla dura. Georgia le había recomendado una línea electrificada enterrada en conexión con el collar del perro, pero la señora Latham lo había considerado demasiado peligroso para el pobre animal.

Georgia había cerrado los ojos. ¡No había querido escuchar más!

Ahora miró su reloj. Era la hora de su almuerzo.

Ben la recibió con un fuerte ladrido tirándose al instante contra ella para lamerla con entusiasmo.

–Siéntate, Ben –le ordenó–. Siéntate.

Ben no le hizo ni caso. Conteniendo un suspiro, Georgia se fue a abrir la puerta trasera y Ben la siguió obediente.

–Siéntate, Ben –le ordenó de nuevo en cuanto estuvieron fuera.

Entonces, Ben la obedeció.

Sorprendida y encantada, Georgia lo alabó y le dio una golosina, pero él la apartó y, a una velocidad sorprendente, se lanzó a la carrera hacia el otro extremo del jardín.

–Paciencia y perseverancia –repitió Georgia con determinación por centésima vez media hora más tarde, cuando Ben, después de haber disfrutado del juego de corretear por todo el jardín mientras ella intentaba que se sentara, la miró a dos pasos de distancia con la lengua colgante y cara de diversión.

Georgia cerró los ojos e inspiró con fuerza antes de ordenar con firmeza.

–Siéntate, Ben. Siéntate.

Le agarró el collar con una mano y plantó la otra con fuerza en su espalda.

Ben era un perro fuerte y desde el principio quedó bien claro quién iba a ganar aquella batalla. Bueno, al menos Piers no estaba presente para contemplar el triunfo del animal sobre ella, pensó cuando Ben se cansó del juego y con un fuerte tirón la tiró al suelo.

Su descanso para el almuerzo se había acabado y no había hecho ningún progreso. Esa noche seguiría una táctica diferente, se prometió a sí misma mientras se metía en la cocina y se arreglaba un poco. Un largo paseo para quemar energía, seguido de un paseo pegado a los talones, y mientras lo tuviera sujeto con la correa intentaría que obedeciera la orden de sentarse.

–¿Qué tal te ha ido? –preguntó Helen en cuanto la vio en la clínica.

–No me hables...

–Hum... Bueno, te he buscado un par de libros de psicología animal. Quizá te sirvan de ayuda.

–Si Ben sigue comportándose como hoy, la que voy a necesitar al psicólogo voy a ser yo.

–Recuerda: perse...

–Perseverancia y paciencia, ya lo sé. Pero solo Ben las tiene las dos.

Antes de dejar el trabajo esa tarde, Georgia hizo las compras necesarias en la clínica; una cadena estranguladora corta para cambiarla por el collar de Ben y algunas golosinas más.

Como su sesión de adiestramiento con Ben le había dejado poco tiempo para almorzar, tenía un hambre canina. El día anterior había preparado chiles y estaba deseando comérselos con pan recién comprado. Sin embargo, lo primero que la asaltó al llegar a la casa fue el delicioso aroma de una comida recién cocinada. El estómago empezó a rugirle. Piers había vuelto antes que ella. Por algún motivo había esperado llegar antes que él y, además, ¿no había dicho que normalmente cenaba fuera?

Al abrir la puerta de la cocina, lo primero que vio fue la cesta vacía de Ben y después a Piers revolviendo algo en una cazuela.

–¿Qué has hecho con Ben? –preguntó con ansiedad.

–Lo he dejado fuera para terminar de preparar la cena.

–¿Qué? ¿Por qué...?

Georgia se detuvo cuando el estómago le protestó de nuevo con un retortijón tan fuerte que Piers debió de oírlo.

–¿No has almorzado? –preguntó él enarcando las cejas.

–Yo... no me dio tiempo. Estuve... adiestrando a Ben.

–¡Ah!

La mirada de Piers era de total ironía y Georgia sintió la cara ardiente.

–Sí, con bastante éxito, por cierto.

–Hum... Ya te vi –dijo Piers para su consternación.

–¿Que me viste? Pero no puede ser. Estabas fuera...

Piers sacudió la cabeza con calma.

–No... estaba arriba trabajando. Dime... ¿permite el manual que el perro te siente en el suelo o solo le estabas demostrando lo que querías que hiciera? –preguntó con sarcasmo.

Georgia apretó los dientes enfadada. No podía decir nada en ese momento. Que se burlara de ella si quería. Eso la instigaba más a demostrarle que se equivocaba.

—Mencionaste algo acerca de usar la cocina por turnos. Quizá cuando hayas terminado tu cena...

Georgia notó la forma en que la miró cuando enfatizó la palabra «tu», pero en vez de discutir, simplemente dijo:

—Creo que en esta ocasión facilitaría el asunto el que comiéramos juntos. Hay suficiente para los dos —Georgia iba a negarse, pero por alguna razón inexplicable, simplemente aceptó su oferta.

—Es pollo con salsa de vino blanco, patatas nuevas y ensalada. Pero si no te...

—Suena delicioso —le aseguró Georgia con rapidez.

Diez minutos más tarde, pudo confirmar que estaba tan delicioso como olía.

Ella tenía un buen apetito, algo muy raro en su sexo según la experiencia de Piers, y la observó disfrutar de la cena con una sensual inocencia. Todo en ella resplandecía de buena salud, desde el brillo de sus rizos al color melocotón de su piel. Desnuda, su cuerpo debía de ser firme y cálido, sus senos altos y plenos, sus caderas sobresaliendo sobre las femeninas curvas de sus muslos. ¿Serían los rizos que protegían su sexo tan pelirrojos como los de su cabeza? Piers comprendió con sobresalto el derrotero de sus pensamientos y se levantó de la mesa preguntando con tensión:

—¿Café?

Un poco insegura, Georgia asintió preguntándose qué habría hecho ella para causar aquel fiero fruncimiento en su ceño y por qué tenía que importarle.

—El pollo estaba delicioso. Gracias —dijo con formalidad al levantarse y llevar su plato al fregadero, aclararlo y meterlo en el lavavajillas—. Será mejor que lo deje entrar.

Piers no hizo ningún comentario, solo puso el agua caliente en la cafetera mientras esperaba que ella le abriera la puerta a Ben.

—¿Leche?

–Sí, por favor –empezó ella de espaldas al perro al darse la vuelta para contestar a Piers.

Su respuesta se transformó en un gemido cuando Ben se lanzó sobre ella haciéndola perder el equilibrio por completo.

Piers se dio la vuelta al oírla y al alargar la mano para ayudarla, Georgia se sujetó por instinto a sus brazos y su cabeza golpeó el sólido muro de su torso con la fuerza del entusiasmo de Ben.

Fue la forma en que Piers se había vuelto para sujetarla lo que ocasionó que ella acabara virtualmente contra él, su cuerpo tan apretado al duro de él que hubiera sido imposible deslizar una hoja de papel entre ellos. Eso era todo, se dijo Georgia con ansiedad. Igual que solo era para sujetarla por lo que tenía los brazos alrededor de su cuerpo casi como si la estuviera abrazando.

Pero su cuerpo parecía decidido a ver todas aquellas cosas bajo una luz completamente diferente. Era imposible creer que Piers la estuviera abrazando como un amante, pero su cuerpo reaccionaba a él como si lo fuera. Para su vergüenza, sintió que los pezones se le erizaban y una ardiente oleada turbadora le bañó con sensualidad toda la piel.

–¡Oh, gracias! –fue todo lo que consiguió decir al levantar la cabeza del torso de Piers para mirarlo a la cara.

Pero su mirada se detuvo traidora en su boca, que estaba curvada en una sonrisa y esa vez no de sarcasmo. ¡Y vaya sonrisa! Una oleada de placer le hizo sentirse mareada y aturdida por otras sensaciones que no se atrevía ni a nombrar.

–Georgia...

La voz de Piers pareció llegarle desde muy lejos, una aterciopelada gravedad que vibró en todo su cuerpo.

–Sí...

Sus labios se entreabrieron para decir algo, pero no lo consiguió pronunciar porque la boca de Piers estaba rozando con suavidad la suya. Fue una leve sugerencia de que podía convertirse en algo mucho más intenso e íntimo, pero su cuerpo reaccionó por instinto, el corazón se le desbocó y la respiración se le entrecortó mientras sus propios labios parecían colgar de forma provocativa de los de él.

Sabía por qué las mujeres victorianas caían en cuanto sus amantes las besaban, decidió mareada Georgia mientras miraba con asombro a Piers a través de los párpados entrecerrados.

–Hum...

¿Había salido aquel ronroneo de placer de su propia garganta? ¿Eran sus propios brazos los que estaban enroscados con fuerza alrededor de Piers? ¿Era realmente su cuerpo el que estaba reaccionando a él con todo el ardor, la expectación y pasión que se había muerto por sentir por Mark pero que nunca había experimentado?

Y, lo más importante de todo, ¿iba a seguir perdiendo el tiempo con elucubraciones mentales mientras la aguardaban cosas más placenteras? ¿Cuando la exploración cada vez más profunda de la boca de Piers le estaba descubriendo un nuevo mundo de sensualidad? Lentamente, sus labios acariciaron los de ella y aún más lentamente su lengua exploró su forma y suavidad. Una de sus manos la estaba sujetando por la base de la nuca, acariciando sus suaves rizos y abarcando la delicada línea de su barbilla. Su boca se separó un instante de sus labios para rozar la plenitud de su labio inferior con el pulgar.

Temblorosa, Georgia cerró los ojos por completo mientras sentía la respuesta de su cuerpo a lo que él le estaba haciendo. ¿Cómo podía un simple gesto, una caricia tan sencilla, ser capaz de hacerla sentirse así, de provocar aquel deseo? La boca de Piers había vuelto a reemplazar al dedo, su lengua tentando antes de entrar en una intimidad que la sacudió como una corriente eléctrica.

–¡Oh!

Con aquel suave grito de protesta, Georgia comprendió que Piers la estaba soltando.

—No deberías haber hecho eso —le dijo temblorosa sin pensar en lo que ella había hecho.

—No —masculló Piers mirándola con los ojos entrecerrados no solo a los labios, sino a los pezones erectos—. Quizá no lo hubiera hecho si tú no... me hubieras invitado. Ya sabes, hacen falta dos para...

—Yo no... —empezó ella. Se detuvo cuando Ben empezó a ladrar de impaciencia—. Tengo que darle un paseo —dijo con rigidez.

—Bueno, puede que yo esté fuera ya cuando vuelvas. Tengo que visitar un par de propiedades esta tarde. Lo que me recuerda que tendré que estar fuera todo el día de mañana.

—Bien, me alegro de oírlo —murmuró Georgia sombría en casi un susurro.

Pero él la oyó y le dijo con suavidad maliciosa:

—¿De verdad? Ese no era el mensaje que estaba recibiendo hace unos minutos. De hecho...

—Has sido tú el que me ha besado —se defendió Georgia al instante con ardor.

Piers se quedó silencioso bastante tiempo.

—Una mujer no tiene que iniciar el beso para hacer saber al hombre que lo desea y por la forma en que me mirabas...

Sin esperar a escuchar nada más, Georgia corrió a la puerta trasera llamando a Ben con suavidad.

Avergonzada comprendió que él tenía algo de razón. Ella había mirado sus labios con quizá demasiada intensidad, pero nunca se había imaginado que eso sería una provocación para que la besara. Ni por un solo instante. La idea nunca se le había pasado por la cabeza. ¿Por qué debería? Ellos eran antagonistas... estaban en posiciones contrapuestas: ella del lado de Ben y Piers contra él.

***

Por la ventana de la cocina, Piers observó a Georgia meter a Ben la correa reforzada y darle una palmada afectuosa cuando él obedeció.

Nunca conseguiría entrenar a aquel perro ni en tres meses, cuanto menos en tres semanas. Era demasiado blanda. Ben era un perro acostumbrado a hacer lo que le daba la gana y a dominar a su dueña y su territorio. Lo que Ben necesitaba era otra presencia masculina y más firme en su vida.

Casi distraído, Piers se fijó en la forma en que los vaqueros se amoldaban a las finas piernas de Georgia y a la suave curva de su trasero. La había sentido tan bien en sus brazos como se lo había imaginado, pero no tanto como podría ser tenerla desnuda en su cama. Su piel tenía el aroma de los melocotones y al besarla le había asaltado una poderosa oleada de deseo masculino de saborearla más, de despojarla de aquella camiseta y exponer la deliciosa plenitud de sus senos a su mirada... a sus manos... a su boca.

Decididamente aquella pujanza bajo su vientre era deseo de haber llevado las cosas más lejos, amenazando su control habitual. Cuando había subido antes a sus dependencias, en el primer tramo de escaleras había sentido su femenino aroma flotar en el aire, un olor provocativo que le había desatado las hormonas.

Y eso que ella no era siquiera su tipo. Aquel pelo pelirrojo, aquel cuerpo curvilíneo, aquella evidente inexperiencia y aquellos ojos violeta no eran para él. De ninguna manera... Y aunque lo hubieran sido, entre ellos se alzaba la barrera infranqueable de aquel perro idiota. La misma barrera que la había llevado a su vida... a sus brazos...

Vaciando la taza de café de Georgia ya fría, decidió que tampoco le apetecía tomárselo a él.

Después de paladear el néctar, el café no tenía ningún atractivo.

Capítulo 4

—¿Y bien? —le preguntó Helen a Georgia tres días después—. ¿Estás haciendo progresos con Ben?

—Alguno —contestó Georgia con cautela—. Definitivamente entiende las órdenes, pero que las obedezca es harina de otro costal. Anoche conseguí que paseara obediente con la correa y que se sentara.

—Suena bien. ¡Ah, yo también tengo buenas noticias que darte! El periódico local se ha enterado de tu programa de visitas al geriátrico y quieren hacerte una entrevista y sacar algunas fotos de los perros con sus propietarios. Philip cree que es buena publicidad para la clínica, así que escoge tú a los dueños y el periodista del *Community News* se pondrá en contacto directamente contigo.

Las cosas parecían estar mejorando, pensó Georgia poco más tarde cuando volvió a su nueva casa temporal y no encontró a Piers. De hecho, no lo había vuelto a ver después del embarazoso incidente y la había llamado desde la ciudad para decirle que no iba a poder regresar en un par de días.

Georgia se convenció de que la punzada y la profunda sensación de desilusión no tenía nada que ver con ello, sino con que se había saltado de nuevo la comida.

Aprovechó la oportunidad para concentrarse en las sesiones de entrenamiento de Ben dentro y fuera de la casa, mucho más fáciles de realizar sin la presencia crítica de Piers. Ben era un perro inteligente, tan inteligente como para escabullirse al piso de arriba la primera noche que se había quedado en la casa sola y esconderse bajo la cama de su dueña mientras Georgia inspeccionaba todo el jardín en su busca.

Gracias a que escuchó un sonido sordo en el piso de arriba, lo encontró echado en la cama de Emily y el ruido había sido causado al tirar la lámpara de la mesilla. Por suerte, la lámpara no se había roto, pero Ben se había resistido a que lo arrastrara a la cocina.

Cuando terminara el trabajo ese día pretendía sacar a Ben a dar un largo paseo a lo largo del río antes de volver a la casa para una sesión intensiva.

Habían tenido una semana ajetreada en la consulta, con una oleada de nuevos pacientes, cachorros sobre todo que necesitaban vacunas.

Para disgusto de Georgia, sin embargo, un anciano perro que había sido tratado de cáncer había desarrollado otro tumor y el dueño había decidido por el bien del animal darle el sueño eterno.

El viudo, que solo había aceptado al perro por la insistencia de su mujer, se había encariñado con el perro más de lo que nunca se hubiera podido imaginar.

—No tuvimos ningún hijo —le dijo a Georgia con tristeza—. Y Rex era realmente mi último contacto con mi esposa muerta. Éramos dos adolescentes cuando nos conocimos y estuvimos casados durante cincuenta y cuatro años. Han pasado dos años desde su muerte y todavía la echo de menos.

El tierno corazón de Georgia se conmovió, pero sabía que no se podía hacer nada por el perro.

Siempre era duro decirle a un dueño que iba a perder a su amada mascota, sobre todo porque siempre intentaban aceptarlo con coraje diciendo que el bien de su animal iba por delante de su deseo de prolongarle la vida.

A veces, sin embargo, se encontraban con la otra cara de la moneda, gente que abusaba o descuidaba a sus animales. Gente como la primera propietaria de Ben, que lo había adquirido de cachorro y en cuanto había crecido había decidido que no podía mantenerlo.

Ben había tenido suerte en encontrar una segunda propietaria como la señora Latham, aunque su ahijado pensara que ella no había tenido tanta suerte con él. Piers. Ya estaba pensando en él de nuevo. De hecho, ya estaba dedicando demasiado tiempo a pensar en él y no solo con respecto al futuro de Ben.

Y seguía pensando en ello y en Piers dos horas más tarde cuando volvía a la casa de la señora Latham. Piers regresaría esa tarde. ¿Estaría en la casa ya?

Y, cuando llegara, ¿se iría directamente a su habitación o merodearía por la cocina un rato? Aunque odiara admitirlo, lo había echado de menos. En más de una ocasión, se había encontrado mirando a la ventana de la buhardilla mientras estaba en el jardín con Ben.

Era porque la casa era demasiado grande y se sentía un poco ansiosa sola en ella, se aseguró al volver. ¡Eso era todo!

—Estoy fuera ahora —le dijo Piers a su socio asomando la cabeza a la oficina de Jason.

—Hum... Gracias por solucionar ese problema conmigo —dijo Jason—. Siento haberte sacado de tu búsqueda inmobiliaria. ¿Has encontrado ya algo que te guste?

—Tengo la descripción de un par de casas posibles —dijo Piers con cautela.

De hecho, había concertado entrevistas para hablar de las dos propiedades con los agentes, que era por lo que estaba ansioso por irse de la ciudad y volver a Wrexford. Las dos propiedades eran grandes y tenían buen terreno. Una de ellas era una casa moderna diseñada por un arquitecto como vivienda práctica y cómoda y la otra una gran granja georgiana con varios acres de tierra y necesidad de una profunda restauración.

El sentido común le sugería que fuera por la casa moderna, pero Piers no se quitaba de la cabeza la imagen de la cara de Georgia si le hicieran decidir entre las dos. No tenía duda de cuál escogería ella. La granja parecía a propósito para llenarse de niños y mascotas, y había suficiente espacio para hacer una gran cocina familiar.

¿Mascotas? ¿Familia? ¿Niños? ¿Desde cuándo había sido eso una prioridad en su vida?

¿Qué le estaba pasando? ¿Por qué un beso con una mujer que no tenía nada que ver con él de repente contaminaba sus planes de futuro igual que un virus un sistema informático?

Al principio le había irritado la cantidad de veces que Georgia se había colado en sus pensamientos sin tener ninguna lógica ni propósito.

En varias ocasiones había estado a punto de llamar por teléfono, solo para comprobar que el irresponsable setter no hubiera destrozado la casa de su madrina por completo, por supuesto. No había nada personal en el impulso que le susurraba que necesitaba hablar con ella. Era solo su sentido de la responsabilidad, se aseguró a sí mismo.

—Buen chico... Oh, bien, Ben —lo alabó Georgia con entusiasmo al obedecer la orden de que se sentara.

Estaban de vuelta de un largo paseo por la ribera y después por los caminos del campo. Ya era el momento de hacer un poco de trabajo serio, se dijo Georgia al divisar la silueta de la casa de Emily. Ben estaba dando muestras indudables de mejora.

La semana siguiente había pedido varios días libres para poder trabajar más tiempo con él y mientras le palmeaba la espalda y lo alababa por tercera vez, cada vez se sentía más optimista.

Contenta y anticipando el momento en que Piers estuviera tomando su cena y Ben se comportara como un perro perfectamente obediente, Georgia no se fijó en un ganso que había decidido aterrizar en la poza que formaba el río frente a la casa, como tampoco notó el Jaguar marrón de Piers avanzando hacia ella.

La primera sensación de desastre la tuvo en cuanto Ben se lanzó de repente con tal fuerza que la arrastró perdiendo el pie al intentar retenerlo y lanzando un grito al caer de espaldas al río.

El ganso salió volando con un fuerte aleteo y ruidosos graznidos mientras Georgia, con el agua hasta las rodillas, tiró con más fuerza de Ben, que pretendía perseguir al ave, pero tampoco lo consiguió y acabó sumergida tras él. Para su alivio, en cuanto comprendió que el ganso estaba fuera de su alcance, se paró esbozando una sonrisa canina como si pensara que Georgia estaba enfadada por haberlo dejado escapar.

–¡Oh, Ben! –protestó Georgia decepcionada.

Los dos estaban empapados, pero Ben tenía mucho mejor aspecto que ella.

Cuando recuperó la correa, lo condujo con firmeza a la orilla.

Mientras Ben se sacudía para quitarse el agua y ella lo imitaba, se fijó en el inmaculado deportivo aparcado a pocos metros de distancia.

Una horrible sensación de fracaso le atacó el estómago. Allí mismo estaba Piers, saliendo del asiento del conductor y caminando con determinación hacia ellos.

–Ben –gritó frenética Georgia.

Pero era demasiado tarde. Ben había visto a Piers y lo había reconocido.

Georgia parpadeó al ver al perro lanzarse con entusiasmo hacia él. No pudo soportar mirarlo ni ver el efecto de tantos kilos de pelo mojado y lodoso tirarse contra el inmaculado atuendo de Piers. Con desesperación esperó la furia insultante de Piers, pero no escuchó nada salvo un firme:

–Siéntate.

Abrió los ojos con miedo y encontró a Ben sentado obediente a un paso de Piers y a este mirándolo con una mueca de diversión. Pero la expresión le cambió por completo al desviar la mirada hacia ella.

Casi esperaba que le ordenara a ella lo mismo cuando la sacudió un temblor y los dientes empezaron a castañetearle. Entonces, Piers dijo de forma abrupta:

–Adentro.

–No ha sido culpa de Ben –empezó a defenderlo Georgia entre temblores mientras corría casi tras él hacia la casa–. Se estaba portando de maravilla y...

–¿De maravilla? –Piers se volvió de repente–. Casi te ahoga y...

–¡No! Fue un accidente. Solo me pilló con la guardia baja.

–¿Y si hubiera sido mi madrina a la que hubiera pillado con la guardia baja?

Georgia se mordió el labio. En eso tenía razón.

–Ve arriba y date un baño caliente –ordenó con sequedad Piers.

–Yo no...

Estaba a punto de decirle que ella no era una niña cuando sintió un estornudo y notó por la expresión de Piers que no iba a aceptar más discusiones. Además, un delicioso baño caliente era demasiado tentador como para resistirse. Incluso así...

–Ben necesita secarse –dijo.

Pero Piers sacudió la cabeza.

–Yo me las arreglaré con Ben.

Por un momento, Georgia vaciló. Ben estaba empapado y necesitaba que le frotaran y tampoco había comido, pero la sacudió otro estornudo y no protestó más.

En la cocina, Piers encontró las toallas viejas que su madrina usaba para aquel propósito y empezó a frotar con energía al perro. Ben se quedó feliz de pie mientras lo secaba y para sorpresa de Piers incluso levantó las pezuñas para que le quitara el barro.

Se vio obligado a admitir que Georgia debía de haber hecho más progresos de los que hubiera creído posibles cuando Ben obedeció y se echó en su cesta mientras le preparaba la comida.

Al pensar en ella, esbozó una sonrisa al recordar la imagen del perro arrastrándola al río. A pesar de saber que aquella poza era perfectamente segura, Piers había tenido que resistir la tentación de no lanzarse a rescatarla o ahogarla del todo. Más probable a ahogarla, se dijo a sí mismo con irritación. Nunca había conocido a nadie que causara tantos estragos en su vida.

Pero le había prometido a su madrina que cuidaría de su perro y, si eso significaba cuidar a aquella irritante mujer, pues lo haría. Y era imposible que tuviera alguna motivación oculta en su decisión de atraer a Georgia a su órbita particular.

Que viviera en la casa era una decisión totalmente lógica dadas las circunstancias. Había sido la ingenuidad de ella lo que le había hecho darle una oportunidad para que le demostrara que se equivocaba con Ben.

Entonces frunció el ceño al notar el tiempo que llevaba Georgia arriba y lo silencioso que estaba el piso superior. Había estado demasiado temblorosa al entrar. Frunciendo más el ceño, se dispuso a preparar un café.

No era obligación suya cuidar de ella. Ella no era su responsabilidad. El agua empezó a hervir y puso una cucharada de café instantáneo en una taza con abundante azúcar.

***

Nunca había sentido un baño tan plácido y restaurador, pensó Georgia flotando en la bendita agua caliente. Se había lavado el pelo bajo la ducha y quitado el fango, pero no había podido resistir la tentación de sumergir el cuerpo en agua ardiendo perfumada con su aceite relajante preferido.

Su paradisíaco aroma mezclado con el ambiente vaporoso del cuarto le relajó por completo la tensión del cuerpo.

Con desgana, salió después de un buen rato de la bañera y alcanzó la toalla, enrollándosela alrededor del cuerpo. Entonces se dio cuenta de que se había olvidado el albornoz.

Sujetándose los bucles en lo alto con un prendedor de carey, abrió la puerta del cuarto de baño y salió a la habitación al mismo tiempo que Piers, incapaz de conseguir ninguna respuesta a su llamada, entraba llamándola con ansiedad.

Al mirar a Piers, Georgia no se dio cuenta de la forma instintiva en que cruzó las manos sobre los senos cubiertos por la toalla, pero a Piers le atrajo más la atención hacia su cuerpo casi desnudo y arqueó un poco la comisura de los labios con sorna.

–Te he traído una taza de café –dijo con disgusto hacia el derrotero de sus pensamientos.

–Ah... gracias –susurró Georgia buscando a su alrededor con frenesí algún sitio para posar la taza y mantener una distancia segura entre ellos a la vez.

¿Por qué sentiría aquella necesidad de no permitirle acercarse? Solo porque hubiera habido un momento tan sensual entre ellos cuando la había besado y ella hubiera reaccionado...

Incluso así, no pudo evitar el profundo estremecimiento que le produjo el recuerdo causándole una deliciosa oleada de excitación por el cuerpo. Cuando sintió el temblor lanzó un gemido de protesta estrangulado mientras se sonrojaba con turbación.

Piers, completamente ajeno a lo que le estaba pasando por la cabeza, vio el estremecimiento y el sonrojo y lo interpretó como síntoma de un fuerte resfriado. Buscando apresurado algún sitio donde posar la taza para poder insistir, si era necesario a la fuerza, en que se acostara y se tomara la temperatura. Pero la única superficie libre para posarla era la mesilla, a pocos centímetros de donde Georgia permanecía de pie.

Transfigurada, Georgia se quedó paralizada, con los brazos enroscados todavía alrededor de su cuerpo mientras Piers avanzaba hacia ella, posaba la taza y le ordenaba:

–A la cama.

–¿A la cama?

Las expresivas facciones de Georgia traicionaron lo que estaba pensando; el susto le cambió el color rosado de la cara a un escarlata profundo, el cuerpo se le sonrojó y los ojos se le abrieron como platos, mientras deslizaba la mirada con impotencia de la cara resuelta de Piers, a la cama y de nuevo a él.

Ella había oído historias de hombres que eran maestros en la sexualidad, pero que le ordenaran que se metiera en la cama de aquella manera... como si...

Al ver la expresión de sus ojos y comprender lo que estaba pensando, Piers maldijo entre dientes.

–Estás temblando. Debes de haber pillado un buen resfriado. Solo quería...

Pero al hablar se movió involuntariamente hacia ella.

Georgia dio un paso atrás al instante protestando temblorosa:

–No, no te acerques más a mí.

Pero al alzar la mano del cuerpo con gesto defensivo, pisó de forma involuntaria el dobladillo de la enorme toalla y, sin la seguridad de la otra mano, se aflojó y empezó a desenrollarse de su cuerpo.

Inmediatamente, Georgia intentó asirla con desesperación en el mismo instante en que Piers acortaba el trecho que los separaba para proteger por instinto caballeroso su modestia. La toalla, sin embargo y quizá el destino también, tenía otras ideas, así que las manos de Georgia se encontraron con el vacío y las de Piers explosivamente llenas de cálida y sedosa carne mojada de mujer.

−¡Oh!

El pequeño grito de protesta de Georgia se convirtió en un suave gemido que sonó más a invitación al sentir las manos de Piers sujetando sus brazos y después sus senos mientras su cuerpo reaccionaba como si lo hubieran cargado de líquido placer.

Al oír aquel gemido de placer, Piers reaccionó por instinto envolviéndola en sus brazos.

−Estoy mojada... Tu ropa... −consiguió protestar ella.

Pero a decir verdad en lo último que pensaba era en su ropa mojada mientras su cuerpo, como si tuviera voluntad propia, se acurrucaba encantado contra el delicioso calor protector de los brazos de él.

−Hum... −repitió con tono aún más jadeante cuando la boca de Piers descendió sobre la suya.

Quizá, decidió aturdida, él pensara que necesitaba un poco de ayuda con la respiración y abrió la boca obediente.

−Hum...

Esa vez, cuando Piers sintió el estremecimiento, ya no lo confundió con uno de frío, pero aun así mantuvo el abrazo apretándola más contra su cuerpo. Sin duda para darle calor, se aseguró Georgia a sí misma.

Y ya que estaba siendo tan altruista, lo menos que podía hacer era ayudarlo a asistirla.

Evidentemente, le resultaría mucho más sencillo calentarla con su propio cuerpo si enroscaba los brazos alrededor de él y hasta podía entender por qué Piers le deslizaba las manos por la espalda desnuda. Su caricia era deliciosamente caliente y le producía unas sensaciones en la espina dorsal... Dios, no tenía ni idea de que su piel pudiera ser tan sensible y la forma en que la estaba besando en la base palpitante del cuello era quizá poco ortodoxa, pero seguía produciéndole el más exquisito placer en los sentidos.

Por alguna causa, Georgia miró a la cama a su lado y sintió el irresistible impulso de echarse en ella. Probablemente por sentirse tan aturdida y mareada, se aseguró a sí misma.

A través de la fina tela de la camisa de Piers, Georgia podía sentir el celestial calor de su torso y, cuando abrió los ojos, vio la oscura suavidad de su vello. Una punzada le despertó la consciencia femenina hacia la masculinidad de él y sus dedos cosquilleaban de deseo de explorar aquella incitante suavidad y tocar su piel. Cientos de impulsos eróticos y desconocidos asaltaron sus disminuidas defensas.

La tentación de desabrochar uno de los botones de su camisa solo para ver si tocarlo era tan delicioso y erótico como se imaginaba, le estaba resultando imposible de resistir. Solo uno, se prometió a sí misma, pero, cuando su boca se fundió con la de Piers con creciente pasión, el «solo uno» se convirtió en dos y en tres y entonces, antes de enterarse, Piers le estaba murmurando que quería que le quitara del todo la camisa. Y lo que era más, la estaba ayudando a hacerlo. Y entonces, bendición del cielo, el firme y duro torso era suyo para tocarlo y explorarlo.

Vagamente, Georgia fue consciente de lo extraño que era sentir aquel deseo tan fuerte de tocarlo cuando no lo había sentido ni una sola vez con su primer amante. El sedoso sendero del vello de Piers descendía hacia el centro de su abdomen y Georgia lo siguió con los dedos hasta donde el cinturón le impidió el avance.

Oyó a Piers contener el aliento cuando se detuvo y alzar la cabeza para mirarla a los ojos.

Georgia también contuvo el aliento consciente de la solemnidad del momento cuando Piers alzó la mano para acariciarle la mejilla y vio su mirada posarse en sus senos y quedarse allí clavada.

Muy suavemente, alargó la mano y la tocó, sus dedos se deslizaron como plumas por la curva externa de su seno.

Inmediatamente, Georgia sintió un estremecimiento de excitación y sus pezones se erizaron ansiosos en oscuras y excitadas cúspides. Solo la idea de Piers abarcando sus senos desnudos la hacía estremecer de voluptuosidad, pero, cuando lo hizo, el placer que se había imaginado no se acercó ni con mucho a la realidad y Georgia lanzó un suave sonido de placer cuando empezó a acariciarla.

Cuando la levantó y la depositó con suavidad en la cama, ella lo miró con ojos acuosos mientras él se tendía a su lado abarcando su estrecha cintura entre sus manos antes de levantarle la cabeza para mirarla a los ojos.

Piers deseaba tocar y memorizar cada curva deliciosa de ella, decidió al sentir los nervios dispararse bajo la tensa piel de Georgia. Solo la vista y el aroma de ella lo excitaba hasta un punto donde... Y en cuanto a aquella mirada suave y acuosa de sus ojos...

Buscándole la mano, le alzó la palma hacia arriba para besársela y notó el escalofrío que la recorrió. Y entonces, sin soltarle la mano, la colocó en la hebilla de su cinturón manteniéndola allí mientras bajaba la cabeza y la besaba despacio, primero en la boca y después en las oscuras cúspides de cada seno por turnos.

Al sentir la boca de Piers acariciando sus pezones, Georgia gritó con suavidad e, incapaz de controlar su respuesta, sus dedos se agarraron a la hebilla de su cinturón. La mano de Piers le estaba acariciando la curva de la cadera y los leves estremecimientos que recorrían su cuerpo pronto se transformaron en torrentes de sensación que sabía la arrastrarían sin remedio.

Piers estaba succionando uno de sus pezones y los estremecimientos de placer y sus caricias le estaban produciendo una fiera excitación desconocida.

Cuando Piers le soltó el pezón del sensual cautiverio de su boca, le susurró suavemente al oído:

–Desnúdame, Georgia. Deseo...

–¡Guau!

Los dos se paralizaron cuando Ben entró de repente en la habitación y lanzó un fuerte ladrido.

–¡Ben!

Con sensación de culpabilidad, Georgia apartó a Piers. ¿Cómo diablos se habría olvidado no solo del perro o de todo sentido de la realidad?

Igualmente, Piers se apartó con rapidez de Georgia. ¿Qué diablos había estado haciendo? Toda su intuición le decía que ella era el tipo de mujer que no se entregaba sin compromiso. No solo había conseguido cargarlos con el perro, sino que ahora estaba jugando una poderosa treta con sus emociones también.

–¡Ben! –exclamó Georgia al mismo tiempo que Piers le ordenaba con rigidez:

–Abajo... Ahora.

Ben agitó la cola con placidez y se dirigió hacia la puerta, pero al llegar solo se sentó y miró a Piers.

Él lo miró enfadado mientras se levantaba de la cama y se ponía la camisa antes de acercarse a Ben. Si no hubiera sido lo bastante sensato, casi hubiera creído que el perro había subido a propósito a interrumpirlos y ahora se quedaba allí para evitar que siguieran.

Georgia, mientras tanto, había alcanzado su albornoz y se lo había puesto.

¿Qué diablos le había pasado? No había ninguna explicación racional para lo que había hecho o lo que había deseado hacer.

***

Algunas horas más tarde, de camino a su habitación, después de revisar que todas las puertas y ventanas estaban cerradas, Piers se detuvo ante la puerta de la habitación de Georgia.

Tenía la mano en el pomo cuando de repente Ben llegó trotando por las escaleras muy decidido a echarse frente a la puerta de Georgia. ¿Eran imaginaciones suyas o aquel perro lo estaba mirando con reproche? Eran imaginaciones suyas, por supuesto, y la única razón por la que había subido no era para proteger a Georgia, sino para buscarse una cama más cómoda que la cesta de la cocina.

Sin embargo, Piers no intentó devolverlo a la cocina ni abrir la puerta de Georgia.

Capítulo 5

–¡Ben!

Georgia se puso tensa al notar la ira en la voz de Piers.

Se había pasado el día anterior, su primer día de vacaciones, entrenando al setter y estaba satisfecha con los resultados.

Ben quería aprender y agradar, pero era un perro muy activo que se aburría con facilidad.

Ahora, al ver cómo bajaba las orejas antes de esconderse bajo la mesa de la cocina ante el tono de voz de Piers, todos los instintos protectores de Georgia afloraron a la superficie.

Ella había estado manteniendo toda la distancia posible con él desde la ignominiosa noche del chapuzón en el río. Después de pensarlo mucho, no le habían gustado las conclusiones a las que había llegado.

Piers era un hombre y, como todos los hombres, sentía y reaccionaba de forma diferente a la intimidad sexual con las mujeres. Los hombres, por naturaleza, no necesitaban que la sexualidad estuviera teñida por las emociones. ¿Quién sabía lo que habría pensado él de su comportamiento desinhibido? Maldición, hasta podría haber creído que había dejado caer la toalla a propósito. Era lo bastante cínico y mundano para ello, Georgia estaba segura.

Y no era que creyera que había subido deliberadamente para seducirla; tampoco era tan ingenua ni melodramática.

No, no podía culparlo. Ella podría haberse resistido o protestado.

Le había costado todo el acopio de valor disponible decirle al día siguiente:

—Acerca de lo de anoche... Fue... un... error —había dicho con firmeza, aunque no se había atrevido a levantar la vista de la mesa.

—No podría estar más de acuerdo —había sido la seca respuesta de Piers.

Desde el incidente en su habitación no se había dicho nada más y Georgia se alegraba.

Desde entonces, había procurado mantener la mayor distancia posible manteniéndose alejada de la cocina cuando sabía que Piers estaba en ella y sospechaba que él estaba haciendo lo mismo. Esa mañana, sin embargo, se había despertado más pronto de lo habitual y había ido a dar un corto paseo con Ben antes de volver a desayunar. Pero se había encontrado a Piers preparando el café vestido solo con un albornoz, con el pelo revuelto y sin afeitar. Por alguna razón, saber que acababa de levantarse de la cama, le produjo un peligroso efecto en sus emociones.

No supo cuánto transparentaba su cara hasta que le vio pasarse la mano por la mejilla áspera y decir:

—Sí, necesito un afeitado, pero me he pasado la mitad de la noche despierto.

—Hum... supongo que si estuvieras casado tendrías que afeitarte por las noches —comentó distraída antes de callarse al ver por dónde iban sus pensamientos.

Pero era demasiado tarde, porque Piers era rápido en leerle los pensamientos.

—Por la noche y por la mañana —dijo con intención deslizando la mirada de su boca a sus ojos para ver la confusión en ellos.

¿Qué tenía aquella mujer que lo impulsaba a resaltar su

sexualidad masculina para ver su reacción femenina ante la provocación?

—¡Deja de mirarme así!

—¿Así cómo? —se burló Piers deslizando a propósito la mirada hacia su cuerpo.

—¡Así... así!

¿Qué haría si se acercara a ella y la tomara en sus brazos?, se preguntó Piers. ¿Y si la besaba? Probablemente se quejaría de la aspereza de su barba, pensó antes de darse la vuelta para alejarse de la tentación en dirección al pasillo.

Entonces había sido cuando Georgia le había oído llamar enfadado a Ben.

—¿Qué pasa?

Lo siguió hasta el recibidor y se detuvo al ver un periódico hecho trizas.

—¡Vaya!

—Sí, vaya.

—Es solo un periódico —defendió Georgia a Ben—. No tardaré ni dos minutos en ir a comprarte otro.

—No es ese el asunto —dijo con dureza Piers—. No creas que no sé por qué estás tan decidida a mantener a ese animal aquí. Después de todo, fuiste tú la que presionaste a mi madrina para que lo adoptara.

—Yo no hice tal cosa. Yo solo...

Pero Piers no estaba de humor para escuchar y la interrumpió sin reservas:

—Supongo que solo por profesionalidad deberías haberlo pensado dos veces antes de convencer a una mujer mayor para que lo acogiera. Sugerirle que le pondrían la inyección letal es según mi punto de vista una grave negligencia profesional.

—Yo nunca le dije tal cosa a la señora Latham.

—Quizá no con tantas palabras, pero desde luego le diste la impresión de que eso era lo que sucedería.

Ante el sonido airado de sus voces, Ben asomó por la puerta entreabierta de la cocina y escuchó con ansiedad. ¡Humanos! ¡Qué difíciles eran de entender a veces!

Piers frunció el ceño al abrir la casa que había ido a ver. Por los detalles que había recibido de la inmobiliaria, parecía ideal para sus propósitos. Moderna, diseñada por un arquitecto, espaciosa y con un jardín de buen tamaño para asegurar la intimidad. Hasta tenía una habitación diseñada específicamente para un equipo informático.

El agente al que debía encontrar allí había exaltado sus virtudes cuando Piers había mostrado interés resaltando que además estaba vacía, por lo que podría mudarse en cuanto quisiera.

Sí, la propiedad era casi perfecta para sus necesidades, al contrario que la granja, que era la otra posibilidad remotamente cercana a sus necesidades.

Como había pensado antes, no había duda de que Georgia se decidiría por la granja. Probablemente insistiría en criar hasta pollos, a los que tendría picoteando por el jardín y sin duda convertiría una de las casetas en albergue para todos los animales desvalidos a los que insistiría en adoptar. Tendría suerte si no se encontraba financiando un santuario para burros en peligro de extinción, así como un refugio para perros salvajes y descontrolados. Y sus niños probablemente crecerían con el mismo amor por los animales que su madre, así que él sería la única voz cuerda de todo el hogar.

Y no porque ella y sus hijos no hicieran todo lo posible por subvertir su deseo de mantener la vida tan libre de animales como fuera posible. Lo podía ver ya: el solitario hámster que habrían llevado a casa «solo para las vacaciones» y que nunca devolverían; el gato callejero que inesperadamente había adoptado su hogar y criado una camada de gatitos, el poni que su hija insistiría en tener y él, por supuesto, aceptaría.

—Pero tendrá que limpiarlo ella misma. No pienso levantarme al amanecer todos los días para hacerlo.

Para su consternación, Piers comprendió que no solo había hablado en alto, sino que por un momento su imaginación había producido una visión tan real que había visto a su hija frente a él, con los rizos pelirrojos de su madre balanceándose con determinación entre ruegos.

Los rizos pelirrojos de su madre... El pelo rojo de Georgia... Pero él no estaba... El chasquido de las puertas de hierro automáticas avisó de la llegada del agente inmobiliario, cosa que agradeció ante sus inquietantes pensamientos.

—Sería una propiedad perfecta para un hombre de su posición —lo animó el agente cuando terminaron de examinar la casa—. Cumple con todos los requisitos que nos indicó.

—Sí —asintió Piers sin demasiado entusiasmo.

—Es una propiedad vacía y sé que el propietario está dispuesto a negociar el precio.

—Hum... ¿A qué hora tengo la cita para ver la casa de la granja?

—¿La casa de la granja? —la sonrisa del agente se transformó en un fruncimiento—. Le he concertado una cita... pero debo advertirle que necesita una seria restauración.

—Ya me lo imagino, si tiene más de doscientos años.

—Bueno, sí. Si quiere una casa antigua y familiar, entonces... Pero debo advertirle que ya tenemos un comprador seriamente interesado a pesar de que esa casa podría sufrir inundaciones si el río se desbordara.

—¿Ha pasado alguna vez?

—Bueno, no... al menos en los últimos cien años. Pero estoy seguro de que en cuanto la vea coincidirá conmigo en que no cumple sus especificaciones tanto como esta —Para Piers estaba muy claro que el agente quería que comprara la casa que acababa de mostrarle a pesar de tener razón en todas las objeciones. Después de todo, eran las mismas que él ya había visto. Tendría que gastarse una fortuna en acondicionarla cuando la que acababa de ver solo necesitaba el mobiliario minimalista que le iba perfectamente a su imagen profesional.

Una casa ruinosa y una cocina de carbón no era el entorno adecuado para alguien que se vendía a sí mismo como creador del software más avanzado del mercado. Tendría que reconstruir una de las casetas exteriores para su oficina e incluso así...

Bruscamente, Piers volvió a la realidad. Para estar pensando así, Georgia debía de haberlo embrujado. Pero pensar que ella lo quería en su vida era mucho imaginar.

Pero sí lo deseaba. O al menos lo había deseado cuando...

Una discreta tos le recordó dónde estaba. No iba a hacer ninguna oferta por la granja, por supuesto que no, se aseguró a sí mismo al entrar en el coche, pero tenía sentido examinar los valores de las propiedades locales. Eso era todo.

Georgia se sentía muy contenta consigo misma y con Ben. Poco después de que Piers se fuera, había recibido una llamada del periódico local para ver si podían entrevistarla esa mañana sobre su programa de visitas de mascotas al geriátrico. Incluso aunque Georgia había asegurado que la idea no era original y que ella solo estaba copiando un programa que se había implementado en varias partes del país, había aceptado a ser entrevistada.

El reportero había llegado media hora más tarde a la entrevista, que había salido muy bien. Rick Siddington era un amante de los animales y enseguida se había dedicado a los orgullosos dueños de las mascotas.

Georgia había dejado detrás a Ben para la ocasión y hasta su jefe, Philip, había salido encantado a hablar con el periodista. Ya de vuelta en casa, acababa de dar de comer a Ben y se sentó en cuclillas para admirar el sedoso pelo del animal.

–Buen chico, Ben –lo alabó antes de darle una golosina por haberse portado tan bien mientras lo había cepillado.

Cuando Ben se fue a la puerta para pedir salir, Georgia pensó que estaba haciendo progresos a pesar de la poca capacidad profesional que pensaba Piers que poseía.

Aquella indirecta debería haberla herido, pero no tanto como su acusación de haber incitado a su madrina a adoptar a Ben. Aquello le había dolido mucho, sobre todo porque no era verdad.

¿Cómo podía ser tan odioso con ella después de haberla... después de lo que habían...? ¿Pero no se había convencido ella misma de que para él no había significado nada? Probablemente habría besado a docenas de mujeres con la misma pasión que a ella. O probablemente a más mientras que ella...

Un sonrojo de turbación le coloreó la piel al recordar cómo había yacido en la cama prácticamente desnuda entregada ante la mirada de sus ojos. Aquel tipo de comportamiento era tan poco habitual en ella que era una tontería pensar que podía tener algún significado para él. Si lo tuviera...

Oyó un rugido de enfado desde la ventana abierta de la cocina. Alguien le estaba gritando a Ben.

–Ven aquí, tú...

Con ansiedad, Georgia corrió hacia la puerta de la cocina.

Un elegante anciano bien vestido estaba cruzando el camino del jardín con la cara roja de ira.

–¿Este perro es suyo? –preguntó airado.

–Bueno, en cierta manera –asintió mirando con ansiedad las pezuñas llenas de tierra de Ben.

–¿Qué quiere decir? O lo es o no –explotó el anciano–. ¡Maldito chucho! Lo pillé excavando en mi huerta.

–Oh, Dios. Lo siento mucho –se disculpó Georgia al instante.

–Con sentirlo no se repara el daño causado –dijo el hombre con acidez–. Si usted tiene un perro debería tenerlo controlado... Se merece un tiro.

–¡Oh, no! –protestó Georgia con la cara pálida mientras intentaba dilucidar cómo se habría escapado del jardín–. Yo le pagaré los daños causados –se ofreció Georgia esperando que no fuera mucho.

Podía entender el enfado del hombre. Su propio padre era un horticultor muy aficionado y sabía lo que sentiría hacia cualquiera que pisoteara su preciada huerta.

–Hum... El agente que me vendió la casa me dijo que era una zona tranquila, que la mayoría de las casas pertenecían a gente mayor.

–Bueno, yo no soy la propietaria de esta casa.

–Pero ¿es usted la dueña de este... perro?

–Yo... No, Ben, no –le ordenó Georgia con seriedad cuando Ben, después de aburrirse empezó a intentar juguetear con el hombre dejando un rastro de barro en sus inmaculados pantalones grises.

–¡Oh, lo siento muchísimo! –se disculpó de nuevo–. Es solo... un cachorro y...

–Es una amenaza, eso es lo que es. Debería estar encadenado –gruñó el hombre mirándola con reprobación–. Y si lo encuentro en mi jardín de nuevo va a desear no haber vuelto. Hay una ley en este país contra los perros descontrolados.

Georgia escuchó su diatriba con culpabilidad sin poder decir nada.

–Seis meses de duro trabajo tirados por tierra –estaba diciendo el hombre furioso–. Debería ver lo que ha hecho con mis dalias... Las estaba cultivando para el concurso del condado y...

–¿Qué está pasando aquí?

Ninguno de los dos había oído a Piers entrar en el jardín

y la cara de Georgia se puso tan pálida como sonrojada la del hombre.

¿Qué habría escuchado?

Justo cuando estaba a punto de dar una explicación en toda regla, el hombre se dirigió a él con furia.

–Ese maldito perro suyo ha destrozado mi huerta. Lo pillé excavando todas las lechugas tiernas. Su mujer se ha ofrecido a pagar todos los gastos, pero no es ese el asunto. Ese perro...

–Yo no soy...

–Ella no es...

Mientras hablaban al unísono, Georgia apretó el puño una vez más y se calló. Que explicara Piers la situación de su madrina. Seguramente haría mejor trabajo que ella. Pero para su consternación, Piers no aclaró el malentendido de su matrimonio y el otro hombre exclamó con acidez:

–¡Ja! Debería haberlo imaginado. Es todo lo mismo. Sin normas ni moral. Eso es lo malo de ustedes los jóvenes. En mis tiempos un hombre se tomaba sus responsabilidades con seriedad y tenía que sacar su licencia para ambos asuntos. Fuera una mujer o un perro debía demostrar su buena fe y honorabilidad. A la larga su responsabilidad hacia la comunidad. Pero, por supuesto, las cosas son diferentes ahora... ya no hay respeto por nada ni por nadie.

–¡Espere un momento!

La voz de Piers se quebró al ordenar al otro hombre que se callara.

–El que una pareja decida casarse o no es asunto suyo y de nadie más. Un hombre demuestra su amor y respeto por una mujer por la forma en que trata tanto a ella como a su relación. Y le aseguro que me tomo en serio mis responsabilidades.

Piers se acercó más a Georgia, tan cerca de hecho que por un instante salvaje e ilógico ella sintió que lo había hecho tanto por defenderla como por protegerla.

—Lo siento.

El otro hombre empezó a vacilar pareciendo de repente más viejo y mucho más frágil que cuando había llegado. Era un anciano un poco desfasado con los tiempos modernos, pensó Georgia. Y ella podía entender sus sentimientos ante la destrucción de su huerta.

—Mire, ¿por qué no pasa y toma una taza de té? —lo invitó con gentileza—. Podremos discutir cómo arreglar este asunto.

Georgia pudo notar la mirada de sorpresa de la cara de Piers, pero de repente casi sintió lástima por el pobre hombre presintiendo que estaría muy solo.

—Yo... eh...

—Sí, es una idea excelente —asintió Piers sonriendo—. Solo que en vez de un té quizá una ginebra con limón nos sentaría mejor.

—Bueno... ahora que lo dice...

Al final, su inesperado visitante se quedó más de una hora y se enteraron de que era un viejo coronel retirado cuya mujer había muerto dos años antes y que había decidido mudarse a la zona por un viaje que había hecho con su mujer unos años atrás.

—No teníamos familia. Solo el uno para el otro. Pensé que esto era lo que Ethel hubiera querido...

—Bueno, estoy seguro de que cuando mi madrina vuelva estará encantada de presentarle a sus compañeros de bridge.

—¿Bridge? —los ojos del coronel se iluminaron de interés—. Todavía no he tenido mucho tiempo de hacer relaciones. Desde luego me llamó el vicario, pero yo nunca he sido un hombre de iglesia. A Ethel le gustaba un buen sermón, pero a mí...

Para cuando se levantó para irse, ya había aceptado perdonar a Ben siempre que no repitiera su actuación. Sin embargo, le estropeó la armonía a Georgia al añadir:

—Pero creo que ese perro no es apropiado para una dama mayor. Sería más apropiado un perro pequeño...

Después de que se fuera, Georgia esperó con tensión la condena por parte de Piers, pero, para su sorpresa, al aclarar los vasos, solo dijo con calma:

–Has hecho muy bien. Está claro que está muy solo el pobre hombre, aunque debo admitir que por un momento... En tu lugar no sé si hubiera tenido la compasión de invitarlo a una taza de té.

–Estaba muy enfadado –respondió Georgia bajando la cabeza para ocultar su turbación.

–Con razón –comentó con sequedad Piers–. De todas formas, ¿cómo se escapó Ben?

–No estoy segura. Tendremos que revisar la valla para reparar algún agujero que haya hecho.

Georgia lanzó un leve suspiro.

–Iré mañana a ver al coronel. Mi padre es también un aficionado a la horticultura y sé lo que sentiría bajo las mismas circunstancias. Veré lo que se puede salvar.

–Creo que ahora empiezo a entender tus motivaciones para convencer a mi madrina de que adoptara a Ben. Eres demasiado tierna.

–No, de ninguna manera –protestó Georgia dándose la vuelta a la defensiva–. Puedo ser muy firme cuando hace falta.

–Muy firme pero muy tierna –se burló Piers ante el asombro de Georgia–. ¿Tienes idea de cómo deseo besarte ahora mismo?

Georgia se quedó con la boca abierta de asombro.

–¿Be... besarme? –repitió Georgia sonrojándose al reconocer cuánto lo deseaba y bajó la mirada para velar la expresión–. No... no creo que sea una buena idea.

–¿No lo crees?

–Yo... no sé por qué deberías besarme. Después de todo...

–¿No sabes? –repitió Piers con la voz más ronca y sexy–. ¿Te ayudaría esto a saberlo? –preguntó suavemente acercándose más para acorralarla con las dos manos contra la encimera.

La camiseta blanca que llevaba acentuaba los bíceps de sus músculos y Georgia se sintió desbordada por el deseo de deslizar los dedos por ellos. Parecían tan fuertes, tan masculinos... tan sexys... tan suyos.

Georgia lanzó un suave suspiro de placer y cerró los labios abriéndolos enseguida jadeantes al sentir la presión de sus labios contra la suavidad de los de ella.

—Piers, no... —empezó a decir para acabar lanzando un gemido de placer.

—Hum... —murmuró él con tono posesivo y masculino. Sería tan fácil hacerte el amor —susurró al oído mientras su mano acariciaba la estrecha cintura—. Podría tomarte aquí... ahora...

—¿En la cocina? —murmuró Georgia jadeante.

Ella no estaba acostumbrada a bebidas fuertes como la ginebra con limón, sobre todo cuando solo había tomado un sándwich. El licor debía de habérsele subido a la cabeza aflojándole la lengua y las inhibiciones, pensó al ver que Piers había tomado su pregunta como de curiosidad y no de rechazo.

—Hum... ¿Quieres que te enseñe cómo? —preguntó Piers levantándola del suelo antes de esperar su respuesta para sujetarla con fuerza contra su cuerpo—. Podríamos usar la mesa. Podría echarte ahí y quitarte la camisa...

Georgia pudo sentir el ardor de su mirada al traspasarle la ropa, al mirarle los senos y la oleada de excitación que le erizó los pezones en duras crestas.

—¿Y entonces...? —se escuchó Georgia decir a sí misma jadeante.

—Entonces tomaría tus senos en mis manos y acariciaría y frotaría tus pezones hasta que me suplicaras que me los metiera en la boca igual que yo te suplicaría que me tocaras y paladearas —murmuró Piers con tono ronco y sensual—. Y entonces yo te tocaría aquí.

Su mano se deslizó hacia la juntura de sus piernas en una caricia suave y leve, pero fue suficiente para hacerla derretirse de deseo, arder de necesidad y mostrarle todo lo que estaba sintiendo con la mirada.

–Y entonces tú me mirarías... como me estás mirando ahora –dijo Piers con voz densa–. Y yo te desearía tanto que casi tendría miedo de hacerte daño sabiendo la forma ardiente y apasionada en que desearía tomarte, y duraría mucho, mucho tiempo, hasta que hubiera explorado todo tu cuerpo... tocado entera... frotado... comido...

–Piers –protestó Georgia en un murmullo.

–¿Piers qué? –preguntó él deslizando los dedos por dentro de la cintura de su falda–. ¿Me deseas tanto como yo, dulzura? –preguntó acariciando su piel.

Sus senos se morían de necesidad de sus caricias... de su boca...

Georgia se estremeció con mudo placer al oírle susurrar:

–¿Yaces en la cama cada noche pensando en mí como yo pienso en ti? ¿Imaginando la suavidad sedosa de tu piel, el sabor de tu... de ese sexy ronroneo que haces cuando estás excitada?

En un segundo más le estaría acariciando el pezón y en cuanto lo hiciera... Solo estaba jugando con ella, divirtiéndose, eso era todo; él no sentía nada por ella. En ese momento podía desearla, pero al día siguiente se portaría de nuevo de forma horrible con ella, lo sabía.

Con frenesí, Georgia volvió a la realidad.

–No podemos –protestó–. Nosotros no... Somos enemigos, Piers –le recordó.

–¿Enemigos?

Sus dedos se detuvieron en su sensual viaje por su piel. Lentamente se apartó de ella y la soltó.

–¿Enemigos? ¿Es así como nos ves? Sí, supongo que tienes razón –dijo con frialdad antes de irse y cerrar la puerta de la cocina al salir.

Georgia se moría por pedirle que volviera, pero consiguió

no hacerlo. Ben saltó de su cesta y se acercó a apoyarse contra ella. Automáticamente, Georgia le acarició la piel preguntándose de dónde vendría aquella humedad en su cara hasta que notó que estaba llorando. ¿Llorando? ¿Por Piers? ¡Qué tonta estaba siendo! ¡Lo siguiente que creería sería que estaba enamorada de él! Y ella era demasiado sensata para permitir que aquello sucediera. ¡Demasiado sensata!

Capítulo 6

Desde luego aquel día no iba a ser uno de los mejores de su vida, reconoció Piers sombrío veinticuatro horas después del acontecimiento que iba a cambiar su vida para siempre.

Para empezar, le pasó algo que no le había pasado nunca: quedarse dormido. Él nunca se quedaba dormido, nunca. Pero esa mañana sí para despertarse bruscamente con un principio de dolor de cabeza y aún peor humor.

Y no le hizo sentirse mejor tener que reconocer que su mal humor se debía a que, en su sueño, su deseo por Georgia le había producido tal necesidad de ella que casi se sentía como si hubiera estado en la cama con él excitándolo a propósito para después rechazarlo, atormentándolo con la promesa de su suave cuerpo desnudo y al mismo tiempo impidiéndole tocarla.

Disgustado, apartó la ropa de la cama. Quedarse allí a recordar sus sueños no iba a cambiarlos o el mensaje que sin duda le habían mandado.

Con el ceño fruncido, se fue a la ducha.

Georgia no estaba teniendo mejor día. Durante su paseo, Ben se le había escapado danzando a su alrededor mientras ella intentaba agarrarlo y ordenarle que volviera con ella.

De vuelta a la casa, le había dado de comer y había contestado a una llamada del trabajo para preguntarle por la desaparición de algunos papeles que ella sabía con seguridad que le había dado a la directora de la oficina para que los rellenara.

Al colgar, Ben había desaparecido, igual que Piers, que parecía que se había levantado y había salido de la casa antes de que ella volviera.

Sus comentarios y su comportamiento con ella, la habían dejado cargada de deseo por él, pero también con la pregunta de por qué reaccionaba ante aquel hombre con tanta intensidad.

Se estaba asegurando a sí misma por centésima vez que desde luego ella no estaba enamorada de él cuando oyó su furioso grito seguido de una llamada a Ben. Parecía que gritarle a Ben se había convertido en un hábito para él.

Al correr hacia las escaleras con el corazón desbocado, Georgia se detuvo en seco.

Ben estaba bajando y en su boca...

Georgia tragó saliva y cerró los ojos. Ben le dejó a los pies el zapato de Piers masticado como si fuera un trofeo esperando que lo alabara. Ella le había estado tirando palos por el camino halagándolo cada vez que se los devolvía y ahora...

Al alzar la vista hacia el rellano vio a Piers bajando despacio hacia ellos.

—Esto es obra tuya, supongo —la acusó amenazador.

—Yo... Él —Georgia se calló y sacudió la cabeza mientras le decía a Ben con voz apenada—: Mal perro, Ben.

La cola del perro se paró de inmediato y sus ojos perdieron el brillo. Georgia sintió un nudo en la garganta al pensar que el pobre animal solo había repetido un ritual que ella le había enseñado.

—Ese perro... —empezó Piers.

Pero Georgia se lanzó en el acto en defensa de Ben.

–No estaba intentando ser destructivo. Solo sigue sus instintos de cazador.

–¿Y por qué mi zapato?

–Porque te relaciona como un miembro de su clan y...

–Esos zapatos eran de piel italiana y hechos a mano.

Georgia se sintió aún peor. Se podía imaginar lo que costaría reemplazarlos y tendría que pagarlos ella aunque, técnicamente, Ben no fuera su perro.

–Yo los pagaré, por supuesto –ofreció con rapidez.

–Están hechos a mano –repitió Piers–. Eso significa que se tarda tiempo en hacerlos. No se pude simplemente ir a una zapatería y comprarlos...

Estaba disfrutando haciéndola sufrir, decidió Georgia. Entonces el enfado reemplazó a la culpabilidad.

–Es evidente que Ben comparte tus caros gustos –dijo ligeramente–. Pero estoy segura de que no será el único par de zapatos que tienes.

El sordo dolor de cabeza de Piers había aumentado y le enfureció que en vez de castigar al perro, Georgia lo estaba defendiendo y casi implicando que él, Piers, se merecía lo que le había pasado. No había dejado de notar la mirada de desdén de sus ojos al decir que sus zapatos eran hechos a mano. Quizá hubiera sonado como un ejecutivo pedante, pero solo había intentado que entendiera la gravedad del acto de Ben.

–No –asintió de repente a la defensiva por sus zapatos–. No son el único par que tengo, pero en este momento son los que quería ponerme. Y no es que importe realmente. El asunto es que...

Ben, al no obtener la reacción deseada por parte de Georgia, volvió a agarrar el zapato entre los dientes para posarlo a sus pies y sentarse esperando el halago. Con impotencia, Georgia desvió la mirada de Ben a Piers.

–De verdad que no lo ha hecho por hacer daño. Solo intentaba...

—Quizá tú tuvieras razón después de todo. Quizá es más inteligente y fácil de entrenar de lo que yo había pensado —dijo Piers con cinismo.

—Yo no le he enseñado a hacer eso —se defendió con ardor ella—. Le he tirado palos para que los recuperara como cualquier dueño hace con su perro...

Se detuvo, incapaz de soportar el silencioso desdén con que la miraba y su ceño fruncido.

El dolor de cabeza de Piers había llegado a todo su apogeo y le enfurecía sobre todo que Georgia se hubiera puesto de parte del perro en vez de la suya. Y lo que ponía las cosas peor era que creía que, si el zapato que había escogido no hubiera sido el suyo, las cosas hubieran tomado otro cariz.

—Estás disfrutando de esto, ¿verdad? —la acusó furioso.

—¿Disfrutando? —la injusticia la hizo explotar—. No, desde luego que no.

—Bueno, pues haces que lo parezca —dijo Piers al sentir otra punzada de dolor—. Pero no te va a resultar nada divertido cuando te presente la factura y aún menos cuando convenza a mi madrina de que tu entrenamiento ha resultado en este comportamiento antisocial y que deberá buscarle otro dueño.

Georgia tenía la cara pálida y estaba profundamente dolida.

—No depende de ti el que Ben se quede o se vaya —le recordó protectora.

—No —dijo Piers con suavidad con una mirada tan acuosa que Georgia contuvo el aliento alarmada y le puso la mano a Ben en el collar.

—Si intentas hacerle daño a Ben de alguna manera... —empezó a advertirle, pero se detuvo al notar la expresión de dolor que surcó la cara de Piers.

¿Dolor? Era como si se hubiera sentido traicionado. ¿Cómo podía ser? ¿No querría decir...? Pero antes de poder elucubrar más, él se dio la vuelta y se fue a las escaleras que conducían a la parte superior de la casa.

***

Al tomar las tabletas que sabía lo aliviarían, Piers se maldijo por su pérdida de control. ¿Celoso de un perro? ¡Era lo más ridículo que había visto en su vida! ¿Qué le estaba pasando? Cerró los ojos e intentó respirar en profundidad.

Para su intensa irritación, tras los párpados cerrados solo podía ver la imagen de la cara angustiada de Georgia al creer a Ben amenazado. Quizá se hubiera pasado un poco, pero ¿qué hombre enamorado podía aceptar con calma que la mujer a la que amaba se preocupara más por un perro que por él?

«¿Un hombre enamorado?».

¿Desde cuándo? Él no era inhumano. No tenía nada contra la gente que se enamoraba. El amor era una cosa especial y maravillosa. Era solo que, por alguna razón, no había imaginado que le pasara a él. O, más exactamente, no había imaginado que le pasara de aquella manera. Había supuesto que cuando por fin se enamorara, ella entraría en su vida con calma, de una manera digna y madura. No como un remolino de emociones volátiles, complejas y contradictorias que lo llevaban de un extremo al otro en un abrir y cerrar de ojos. ¡Y, desde luego, lo que nunca hubiera imaginado era tener que competir por el afecto de su amada con un perro!

Las pastillas estaban empezando a hacerle efecto aliviándole el dolor. Echó un vistazo a su reloj para comprobar con disgusto que se había pasado la mitad de la mañana y tenía cosas que hacer.

Abajo en la cocina, Georgia estaba tomando una taza de café mientras reprendía a Ben con severidad:

—No deberías haber mordido su zapato, Ben.

Él la miró apenado.

Entonces sintió una leve punzada al recordar la mirada de amargo resentimiento con que Piers había mirado a Ben. Una mirada casi de odio y... ¿Y qué? Sin querer ponerle nombre, Georgia cerró los ojos para abrirlos al oír que Piers entraba en la cocina.

Iba vestido con unos vaqueros desteñidos, una camisa de algodón suave y en los pies... Exhaló un suspiro de alivio al ver las deportivas que se había puesto.

Al seguir la dirección de la mirada de ella, Piers le dirigió una mirada dura a Ben.

—No ha sido culpa suya —lo defendió Georgia al instante—. Soy yo la que debería haberlo vigilado.

Se puso tensa al ver la mueca de desdén en los labios de Piers, que no hizo ningún comentario, solo se sentó y empezó a revisar las cartas que tenía en la mano.

Una de ellas era de la agencia inmobiliaria y Piers frunció el ceño. Los agentes lo estaban presionando para que tomara una decisión acerca de la granja porque había otro comprador interesado.

Piers descubrió que de repente había perdido interés en comprar una gran casa familiar. ¿Qué necesidad tenía de ella, después de todo? Un apartamento moderno sería más conveniente y, si hacía falta, alquilaría unas oficinas.

Se alegró de haber recuperado el sentido común antes de cometer la tontería de ofertar por la granja, se dijo a sí mismo sombrío.

Después de un par de horas en que Georgia y Piers se mantuvieron en partes distantes de la casa, coincidieron accidentalmente en la cocina a la hora de comer. Apenas hablaron mientras cada uno tomaba su comida.

Cuando el silencio empezó a hacerse tenso, Georgia se puso nerviosa y se preguntó si su evidente antipatía hacia ella tendría que ver con lo del zapato o con lo que le había dicho el día anterior. Bueno, si era tan tonto como para creer que ella se había tomado en serio nada de lo que le había dicho...

Alzó la cabeza con orgullo y levantándose llamó suavemente a Ben.

–Vamos, chico. Es hora de tu paseo.

–No.

La brusca negativa de Piers cortó el ambiente hostil de la cocina como un cuchillo.

–No –repitió ignorando la forma en que Georgia había puesto la mano en el collar del perro con gesto protector–. Yo lo llevaré. Quiero ver las mejoras que tu supuesto entrenamiento ha conseguido. No muchas, a juzgar por lo que ha hecho antes –añadió con sarcasmo.

A Georgia se le aceleró el corazón.

Era cierto que Ben estaba respondiendo a las enseñanzas, pero también era cierto que era un animal muy independiente, un espíritu libre acostumbrado por desgracia a hacer lo que le daba la gana demasiado tiempo como para cambiar con tanta rapidez.

Los seres humanos, como le había dejado claro a Georgia en los últimos días, estaban para darle de comer y ser protegidos. Tenía una actitud muy machista producto de su herencia canina. En sus paseos, en cuanto pasaba algún desconocido a su lado, Ben adoptaba una actitud protectora de perro guardián. Pero para él, los seres humanos no eran superiores para nada, algo que Georgia estaba intentando cambiar. Ben necesitaba algo más que sesiones de entrenamiento. Tenía que ir a un psicólogo canino. Sin embargo, se podía imaginar la reacción de Piers cuando se lo sugiriera.

–Yo... no creo que esté preparado para eso todavía.

Piers enarcó una ceja y preguntó con peligrosa voz sedosa:

–¿Qué estás intentando decirme? ¿Que tenía yo razón y no se le puede adiestrar?

—Todos los perros son adiestrables. Y Ben es un animal muy inteligente.

–Un animal muy inteligente que necesita una nueva casa.

El miedo y la rabia surcaron los ojos de Georgia.

–Estás decidido a deshacerte de él, ¿verdad? ¿Ni siquiera le darás una oportunidad justa? ¿Tienes idea de cómo le podría afectar emocionalmente cambiar de casa de nuevo? ¿No tienes sentimientos, compasión ni sensibilidad? ¿No tienes...?

–Tengo un par de zapatos hechos a mano arruinados y una lista de quejas que...

–¿Es eso todo lo que te importa? –lo interrumpió ella–. ¿Las posesiones materiales y la opinión de la gente? Tu madrina adora a Ben. Ella...

–Ella solo lo adoptó por ti –la interrumpió Piers con fiereza–, así que no me hables de sentimientos porque eso fue todo un ejemplo de fría manipulación y...

–Yo no hice tal cosa. No tuve nada que ver con la decisión de tu madrina de adoptar a Ben.

–¿Quieres decir que no vas a admitir que tuviste parte en ello? Pero tendrás que admitir que no es un perro adecuado para una mujer como ella.

–Odias de verdad a Ben, ¿verdad? –lo acusó Georgia –. Si quieres mi opinión, no solo no te gusta, sino que estás celoso de él.

Georgia se arrepintió al instante de lo que había dicho, pero era demasiado tarde. Piers la estaba mirando con una expresión que le hizo desear que se la tragara la tierra.

–¡No seas ridícula! –la cortó él mientras se levantaba y se acercaba con determinación hacia Ben.

–Realmente no creo que sea buena idea –protestó ella.

–¿Por qué? ¿O ya sabes la respuesta? ¿Tienes miedo de que descubra que en vez de mejorar su comportamiento...?

–Está mejorando –insistió ella con fiereza–. Es solo que

mi programa de adiestramiento está en un punto muy delicado –improvisó–, y me preocupa que Ben se confunda si le dan órdenes dos personas diferentes.

La fina sonrisa de Piers le indicó lo poco que se creía su subterfugio.

–¿De verdad? ¿Y cómo esperas que vaya a controlarlo mi madrina si a la única persona a la que va a responder es a ti?

–Yo no he dicho eso. Es solo que ahora mismo...

–¿Por qué no dejas que juzgue por mí mismo sus progresos? –la desafió Piers con suavidad antes de chasquear los dedos–. Ben, ven aquí.

Para alivio de Georgia, Ben obedeció al instante. Quizá se estuviera preocupando demasiado, se consoló a sí misma cinco minutos más tarde cuando Piers y Ben dejaron la casa con Ben obediente a la correa. Quizá Ben presintiera con intuición canina que estaba siendo juzgado. Cruzando los dedos, Georgia rogó por que sucediera así.

Gracias a Dios que había sido lo bastante sensata como para comprender a tiempo el error fatal que hubiera sido enamorarse de Piers. Era evidente la baja opinión que tenía de ella, aunque físicamente hubiera...

Pero no, no iba a permitirse pensar en ello, se dijo con firmeza. Ni por un minuto, ni por un segundo... Solo porque Piers la hubiera tocado, la hubiera besado... o ella hubiera sentido, deseado, soñado...

Dos millas río abajo, Piers tuvo que conceder que Ben se estaba comportando con modales caninos perfectos, sin tirar de la correa, caminando despacio a sus talones, sentándose en cuanto se lo ordenaba y hasta compartiendo la mirada de desaprobación que Piers le dirigió a otro perro malcriado que perseguía a un gato.

–Muy listo –le dijo Piers al perro con sequedad, pero eso

no cambia el hecho de que hayas destrozado la huerta del coronel ni que me hayas comido un zapato.

Ben agitó la cola contento.

Ni tampoco alteraba el hecho de que para Georgia, el animal tuviera preferencia en su lista de afectos, reconoció sombrío. Le había dolido que lo acusara de tratar a Ben con injusticia; él no odiaba al animal, simplemente sentía que no era la mascota adecuada para su madrina.

–Tú eres un perro para un hombre –le dijo a Ben–. Tú necesitas saber quién es el jefe.

Sin embargo, sería un maravilloso perro de familia, reconoció Piers cuando Ben se detuvo para dejar pasar a una mujer que caminaba en dirección opuesta con dos niños que se pararon para acariciarlo.

Al seguir caminando, Piers tuvo que reconocer que Georgia estaba haciendo un trabajo excelente. Se comportaba perfectamente y respondía a las órdenes al instante, pero al mismo tiempo exhibía una cierta dignidad que dejaba claro que obedecía según sus propias leyes. Mientras le palmeaba por su buen comportamiento y Ben agitaba la cola, Piers reconoció que, en otras circunstancias, se hubiera encariñado con aquel animal.

–¡Vamos, chico! Hora de irse a casa.

¡Casa! Ben alzó las orejas. Casa significaba comida y Georgia.

Casi habían llegado cuando Piers recordó que debía ponerse en contacto con el agente inmobiliario. Sería mejor ir en coche a verlo en vez de llamarlo para decir que había cambiado de idea acerca de las dos propiedades y que prefería buscar algo más pequeño.

Tenía las llaves encima, pero también tenía a Ben. Frunciendo el ceño miró del perro al coche, se encogió de hombros y abrió la puerta trasera.

Ben saltó contento al instante. Piers dejó un poco abierta

la ventanilla para que Ben tuviera aire fresco. Era un día cálido, no demasiado para un ser humano, pero con la piel de Ben, necesitaba un ambiente más fresco.

El aparcamiento situado frente a la agencia estaba al sol, así que se metió por una pequeña calle lateral y lo dejó a la sombra con las ventanillas un poco abiertas y el techo también.

No estaría fuera mucho tiempo.

–Buen chico –le dijo a Ben al alejarse.

El perro agitó la cola y se arrellanó feliz en el asiento. Le gustaban los coches y era agradable estar echado a la sombra.

Había otros coches en la calle, pero solo uno de ellos interesó al par de jóvenes que se deslizaron sigilosos por la calle probando todas las manillas, más por costumbre que por interés mientras se dirigían al coche de Piers. Habían estado vigilando cómo aparcaba el precioso Jaguar y su aburrimiento se disipó al ver las elegantes líneas del vehículo.

–Es muy veloz. Podría dar a los polis una buena carrera.

Entonces, mientras uno de ellos vigilaba, el otro forzó con rapidez la puerta del conductor. Sabía exactamente cómo hacerlo y cómo desactivar la alarma. Después de todo, tenía mucha práctica, la mayoría adquirida por debajo de la edad legal para conducir.

Cuando los dos jóvenes se deslizaron en el interior, Ben lanzó un sordo gruñido, pero como habían subido la radio a todo volumen, los chicos no lo escucharon.

En el paso de cebra que cruzaron, una joven madre con un niño pequeño y un anciano gritaron indignados del susto y de las sonoras carcajadas de los dos chicos. Pero para su desilusión, al acelerar por delante de la comisaría de policía no encontraron a ningún testigo de su provocativo comportamiento ni ningún coche de policía que los siguiera, lo que aumentó la excitación de la tarde.

Ellos conocían la ciudad y sus contornos mejor que los mismos policías y sabían de sitios seguros donde esconderse y garajes en los que podían ocultar el vehículo mientras la policía lo buscaba.

Aquel coche, igual que los otros que habían vendido, acabaría desguazado para venderlo por piezas.

Cuando se lanzaron en una intersección, haciendo frenar a los otros conductores, se rieron los dos mientras Ben gruñía en el asiento de atrás.

Piers se entretuvo en la agencia más de lo que pensaba. Su decisión de olvidarse de las dos propiedades fue alterada profundamente ante una fotografía tomada desde la ventana de la granja. Al ver aquel paisaje sintió un extraño e inesperado cambio de idea.

–¿La granja? –había preguntado el agente frunciendo el ceño–. Pero pensaba...

–Estoy dispuesto a pagar el precio pedido sin regatear con la condición de que salgan los habitantes inmediatamente.

El ceño del agente se frunció aún más.

–Pero pensé que había dicho que quería... –se detuvo al notar la mirada de Piers–. Bien, telefonearé a los vendedores para informarlos de su oferta –se ofreció al instante.

Diez minutos más tarde, al salir de la agencia, Piers se había comprometido a comprar la granja. ¿Se habría vuelto totalmente loco?

Empezó a caminar un poco más rápido para olvidarse de sus pensamientos y se detuvo en seco al entrar en la calle donde otro coche ocupaba el hueco de su Jaguar. Examinó la calle para ver si había alguna señal de prohibición convencido de que se lo habría llevado la grúa.

Por el rabillo del ojo vio un coche de policía doblar la esquina y paró al conductor para explicarle con rapidez que su coche había desaparecido.

–¿Cuál es el número de matrícula, señor?

Piers se lo dio con tensión.

—Había un perro en el coche —le dijo al policía—, y para ser sincero, estoy más preocupado por el perro que por el coche.

Mientras hablaba, Piers comprendió desconcertado que su primer pensamiento al notar la desaparición del coche había sido para Ben.

—¿Un perro, dice?

Diez minutos más tarde, Piers declaró en la comisaría la desaparición con más detalle.

—Mire —le dijo al policía—. Si sirve de ayuda, estoy dispuesto a ofrecer una recompensa.

El policía apretó los labios.

—Dudo que sirva de nada, señor. Es más probable que el coche...

—No es el coche lo que me preocupa —lo interrumpió Piers—. La recompensa sería por el perro, Ben.

—Haremos lo que podamos, señor.

Georgia miró con ansiedad el reloj de la cocina. Llevaba siglos esperando el regreso de Ben y Piers. ¿Dónde estaban? ¿Se habría portado mal Ben y se habría escapado? Cerró los ojos. Se podía imaginar la reacción de Piers.

—¡Oh, Ben! —suplicó en voz alta—. Por favor, sé bueno.

Si no conseguía adiestrar al animal, habría perdido la remota posibilidad de que Piers cambiara de opinión con respecto a ella.

¿Y qué más? ¿Que se enamorara de ella, que sintiera algo mucho más fuerte que un deseo sexual sin emociones? Y de todas formas, ella no quería el amor de Piers, ¿cierto?

Se levantó de golpe en cuanto oyó abrirse la puerta principal. ¿La puerta principal? Le asaltó una ligera punzada de alarma. Piers nunca metería a Ben por la puerta principal para que no manchara de barro las alfombras.

Cuando él abrió la puerta de la cocina Georgia estaba de pie apoyada contra la mesa, la misma mesa en que él había sugerido tomarla con tanta sensualidad. El cuerpo se le puso tenso.

−¿Dónde está Ben? −preguntó en cuanto Piers entró en la cocina.

Al escuchar el tono acusador de su voz y ver la expresión de su cara a Piers se le cayó el alma a los pies.

Iba a ser muy duro explicarle lo que había ocurrido. El miedo que veía en sus ojos solo reflejaba sus propios sentimientos de preocupación. Él era un hombre que siempre tenía las cosas bajo control y tener que reconocer que ya no lo tenía, ni que podía garantizar la seguridad de Ben, ni poder prometerle que todo saldría bien, era una dura prueba para su orgullo. Y por eso reaccionó de una forma que más tarde tendría que admitir que estuvo a un mundo de distancia de la suave caricia con que pensaba soltar la noticia.

−¿Es eso en lo único que puedes pensar? ¿En el perro? Bueno...

Al notar su tono de disgusto y culpabilidad, Georgia lo acusó al instante:

−Le ha pasado algo, ¿verdad? Le has hecho algo. Si se ha hecho daño... si le has hecho daño...

¿Si él le había hecho daño? Piers abrió los labios para defenderse, pero los cerró de nuevo. ¿Qué podía decir, después de todo? Él era responsable de haber dejado a Ben en una situación en la que podían haberle hecho daño, aunque hubiera sido por accidente.

Demasiado ansiosa por la ausencia de Ben como para interpretar correctamente la mirada de Piers, Georgia solo supo que su silencio lo condenaba.

−¿Dónde está? ¿Qué has hecho con él? −preguntó mientras la voz se le quebraba en un sollozo al imaginarse a Ben en una jaula, esperando en una perrera por un nuevo dueño sin saber lo que le ocurría.

De ninguna manera pensaba permitir que le pasara aquello. Si hablaba con sus padres y les explicaba la situación, la ayudarían a comprar una pequeña propiedad donde pudiera tener un perro. Si fuera necesario, ella misma le daría una casa a Ben antes de... de...

—¿Dónde está? —repitió con fiereza—. ¿Dónde?

—No lo sé —masculló Piers disgustado.

La vista de las lágrimas que ella intentaba ocultar con valor le había producido un nudo en la garganta.

—Estás mintiendo —lo acusó con salvajismo—. Te lo has llevado a alguna parte, a alguna perrera y lo has dejado allí... solo porque sea... sea un poco independiente y... ¿Tienes idea lo que le afecta a un animal ser abandonado de esa manera? —preguntó con la voz entrecortada—. ¿Tienes idea de cómo se sentirá tu madrina? ¿Has pensado en los sentimientos de...? Pero no te importa, ¿verdad? Lo único que te importa a ti son tus preciosos zapatos.

—¡Por Dios bendito! ¿Vas a escucharme? No he llevado a Ben a ninguna perrera. Ni lo he abandonado. Yo...

—Entonces, ¿qué ha pasado? —preguntó ella con la cara sonrosada de la emoción y los ojos brillantes con una mezcla de lágrimas y pasión.

—Yo... Te juro que me gustaría saberlo —protestó Piers con tanto sentimiento que Georgia sintió un escalofrío por la columna vertebral.

—¿Qué... qué ha pasado? —preguntó temblorosa—. Si se ha escapado es porque le gusta jugar a eso. Si hubieras esperado... Dime lo que ha pasado. Iré yo a buscarlo...

—No, espera. No es tan sencillo como eso —dijo Piers asiéndola por el brazo antes de que saliera por la puerta trasera—. Ben estaba en mi coche —declaró con seriedad—, y lo robaron.

—¿Qué? —Georgia lo miró a los ojos—. No te creo —le dijo furiosa con la cara ardiente.

¿Es que pensaba que era tan estúpida como para tragarse aquello?

—Tú saliste a dar un paseo a Ben. No dijiste nada de ir en coche a ninguna parte. Tú..

—Decidí ir a la inmobiliaria.

—¡No! No te creo. Estás mintiendo. Y creo que ahora me has insultado de todas las formas posibles. Profesional... sexual y ahora mentalmente, inventándote esa historia. Decidiste deshacerte de Ben desde el momento en que llegaste a esta casa. Ahora entiendo que de nada hubieran servido los avances que él hubiera conseguido —dijo mordiéndose el labio con los ojos llenos de lágrimas—. Tú querías que yo fracasara para tener la excusa. De hecho, casi ni me extrañaría que hubieras mandado a Ben que te destrozara los zapatos... tus zapatos «hechos a mano». Pero no eres lo suficiente hombre como para contarle a tu madrina que pensabas hacerlo, ¿verdad? O sea que has manipulado todo, utilizando a Ben, utilizándome a mí...

Georgia sintió que el labio le temblaba con violencia. No era solo a Ben al que estaba defendiendo... estaba luchando por... por sí misma. Por su propia integridad, sus propias emociones... su propio amor. «¿Amor?».

La sorpresa le quitó el aliento y se puso pálida al reconocer en lo más hondo la razón por la que la duplicidad y cobardía de Piers le dolía tanto.

No podía estar enamorada de él. Eso no era posible. Ella lo odiaba, lo despreciaba, lo...

Estaba llorando con lágrimas de desesperación, que le rompieron el corazón a Piers.

A pesar de todo lo que le había dicho o quizá por ello, no podía mantener el enfado al que tenía derecho. Lo único que deseaba hacer, lo que se moría por hacer, era tomarla en sus brazos y consolarla, asegurarle que registrarían todo el condado y el mundo si era necesario para encontrar a Ben y demostrarle lo equivocada que estaba.

Impulsivamente, Piers dio un paso hacia ella deteniéndose en seco al ver la forma en que Georgia lo estaba mirando, su expresión y todo su cuerpo se hallaban tensos del rechazo.

Georgia se estremeció. Solo por un momento había creído que Piers iba a tocarla, a consolarla... Y por un instante se había sentido impulsada hacia él, a traicionar lo mucho que necesitaba el consuelo de sus brazos, la seguridad de su voz diciéndole que todo saldría bien, que Ben estaba a salvo, que ella se había equivocado.

Los dos se tensaron al escuchar el timbre de la puerta.

Piers llegó antes que ella a abrir e hizo un gesto al policía que encontró enfrente.

–¿Lo han encontrado?

El oficial ya sabía que el dueño de aquel lujoso coche estaba más preocupado por el animal y simpatizaba con él. Él mismo tenía un perro y sabía cómo se sentirían sus hijos si le sucediera lo mismo.

–No, me temo que no, señor, pero hay noticias sobre el coche. Parece que un camionero ha visto uno similar por la autopista del norte. Hemos dado la alerta a la policía de tráfico, pero hasta ahora ninguno ha visto nada. Declaró en su denuncia que el depósito estaba casi lleno.

–Por desgracia, sí –asintió Piers mientras Georgia, que lo había escuchado todo, permanecía rígida en el recibidor con la cara pálida y el corazón desbocado.

Piers no la había mentido, después de todo. Le habían robado el coche con Ben dentro. Tragó saliva. Estaba claro que le debía una disculpa.

–Creemos que tenemos bastante idea de la identidad de la pareja que le ha robado el coche –continuó el oficial–. El camionero ha informado que eran dos los jóvenes ocupantes y conocemos a unos delincuentes habituales que usan el mismo sistema. El hecho de que estén en la autopista indica que lo usarán para divertirse y luego lo abandonarán en cualquier parte.

–No me importa el coche. ¿Qué hay del perro? ¿Sabe si el camionero...?

El policía sacudió la cabeza.

–No. No ha informado nada acerca de ningún perro. Pero como no se ha encontrado ninguno suelto por el pueblo, suponemos que debe de seguir en el coche.

Georgia sintió con pánico cómo se le llenaban los ojos de lágrimas.

–Es un perro grande y fuerte –dijo ella con rapidez–. No creo que lo puedan echar con facilidad del coche.

–Intente no preocuparse, señora –dijo el policía–. A veces esos gamberros tienen radios que sintonizan la frecuencia de la policía, así que estamos transmitiendo que hay una buena recompensa, como usted nos pidió –le dijo a Piers.

¿Que Piers había ofrecido una recompensa por Ben? Georgia se sonrojó hasta la raíz del pelo.

–¿Nos informará en cuanto se entere de algo?

El policía asintió y Piers cerró la puerta cuando se fue.

En cuanto estuvieron a solas en el recibidor, Georgia inspiró con fuerza y cerró los ojos para hacer acopio de valor.

–Siento mucho lo que te he dicho... lo de que habías hecho daño a Ben –empezó abriendo los ojos de nuevo–. Te debo... una disculpa y yo... no debería haber dicho lo que dije.

«Lo dije solo porque me dolía amarte tanto y que tú no me correspondieras y porque no fueras el hombre que yo esperaba que fueras», podría haberle explicado Georgia. Pero eso significaría desnudar su corazón y exponerse a más daño.

–No dudo que has tenido motivos para pensar así –contestó Piers dolido por que lo hubiera considerado tan cobarde y cruel.

La baja opinión que tenía de él era un profundo golpe para su orgullo. Era cierto que había estado celoso de Ben, celoso de la forma en que siempre se ponía de su lado. Y sí, quizá se hubiera sentido resentido por el amor que ella otorgaba con ternura al animal mientras que a él lo miraba con tanto desdén...

–Lo siento de verdad –repitió aturdida Georgia, incapaz de mirarlo a los ojos para no ver su indiferencia.

¿Por qué iba a importarle a Piers lo fatal que se sentía ella? Sus sentimientos le tenían sin cuidado de cualquier manera.

Capítulo 7

Con cautela, Ben alzó el morro hacia la ventanilla medio abierta de la parte trasera olisqueando con cuidado. Sabía que era aire campestre, pero no le resultaba familiar.

Se había mantenido escondido en la alfombrilla controlando su impulso inicial de ponerse a ladrar como un frenético a los desconocidos que se habían metido en el coche que él debía proteger. La intuición le había dicho enseguida que aquellos dos hombres eran peligrosos y que sería mejor dejarlos en paz. Él no era un cobarde, pero...

Aún con más cautela, miró hacia la parte delantera, donde los dos extraños estaban dormitando con el sopor del alcohol. Se habían parado después de perseguir a un deportivo conducido por una bonita chica por una serie de carreteras rurales sin dejar de lanzarle palabras obscenas. A pocas millas de allí la chica había escapado por fin por unos portones electrónicos de una gran finca y los jóvenes habían decidido no seguirla.

Habían conducido después hasta un pequeño pueblo, donde habían parado frente a un supermercado y habían dejado el motor en marcha mientras amenazaban a la dependienta riéndose de su miedo y se llevaban todo lo que querían.

Bebiendo e insultando a los pocos automovilistas con los que se habían topado, por fortuna pocos en aquel rincón apartado del campo de Yorshire, por fin se habían detenido.

–Será mejor parar –había dicho uno–. No nos queda mucha gasolina. Tenemos que encontrar un garaje.

–No encontraremos ninguno por aquí –había contestado el otro tirando la lata de cerveza vacía por la ventanilla.

Era una noche cálida y habían abierto del todo las ventanillas electrónicas. En el asiento delantero, el que estaba en el sitio del conductor se despertó y le dijo a su colega:

–Vamos, necesitamos gasolina.

Estaba arrancando el coche cuando Ben vio su oportunidad y la aprovechó saltando con rapidez por la ventanilla abierta.

–¿Qué es eso? –preguntó el joven volviéndose de repente hacia donde Ben había salido corriendo por el campo ya en sombras.

–No sé, tío. No he visto nada.

–Era un perro... Había un perro aquí en el coche.

–Para nada –se había mofado el conductor–. Has bebido demasiado y yo no. Vamos a buscar un trago.

–Y algunas chicas –sugirió su compañero.

–Tragos, chicas y gasolina. Perfecto.

Ben contempló desde una distancia segura cómo giraban y se alejaban. El aire de la tarde era diferente al de su casa. No sentía el aroma del río. Pero podía oler algo...

En la colina escuchó el tenue balido de las ovejas seguido del aullido de un zorro. A los zorros los conocía... a las ovejas no.

Georgia se despertó bruscamente. Había pasado la medianoche cuando Piers y ella se habían retirado. Ninguno de los dos había sido capaz de tomar la cena que Piers había insistido en preparar. Piers había mantenido una expresión sombría y distante y eso había evitado que ella intentara iniciar una conversación. Además, ¿qué sentido tenía? Ella ya había dicho suficiente. ¡Más que suficiente!

Completamente despierta, apartó la ropa de la cama y se puso la bata de algodón. Sentía la garganta atenazada y reseca de tantas lágrimas contenidas. Quizá si se preparara una taza de té...

¿Dónde estaría Ben en ese momento? ¿Seguiría en el coche o...?

Al llegar a la cocina, se detuvo en seco. Piers ya estaba allí de pie frente a la ventana contemplando la primera claridad del amanecer.

Al encender la luz, él se dio la vuelta y endureció el gesto al verla. Estaba muy claro que no le agradaba su compañía y ella intentó no traicionar sus pensamientos al pensar que bajo aquel albornoz debía de estar completamente desnudo.

¿Qué diablos estaba haciendo pensando en una cosa así en aquellas circunstancias? Sintió la cara ardiente de vergüenza.

Allí estaba el pobre Ben, secuestrado y Dios sabía en qué tipo de peligro y ella pensando... soñando... fantaseando...

–He bajado a prepararme una taza de té. No podía dormir.

Involuntariamente los dos miraron hacia la cesta vacía de Ben.

Georgia sintió que los ojos se le empañaban en lágrimas.

–¿Crees que lo encontrará la policía? –le preguntó con ansiedad.

Piers tragó saliva y respondió con demasiada ansiedad.

–Oh, sí, seguro que sí. Más pronto o más tarde tendrán que parar en alguna gasolinera para llenar el tanque y cuando lo hagan...

Casi como si los hubieran oído, en ese momento sonó el teléfono y por un instante los dos se quedaron paralizados.

Piers no creía una sola palabra de lo que le acababa de decir, notó Georgia en sus ojos. Él tenía tanto miedo como ella de las noticias, pero entonces cruzó la cocina y descolgó.

–Sí, ya entiendo. Bueno, sí, bien, pero ahora mismo no es eso lo que me preocupa. ¿Qué pasa con...?

–No, el dueño de la gasolinera no ha visto rastro de él –contestó el policía desde el otro lado de la línea.

–¿Han interrogado a esos tipos?

–No. Los dos están demasiado borrachos, pero están retenidos y en cuanto se despejen los interrogaremos.

–¿Ben? –preguntó Georgia con ansiedad.

Pero supo la respuesta en cuanto Piers sacudió la cabeza.

–No hay rastro de él –contestó evitando su mirada–. La policía no va a interrogar a esos tipos hasta que no se les pase la borrachera, así que ¿por qué no te acuestas e intentas dormir algo? No te harás ningún bien ni tampoco a Ben si te quedas aquí preocupándote –señaló con suavidad.

Y sin duda él no quería aguantar su pena ni su compañía, pensó Georgia mientras se dirigía obediente hacia las escaleras.

Cinco minutos más tarde, de vuelta en la cama, supo que le sería imposible conciliar el sueño. ¿Que le habría pasado a Ben? Solo la idea de que estuviera expuesto al denso tráfico de una autopista le paraba el corazón. Ella le había enseñado a sentarse y esperar antes de cruzar ninguna calle, pero... una autopista no era una calle.

Solo mordiéndose el labio inferior fue capaz de contener el leve grito de angustia que se le formó en la garganta cuando escuchó una leve llamada en la puerta y un segundo más tarde apareció Piers con una taza de té en las manos.

–Pensaba que no conseguirías dormirte –dijo indicando la taza–. Es un té, la panacea universal, según dicen.

Georgia dejó de morderse el labio e intentó sonreír.

–Eres muy amable por haberte tomado la molestia –empezó antes de que un sollozo la traicionara.

–¡Oh, Georgia! –oyó gemir a Piers antes de notar que se sentaba en la cama a su lado y la atraía a sus brazos.

–No puedo dejar de pensar en el pobre Ben cruzando una autopista –gimió Georgia–. Él no... no sabe...

—No lo hará. Si no lo hubiera llevado yo en el coche...

—¡No podías saber que iban a robarlo! —intentó protestar Georgia. Entonces, al ver la desolación en sus ojos sintió una punzada de compasión y ternura hacia él—. No debes culparte. No ha sido culpa tuya.

—Sí ha sido —insistió Piers—, pero te prometo, Georgia, que nunca quise hacerle ningún daño. Estaba celoso de él porque tú insistías en defenderlo y protegerlo contra mí —admitió.

Atrajo la cabeza de ella hacia su hombro y apoyó la barbilla en ella para que no pudiera ver en sus ojos la causa de sus celos.

—Era como si todo lo que él hiciera estuviera bien y todo lo que hiciera yo estuviera mal. Pude notar en tus ojos cómo me despreciaste cuando me quejé por que hubiera destrozado mi zapato...

—¡No! —protestó Georgia con rapidez alzando la vista para mirarlo a los ojos antes de que pudiera detenerla—. Nunca te he despreciado. Solo tenía miedo de que echaras a Ben —se mordió el labio de nuevo—. Verás, yo sabía... de verdad... que tenías razón cuando decías que no era un perro adecuado para tu madrina. Lo que realmente necesita es...

Se detuvo cuando Piers terminó por ella:

—Una familia.

Georgia tragó saliva y asintió.

—Pero tu madrina lo adora y él ya ha sido rechazado una vez.

—Y tu tierno corazón no puede soportar que le hagan daño de nuevo.

—Odio que le hagan daño a nada ni a nadie —admitió Georgia en un susurro.

—Ahora mismo, soy yo el que necesito un poco de esa compasión tuya —susurró Piers acercando la cabeza hacia ella.

Georgia inspiró con fuerza e intentó mantenerse inmóvil. Si se moviera apenas un centímetro... sus labios casi rozarían los de Piers. ¿Sería una invitación lo que acababa de oír o solo que necesitaba su comprensión? Su camisón era solo de fino algodón con tirantes, pero ella sentía un ardor insoportable, como si tuviera el cuerpo en llamas. Hiciera lo que hiciera, pensó, no debía ceder a la tentación de mirar a los labios de Piers porque si lo hacía...

–¿No tienes nada que decir? –susurró Piers con voz tan débil que ella tuvo que acercarse para escucharlo.

Pero aquello fue un error fatal y su mirada se vio atraída sin remedio al triángulo sedoso entre las solapas abiertas del albornoz de Piers, a la nuez tan prominente y masculina y a su boca..

¡Su boca!

Georgia tragó saliva con impotencia totalmente incapaz de desviar su mirada transfigurada de la tormentosa tentación que la tenía cautiva sin remedio. Solo mirar la boca de Piers la hacía desear estirarse y alcanzarla, trazar su forma con el dedo. Memorizar su contorno y su textura para poder volver a dibujarla de nuevo con suaves besos leves como un aleteo de mariposa antes de...

Como si le estuviera leyendo el pensamiento, escuchó a Piers decir con urgencia:

–Hazlo, Georgia. Oh, Dios, sí –jadeó cuando los ojos muy abiertos de ella se clavaban en la mirada sensual de él–. Sí –repitió con aspereza–. Bésame.

Pero, cuando su boca se cerró sobre la de ella, fue él el que la besó, sus labios devoraron hambrientos los de ella, sus brazos se apretaron con fuerza alrededor de su cuerpo.

Un delicioso temblor de excitación le recorrió la espina dorsal a Georgia cuando su cuerpo respondió impotente a él.

–Piers... Piers... –gimió mientras se abrazaba a él por las solapas y sus dedos rozaban accidentalmente su ardiente piel.

Entonces, atraídos como imanes, sus dedos se deslizaron bajo el albornoz y sus manos lo exploraron con ansiedad. Tenía todo el cuerpo ardiente de excitación y deseo de ser tocada... acariciada... poseída.

—¡Piers!

Al gritar su nombre impotente ante las sensaciones, él pareció sentir su confusión y suavizó el beso.

—Está bien, está bien. Yo siento lo mismo —exclamó con ardor—. Te deseo tanto que me duele —gimió al deslizar las manos por sus hombros desnudos y cerrar los ojos—. Déjame quitarte esto, Georgia —suplicó—. Déjame verte... entera...

Solo por un instante, Georgia vaciló. Ella era muy púdica por naturaleza, quizá demasiado, pensaba a veces. Pero, como si adivinara lo que estaba pensando, él susurró con delicadeza:

—Tú también quieres verme, ¿verdad? Deseas tocarme... abrazarme...

Con el aliento contenido, Georgia lanzó un suave suspiro de asentimiento. Lo que le estaba sugiriendo era demasiado tentador para negarse y los ojos le chispearon de emoción ante la idea de la rica sensualidad que le estaba ofreciendo.

—Déjame quitarte esto, entonces —dijo él deslizando con cuidado los tirantes de su camisón.

Aquel leve roce de sus dedos contra su piel desnuda fue suficiente para ponerle la carne de gallina y Georgia supo antes de que el camisón se deslizara por su cuerpo para revelar en toda su gloria femenina sus oscuros pezones, que ya estaban erizados como duros botones esperando por la ardiente caricia de sus dedos y sus labios para hacerlos florecer con plenitud.

Piers nunca había visto a una mujer traicionar tanto su excitación y necesidad con tanta inocencia. Y él nunca se había sentido tan maravillado y orgulloso al saber que era él la razón de aquella excitación.

Ella podría no amarlo, pero lo deseaba y supo por instinto que aquel nivel de deseo era tan desconocido para ella como desconocida era para él la intensidad de su amor por ella.

Con mucha delicadeza abarcó sus senos desnudos mirándola antes a los ojos y luego a los sedosos montículos que estaba acariciando con las manos antes de decir con voz ronca:

–Eres tan preciosa... tan perfecta...

–No –empezó a protestar ella.

Pero antes de poder terminar de decir lo que estaba pensando, él la estaba besando con suavidad al principio y enseguida con creciente pasión mientras deslizaba las manos por su espalda atrayendo sus senos desnudos contra la cálida y sedosa abrasión de su torso. Georgia pensó que solo la sensación de sus cuerpos tan apretados, que podía sentir sus fuertes latidos, la haría desmayarse.

–Nadie te había hecho esto antes, ¿verdad? –preguntó con insistencia Piers.

La idea de que Georgia estuviera entregándose a él con una intimidad que nunca hubiera compartido con nadie le disparó la adrenalina.

Y mientras hablaba, Piers volvió a cubrir sus senos desnudos con una posesividad que le produjo a Georgia un vuelco en el corazón. Solo por un instante, con aquella mirada en sus ojos, casi pudo convencerse de que la amaba.

–Si solo con acariciarte los senos te sientes así –susurró con ardor Piers al sentir los mudos estremecimientos de su cuerpo–, imagina lo que vas a sentir cuando te haga algo más íntimo.

«¿Algo más íntimo?». Georgia empezó a abrir los ojos con una mezcla de excitación y alarma. Ya estaba temblando de forma tan intensa que creía no poder soportar más placer. Pero Piers ya estaba doblando la cabeza susurrando tales cosas contra sus labios que todo su cuerpo ardió de deseo de saborearlas.

Y entonces, en algún sitio del pueblo, un perro ladró.

Georgia se quedó rígida al instante. Unos pocos segundos más y él hubiera sido incapaz de no decirle lo mucho que la amaba, de no demostrárselo con su cuerpo. Debería dar las gracias de que ella se hubiera detenido y le hubiera hecho recuperar el sentido. Se alegraba. No tenía sentido poner aún peor la situación entre ellos declarando un amor que ella evidentemente no quería.

–Lo siento –se disculpó distante desviando la mirada hacia su camisón–. Es decir...

–Está bien –murmuró Georgia jadeante para impedir que él explicara que solo se había dejado arrastrar por el deseo–. Lo entiendo. Los dos estamos preocupados por Ben... Sé que solo intentabas consolarme y yo...

Al ver su cabeza gacha, Piers apretó los labios.

–No era precisamente consuelo lo que tenía en mente cuando...

Pero Georgia lo interrumpió con voz estrangulada suplicándole:

–Por favor, no digas nada más. Yo no... no...

Ella no lo amaba; eso era lo que le costaba tanto decir, pensó Piers.

–Supongo que tienes razón. Los dos hemos actuado de manera bastante irracional.

Bueno, eso era verdad, al menos en su caso. Desde luego, él nunca había estado tan cerca de decirle a una mujer que la amaba, pero es que nunca había amado a otra mujer ni había sentido lo que Georgia le hacía sentir. Sus sentimientos por ella eran irracionales o, al menos, desconocidos.

En el exterior, el alba estaba tiñendo el cielo. Si Ben había sobrevivido a aquella noche, en cuanto la policía interrogara a los dos delincuentes, quizá pudieran indicar por dónde empezar a buscarlo. Eso si había sobrevivido a la noche. Si no... si no, Georgia no lo perdonaría nunca ni tampoco se perdonaría él.

Capítulo 8

Manteniendo el cuerpo pegado al suelo, Ben siguió el sonido de las ovejas. Las podía ver como puntos blancos salpicando las colinas en sombras. No eran todavía carneros crecidos y con sus agudos sentidos, Ben vio y olió a la zorra aislando a un grupo de tres corderos en la falda de la colina.

Mientras observaba a la zorra marcar a su presa, Ben lanzó un ladrido. Él no era un perro cazador, pero hizo lo posible por avisar. Pero estaba demasiado lejos para remediar lo inevitable. Incluso así...

Con cautela avanzó hacia el rebaño, pero al llegar a la falda de la colina solo quedaban dos corderos y sacudió la cabeza fastidiado ante el acre olor de la sangre.

El granjero, alertado por los ladridos de sus perros pastores ya estaba en mitad de la colina con el fusil en la mano cuando divisó a Ben. Al instante apuntó...

–Perdí otro cordero anoche –explicó Harry Bowles a su cuñado mientras su mujer les servía una taza de fuerte té de Yorkshire.

El hermano de su mujer estaba en las fuerzas de la policía y a menudo se pasaba a desayunar si estaba de turno por la zona.

–¿Un zorro? –preguntó Brian con simpatía mientras daba un sorbo a su taza.

Harry sacudió la cabeza.

–No. Un perro. Lo vi con tanta claridad como si fuera a la luz del día. Un perro familiar por su aspecto. Alguna de esas razas curiosas...

–¿Cómo era exactamente? –preguntó con dureza su cuñado posando la taza.

Harry le describió brevemente a Ben.

–No le dispararías, ¿verdad? Me da la impresión de que es el perro desaparecido y hay una recompensa para el que lo devuelva sano y salvo.

–Lo intenté, pero fallé, Brian –dijo sombrío Harry.

–Vamos. Echemos un vistazo a ver si sigue por los alrededores. Quizá podamos traerlo hasta la granja y echarle un buen vistazo.

Ben vio a los dos hombres desde el pequeño refugio que había encontrado bajo una roca saliente protegida por la alta vegetación que la rodeaba. Reconoció al granjero y se quedó rígido de ansiedad. Lo estaban llamando por su nombre, pero él no los conocía y en las veinticuatro horas anteriores había aprendido que no todos los seres humanos eran como sus dueños.

Observó con cautela a los dos hombres y solo se relajó cuando, media hora más tarde, le dieron la espalda y se alejaron por la dirección en la que habían llegado.

–Entonces mandaré un informe por si es el setter inglés que buscan –le dijo Brian a su cuñado–. Y recuerda, si lo vuelves a ver, intenta atraerlo a la granja...

–Si lo veo molestando a mi rebaño no creas que tendré ganas de llevarlo a la granja.

Ya era bastante con tener zorros como para que los perros escapados molestaran a sus corderos.

***

Mucho más tarde, cuando Ben, acosado por el hambre, por fin sucumbió a la tentación que representaba la granja. Desde su punto aventajado en la colina veía el patio donde Mary Bowles estaba dando de comer a los perros pastores y a su vieja mascota, Jack.

A Ben se le hizo la boca agua. Tenía hambre. Mucha hambre.

Como una lagartija fue arrastrándose colina abajo.

El collie fue el que sintió antes su presencia lanzando una salva de ladridos a los que se unió enseguida Jack. Mary los oyó desde la cocina y salió al instante. Su marido no estaba y no esperaba ningún visitante, pero la imagen del que vio arrastrándose por la colina le hizo lanzar un gemido y llamarlo con suavidad.

–Ben... Ben... Ven aquí, perrito.

La voz de una mujer... A Ben le gustaban las mujeres. Corrió ansioso hasta el patio permitiendo a Mary que le frotara y aceptando la comida que le ofrecía, pero, cuando intentó agarrarlo por el collar, Ben sintió el peligro y salió corriendo al instante colina arriba.

–¿Estás segura de que era él? –preguntó Brian a su hermana cuando lo llamó.

–Desde luego, era el perro que describiste esta mañana –confirmó Mary Bowles.

–Bien. Entonces llamaré a la comisaría. Ha sido una pena que no pudieras agarrarlo.

Fue Piers el que contestó la llamada de la policía mientras Georgia colgaba fuera la manta de Ben, que había lavado más que nada por hacer algo.

–Era la policía –la informó Piers en cuanto entró en la cocina–. Han tenido una llamada de alguien que lo ha visto...

–¿Dónde?

—En Yorshire. Lo vio la mujer de un granjero y le dio de comer, pero...

—¡Está a salvo! —exclamó Georgia con alivio mientras los ojos se le empañaban de lágrimas—. ¡Gracias a Dios!

—No pongas muy altas las esperanzas —susurró con suavidad Piers—. Ben, suponiendo que fuera Ben, salió corriendo en cuanto comió. Parece que el granjero había disparado hacia él el día anterior. Si Ben sigue allí...

—Si sigue allí...

Pero Piers se detuvo al ver la determinación de la cara de Georgia.

—Mira, voy a llamar a la granja para decirles si no les importa que vayamos a buscarlo.

Georgia vaciló solo un instante. Su primer instinto fue salir corriendo al coche y conducir hasta el norte sin dilación, pero lo que Piers estaba sugiriendo tenía sentido.

—Bien.

Le parecía como si por un acuerdo tácito, Piers y ella hubieran decidido poner a un lado sus diferencias para concentrarse en el rescate. Durante las largas horas de espera que llevaban, ninguno había mencionado los acontecimientos íntimos de la noche anterior, y ahora, reconoció Georgia, se alegraba de tener a Piers para compartir la ansiedad de la espera. Y no era que pensara admitirlo, ni tampoco lo aliviada que estaba ante la tregua de las hostilidades entre ellos.

La actitud de Piers hacia ella era de delicada preocupación, casi de tierna protección, de amorosa ternura.

No, eso debían de ser imaginaciones suyas, porque, desde luego, Piers no la amaba. Pero ella lo amaba a él.

Mientras esperaba a que Piers llamara a los Bowles, intentó que las emociones no la desbordaran. Estaba bajo los efectos del trauma y la culpabilidad, suponía. Descubrir lo equivocada que había estado al acusar a Piers la había dejado vulnerable y susceptible. Y lo de la noche anterior en los brazos de Piers...

Pero no debía pensar en aquello ni en ninguno de los otros placeres... esperanzas... que había sentido en la intimidad de la noche. No. Debía concentrarse en Ben y en su seguridad en ese momento.

—Muy amable por su parte —escuchó decir a Piers al teléfono—. Sí, saldremos enseguida y no creo que tardemos mucho. Era Mary Bowles —le contó a Georgia en cuanto colgó—. Es la mujer que vio a Ben y le dio de comer. Está convencida de que se trata de Ben. Dice que nos recibirá encantada y que podemos quedarnos con ellos mientras lo buscamos.

—¡Oh, Piers!

Georgia sintió los ojos empañados en lágrimas de pena e instintivamente se acercó a él.

El mismo impulso hizo que él, al reconocer su necesidad, le abriera los brazos y la abrazara con suavidad mientras la consolaba.

—Al menos sabemos que está vivo...

—De momento —acordó Georgia con un leve escalofrío—. Si otro granjero...

—No te preocupes. La policía va a dar un boletín por la radio local acerca de Ben.

Cuando Georgia se movió en sus brazos y alzó la mirada para poder escucharlo, la tentación de besarla para borrar aquel temblor de su labio fue demasiado fuerte como para poder resistirse. La búsqueda de Ben los había unido en un círculo íntimo de preocupación, pero no debía engañarse a sí mismo. En cuanto la situación estuviera resuelta, sin duda Georgia volvería a aquella antipatía hacia él. Solo porque la noche anterior ella se hubiera arrojado a sus brazos y lo hubiera deseado...

—¿Cuándo podemos irnos? ¿Cuánto tardaremos en llegar allí? —la oyó preguntar con ansiedad.

—Bueno, unas tres o cuatro horas según como esté el tráfico. Podemos llevar el coche de mi madrina, que es más espacioso para Ben.

–Si lo encontramos...

–Si lo encontramos... De paso, sería mejor llevar una bolsa de viaje para pasar la noche. Puede que no lleguemos a la granja hasta última hora de la tarde e incluso aunque en verano anochezca más tarde...

–Si Ben está allí, no pienso volver sin él –afirmó Georgia con decisión–. No importa el tiempo que tenga que quedarme. ¡Oh, Piers! ¿Qué diablos vamos a decirle a tu madrina?

–Bueno, cada cosa a su tiempo. Mientras tú te preparas, yo iré a llenar el depósito de gasolina.

Cuando empezó a soltarla, Georgia se volvió, pero al asaltarla de nuevo los miedos y las dudas, se dio la vuelta de nuevo.

–Piers...

La ansiedad de su voz hizo que Piers ladeara la cabeza para mirarla. Su boca estaba a poca distancia de la de él y deslizando la mano por su barbilla, dobló la cabeza para tomar su boca con un rápido e intempestivo beso.

Al sentir sus labios temblar bajo los de él, Piers se olvidó de Ben y de todo lo que se interponía entre ellos. Con mucha delicadeza, su lengua exploró los suaves labios de Georgia y se los abrió más, el temblor que la recorrió reflejaba la misma profunda excitación que lo asaltaba a él.

Aturdida, Georgia se aferró a Piers al sentir su lengua explorar la profunda dulzura de su boca, poseyéndola con tal sensualidad que la dejó conmovida y asombrada.

¡Lo amaba tanto! Solo desearía que no hubiera aquellas barreras entre ellos. Si siquiera el deseo de él fuera motivado por el amor y no solo por pura pasión sexual masculina.

El dolor la asaltó haciendo que lanzara un estrangulado sollozo. Piers la soltó al instante, y con voz profunda y quebrada, clavó la mirada en la distancia para decirle:

–Lo siento. Yo no...

–Iré a preparar mi bolsa –lo interrumpió ella.

Las situaciones tan emotivas a menudo conducían a que la gente se comportara de forma contraria a su naturaleza. Piers se había sentido culpable por Ben y por eso se portaba así con ella, se dijo a sí misma mientras se dirigía a las escaleras.

El sólido Volvo de la señora Latham podía no ser tan lujoso como el Jaguar de Piers, pero era más potente que su utilitario, reconoció Georgia.

Habían mantenido buena velocidad en la autopista; Piers era un excelente conductor y Georgia sabía que en otras circunstancias hubiera disfrutado del paisaje por los terrenos pantanosos de Yorshire, sus colinas y sus cielos. El último pueblo en el que habían estado era pequeño y muy bonito, con pequeñas casas de piedra colgantes sobre los bancales que daban a un precioso río cristalino.

Piers había sugerido pararse para comer algo y estirar las piernas, pero a pesar de haber desayunado solo, ella no tenía hambre. La ansiedad le atenazaba el estómago al ver las vastas extensiones de terreno árido donde tendría que sobrevivir Ben.

A pesar de la buena velocidad, habían pasado cuatro horas cuando por fin entraron en el irregular camino de la granja de los Bowles.

Georgia examinó el horizonte con ansiedad con la esperanza imposible de ver a Ben, y sus primeras palabras en cuanto pararon y la señora Bowles se acercó corriendo al coche fueron:

–¿Lo ha visto? ¿Ha aparecido?

–Me temo que no hemos visto rastro de él –dijo antes de volverse hacia Piers–. ¿No le importa aparcar el coche en aquel granero vacío? Así dejará sitio para que Harry pueda girar el tractor cuando llegue. Vamos dentro –invitó a Georgia, que se había detenido para acariciar al collie. Y para sorpresa de Mary, el perro se había dejado.

—Es un honor que le hace –le dijo a Georgia en cuanto entró en la cocina–. A Meg no le gustan los extraños.

Jack, el chucho mascota, salió enseguida de su cesta al entrar ellos.

Era un perro viejo y reumático y Georgia le examinó de forma automática las articulaciones al acariciarlo.

—Es por costumbre –le dijo a Mary Bowles que la estaba mirando asombrada–. Soy veterinaria.

—Será mejor que no se lo cuente a Harry –la aconsejó Mary con una carcajada–. La llevará a la colina a que inspeccione a su rebaño antes de que pueda decirle que no.

—La policía dijo que su marido pensaba que Ben había estado molestando a su rebaño –respondió disgustada Georgia.

—Bueno, algo ha andado rondando a los corderos. Podría tratarse del perro, pero también de un zorro –contestó con calma Mary.

—¿No habrá... no habrá...?

Georgia no pudo terminar de expresar su miedo de que Ben pudiera matar a algún cordero impulsado por la necesidad.

—Pensamos, con el permiso de su marido, ir a buscar al perro –dijo Piers después de aceptar la taza de té que le ofreció Mary–. Si está por aquí, reconocerá nuestras voces y puede que salga de su escondite.

—Oh, desde luego que estaba aquí –aseguró Mary–. Yo misma lo vi... y le di de comer... Un perro bonito.

Piers sacó una fotografía de Ben que había encontrado entre las cosas de su tía.

—Sí, ese era –confirmó la mujer al ver la foto–. Bueno, no serán ustedes dos los únicos que lo estén buscando –se rio–. Han dicho por la radio que hay una recompensa.

—Estupendo. Cuanta más gente lo busque, mejor –replicó Piers.

—Pensé que volvería a bajar por la colina cuando volví a

dar de comer a Meg y a Jack –admitió Mary–. Hasta le dejé un cuenco más por si acaso, pero no lo he viso.

Tuvieron que esperar media hora más a que llegara Harry Bowles para que los acompañara a las colinas a enseñarles dónde había visto a Ben.

Entrelazándose las manos, Georgia gritó su nombre y el eco le devolvió el sonido haciendo que algunas ovejas se espantaran.

–Quizá debamos seguir ese sendero llamándolo –sugirió Piers.

Asintiendo, Georgia acompasó el paso al de él dejando a Harry para que hiciera su trabajo.

–¿Por qué no se quedaría en la granja? –comentó Georgia casi llorando una hora más tarde al rematar otra colina sin rastro de Ben–. ¡Ben! –gritó–. ¡Ben!

–Tendremos que volver a la granja –advirtió Piers–. La luz ya se está yendo.

Georgia quería protestar, pero el sentido común le decía que tenía razón él.

De vuelta en la cocina de la granja, Georgia aceptó con debilidad la taza de té que le ofreció la señora Bowles. Estaba empezando a sentir los efectos de la noche anterior en vela; sentía el agotamiento y los párpados pesados; quizá si cerrara los ojos un momento...

–Vamos a tener que quedarnos a pasar la noche –susurró Piers con suavidad–. ¿Hay algún sitio que nos pueda recomendar?

–Como ya le dije antes por teléfono, nos alegraría que se quedaran en la granja –Piers empezó a protestar con cortesía, pero ella sacudió la cabeza–. No será ninguna molestia. A veces vienen senderistas pidiendo albergue y ya hemos preparado una habitación para ese propósito. Usted y su mujer son bienvenidos.

Antes de que Piers pudiera explicarle que no eran marido

y mujer, vio que Mary desviaba la mirada con indulgencia a Georgia, que se había quedado dormida en la silla.

−¡Esta pobre chica está agotada! Lo llevaré arriba y le enseñaré la habitación. Nosotros no nos quedamos hasta tarde porque a Harry le gusta levantarse al amanecer.

Al seguir a la señora Bowles, Piers decidió no complicar las cosas. Eran más de las diez y para cuando despertara a Georgia y encontraran algún sitio en el pueblo sería cerca de la media noche. ¡Sería mucho más sencillo aceptar la invitación de Mary!

La habitación que le enseñó la dueña de la casa no era precisamente grande, pero estaba inmaculada y era acogedora. E incluso tenía su propio cuarto de baño.

−Tuvimos que hacer el cuarto de baño cuando nuestra hija era adolescente. Las chicas de su edad tienden a pasar mucho tiempo en el aseo y su padre se impacientaba con ella. Ahora está en la universidad.

Lanzó un leve suspiro y Piers notó por su expresión que echaba de menos a su hija.

Cuando volvieron a la cocina, Georgia se despertó y se dirigió con ansiedad a Piers:

−Necesitamos buscar un sitio para quedarnos.

−Ya está todo arreglado. La señora Bowles se ha ofrecido a alojarnos.

La expresión de Georgia traicionó su alivio. Tendría que esperar hasta que estuvieran a solas para explicarle el error de la señora Bowles antes de que pensara que él quería aprovecharse de la situación.

−¡Oh, es muy amable por su parte! −le dijo Georgia a Mary−. La idea de volver a meterme en el coche me horrorizaba. Pensaba que era buena senderista, pero este paseo me ha dejado agotada.

−Esas colinas son más empinadas de lo que parecen −acordó la señora Bowles con una sonrisa−. Prepararé una cena para todos y después Harry y yo nos iremos a la cama. Intenta no preocuparte por el perro, muchacha –le dijo a Georgia–. Mi hermano Brian está en la policía y ha prometido que nos llamará en cuanto haya alguna noticia.

–Hasta mañana entonces –le dijo Mary a Georgia después de que terminaran las dos de fregar y recoger la deliciosa cena que había preparado.

Cuando oyeron desvanecerse los pasos de sus anfitriones en lo alto de las escaleras, Georgia se estiró y lanzó un bostezo.

–Creo que yo también subiré. ¿Qué habitación es?

–Subiré a enseñártela –se ofreció Piers.

Georgia lo siguió por las escaleras y Piers esperó hasta que ambos estuvieron dentro de la habitación para contarle las noticias.

–¿Que vamos a qué? –preguntó Georgia sacudiendo la cabeza–. ¡Oh, no! De ninguna manera pienso compartir la habitación, cuanto menos la cama, contigo.

–Sss. Habla bajo. La señora Bowles cree que somos una pareja casada. Por eso nos ha puesto aquí juntos.

–¿Y por qué no le dijiste que no lo somos?

–Lo intenté al principio, pero entonces me di cuenta de que esta debe de ser la única habitación que tiene lista para huéspedes. Es la mujer de un granjero, Georgia, y dudo que le sobre tiempo para preparar otra habitación. Ya la oíste esta tarde cuando nos contó su vida. Tiene que alimentar corderos huérfanos, gallinas y patos, trabajar en la huerta o hacer mermeladas y conservas. No parece que tenga un minuto que perder. ¿Qué querías que hiciera? ¿Que te despertara y arrastrara a un largo viaje hasta el próximo pueblo y después de mesón en albergue para buscar una habitación?

Georgia puso una mueca sintiendo más cansancio solo de pensarlo.

—Mira, si te hace sentirte mejor, yo dormiré en la silla o en el suelo —se ofreció Piers sombrío.

Georgia dirigió un vistazo a la pequeña silla y después al suelo. De ninguna manera quisiera ella dormir en ninguno de los dos sitios.

—Deberías habérselo dicho —fue lo único que pudo decir antes de apartar la mirada de él.

Estaba demasiado agotada como para discutir. Lo único que quería hacer era meterse en la cama y dormir para poder estar descansada por la mañana.

—Hay un cuarto de baño ahí. Puedes usarlo tú primero —ofreció Piers.

—Todavía tengo la bolsa en el coche.

—Sí, yo también. Iré a buscarlas.

Mientras estuvo fuera, Georgia se duchó con rapidez y se enrolló una de las toallas limpias alrededor del cuerpo.

Desde la ventana de la habitación miró al patio y se detuvo cuando estaba a punto de cerrar las cortinas. ¿Dónde estaría Ben? ¿Podría ver la granja desde su escondite?

Miró con ansiedad al campo oscuro sin notar el regreso de Piers hasta que le rozó el brazo y le hizo dar un respingo de sorpresa.

—Lo siento —se disculpó ante su expresión de asombro—. Pensé que me habías oído entrar.

—Estaba pensando en Ben —dijo Georgia con voz estrangulada.

Él estaba demasiado cerca de ella, tan cerca que casi se sentía acorralada contra la pared, pero no era el miedo lo que le había desbocado el corazón y le había hecho empezar a temblar. La pesadez que sentía en todo el cuerpo tampoco tenía nada que ver con el agotamiento. Muy al contrario. La necesidad que palpitaba en ella tenía un origen mucho más peligroso.

Piers pudo sentir cómo su propio cuerpo reaccionaba ante

la cercanía de Georgia. Estaba tan deseable y adorable que se moría por tomarla en sus brazos allí mismo y...

Incapaz de contener sus palabras susurró:

—Georgia, acerca de lo de anoche...

Ya estaba. Ahora Piers le diría que no interpretara mal lo que había sucedido, pero había cosas que ella no quería escuchar, verdades que no podía soportar. Al menos en ese momento.

—No quiero hablar de ello —le dijo con fiereza—. ¿Dónde has puesto mis cosas?

—Ahí está tu bolsa.

Piers hizo un gesto hacia el pie de la cama.

Al volver la cabeza, Georgia pasó por delante de él sin atreverse casi a respirar para no rozarlo. ¡Sus sentidos desbocados no podrían soportarlo!

Al ver la intensidad de su mirada al pasar por delante de él, como si odiara rozarlo siquiera, Piers sintió el rechazo con un dolor tan intenso como si lo hubieran apuñalado en el corazón. Sin atreverse a mirarla de nuevo, se encaminó a la ducha.

Incluso de espaldas a él, Georgia era muy consciente de su presencia y esperó hasta oír cerrarse la puerta del baño para buscar apresurada el camisón de algodón en su bolsa, meterse en la cama y arroparse hasta las orejas con la esperanza de quedarse dormida antes de que Piers volviera.

Casi lo estaba consiguiendo si no le hubiera puesto tensa la larga estancia de Piers en la ducha.

¿Ya se habría quedado dormida?, pensó Piers al abrir con cautela la puerta y caminar hacia la cama. Georgia estaba de espaldas con el cuerpo inmóvil.

La miró y después a sí mismo, cubierto con la bata. Él no había vuelto a usar su pijama desde sus épocas de estudiante, pero se podía imaginar la reacción de Georgia si se metía desnudo en la cama. La habitación era caliente y de techos bajos, pero no podía quitársela. Suspirando con suavidad, apartó la ropa de la cama y se metió dentro.

Piers estaba dentro de la cama con ella. Un delicioso escalofrío le recorrió el cuerpo con una oleada de sensualidad que le puso la piel de gallina.

Solo la idea de que él la acariciara con su cálido cuerpo desnudo y sus excitantes dedos explorando cada curva de su cuerpo... Se le atenazó la garganta al oír el gemido ronco que dejó escapar Piers cuando su deseo de ella se hizo imposible de soportar.

Georgia apretó los párpados y se obligó a concentrarse en Ben. ¿Dónde estaría? ¿Cómo estaría?

Ben olisqueó el aire de la noche. Allí afuera, en el recoleto valle protegido por las colinas, lo único que podía oler era la comida. Se lamió el hocico anticipando el festín. Por el valle discurría un arroyo, que era por lo que estaba allí, sediento después de pasar todo el día buscando comida.

Ya estaba oscuro y sabía dónde tenía que ir. No en vano había estado vigilando la acampada de los scout y sabía exactamente en qué tienda estaban las salchichas que olían tan deliciosas. A Ben le encantaban las salchichas. La señora Latham le daba alguna hecha por su carnicero los domingos.

–¡Este es nuestro secreto, Ben! –le decía a menudo.

¡Salchichas! Ya podía olerlas. Olisqueó el aire con placer.

Hasta ver la acampada de los chicos, había pensado volver a la granja, pero el disparo del granjero y la hostilidad del collie le quitaban bastante las ganas.

Mirando a sus espaldas, Ben inspeccionó para ver si alguien lo miraba antes de colarse en la tienda donde el jefe de grupo había almacenado la comida.

Aquel era un viaje anual de acampada, uno del que disfrutaban como locos los más jóvenes.

Las salchichas estaban en un pequeño frigorífico de gas, pero Ben sabía muy bien cómo abrir los frigoríficos.

Capítulo 9

Piers estaba soñando con Ben. Había ido a dar un paseo con él y le había tirado un palo para que lo recogiera. Cuando el perro se lanzó a la carrera por el campo, se transformó en una horrible autopista de cuatro carriles.

Piers abrió la boca para avisar a Ben, pero era demasiado tarde: Ben ya se estaba lanzando hacia la autopista y hacia su destrucción.

Con desesperación, Piers gritó el nombre del animal.

Al principio, cuando oyó a Piers llamar a Ben, Georgia imaginó que debía de haberlo divisado, pero cuando abrió los ojos en dirección a la ventana, él no estaba allí y las cortinas estaban echadas.

Completamente despierta ya, se sentó y encendió la lamparilla.

Piers estaba echado a su lado evidentemente en mitad de una pesadilla porque tenía la frente perlada de sudor y estiraba el brazo hacia el lado opuesto de la cama como si intentara alcanzar algo.

–Piers... –Georgia lo sacudió con suavidad por el hombro–. Piers...

–Ben... no... por favor, no...

Tenía la voz cargada de ansiedad.

Cuando lo sacudió un poco más fuerte, Georgia vio con claridad su cara de angustia.

–¿Georgia?

Abrió los ojos con confusión y frunció el ceño al ver la habitación de la granja.

–No pasa nada –le aseguró ella con suavidad–. Estabas soñando.

–Más bien tenía una pesadilla –corrigió él con aprensión pasándose una mano por el pelo.

–Estabas llamando a Ben. Al principio pensé que lo habías visto hasta que me di cuenta de que estabas dormido.

Cuando él se incorporó en la cama, Georgia vio que tenía puesto el grueso albornoz de toalla, pero se le había aflojado el cinturón y dejaba ver el bronce velludo de su pecho.

¿Había sido tan solo la noche anterior cuando...? La repentina oleada de calor que la asaltó la hizo desviar la mirada y morderse el labio para contener su propia reacción.

–¡No hagas eso! –le rogó Piers con voz ronca.

–¿Eso?

Georgia se soltó el labio inferior y lo miró.

–Eso –dijo Piers rozando la zona donde lo había dejado un poco inflamado.

La inesperada sensualidad de su dedo al rozarle el labio le quitó el aliento.

–¿Por... por qué no debería hacerlo? –consiguió preguntarle temblorosa mientras sentía su mirada ardiente recorrer su piel desnuda.

–Porque me hace desear esto –dijo Piers con una voz tan ronca que ella la sintió como la lengua de un tigre sobre su piel.

Con el cuerpo completamente inmóvil, Georgia observó el descenso de la boca de Piers sabiendo lo que iba a pasar antes de sentir su aterciopelada boca acariciar la suya. Con impotencia cerró los ojos para abrirlos al sentir la boca de Piers abandonar la suya.

–Eres tan dulce... tan dulce y tan...

Georgia se estremeció de placer cuando los labios de él se entreabrieron sobre los de ella en un beso cargado de pasión y promesas. Quería decirle que dejara de hacer aquello, pero lo único que hizo fue aferrarse a él, enroscar los brazos alrededor de su cuello, abrir la boca a él, explorar, buscar y clamar las ardientes embestidas de su lengua con una pasión tan femenina que le hizo a Piers estremecerse y paralizarse.

Apartando los labios de ella, susurró con voz ronca:

–Si sigues besándome así, no voy a poder quedarme en esta cama contigo sin darte con mi cuerpo lo que estás pidiendo de mi boca.

Georgia se quedó demasiado sorprendida por un momento como para decir nada, pero al comprender su significado sintió que le ardía la piel. Bajo la luz de la lamparilla vio su torso empapado de sudor.

–Yo... yo no te estaba pidiendo nada –negó con voz quebrada.

Pero no consiguió apartar la mirada de los ojos de Piers y supo que los estremecimientos de su cuerpo estaban traicionando sus palabras.

–¿No? Pues ven aquí y demuéstramelo, Georgia; ven y échate a mi lado, piel contra piel, corazón contra corazón y dime entonces que no me deseas. Esto... –detuvo el dedo en el punto de su cuello que palpitaba con frenesí–, esto no quiere decir que los dos no sepamos...

Deliberadamente él le deslizó los tirantes del camisón por los hombros para revelar las curvas de sus senos antes de tocarle aún con más delicadeza los pezones, tan erectos que Georgia se estremeció con violencia al sentir su mano sobre ellos.

–¡Oh, Dios! No sabes lo que me haces cuando reaccionas a

mí de esta manera –oyó decir a Piers con voz ronca–. Tú quieres que te toque, Georgia... que te abrace y te saboree.

Su voz era tan ahogada que ella apenas podía entenderle. O quizá fuera que tenía el corazón desbocado, porque no estuvo segura de haber escuchado bien sus palabras finales:

–¿Quieres que te haga el amor o no?

Y de todas formas, ¿qué importaba lo que ella dijera o lo que él adivinara?

¿Qué importaba nada salvo la necesidad que la inundaba? La necesidad de una mujer enamorada con el cuerpo listo, ansioso y tan vacío sin él.

Con orgullo, Georgia arqueó la espalda cuando sus manos abarcaron sus senos, sus ojos se entrecerraron de pasión al ver su cabeza doblarse hacia su cuerpo.

Un diminuto gemido de placer se le escapó de los labios cuando él empezó a explorar con delicadeza su pezón entre los labios. La más exquisita sensación de placer la atravesó como un metal fundido y la hizo retorcerse ante las explosivas oleadas de excitación.

Solo por un instante la realidad se coló por la delicia celestial que estaba experimentando.

–¡No! –protestó cuando Piers apartó las ropas de la cama para deslizarle por completo el camisón al mismo tiempo que se desprendía de su albornoz. Su cuerpo era mucho más masculino y potente de lo que se había imaginado ella en sus fantasías–. No –susurró de nuevo–. No deberíamos... Sin amor...

–No tienes que avergonzarte por desearme –contestó Piers en un susurro también–. El deseo no es malo, Georgia. Es una necesidad natural del ser humano.

Quizá para él lo fuera, pero no para ella.

–El amor es importante –protestó con pasión–. Yo debería... Necesitaría...

–Tú necesitas esto; me necesitas a mí –la interrumpió él con suavidad.

El contacto de sus manos contra su piel la llevó a un mundo imposible de resistir cargándole de una miríada de promesas que sabía que solo él podría satisfacer. Solo cuando deslizó la mano por su piel desnuda y le acarició la espina dorsal, solo el calor de su aliento abanicándole la boca antes de levantarla contra su propio cuerpo y empezar a besarla fue suficiente para borrar todos los argumentos de cautela de su interior.

Y en vez de rechazarlo, se escuchó decir a sí misma al sentir sus caricias:

—Sí... Oh, sí...

Y entonces cerró los ojos y le dejó arrastrarla a un país desconocido donde la palabra «placer» era tan familiar como la palabra «sol».

—¿No te había hecho esto nunca nadie? —preguntó Piers con ternura cuando vio que los ojos se le empañaban de lágrimas ante la intensidad del placer—. Espera hasta que te acaricie ahí con la boca —susurró él despacio preguntándose si sabría cómo le había llevado al límite solo con ver la reacción que le provocaba con sus palabras y sus caricias.

Piers la deseaba de tal forma que no tenía palabras para expresarlo, pero su amor por ella le hizo prolongar cada precioso segundo de su tiempo juntos para poder atesorarlo en los momentos difíciles.

Su sinceridad cuando le había dicho que no podía amarlo, pero había admitido su deseo físico por él, había sido lo que le había llevado más cerca de las lágrimas en toda su vida adulta.

Sin su amor, aquel acto de intimidad entre ellos debería ser hueco y sin significado, pero con cada aliento que ella tomaba, con cada mirada que le dirigía, con cada estremecimiento y suspiro que lanzaba, aumentaba su amor y deseo por ella. Georgia era tan natural, tan generosa y amorosa incluso sin amarlo que su control llegó al punto sin retorno antes de lo que hubiera deseado.

La agarró con rapidez deslizándola de su cuerpo antes de arrodillarse sobre ella y besarla primero en la boca y luego en los senos.

Parecía un dios griego, pensó ella con el cuerpo tembloroso de asombro y deseo ante aquel espécimen masculino que sabía solo disfrutaría aquella preciosa e íntima noche, una noche que permanecería en su recuerdo para siempre.

Trémula, Georgia alargó la mano y lo tocó deslizando los dedos por su clavícula y después a lo largo de su cuerpo.

–Sí –la animó Piers cuando sus dedos se posaron en su vello púbico antes de abarcar su masculinidad–. Sí –repitió con fiereza–. Tócame, conóceme, Georgia. Deseo...

Y entonces, casi antes de que sus vacilantes dedos tuvieran tiempo más que para apreciar su forma y su textura, Piers la apartó para deslizarse lenta y cuidadosamente dentro de ella.

Cada cuidadoso movimiento, cada embestida controlada le producía gemidos de placer mientras su cuerpo se convulsionaba alrededor de él.

Georgia lanzó un grito al sentirlo muy dentro de ella, las ardientes embestidas de alivio dispararon su propia explosión de placer hasta quedar trémula entre sus brazos gritando su nombre entre jadeos.

–Piers –susurró cuando las ardientes lágrimas de agradecimiento rodaron por sus mejillas.

–Sss –la calmó él atrayéndola contra sí para acariciarle la cara mojada y besarla en la boca con ternura–. No digas nada, Georgia. Ha sido tan perfecto... tan precioso... tan correcto...

¿Tan correcto? ¿Sin que él la amara? A pesar de la satisfacción física, Georgia pudo sentir la agudeza de su propio dolor. Pero él tenía razón en una cosa: ¿qué sentido tenía que ella dijera nada?

Se acurrucó contra él para paladear aquel íntimo contacto, aquella proximidad sensual por última vez y con debilidad cerró los ojos.

Cuando los abrió de nuevo era de día. El sol brillaba en un cielo increíblemente azul y Piers seguía a su lado. Al mirarlo con inseguridad intentando no traicionar el efecto tan sensual que le producía ver su torso desnudo y los recuerdos que le evocaba, él se movió hacia ella y dijo con suavidad:
—Hola...
Piers no sentía ninguna emoción por ella. Eso lo sabía. Pero estaba esperando algún tipo de respuesta. Con voz bastante formal y baja solo dijo:
—Hola.
—Georgia...
Un ardor líquido la sofocó al notar cómo su cuerpo reaccionaba ante la sensualidad de la voz de Piers cuando intentó agarrarla.
—Deberíamos levantarnos para empezar a buscar a Ben —le recordó ella sin aliento—. Hace un día precioso.
—Precioso —repitió él antes de abrazarla con más fuerza—. Precioso —empezó a darle suaves besos en los labios—. Igual que tú.

En el campamento, los chicos ya se habían levantado y estaban devorando su desayuno. En el extremo más alejado del río, Ben esperaba con expectación al oler el aroma de comida frita. Las salchichas de la noche anterior le habían gustado mucho, pero ya tenía hambre de nuevo.
Donde los chicos tenían el campamento había una poza grande bastante profunda en algunos sitios alimentada en un extremo donde la colina caía en un farallón y creaba una maravillosa cascada natural. Ben ya había descubierto que la corriente era bas-

tante rápida y solo era seguro cruzarla en el extremo más alejado del pequeño valle.

Se dirigió hacia el paso entonces con la boca hecha agua ante el olor de las sobras de beicon y salchichas de los muchachos.

Al empezar a nadar por la parte menos profunda, Ben se detuvo al escuchar cómo dos de los chicos, desde el borde de la parte más profunda, lanzaban piedras sobre la superficie.

Mientras Ben los contemplaba, uno de los chicos agarró al otro por la camiseta, probablemente para decirle que era hora de irse. Pero el otro chico se lo sacudió de encima dando un paso atrás para decirle que todavía no pensaba volver.

–Tenemos que irnos –protestó su compañero intentando asirlo del brazo por segunda vez.

Pero mientras su amigo se reía e intentaba zafarse de nuevo la fatalidad le hizo perder pie y caer de espaldas hacia el agua profunda.

–¡Alex!

Al oír la ansiedad en la voz del chico, Ben se lanzó en el acto a la acción. Él era un buen nadador. Con rapidez avanzó hacia el lugar donde el chico había desaparecido y encontró con rapidez su cuerpo inerte.

No fue fácil sumergirse por debajo de él y arrastrarlo hasta la superficie, hacerlo rodar de espaldas para poder hincar los dientes en su ropa y tirar de él hasta la orilla, pero, para alivio de Ben, mientras avanzaba con torpeza con su carga humana, ya había llegado más ayuda.

El otro chico había salido corriendo al campamento a avisar de lo que había ocurrido y ya había muchos pares de manos ansiosas por ayudar a Ben.

–¡Buen perro...! ¡Oh, buen perro! –lo estaba alabando alguien mientras el chico mojado tosía en el banco de arena asegurando que se encontraba bien.

Sacudiéndose el agua, Ben acompañó contento a los niños

y aún más contento aceptó la comida y los mimos que le ofrecieron.

Un equipo de paramédicos llegó a hacerse cargo de la víctima, ya recuperada, y llevarla al hospital «solo por precaución» mientras el jefe del campamento le contaba a uno de los hombres el heroísmo de Ben.

–¿Un setter ha dicho? –preguntó el paramédico al jefe de campo frunciendo un poco el ceño.

–Sí, exacto. Está con los niños ahora. Un perro muy bonito... y amistoso.

–Hum... Bueno. Han avisado de un perro perdido por la radio. Parece que hay alguien muy ansioso por recuperarlo, porque han ofrecido hasta una recompensa.

–¿Y cree que podría ser el mismo perro?

–Podría. Si responde al nombre de Ben y tiene uno de esos microchips, es él.

–Hum... –Georgia se estremeció en mudo delirio al oír el placer masculino en el gemido de Piers al besarla.

Bajo la sábana, su mano había encontrado la suave cresta de su seno y su pezón ya estaba endureciéndose en un pico excitado.

–¿Hola? Siento despertarlos, pero...

–Es la señora Bowles –susurró Georgia frenética mientras se apartaba con vergüenza de él.

Pero Piers ya estaba saliendo de la cama y poniéndose el albornoz ante la ansiedad de la voz de la dueña de la casa.

–Espere un segundo –dijo antes de volver la cabeza para ver si Georgia estaba presentable antes de abrir la puerta.

–Siento molestarlos –se disculpó de nuevo Mary–, pero me ha llamado mi hermano por teléfono acerca de su perro. Parece que...

–¿Ben? ¿Alguien lo ha visto? –la interrumpió Georgia excitada olvidando su anterior turbación e incorporándose en la cama con la sábana alrededor del cuerpo–. ¿Dónde?

Pero Piers sacudió la cabeza para que se callara dirigiéndose a la esposa del granjero.

–¿Dice que han encontrado a Ben?

–Eso parece –les explicó con rapidez lo que le habían contado–. De todas formas, está en la comisaría de policía del pueblo ahora y solo tienen que acercarse allí a identificarlo. Parece que su perro es una especie de héroe –añadió con una sonrisa–. Supongo que los padres del chico al que ha salvado desde luego lo creerán. Ahora, si quieren que les traiga una taza de té...

Piers giró la cabeza para mirar a Georgia, que después del alivio inicial estaba empezando a comprender que iba a tener que salir de la cama desnuda delante de Piers. Aunque la hubiera visto, besado y tocado todo el cuerpo la noche anterior, ya estaban a plena luz del día.

Como si él le hubiera leído el pensamiento, le oyó contestar a la señora Bowles:

–No, no hace falta que se moleste. Bajaré yo y lo prepararé.

Georgia apenas esperó a que Piers cerrara la puerta para saltar de la cama y correr a la ducha.

Diez minutos más tarde estaba cerrando su bolsa cuando entró Piers con una bandeja, dos tazas y tostadas recién hechas.

–¿Es verdad? ¿Han encontrado de verdad a Ben? –preguntó con ansiedad cuando él le pasó la taza y le ofreció la tostada.

–Eso parece, desde luego. Llamé a la comisaría y el sargento me confirmó que ese perro responde a la descripción de Ben.

–¡Oh, Dios, eso espero! –murmuró Georgia temblorosa–. Estaba temiendo tener que decirle a tu madrina que...

–¿Y cómo crees que me sentía yo? Bueno, dame cinco minutos y nos iremos.

Ya que él había tenido el tacto de alejarse de la habitación para dejarle que se duchara y vistiera con intimidad, ella debía hacer lo mismo, pero por alguna extraña razón, casi no podía soportar la idea de alejarse de él.

Bueno, iba a tener que aprender a hacerlo, se advirtió a sí misma con pesar. En cuanto volvieran a casa y la señora Latham volviera de sus vacaciones...

Pero siguió tomando la tostada y el té con lentitud hasta que oyó a Piers moverse a sus espaldas, la puerta de la ducha abrirse y cerrarse de nuevo. Ya sí debía bajar. Sabía que la ducha no era lo bastante grande como para vestirse dentro.

Mientras Piers se duchaba, no pudo dejar de pensar en lo mucho que había disfrutado de conocer, ver y sentir por completo cómo ella se entregaba y lo plena que había sido su unión. Pero todavía tenía una sensación de rechazo y soledad al saber que ella no correspondía a sus sentimientos.

Pensó en que si la señora Bowles no los hubiera interrumpido sin duda en ese momento estaría en la cama con Georgia, su cuerpo relajado y saciado al lado de él. Cerró los ojos con pesar recordándose lo fútiles que eran aquellos pensamientos.

Capítulo 10

Georgia miró con cierta inseguridad a Piers cuando aparcó el coche frente a la comisaría. Apenas le había hablado durante el trayecto desde la granja y, cuando lo había hecho, su voz había sido distante.

¿Sería porque había empezado a sospechar que su reacción ante él en la cama era debida a algo más que a una mera atracción física? ¿Querría dejar totalmente claro que no quería su amor por él?

¿Es que pensaba que ella era tan tonta como para no saberlo ya?

Sin hacer caso de la mano que él estiró para ayudarla, Georgia salió del coche dándole las gracias con tensión por abrirle la puerta.

Caminaron codo con codo en total silencio hasta la comisaría, pero, cuando Georgia divisó a Ben tendido feliz al lado de un perro policía, su promesa de mantener las distancias con Piers quedó totalmente olvidada. Radiante de alivio se dio la vuelta y exclamó:

–¡Es él! ¡Es Ben!

Cuando Ben los vio y los reconoció, se lanzó hacia ellos agitando la cola con frenesí.

–¡Oh, Ben! –dijo Georgia llorosa enterrando la cara en su pelo para esconder las lágrimas.

—No hace falta preguntarle si es su perro —se rio el sargento con Piers, que para su sorpresa, también tuvo que meterse la mano en el bolsillo para sacar un pañuelo.

—No —dijo dejando que Georgia mimara y acariciara a Ben antes de agacharse.

—¡Hola, chico! —lo saludó.

Georgia se sintió un poco abandonada cuando Ben, ignorándola al instante empezó a hacer aspavientos a Piers, como si pensara que su dueño era él.

—Tengo que decirles que se va a convertir en una especie de héroe —les dijo el sargento en cuanto completaron las formalidades—. La tropa de los scouts ha decidido que, si ellos son los que pueden reclamar la recompensa, pretenden donarla a las asociaciones locales de caridad, pero también quieren nominar a Ben para que le concedan una medalla por lo que hizo. Los padres del chico al que salvó quieren que les demos las gracias a ambos. Sin la intervención de Ben, su hijo habría podido perecer ahogado. Tiene personalidad, ¿verdad? —se rio el sargento—. Lo estábamos guardando en la sala de descanso, pero agarró los sándwiches de un compañero y los devoró, así que pusimos a Titus a vigilarlo.

Ante la mención de su nombre, el perro policía alzó las orejas, pero permaneció en su sitio al acecho.

Georgia lanzó un suave suspiro. Dudaba de que ella, por mucho que lo intentara, pudiera enseñar nunca a Ben tal impecable obediencia.

—Vamos, chico. Es hora de irse a casa.

Antes de poder volver tenían que ir a la granja para agradecer la hospitalidad de los Bowles y Georgia quedó sorprendida cuando Piers se detuvo en una nueva librería y compró la última novela de un escritor muy conocido para regalársela a la señora Bowles.

—¡Oh, es uno de mis favoritos y este no lo tenía!

La mujer del granjero se puso radiante al mirar la portada.

—Sí, ya noté que tenía varios títulos de él —comentó Piers mientras Georgia se maravillaba de sus dotes de observación y de su sensibilidad. Ella iba a sugerir comprarle unas flores a Mary.

—Eres muy observador —comentó Georgia cuando estuvieron en el Volvo con Ben a salvo en la parte trasera.

—Solo me fijé en que tenía varias obras del mismo autor. Pero sí soy lo bastante observador como para saber que algo va mal. ¿Qué es?, ya hemos recuperado a Ben y...

—Solo estoy un poco cansada.

¿Cómo iba a decirle que la razón de su abatimiento era que en pocas horas estarían en casa y entonces volverían a su relación anterior? Esa noche no la pasaría en la cama con él. Al día siguiente no le llevaría el té con su tostada a la cama mientras se paseaba medio desnudo seduciéndola y tentándola.

—¿Cansada? —repitió Piers antes de ver por el rabillo del ojo el leve sonrojo de mortificación en la cara de Georgia. Pero, para su alivio, no comentó nada de la noche anterior—. ¿Por qué no duermes un poco mientras yo conduzco?

Bueno, sin duda preferiría tenerla dormida a despierta, así no tendría que molestarse en hablar con ella.

—Sí, creo que lo haré —dijo con frialdad antes de echar la cabeza hacia atrás y cerrar los ojos.

—Y la pareja a cuyo pequeño salvó la vida Ben, lo han nominado para la medalla del «Perro más valiente del año».

Sorbiendo su té, Georgia escuchó con paciencia a la señora Latham hablar excitada acerca de la nominación de Ben.

Emily había regresado el fin de semana anterior dejando a Georgia libre para volver a su casa, cosa que no había sentido hacer.

En el tiempo transcurrido desde su regreso de Yorshire y el

de Emily del crucero, Piers y ella apenas habían pasado un puñado de minutos juntos. Y no era que ella lo sintiera. No, por supuesto que no. No tenerlo a su lado le había parecido estupendo.

Y, sobre todo, había quedado encantada al volver a su trabajo porque debido al interés que había despertado su programa de visitas al geriátrico, Philip había decidido que asistiera a un curso de cuatro semanas para adiestradores de perros para personas incapacitadas. Para Georgia era una oportunidad maravillosa y una buena señal para su futuro en la clínica el que Philip la hubiera escogido a ella.

–Ben se está portando mucho mejor –lo alabó la señora Latham acariciándole la cabeza.

Ben estaba sentado a su lado y había recibido a Georgia con entusiasmo a su llegada. Ella no había dicho nada, pero creía que el perro era tan inteligente como para haber descubierto lo afortunado que era en aquella casa después de su experiencia traumática de perro errante.

–Sin embargo, me ha parecido un poco abatido últimamente –murmuró Emily Latham–. Iba a llevarlo a la clínica, pero Arthur dice que cree que echa de menos a Piers.

¿Echar de menos a Piers? Georgia se puso tensa, pero Emily se levantó de su butacón para contestar al timbre de la puerta que había sonado en ese momento.

–Será mejor que me vaya –dijo Georgia con rapidez por miedo a que la visita fuera la persona a la que ella se había tomado tantas molestias en evitar.

–¡Oh, querida! ¿Tan pronto? Bueno, al menos saluda a Arthur. Me ha contado con qué ardor defendiste a Ben cuando él vino a quejarse.

Mientras se alejaba hacia la puerta su cara se tiñó de un atractivo sonrojo al implorar a Georgia que se quedara solo unos minutos más.

–Buenas tardes, querida –el coronel la miró alegre al seguir a Emily a la sala de dibujo–. Encantado de volverte a ver y bajo circunstancias tan agradables ahora. Ah... siéntese usted, caballero –le ordenó a Ben clavándole una mirada de autoridad.

Georgia no tardó en comprender que la visita del coronel no era para saber qué tal se portaba Ben y sospechaba que a la madrina de Piers no le era indiferente su admirador, así que los dejó enseguida para que tomaran el té a solas.

El curso de cuatro semanas comenzaba el lunes y pensaba pasar el fin de semana en casa de sus padres antes de dirigirse directamente allí.

Naturalmente, se alegraba de que su visita a Emily hubiera transcurrido sin hablar de Piers o tener que verlo.

Pero ¿dónde se habría metido? Emily había dicho que Ben lo echaba de menos. ¿Querría decir eso que seguía viviendo en la ciudad? ¿O habría decidido trasladarse a otro sitio? ¿Algún sitio tan alejado de ella como hubiera podido encontrar? Pues si era así, no tendría por qué haberse molestado. De ninguna manera pensaba ella perseguir a un hombre que no la quería. ¿Qué pensaba que iba a hacer, tirarse a sus pies y suplicarle?

La cara se le sonrojó del enfado. El que una vez hubiera sido incapaz de controlar su deseo y su amor por él, no quería decir que le volviera a pasar. Apretando los labios, Georgia empezó a hacer mentalmente la lista de todo lo que tenía que resolver antes de irse a casa de sus padres.

Era la hora de tráfico más denso y encima era viernes, pero Georgia se negó a caer en la tentación de pensar en Piers.

Tendría que empaquetar la ropa, preparar las cosas para el curso y advertir al casero y los vecinos de que estaría fuera. Había puesto pilas a su grabadora para las clases de entrenamiento y había examinado los progresos de dos pacientes a los que había operado ese mismo día. Había comprado una biografía de un político para su padre y una cinta de vídeo para su madre. Ya solo le quedaba llenar el depósito de gasolina y...

Georgia se puso tensa al divisar la familiar figura de Piers saliendo de la agencia inmobiliaria del pueblo.

¿Habría ido a decir que ya no estaba interesado en comprar una casa en la localidad?

Georgia absorbió hasta el último detalle de él con ansiedad. Estaba tan cerca que podía ver la forma en que tenía el ceño fruncido, como si estuviera inmerso en sus pensamientos. Una guapa joven salió de la librería de al lado en ese momento y casi se dio de bruces con él. Entonces el ceño de Piers se transformó casi en una sonrisa al disculparse.

La calidez de aquella sonrisa le atenazó el corazón a Georgia. Unos celos ardientes como las brasas la reconcomieron y una fiera angustia la asaltó. Desvió la cabeza con determinación incapaz de soportar mirarlo. ¿Y si a modo de disculpa Piers le estuviera invitando a la chica a tomar una copa? ¿Y si ella aceptaba esbozando otra sonrisa coqueta? Georgia sabía muy bien lo tentador que podía ser y lo atractiva que podía resultar la idea de estar al lado de un hombre como Piers.

El coche de delante se movió, pero Georgia no se enteró. Estaba demasiado inmersa en las horribles imágenes mentales que se estaban formando en su cabeza. Piers y la preciosa jovencita... un novio y una novia mirándose a los ojos con adoración... adorables...

Dio un respingo cuando el conductor de detrás de ella pitó y Piers, solo entonces, miró a sus espaldas para ver de dónde procedía la conmoción, tensando el cuerpo al ver a Georgia.

Él había hecho todo lo posible por quitársela de la cabeza... y del corazón... Aquellos últimos días que habían pasado en casa de su madrina habían sido un puro infierno para él e incluso todavía le costaba entender cómo había conseguido evitar entrar en la habitación de ella para suplicarle que al menos intentara amarlo.

Se había convencido a sí mismo de que era lo mejor que había podido suceder por el bien de los dos, pero desde entonces, no había podido pasar un solo día sin pensar en ella, sin añorarla. ¿Un día? Ni siquiera un minuto.

–¿Georgia?

La llamó y empezó a cruzar la calle sin pararse a pensarlo.

En su coche, Georgia era consciente del enfado que estaba provocando a los otros conductores. Con la cara ardiente, cambió la marcha negándose a la tentación de mirar atrás para ver si Piers seguía allí con aquella... jovencita. Pero, cuando el tráfico empezó a moverse, no pudo evitar mirar por el retrovisor. Piers estaba cruzando la calle sin rastro de la chica. Quizá corriera a casa para cambiarse y salir con ella. ¡Oh, cómo la envidiaba! ¡Cómo le hubiera gustado que las cosas hubieran sido diferentes entre Piers y ella!

De verdad, algunas personas no tenían ni idea de la bendición que era estar sanas, se dijo a sí misma Georgia enfadada. Acababa de regresar de pasar un mes de lo más interesante y formativo viendo el coraje de la gente que intentaba conseguir la mayor ayuda posible de sus compañeros caninos. Y, además, uno de sus instructores había mostrado interés por ella y la había invitado a salir.

A su vuelta, Philip la había llamado a su oficina para informarla de que esperaba que se quedara con ellos ya que había pasado el período de prueba.

Sí, tenía todos los motivos para sentirse bien. Todos menos uno.

Había llegado al pueblo el día anterior y había llamado a la clínica por la tarde. Era su día libre y había hecho las compras necesarias y la colada de la ropa sucia que había traído y pensaba pasarse la tarde dando un tranquilo paseo por la orilla del río para disfrutar del sol estival.

Y cuando lo hiciera no quería pensar en Piers ni una sola vez. Sí, claro. Como tampoco había pensado ni una sola vez mientras había estado fuera. Ni una vez, no... solo cada día, cada hora, cada minuto.

Un par de horas más tarde, paseando por la ribera del río, oyó la voz de Emily Latham llamándola. Cuando se dio la vuelta, la vio acompañada del coronel, los dos con actitud posesiva y protectora.

–¿Dónde está Ben? –preguntó a Emily.

–¡Ah!, ¿no lo sabías? Ya no vive conmigo.

–¿No lo habrá entregado a las perreras? –Georgia no pudo evitar que asomara el disgusto a su voz–. ¡Oh, pobre Ben!

–No, qué va. Está muy contento. Y Piers se puso muy firme en que era lo más adecuado.

«¡Piers!».

Debería haberlo imaginado. Todo lo que había dicho acerca de sentirse culpable por lo que le había pasado a Ben era mentira. Parecía que al final había conseguido su propósito.

–Sí, acabamos de venir de verlo –intervino el coronel–. No me puedo imaginar cómo un hombre soltero ha podido comprar una casa tan grande.

–Piers ha comprado la granja Riversreach –informó feliz Emily–. Se ha trasladado hace muy poco.

La granja Riversreach. Georgia la conocía. Era una preciosa casa georgiana justo en las afueras del pueblo.

–Echo de menos a Ben –estaba diciendo Emily–, pero Arthur me sugirió que debía conseguir un perro más pequeño y más tranquilo.

¿Cómo podía hablar con tanto desapasionamiento de él? Parecía haberlo querido. Pero sin duda la insistencia de Piers había vencido su cariño.

Con el paseo totalmente estropeado, Georgia volvió a la casa, pero no se podía quitar el destino del pobre Ben de la cabeza. Y cuanto más pensaba en lo que Piers había hecho, más decidía que ya era hora de que alguien le dijera lo cruel e insensible que era. ¡Desde luego que ya era hora!

Georgia no lo pensó más, agarró el coche y se dirigió a la granja.

El cartel de la inmobiliaria había sido quitado y el aspecto abandonado de la casa había dado lugar a unas ventanas brillantes, con las piedras de sillería que las enmarcaban pulidas y las paredes de un cálido color cremoso. El jardín también había sido arreglado, los setos cortados y la grava recién renovada.

Parando el coche, Georgia inspiró con fuerza y empujó la puerta del conductor.

Alzando la mano, estaba a punto de llamar al timbre cuando se abrió la puerta y se encontró frente a Piers, que debí de haberla visto llegar.

–¡Georgia!

Georgia parpadeó un poco al notar la calidez de su voz, pero se convenció de que debían de ser imaginaciones suyas y lo interpeló con amargura:

–Ya lo sé. Acabo de ver a tu madrina. Ya sé lo que le ha pasado a Ben... ¿Cómo has podido? ¡Y pensar que te creí de verdad cuando dijiste que habías cambiado de idea! ¿Es que no tienes sentimientos ni compasión? No, por supuesto que no. No podías esperar a deshacerte de él, ¿verdad? –los ojos se le llenaron de lágrimas–. Y pensar que creía que habías cambiado...

–No, espera un minuto –la interrumpió Piers sombrío–. Tú no...

–¿Yo no qué? ¿No lo entiendo? –preguntó Georgia con furia–. No, claro que no. No entiendo cómo nadie... ningún hombre... puede portarse con un animal como te has portado tú con Ben. Y pensar que creía que te amaba... que me he pasado noche tras noche pensando en ti... deseando que estuvieras conmigo... deseando que me amaras...

Georgia comprendió tarde todo lo que había confesado y se sonrojó como una granada.

Con la cara ardiente alzó la cabeza con orgullo y miró a Piers a los ojos para decir con calma:

–Tú no te mereces mi amor y me alegro de haber descubierto la verdad acerca de ti antes de haber desperdiciado más lágrimas contigo. ¿Dónde está Ben? Quiero saberlo porque...

Sus palabras se evaporaron cuando Piers se dio la vuelta y dijo:

–¡Ben, ven aquí! Tienes visita.

Cuando el setter se acercó saltando, Georgia notó lo brillante y saludable que parecía. Estaba claro que estaba haciendo mucho más ejercicio que con Emily Latham.

–¿Ben... Ben está aquí? –para su humillación, Georgia comprendió que estaba balbuceando–. Pe... pero...

Ben se lanzó a recibirla y Georgia se agachó para acariciarlo.

–Cuando me vine aquí empecé a echar de menos a Ben y le pedí a mi madrina que lo dejara vivir conmigo. Al principio era reacia, pero el coronel la convenció. Sospecho que el coronel va a hacerle alguna proposición un día de estos porque se han hecho inseparables. Al final aceptó con la condición de que, si Ben se sentía infeliz, volviera con ella. Y la verdad, está más contento aquí de lo que yo hubiera esperado, ¿verdad, chico?

Ben se estiró para que Piers le rascara entre las orejas.

–Yo... yo... lo siento –se disculpó Georgia con tensión al incorporarse–. No lo había entendido. No debería haber dicho lo que he dicho. Yo... yo... tengo que irme.

Estaba prácticamente balbuceando al darse la vuelta con la sensación de ridículo más grande de toda su vida.

–¡Oh, no! –dijo Piers con suavidad–. Todavía no. Tú y yo tenemos...

–No, no pienso quedarme. No puedes obligarme –protestó Georgia con aprensión apartándose fuera de su alcance.

Pero para su consternación, cuando empezó a darse la vuelta, Piers ordenó:

–Ben, en guardia.

Ben se plantó al instante ante la puerta frente a ella. Cuando intentó pasar, el perro le asió la muñeca entre los dientes con mucha suavidad pero con firmeza.

Georgia miró a Piers muda de asombro.

—Eras tú la que decía que era muy inteligente —le recordó Piers con sequedad—, y tengo que reconocer que tenías razón.

—No puedes hacer esto. Dile que me suelte —pidió Georgia.

—No hasta que accedas a entrar y hablar conmigo.

—No tenemos nada de qué hablar —dijo Georgia temblorosa.

—¡Oh, sí! Claro que sí.

—¿De qué?

—De los comentarios tan interesantes que acabas de hacer acerca de... de cierto asunto... ¿Tienes idea de lo celoso que estaba cuando creía que Ben significaba más para ti que yo? ¿Cuando pensaba que lo defendías de mí?

—¿Estabas celoso de Ben? Pero eso es...

—Es el comportamiento previsible de un hombre desesperadamente enamorado.

—¿Tú... desesperadamente enamorado... de mí? —susurró Georgia—. No, eso no es posible.

—¿No te lo crees? Bueno, hay ciertas formas de demostrar que es verdad, pero no creo que deban ser presenciadas por terceras partes, aun cuando la tercera parte sea un perro. Suéltala, Ben.

Ben obedeció al instante y empezó a agitar la cola.

—No me puedo creer que le hayas enseñado eso con tanta rapidez.

—Bueno, no todo el mérito es mío. Tú hiciste el trabajo de base y yo he pasado mucho tiempo con él desde que está aquí. Después de todo, Ben es lo que más me une a ti. ¿Cómo has podido creer que me desharía de él a tus espaldas? —preguntó mientras abría una de las puertas del pasillo para que entrara ella primero a la sala.

–No lo sé –admitió Georgia con sinceridad–. Creo que me dolía demasiado estar enamorada de ti. ¡Piers! –protestó cuando él cerró de repente la puerta y la tomó en sus brazos.

–¡Piers qué? –la desafió él apretándola muy fuerte contra su cuerpo, hasta que pudo sentir los salvajes latidos de su corazón–. Estas últimas semanas sin ti han sido...

Se detuvo y sacudió la cabeza como si las palabras fueran insuficientes para describirlo.

–Para mí también –afirmó Georgia con timidez–. Pero si me quieres... ¿Por qué no me lo dijiste?

Se detuvo dibujando su nombre en la camisa con la uña incapaz de mirarlo a los ojos en caso de que aquello fuera una cruel broma.

–Lo intenté –dijo Piers con sencillez–. Pero cada vez que lo hacía tú parecías cambiar de tema y pensé que era porque no compartías mis sentimientos.

–No, yo pensaba que ibas a decirme que aquello era solo una relación sexual y que no debía enamorarme de ti. Por eso te paraba. ¡Porque para mí ya era demasiado tarde! Yo nunca hubiera hecho las cosas que hice... tan íntimas si no... si no... hubiera estado enamorada de ti.

–Tampoco hay nada malo en desear a un hombre físicamente sin amarlo, Georgia.

–O sea que pensabas que era lujuria, no amor. ¿Y qué hubieras hecho si no hubiera venido yo hoy aquí? Podríamos no...

–No, yo no me había rendido. He enseñado a Ben a cojear. Hubiera hecho tantas visitas a la clínica como hubiera hecho falta hasta que descubrieras que no le pasaba nada.

–¡Oh, Piers! –se rio Georgia–. No hubieras sido...

–No pongas la mano en el fuego. Lo que siento por ti es...

–¿Hum...? –lo interrumpió Georgia con tono sensual y ronco al enroscar los brazos alrededor de su cuello y atraerle la cara hacia ella–. ¿Lo que sientes por mí es...? –le animó a continuar.

***

Los seres humanos eran la cosa más rara del mundo, reflexionó Ben. Aquellos dos de arriba seguían en la cama a pesar de que debían haber cenado dos horas atrás. Y ni siquiera su discreto ladrido en la puerta para avisarlos de su olvido había servido de nada... No importaba, había sándwiches de salchicha en el frigorífico.

Epílogo

–¡Oh, mira ese perro! ¿No es precioso?
Ben agitó la cola ante el halago aunque para él era un poco indigno llevar un cesto de flores entre los dientes. Pero él había insistido. Le había enseñado a llevarlo por el camino de coches de la granja durante semanas para asegurarse de que lo hiciera a la perfección.
Un cesto de flores... y allí estaban ahora, saliendo de la iglesia con todo el mundo tirándoles pétalos de rosa.
Ben obedeció y se dejó fotografiar junto a los novios y sus familiares... sin soltar la cesta.

–Ben lo ha hecho de maravilla con las flores, ¿verdad? –susurró Georgia feliz a su flamante marido cuando arrancaron el coche para irse de la iglesia.
–Sí, muy bien.
–Has sido muy listo en enseñarlo a llevar la cesta.
–Hum... Creo que ha recibido más enhorabuenas que nosotros, lo que no es muy justo considerando que es nuestro día especial. Él ya tuvo el suyo el día que le pusieron la medalla.
Georgia se rio al recordarlo.
–Desde luego lo disfrutó, ¿verdad? Posó para la prensa co-

mo un auténtico héroe. Me alegro de que tu madrina se ofreciera a cuidarlo durante nuestra luna de miel.

—Hum... espero que el gato del coronel comparta tus sentimientos. Marmalade es bastante viejo y Ben es un perro joven. ¿Qué quiere decir esa mirada? —preguntó Piers al notar la suave expresión soñadora de los ojos de su reciente esposa.

—Solo estaba pensando que en un año o así, Ben tendrá la edad perfecta para los bebés.

—¿Bebes? —Piers se inclinó hacia ella—. ¡Ya entiendo! ¿Estamos hablando de sus bebés... o de los nuestros?

La carcajada le produjo profundos hoyuelos a Georgia en las mejillas.

—¿Quién sabe? Quizá ambos.

—Hum... Ya entiendo. Entonces será mejor que no perdamos el tiempo, ¿verdad? —murmuró Piers mientras se inclinaba para besarla.

—Oh... no lo sé... No me importaría practicar unas cuantas veces antes —dijo Georgia mientras se acurrucaba contra él.

Cuando el coche nupcial aparcó frente al hotel donde tendría lugar el banquete, Piers susurró con suavidad:

—Ah, pensaba pasar unos cuantos meses haciendo eso y por lo que a mí respecta, por mucha práctica que tengamos, no podrá ser más perfecto de lo que es ya. Te quiero, señora Hathersage.

—Y yo también te quiero —susurró Georgia.

En la parte trasera del Volvo de la señora Latham, Ben estaba devorando feliz la golosina que la novia le había dado antes de desaparecer en el coche nupcial con su flamante esposo.

Salchichas caseras... A Ben le encantaban... casi tanto como los zapatos hechos a mano... ¡Umm!

www.ingramcontent.com/pod-product-compliance
Lightning Source LLC
LaVergne TN
LVHW091616070526
838199LV00044B/819